中国社会科学院
离退休干部工作局

中国社会科学院老年学者文库

中国社会科学院老年学者文库

创造社漫论

黄淳浩/著

社会科学文献出版社
SOCIAL SCIENCES ACADEMIC PRESS (CHINA)

序　一

黄淳浩是研究创造社尤其是郭沫若的专家，除参与编辑《郭沫若全集·文学编》和撰写《郭沫若年谱长编》部分章节外，自身还有多部著作先后问世：《创造社：别求新声于异邦》《创造社通观》《郭沫若书信集》《〈文艺论集〉汇校本》。现在的这本《创造社漫论》，是在他撰写或编辑上述书籍的过程中陆续写就的，差不多都在报刊上发表过，有的曾收入《中华文学通史》或有关郭沫若的论集中。现在他集中起来，辑录成一本论文集并以《创造社漫论》作为书名，既是他以往研究创造社和郭沫若的延伸，又可视为已经出版的几部专著的补充。如果说专著是"面"的铺陈，而收入本书的这些文章则是若干"点"的深入甚或突破，"点"与"面"结合，相得益彰，呈献于读者面前的就是完整而非零碎的创造社，是本来面目而非被人故意抹黑的郭沫若了，这无疑是黄淳浩在现代文学研究领域的重要贡献！

创造社是"五四"以后最早成立的新文学团体之一，郭沫若、郁达夫、成仿吾为其主要创始人。在中外文学史上，现实主义和浪漫主义是两种主要的创作方法，也是两大文艺思潮与流派。也许是由于社会与历史原因，在多灾多难的近现代中国，反映现实生活与斗争的现实主义一直占据主导地位，浪漫主义则相对被忽视、冷落，甚至受到批判与抵制。而创造社尤其是郭沫若、郁达夫高擎的正是浪漫主义大旗，虽然一度产生了巨大影响，不过慑于压力，郭沫若在很长时期都羞于谈论浪漫主义，直到毛泽东提出"革命的现实主义和革命的浪漫主义相结合"以后，郭沫若才怀着欣喜的心情，公开承认"我是一个浪漫主义者"。黄淳浩研究郭沫若，研究创造社，动机之一就是为高擎浪漫主义旗帜的郭沫若和创造社"正名"，以他们的作品和理论为依据，分析了创造社"从鼓励多元发展到独尊普罗文学"的历史演变轨迹，充分论证了郭沫若和创造社以及浪漫主义对新文学的重要贡献，纠正了过去强加给创造社和郭沫若主张"为艺术而艺术"的误解。几本专著，加上这本论文集，可以说黄淳浩的上述目的达到了，这也是新时期现代文学研究领域"拨乱反正"的一个思想成果。

黄淳浩对创造社和郭沫若的研究，是有创新精神的。比如关于创造社的分期，过去一般分为前期和后期，黄淳浩多方搜集史料并加以分析比较，提出创造社应分为前期、中期、后期三个阶段，并把创造社成立的时间准确地定位在 1921 年 6 月 8 日，这些既是黄淳浩对史料的订正，也是他的创见，现已为众多学者所认同。

近年来，由于受历史虚无主义影响，出现了否定革命与进步作家，否定革命与进步文学的不良倾向，郭沫若首当其冲，遭到许多诋毁、攻击与谩骂。黄淳浩对此进行了驳斥，指出"评价郭沫若必须坚持科学的态度"，并且要"以平常心多元开放地研究郭沫若"。他在有关的文章中就此做了专门的论述，所提出的观点不仅正确而且说服力很强，受到众多学人的重视与好评。

黄淳浩曾在中共中央政治研究室工作多年，熟悉马克思主义文艺理论，具有很强的理论思维能力，所以在他研究创造社和郭沫若等人的著作和文章中，不时闪现出理论思维的火花。本书"概论篇"以及《郭沫若的革命文学论刍议》《"艺术没有不和人生生关系的事情"》《成仿吾在中国现代文学史上的地位和作用》等文章，就能常常见到黄淳浩理论思维的闪光点。

任何立论都必须建立在丰富、扎实的材料基础之上，黄淳浩十分重视材料的收集、辨别、取舍和运用。他在《现代文学研究需要注意版本》一文中，强调现代文学研究和古典文学研究一样，也需要注意版本——同一作家同一作品在不同时期出现的不同版本，从中研究作家思想与风格的变化。樊骏先生将这门新兴的学问称为"现代版本学"。黄淳浩多方搜集到的郭沫若的 634 封书信，据他在《〈郭沫若书信集〉编后》一文中自述有两大困难，一是难以搜集，二是不易整理，但他终于克服了困难，付出了艰辛的劳动，结出了丰硕的成果：由中国社会科学出版社出版的《郭沫若书信集》上下两册，早已成为郭沫若研究的必读参考书。

我特别注意到了《一封珍贵的早期书信》，其中黄淳浩记述了他怎样寻找发表在《学艺》杂志上的郭沫若 1921 年 1 月 24 日致张资平的一封重要书信，无奈跑了院内院外好几家大图书馆都没有找到，最后好不容易在北京大学图书馆找到了。"当时，那高兴的心情是可以想见的，但更大的兴奋还是阅读了这封得之不易的信函之后，因为我发现，这是一封极有史料价值的书信，无论对于研究郭沫若的思想、生活、创作和著述，都是极为重要、极有意义的。"这封信收入《郭沫若书信集》上册，现在我们可以不费吹灰之力就能读到它，这要归功于黄淳浩当初付出的诸多辛劳！

创造社是一个作家群体，本书除重点探讨了郭沫若的思想与创作外，还用相当的篇幅评析郁达夫的创作成就及其艺术特色，论述成仿吾的文艺观点及其在现代文学史上的地位和作用，其他如邓均吾、张资平、田汉、郑伯奇、陶晶孙，周全平、倪贻德、淦女士（冯沅君）、穆木天、王独清、柯仲平、黄药眠、叶灵凤、阳翰笙、龚冰庐等人，也都一一做了简要的评介，涉及面如此之广诚属不易，非学识渊博者不能为之。至于他对郭沫若名诗的鉴赏，对郁达夫作品风格的探析，则说明黄淳浩具有相当高的艺术修养和对艺术的感悟能力。

桑逢康

2017 年 7 月 7 日

序　二

黄淳浩此前已经出版两部关于创造社的专著：《创造社：别求新声于异邦》和《创造社通观》，在学术界取得相当的发言权。

如果再往前追溯，他在中共中央政治研究室（后为马列主义研究院）工作多年，又下农村搞过"四清"，到首钢待过。这些经历，使他有时间和机会读马列原著，提高理论修养；有条件站在高层读中国，看世界，锻炼辩证唯物主义和历史唯物主义思维能力。这是他从事现代文学研究与他人不一样的起点，从而铸就不同的个性。他在郭沫若著作编委会编《郭沫若全集》十余年，这种点的深入和突进，是研究现代文学不可多得的准备；他的两个副产品《〈文艺论集〉汇校本》《郭沫若书信集》已经显示他在学术研究方面的功力和学术水平。

这部《创造社漫论》，用辩证唯物主义和历史唯物主义立场观点看问题，并作为立论的标准，有历史的高度，有全局的眼光，有辩证的思维，褒与贬，都恰如其分，经得起时间的检验。

全书观点鲜明，立论确当，史料翔实，引证准确，论证充分，文字朴素，好读易记。

全书的亮点多多。比如，一再强调创造社有个中期阶段，并论证其意义；充分论证和肯定创造社的浪漫主义艺术成就；以平常心辩证地看郭沫若、读郭沫若、评郭沫若；比较周全地论创造社全体成员的创作情况、在文学史上的建树；即使是张资平，也实事求是地有一说一，不以点盖面，一棍子打死；等等。敢碰难点，诠释疑点，回答社会的挑战。

认识郭沫若，评述郭沫若，是本书一个重点。文章强调：对郭沫若，要看全人，看一生，并左右比较；要放在相关的历史大潮中、人生漩涡中读和看，他既是伟人，又是普通人。读郭沫若，是读中国近现代史，郭沫若一身是宝。读这样的章节，读者感到痛快。

张大明

2017 年 7 月 6 日于方庄

目　录
CONTENTS

其他作家篇

著者的话

这是一本记录我的文学研究生涯的书。

它承载的是我 1978 年 4 月调入中国社会科学院文学研究所以后三四十年从事中国现代文学研究的记忆和部分文字。

我从小就喜爱文学，梦想成为一个文学家，大学学的也是文学专业，但1959 年从四川大学中文系毕业后，我被分配到中共中央政治研究室（1964 年扩大成立马列主义研究院），在政治研究室和马列主义研究院先后工作和学习近 13 年，大多数从事的是政治经济理论和一般意识形态的研究工作，再就是一个又一个的政治运动，特别是"文化大革命"，占去了太多的时间，真正从事文学方面的研究工作加起来也就两三年。与几个同志一起，曾在周扬同志（当时他是马列主义研究院的副院长和党委书记）指导下，编过类似周扬的《马克思主义与文艺》那样一部《马克思恩格斯列宁斯大林毛泽东论文艺》，人民文学出版社打出过清样，后因"文革"开始，周扬同志遭错误批判，故未能出版，"文革"后，连清样都找不到了。在这搞文艺的短暂时间里，只写过一篇文学评论的文章，是关于金敬迈的《欧阳海之歌》，标题为《毛泽东文艺思想的新胜利——评〈欧阳海之歌〉》，先登在新创的马列主义研究院院刊创刊号首页，后又被单位推荐发表于 1966 年中国科学院哲学社会科学学部的机关刊物《新建设》第 3 期。

1969 年马列主义研究院解散，我与十几个同志一起被分到首都钢铁公司。在首钢工作的六七年时间里，我一直在总公司党委办公室和政治部宣传处搞调研、办《首钢报》、做理论宣传，与文艺离得更远了。仅《诗刊》要发表毛主席的《水调歌头·重上井冈山》和《念奴娇·鸟儿问答》时，编辑部想配合发点工人言论，来北京市约稿，公司让我带着两个工人师傅，以首都钢铁公司工人评论组的名义，写了一篇题为《继续革命 勇攀高峰——读〈水调歌头·重上井冈山〉》的文章，与毛主席的两首词》，一同发表在1976年的《诗刊》第1期上。

"文革"结束以后，开始拨乱反正，科研工作开始恢复，在原来中科院哲学社会科学学部的基础之上，中国社会科学院诞生。经过多方努力，好不容易，我才得以离开首钢，来到中国社会科学院。

到文学所报到时，先是要我去文艺理论研究室，又要我到《文学评论》编辑部，最后还是采纳几位老同学的意见，我选择来到了中国现代文学研究室。中国的现代文学，虽然只有短短的几十年，却具有相当高的政治敏感性和现实复杂性，所以要研究它，最好要先找到一个好的切入点。恰当此时，郭沫若去世，中央要成立郭沫若著作编辑出版委员会，而且让从社科院的文学所、历史所和考古所抽人组建，周扬任主任委员，办公室主任是我们文学所的副所长吴伯箫。鲁、郭、茅，巴、老、曹，郭沫若是我国现代文学之一大重镇，是一位标志性的大师级人物，研究他就可以快速进入我国现代文学研究的腹地和核心地带，而且郭沫若是四川人，我也是四川人，于是我报名参加，并与所里的康金镛、桑逢康、赵存茂等四五个同志一起，被借调到郭沫若著作编辑出版委员会工作。

郭沫若全集的编辑出版工作是从查篇目找资料开始的。全集分历史、考古、文学三编，共38卷，其中文学编最多，占20卷。郭沫若著作过去有《沫若文集》17卷，未出过全集，所以文章搜集的任务很重。《沫若文集》过去无文章出处，注释也很少，现在出全集，不仅要加文章出处，还要做详细注释。文章分编分卷之后，领导让从内蒙古大学借调来的鲁歌教授和我以文学编第1卷做试验，趟趟路子，看全集如何加注。文学编1~5卷为诗歌，第1卷的《女神》鲁歌同志负责，后面的《星空》《瓶》《前茅》《恢复》由我负责。这一搞就知道做学问之难了。《星空》的集子前，郭老引了一段康德的话来说明这个集名的含义：

　　　　有两样东西，我思索的回数愈多，时间愈久，他们充溢我以愈见刻刻常新，刻刻常增的惊异与严肃之感，那便是我头上的星空和心中的道德律。

未注出处。自己查了一些康德的书，查不着，请教了一些学者，也不知道。只得上门去请教专门研究康德哲学的老专家贺麟，跑了两三次才查出是来自康德的《实践理性批判》一书。又如这本诗集中的《星空》那首诗，提到了好些星名，有的是外文星座名，有的又是中国古星名，什么五车、织女、河鼓、参商等，有的在天之东，有的又在天之西，不少还隐含着神话故事，自己查书，查来查去也不甚了了，后来还是去请教天文馆的专家才弄清楚。人家天文馆的专家都说，郭老真了不得，不愧是一个大家，天文知识都这么明白。此事虽看似与注释之外的研究无关，实则对我之后的研究工作启示却很大。至少是知道了知识之无涯，知道了搞研究必须具有广博的学识，搞研究必须详细地占有资料。

初到郭编会工作的时候，说的是借调半年，后来工作一开展起来，才知工作量之大之重，根本不是短期能完成的事，我是十多年后才脱身完全回到文学所工作的。虽然具体的注释工作都分配到各高等学校去了，我们主要是负责编辑工作，但以文学编 20 卷来说，由于编委会人手少，每个人都要分担一两卷、两三卷，我和桑逢康除共同负责文艺论著 3 卷和小说散文 2 卷之外，还要协助鲁歌同志负责的诗歌部分做些具体工作。由于马良春既是文学所的所长，又是郭著编委会负责文学编的副主任委员，实在忙不过来，诗歌部分第 3 卷、第 4 卷的稿子还是我替他代审的。而各高校来的注释稿，如果不合要求，最后还得我们自己来完成。如中国人民大学承担的《文艺论集》和《文艺论集续集》，承担注释工作的同志其实也是很下功夫的，只是写法不对。注释本来要求文字精练，简洁扼要，一目了然，但他的注文却像在编纂，在论述，在阐说。讨论初稿的时候大家都提到了这一点，送来的二稿虽然也简化了不少，改稿时我又给压缩改动了好些，但终因碍于关系，未能动大手术，结果送审以后编委会副主任委员石西民同志狠狠地批评了我，说看过我搞的第一卷注释，说明有能力搞得很好，为什么这一卷搞成这样，让重搞。没办法最后只得全部重新搞过，才得以通过。又如河北社科院文研所搞的自传部分的《革命春秋》注释，因为《请看今日之蒋介石》和《脱离蒋介石以后》等文章涉及好些敏感的人和事，所以来稿有不少的严重缺失，而1992年郭沫若诞辰百年要求全集要出全，真是时不我待，结果这部分本来不由我负责的稿子，不知怎么又推到了我的头上，让我和杨均照同志把这第13卷重新搞了一遍，好在没有影响全集按时出齐。

　　1987年，天津百花文艺出版社要出《中国现当代作家书简》，找郭沫若的女儿郭平英约稿，郭平英来找马良春，要文学所同志帮忙，但当时参加郭编工作的桑逢康、陈尚哲和我都有工作在忙，他们不愿割舍，我只得放下手上其他的事情来忙这个。郭沫若的书信，只在1933年由上海泰东图书局出过一个《沫若书信集》，仅收15封书信，他的大量的书信都流传在一些报纸杂志、书籍和私人手中。结果我花了近两年的时间到处搜集，整理出400多封郭老的书信，百花文艺出版社庞大的作家书简计划没出几本就半途流产了。不过我已没法停顿，一方面继续搜集，一方面寻找别的出版社。这样，终于在1992年郭沫若一百周年诞辰之际纳有634封信函的《郭沫若书信集》分上下两集在中国社会科学出版社出版了。书出以后，反响热烈，有的寄来了手里掌握的郭老未发书信，有的来电话指点哪里有郭老书信线索，甚至代为联系，引领上门，以提供书信。更多的人，则建议搞续编。于是，在20世纪90年代末，我联手郭沫若纪念馆的雷仲平、钟作英同志，上报了收集整理郭沫若书信集续编的课题，获得院里的批准。经过两年多的努力，我们新搜集了400多封郭老书信，仅从郭沫若纪念馆文书档案中就挖掘出来了100多封书信，其中尤其珍贵的是发现了红军长征胜利后，1937年郭沫若写给参加了长征、已在陕北工作的创造社成员李一氓同志，祝贺长征胜利、感叹自己未能参与的遗憾心情的信函。加上原有的600多封，一共1000多封郭沫若书信，我们整理成册，上报院里作为结项。本来已有出版社来联系出版，但这时郭沫若著作编委会又有了出版《郭沫若全集》佚文编、书信编的新计划，于是我们的未出版稿，就只能留作未来的五卷本书信编的基础了。

　　21世纪初，郭沫若纪念馆组织搞《郭沫若年谱长编》，他们邀我参与策划并担任编委，我承担的正好也是1921年至1925年创造社部分的写作任务，20万字。该书为国家出版基金资助项目中国社会科学院重大课题，结项时曾获社科院优秀科研成果奖，已于2017年10月由中国社会科学出版社出版。全书共五卷，236万多字。

就是这样，在十数年编辑郭沫若全集文学编和书信集的过程当中，在不断与郭沫若著作的接触，与郭沫若的战友、身边工作人员和亲人的接触中，慢慢地对郭沫若有了多一些的了解和认识，并有了对郭沫若、对以他为核心的创造社进行研究的兴趣。因为在既往几十年的主流思潮的主导和影响下，创造社因曾倡导浪漫主义常被一些权威人士和文学史著作当成一个所谓的"为艺术而艺术"的文学社团而遭到贬责，"文革"期间，创造社的不少重要成员包括郭沫若、田汉、成仿吾等都遭到批判和斗争，而"文革"以后，相当多的新文学史仍老调重弹，使我颇感不平，从而有了想为之正名的想法。而此前在编辑郭沫若全集的过程中，在编辑工作之余，虽然也曾不时写作过一些有关郭沫若和创造社的文章，这些文章，涉及对郭沫若和创造社的相关争论，比如对创造社的分期，对创造社的文艺思想，对创造社特别是后期创造社的功过是非，等等，但它们不够系统，比较分散。而文学所评职称，像我这样刚到文学所工作不几天就被长期借调到郭沫若著作编委会工作的、"文革"后才从外单位调入的新人，文学所学术委员会的评委同志们单凭我的几篇文章来考核我的学术水平，从而客观地给评定相应的学术职称是很困难的，更何况像文学所这样的老科研单位，人才济济，积压多多，高级职称又有名额限制，评委们想公正公平对待都很为难，这更促使我决定要对郭沫若和创造社做系统综合的深入研究，撰写专著。

1993年彻底解除郭沫若著作编委会的编书任务回所以后，感谢室里负责同志对我的体谅，尽量未给我安排临时性的工作，使我得以有较为集中的时间和精力，对十余年来手中掌握的有关郭沫若和创造社的资料，进行了系统的综合的分析研究，写作并出版了我的第一部学术专著《创造社：别求新声于异邦》，并于1995年被评为研究员。这部书全面论述了创造社的历史，它的文艺思想和创作成就。其中，重点是全面梳理了创造社作家的文艺思想，批驳了把创造社的文艺思想笼统归结为"为艺术而艺术"的提法，指出创造社的文艺思想有一个从鼓励多元发展到独尊普罗文学的发展变化过程。初期鼓励多元发展，没有划一的"主义"；中期写实与象征并举，呈过渡的性质；后期独尊普罗文学，发展路子趋窄。樊骏同志看完全书后，曾极力称赞这部分写得好。也许，这就成为后来他邀请我参加他参与主编的《中华文学通史》的契机之一。

作为文学所的一员，即使在借调到郭著编委会工作期间，所里、室内的活动，能够参与的，我都尽量参与。如80年代拨乱反正期间室里编选中国现代文学创作选，我参加的就有《中国现代短篇小说选》（人民文学出版社，1980，全7卷），后来在此基础上又增添补搞了《中国现代短篇小说钩沉》（北岳文艺出版社，1997，4卷本；2018，6卷本），这两个选本，使我国现代小说作家中不应被人忘记的和曾经被历史遗忘的作家作品基本上都得到了收录，这是一大成绩。

正确理论的指导和翔实资料的缺失，历来是我国哲学社会科学研究存在的大问题，文学研究亦然。至80年代，我国现代文学史著作不下数十种，但多数都是"以论带史"的作品，很少有站在坚实可靠史料基础之上的。为了改变这种现状，80年代末，我们现代室以鲁湘元为代表的一群人，大胆倡议开展一项庞大的筑基工程，坚持从原生态的史料出发，编写一部《二十世纪中国文学编年》（1900～1949），以促进我国文学研究事业更加茁壮成长。这一倡议得到了我国著名现代文学权威专家唐弢、王瑶、樊骏的赞赏，并在1991年被列为国家社科基金资助项目。我赞同并参加了这一工作，撰写了有关创造社和1927年的条目。经过全国20多位专家20多年的努力，这部500万字的鸿篇巨制终于在河北教育出版社的支持下于2013年出版，河北教育出版社并因此书而拿到了2015年度国家出版大奖。

20世纪80年代，在解放思想、拨乱反正的潮流中，现代文学界风行研究现代文学的思潮流派。在此背景条件下，我们现代室的马良春、张大明同志于90年代初提出并实施编著《中国现代文学思潮史》的计划。不幸的是，身兼文学研究所所长和郭沫若著作编委会副主任委员等多项职务的马良春同志积劳成疾，虽多方求治，仍于1991年英年早逝，计划中他所原拟承担的第二编的写作任务，只得由编写组的其他成员来分担。知道我在研究创造社和它的文艺思想，特邀我代劳一部分，收录在这部著作中，题名为《从多元发展到独尊普罗文学》，这就是我为该书写的有关创造社的文艺思想那一部分。该书1995年11月由北京十月文艺出版社出版，共99.6万字。

90年代，在重写文学史的潮流中，我们文学所的所长张炯和学术委员会的正副主任邓绍基、樊骏等同志倡议由文学所主导，集体编写一部10卷本《中华文学通史》。该书为"九五"国家社会科学规划重点项目，1997年9月由华艺出版社出版。我应邀参加了这一工作，并为该书撰写了有关郭沫若和创造社的部分，收录在这本集子中的有关郁达夫和创造社其他作家部分，就来自该书。后来，在此书的基础上，2003年12月长江文艺出版社有《中华文学发展史》、2013年2月江苏文艺出版社有《中国文学通史》的出版，这两部书，可以说都是《中华文学通史》的简装本，我所撰写的部分，也基本收录其中。

退休以后，有一天中国郭沫若研究学会的会长、郭沫若在东京时期的老朋友林林同志因为在《新文学史料》上看到了我写的《创造社的异军苍头突起》一文，通过郭沫若纪念馆来电话找我，邀我去他家，与我就郭沫若和创造社的问题，进行了一次长谈，要我就创造社的问题继续进行研究。这样，在2004年出版了我的第二部学术专著《创造社通观》。全书由历史风云卷、文艺思想论、作家传记谱、人物关系图、创作品评谈五部分组成，新亮点是研究并探讨了郭沫若与创造社的诸元老郁达夫、成仿吾、张资平、穆木天和冯乃超的关系。这与林甘泉同志邀我参与编写的《文坛史林风雨路》一书有关，浙江人民出版社请林甘泉为他们编写一部有关郭沫若交往的文化圈的书，我曾为该书撰写过《郭沫若与郁达夫》《郭沫若与成仿吾》两篇文章。我觉得这个作家关系网的专题挺有意思，涉及好些有争议有内涵的问题，可以展开探讨，所以在此启发下续写了郭沫若与张资平、与穆木天、与冯乃超等几篇文章，成就了《创造社通观》一书中的"作家传记谱"和"人物关系图"那两部分。

现在这样一本论文集，除了前面已交代的有些文章的相关出处之外，有的是应邀为一些报刊，如为《文艺报》专门撰写的纪念郭沫若一百周年诞辰的文章；有的则是为出席有关郭沫若或创造社学术研讨会提供的论文；

还有一些，则是为自己编选或撰写的有关郭沫若或创造社的书所写的前言和后记，或者编写者的话，等等。就是这样一些在不同时期不同情况下写作的东西，因为它们都是围绕着创造社，特别是其主帅郭沫若这样一个中心，这样一个主题，而且自然地显示出一定的系统性，所以就把它们搜集在一起，编成了这样一部书。这样一部书，说它是论文集当然不错，而说它是我的有关创造社的第三部专著，亦未尝不可，故而我把它称为《创造社漫论》。

黄淳浩

2017 年 3 月 30 日初稿

2018 年 3 月 26 日二稿

2019 年 10 月 12 日改定

概 论 篇

创造社的异军苍头突起[*]

创造社是在文学对青春浪漫气息的呼唤声中崛起的。它们在新文坛所掀起的那个文学新浪潮，既与封建旧文坛的那种旧文艺有着本质的不同，并将其视为死敌；也不同于新文坛内先他们而起的以《新青年》、《新潮》和文学研究会为代表的那个类型的新文艺。在文学革命运动之中，他们是独树一帜，异军苍头突起。用郭沫若在《文学革命之回顾》中的话来说，他们在文学革命爆发期中要算第二期的人物了，《新青年》时代的文学革命运动不曾直接参加，和那时代的一批启蒙家如陈独秀、胡适等没有师生或朋友的关系，前一期的陈独秀、胡适、刘半农、钱玄同、周作人主要在向旧文学进攻，这一期的郭沫若、郁达夫、成仿吾、张资平却主要在新文学方面建设。他们以"创造"为标语，正可以体现他们的运动精神。虽然他们所扮演的角色，也仍是在替资产阶级做喉舌。

适应时代社会和文学发展的需要

任何一个文学社团的崛起，大致都由于时代社会的需要、文学运动发展的需要和作家自身内在的需要。创造社的诞生，当然也正是这样。

从时代社会的需要来看，我国自鸦片战争失败，国家由封建社会沦为半殖民地半封建社会以后，中国人民在深重的封建主义的压迫之外，复又

* 原载人民文学出版社《新文学史料》1996 年第 3、4 期。

蒙受了一重帝国主义的压迫，因此群众之中蕴藏着一股强烈的反帝反封建和争取民主自由的要求，而苏联十月革命的成功，又使他们受到了社会主义思想的巨大吸引。随着五四运动的爆发，不仅群众中这种反帝反封建的民主主义的要求和对于社会主义理想的朦胧追求得到了很好的表现，而且形成了实际的革命行动。"五四"不仅成了我国人民追求思想解放、人性觉醒的运动，而且成了力图振兴民族的政治、经济和文化的狂飙突进的运动。理所当然地，群众，特别是青年知识分子的这种心声，要求在文学中得到强烈的表现，陈独秀、李大钊等人对文学中的青春浪漫气息的呼唤，正是这种时代社会要求的最早表达。

遗憾的是，在第一期的文学革命运动之中，这种时代精神在文学中却表现得不够。作为新文化运动先声的文学革命运动，虽然早在1919年五四运动之前就发生了，成效和实绩虽然也不小，但并不理想，而随着五四运动的落潮，文学革命运动更走入了低谷，文坛上出现了新文学阵营势单力薄，新文学作品青黄不接，旧文学卷土重来的趋势。正如成仿吾1920年在给郭沫若的信中所说：

> 新文化运动已经闹了这么久，现在国内杂志界底文艺，几乎把鼓吹的力都消尽了。我们若不急挽狂澜，将不仅那些老成顽固和那些观望形势的人嚣张起来，就是一班新进亦将自己怀疑起来了。①

这是几句足以流芳千古的经典性语言。文学发展的现状表明，新文坛在企盼一种新生力量的诞生，以加强自己的阵线，促进新文学的进一步发展。郭沫若他们也正是由文学发展的这一需要出发，而产生强烈的使命感，并决心筹组创造社，崛起于苍凉寂寥的新文坛的。

1931年，在《论中国创作小说》一文之中，沈从文还曾从文学的不同艺术方法和风格特点比较过创造社和文学研究会作家作品的不同效果和作用，从中可以窥见创造社作家的创作也许与当时的时代社会和文学发展的

---

① 参见1921年1月18日郭沫若致田汉的信，载1930年《南国月刊》。

需要乃至群众，特别是青年的心声更相契合一些。他说：

> 当时"人生文学"能拘束作者的方向，却无从概括读者的兴味……
> 与上列诸作者（按：指文学研究会成员）作品取不同方向，从微温的，
> 细腻的，惑疑的，淡淡寂寞的憧憬里离开，以夸大的，英雄的，粗率
> 的，无忌无畏的气势，为中国文学拓一新地，是创造社几个作者的作
> 品。郭沫若，郁达夫，张资平，使创作无道德要求，为坦白自白，这
> 几个作者，在作品方向上，影响较后的中国作者写作的兴味实在极大。
> 同时，解放了读者兴味，也是这几个人。①

沈从文的这些话说明，在"五四"那个狂飙突进的时代，创造社的以浪漫
主义为主要旗帜的文学，也许更能反映那个时代的革命精神和群众心声。

创造社之所以能适应这一形势和文学发展的需要，与其成员多曾在日
本留学有关。虽然他们都是在清末民初富国强兵、实业救国的号召下赴日
留学的，所以不是学医，就是学工，或学经济、学法律，但这些人自幼爱
好文学，在留日学习期间，又从不同的渠道，广泛地汲取了异域的精神食
粮，从而增加了知识，扩大了眼界，激起了创作的欲望。他们分别从文学
的不同思潮流派如自然主义和现实主义、浪漫主义和现代主义，乃至唯美
主义等之中去汲取营养，从而形成了成员之间彼此并不尽相同的文艺思想；
虽然如郭沫若在《文学革命之回顾》中所说，他们在"主张个性，要有内
在的要求"和"蔑视传统，要有自由的组织"②这两点上，是相同的。这与
他们在国内感同身受地受过封建礼教和传统的压迫，在日本又感同身受地
领略过"东洋气"的滋味有关。因此他们以都在异国求学的同学或同乡的
情谊，形成了一个以郭沫若为核心的小集体，相约要共同办一个纯文艺的
杂志，以便为新文学闯开一条生路。

---

① 1931 年 4 月 30 日《文艺月刊》第 2 卷第 4 号。
② 原载 1930 年 4 月 10 日《文艺讲座》第 1 册。

漫长的孕育期，仓促的成立会

创造社的成立，曾经历过一个漫长的孕育期。据郭沫若在《创造十年》中说，创造社的受胎来自 1918 年 8 月他与张资平（1893～1959）在福冈博多湾箱崎海岸的那次邂逅和谈话。张资平是广东梅县人，曾与郭沫若在东京第一高等学校预科同了一年学，这次是刚刚回国参加留日学生反对"中日军事协约"的罢课风潮后返回日本来。因此一见面自然地就谈起国内文化界的情况来。郭沫若平素本就对《东方杂志》和《小说月报》等国内有数的几份大杂志有意见，说那里面所收的文章，"不是庸俗的政谈，便是连篇累牍的翻译，而且是不值一读的翻译。小说也是一样，就偶尔有些创作，也不外是旧式的所谓才子佳人派的章回体"。张资平也说国内"没有一部可读的杂志"。《新青年》虽然"还差强人意"，但"我看中国现在所缺乏的是一种浅近的科学杂志和纯粹的文学杂志啦！"郭沫若当然对此看法有同感，就说："其实我早就在这样想，我们找几个人来出一种纯粹的文学杂志，采取同人杂志的形式，专门收集文学上的作品。不用文言，用白话。科学杂志，我是主张愈专门愈好的，科学杂志应该专门发表新的研究论文。"①

于是，他们开始酝酿同学中哪些可以做文学上的同道。首先想到的，是郁达夫和成仿吾。郁达夫（1896～1945）是他们的共同同学，浙江富阳人，不仅常写旧诗在《神州日报》上发表，而且也在写小说，是一位很有文学天赋的人物。成仿吾（1897～1984）是郭沫若在冈山第六高等学校的同学，湖南新化人。他虽然是学军械制造的，但中外文学涉猎颇广，而且英文功底厚，思辨能力强，也是一个不可多得的人才。1919 年，郭沫若因投稿的关系结识了《时事新报·学灯》的编辑宗白华（1897～1986），又因宗白华的介绍而认识了田汉。田汉（1898～1968），湖南长沙人，当时在东京高等师范学校学英文，他不仅喜写诗，爱看戏，而且擅交游，对中外戏

① 郭沫若：《创造十年》，上海现代书局，1932。

剧颇有研究。宗白华和田汉都是少年中国学会的会员，对郭沫若的诗才都很倾慕，曾称郭沫若为"东方未来的诗人"。1920年，田汉曾从东京长途跋涉，千里迢迢赶到福冈拜访郭沫若。他俩共同游览，即兴谈诵，一会称道自己是孔丘和李耳，一会又自比为歌德和席勒，他们还共同把年初以来与宗白华论诗、说戏、谈论婚姻恋爱、人生哲学和志趣抱负的通信汇编成了一部《三叶集》。当年5月，这部三人通信集由上海亚东图书馆出版之后，立即在青年中间飞快流传，在社会上刮起了一股浪漫主义的旋风，从思想上、文化上公开对旧的文化传统进行了宣战。《三叶集》所向国人展示的那种新的艺术观、恋爱观和人生观，在国内思想文化界引起了强烈的震动。该书当年多次再版，不仅成了国内最畅销的书籍，而且为创造社的成立奠定了思想和理论上的基础。

因为田汉的关系，他们开始与当时在京都第三高等学校念书的郑伯奇、穆木天，又因郑伯奇等的关系，而与在京都帝国大学念书的徐祖正、张凤举，与在东京念书的何畏、方光焘认识、交往和联络上了。郑伯奇（1895～1979），陕西长安人，少年中国学会会员，当时常在报刊上发表文章。他是专攻哲学和心理学的，但兴趣却在文学和新闻。穆木天（1900～1971），吉林伊通人。他是一位诗人，又喜欢童话，在大学是专攻法国文学的。徐祖正（1895～1978），江苏昆山人。张凤举（1895～1986），江西南昌人，他们两人都在大学文科学习，是真正的科班出身搞文学的人。何畏（1896～1968），浙江余杭人，是专攻美学和社会学的，喜欢理论，创作不多，写过一些文艺理论方面的文章。方光焘（1898～1964），浙江衢县（今衢江区）人，田汉的同学，也是学英文的，后来专攻语言学。除此之外，郭沫若在福冈还把他在九州帝国大学学医的同窗好友陶晶孙，一个多才多艺，会弹琴、作曲、画画、演戏、写小说的人邀请进来。

就这样，他们征集同人的工作可谓有了长足的进步，从此，东京、京都、福冈，他们从东到西，又从西到东，三点一线地进行了广泛的联络，不仅进行了人事组织上的准备，而且在创作和出版方面也做过一些准备。

1920年春，他们曾试办过一个名叫 Green 的刊物，译音为"格林"，英文有绿色的、青春的、新鲜活泼的和朝气蓬勃等意思。看得出来，刊物的名字不仅体现了同人们的一种希望和追求，而且也是他们对时代社会呼唤文学青春浪漫气息的积极的反响。刊物共出过两期，第一期出在1920年的上半年，刊载的有郭沫若后来收在《女神》中的一些诗，成仿吾的《新年与流浪人》，第二期出在1921年春，发表的有陶晶孙的《木犀》等。

不过，他们联系出版的事情并不顺利，虽然各成员都做了多方努力，但事情均不见成功，后来还是一个偶然的机会，使他们出版同人文艺刊物的夙愿最终得以实现。那就是1921年1月上海泰东图书局的经理赵南公准备改组编辑部，有人推荐成仿吾，于是郭沫若和成仿吾一道回沪，拟相机筹办他们朝思暮想的文艺刊物。由于1919年以来，郭沫若《女神》中的一些诗和其他文章，即在《时事新报·学灯》《少年中国》《民铎》等杂志上发表，《三叶集》的出版更使他在新文坛上有了相当的知名度，因此，赵南公马上决定留下郭沫若在泰东工作。在泰东，郭沫若日夜忙碌，为泰东图书局编了《女神》、《茵梦湖》、《西厢》和《革命哲学》等好几本书，作为献给泰东的见面礼。几部书的编辑出版，使郭沫若在泰东图书局的地位得到了巩固。于是，郭沫若适时地提出另出一种新的文艺杂志以专容他和他的志同道合朋友的文字的建议，赵南公一则出于对新文化事业的支持，一则作为一个有眼光的出版家，也看到郭沫若他们确有一定的实力和利用的价值，于是慨然应允了他们的要求。至此，郭沫若他们酝酿和筹划数年的要出一种纯文艺刊物的夙愿终于有了实现的基础。

就这样，郭沫若带着多年夙愿即将实现的兴奋和对赵南公胆识的钦佩、感激，乘船离开上海返回日本，想尽快把事情落实下来。在京都，他会见了郑伯奇、张凤举和穆木天。在东京，他会见了郁达夫、田汉、张资平、何畏、徐祖正。6月5日，在东京他首先去医院看望正在住院治胃病的郁达夫，在这里他们做了倾心的长谈，相互交换了对国内文坛的看法，以及他们即将出版的杂志的刊名、稿件的供应和出版的周期等，实质性的问题终于在这里得到了解决。关于这次探访，郁达夫十分感动，出院即写了一篇题为《友情和胃病》的自传体小说，详细地记录了这次见面的实况，并于当年发表在上海的刊物上。内中有一段谈到国内新文坛的情况和他们的目的希望，很有意思：

过了十几分钟，我的感情平复起来，K君也好像有些镇静下来了，我们才谈起我们将来的希望目的来。K君新自上海来的，一讲到上海的新闻杂志界的情况，便摇头叹气的说：

"再不要提起！上海的文氓文丐，懂什么文学！近来什么小报，《礼拜六》，《游戏世界》等等又大抬头起来，他们的滥调笔墨中都充溢着竹（麻将牌）云烟（大烟）气。其他一些谈新文学的人，把文学团体来作工具，好和政治团体相接近，文坛上的生存竞争非常险恶，他们那党同伐异，倾轧嫉妒的卑劣心理，比以前的政客们还要厉害，简直是些 Hysteria 的患者！还有些讲哲学的人也是妙不可言。德文的字母也不认识的，竟在那里大声疾呼的什么 Kant（康德）Nietzsche（尼采），Ubermensch（超人）etc（等）etc（等）。法文的'巴黎'两字也写不出来的先生，在那里批评什么柏格森的哲学。你仔细想想，著作者的原著还没有读过的人，究竟能不能下一笔批评的？"

"但是我国的鉴赏力，和这些文学的流氓和政治家，恐怕如鲍郎郭郎，正好相配。我们的杂志，若是立论太高，恐怕要成孤立。"

"先驱者哪一个不是孤独的人？我们且尽我们的力量去做罢。"

这是他们对当时的文坛形势和他们即将面临的艰难处境的一些看法和估计，说明他们对自己的杂志出版后可能遇到的困难和问题还是有些心理准备的。不过，从后来他们实际遭遇到的困难和问题来讲，他们当时的估计还是不足。

从医院出来，郭沫若又去拜访了田汉和张资平。6月8日下午，郭沫若邀集在东京的郁达夫、田汉、张资平、何畏和刚好从京都到东京来办事的徐祖正，在东京帝国大学改盛二馆郁达夫的寓所会面，共同研讨了出杂志、编丛书和成立文学团体诸事宜。杂志，大家议定用《创造》的名目，暂出季刊，以后有足够的人力时再出周刊等短一点的刊物。还决定了第一期的内容和第二、第三期各人要承担的稿件。丛书，决定下来的有郭沫若的《女神》、朱谦之的《革命哲学》和郁达夫的《沉沦》等三种，张资平的尚未脱稿的《冲积期化石》决定编为第四种。文学团体，决定叫创造社，立意就在要创造性地进行他们的新文化工作。这次会面的日子，后来就被文学史家们称作创造社成立的日子。不过，由于当事者记忆十分混乱，历来文学史家关于创造社成立的日期，多采用了郭沫若"七月初旬"这样一个不正确的说法。今根据赵南公 1921 年的日记和郁达夫的《友情和胃病》，将创造社成立的日期订正为 1921 年 6 月 8 日。

创造社应分为初、中、后三个阶段

创造社在新文化运动中异军突起，艰苦创业，标新立异，趋赶世界文化的新潮流，在中国的新文坛活跃了近十年之久。在现今出版的中国现代文学史中，多数的文学史家沿用了郑伯奇在《〈中国新文学大系·小说三集〉导言》中的两分法，把创造社的活动分为前后两期。实际上，郑伯奇也只是沿用了郭沫若的一种说法。

郭沫若在 1930 年 1 月 26 日的《文学革命之回顾》中，本来是把创造社的历史分为《创造》季刊或《创造周报》时期、《洪水》时期和《文化批判》时期等三个时期的，但在同年 5 月 10 日发表的《"眼中钉"》一文之中，他又把创造社简单地划分为前期和后期两个时期。1937 年在《创造十年续篇》之中，他又坚持把创造社明确地划分为三个时期："《洪水》半月刊的刊行要算是第二期创造社的事实上的开始。（注意：以后还有第三期）这个开始可以说是创造社的第二代，因为参加这一期活动的人，都是国内新加入的一群年青的朋友。在那时，第一期的一些成员有多数还在日本留学，而回了国的几位又是分散了的，只有我一个人住在上海，但我却是最不努力的一个。"

笔者认为，不能把创造社简单地分为"前期"和"后期"，而把中期略而不计，或以"创造社的小伙计"称之，而回避其事实上的独立的存在。我们应该遵照历史的本来面目，把创造社分为初期、中期和后期三个阶段。

1921 年 6 月到 1924 年 5 月，为初期创造社，即《创造》季刊或《创造周报》时期，属创造社的第一阶段。初期创造社，在"五四"落潮期，它异军突起，力挽狂澜，独树一帜，开展了轰轰烈烈的浪漫主义文学运动，高扬了狂飙突进的革命精神，坚持了反帝反封建的斗争，壮大了新文学的队伍，发展了新文学运动的成果，为方兴未艾的新文学开了新生面。

1924年6月到1927年底，为中期创造社，即《洪水》时期，属创造社的第二阶段。中期创造社，在大革命从逐渐兴起到形成高潮和遭受挫折失败的全过程中，它坚持反对帝国主义和新军阀，坚持新文学的革命方向，团结了许多进步作家和文学社团，发挥了坚强文化堡垒的作用。

1928年1月至1929年2月，为后期创造社，即《文化批判》时期，属创造社的第三阶段。后期创造社，在大革命失败后的革命转变期和第二次国内革命战争期间，顶住了严酷的白色恐怖，率先在新文坛和整个中国的思想文化界掀起声势浩大的宣传马克思主义的热潮和无产阶级革命文学运动。与此同时，由于受当时国际共产主义运动"左"倾路线的影响，他们也曾为"左"的思潮推波助澜，遗毒后世。

初期创造社的成员及其主要活动

初期创造社的成员，除前面已经提到的郭沫若、郁达夫、成仿吾、张资平、田汉、郑伯奇、何畏、穆木天、陶晶孙、徐祖正、张凤举、方光焘等留日学生之外，国内参加的，只有一个邓均吾（1898~1969），四川古蔺人。他是一位很有才气的诗人，1921年冬在泰东图书局工作时参加创造社，曾协助郭沫若、郁达夫他们编《创造》季刊等刊物。

初期创造社的活动，是从编辑出版《创造社丛书》开始的，也因丛书而一炮打响。从1921年8月起，无论是郭沫若的作为新文化运动以来开一代诗风的新诗集《女神》，还是郁达夫的作为新文化运动以来的第一部短篇小说集《沉沦》，都在社会上起到了振聋发聩、惊世骇俗的作用。此外，还有张资平的作为新文化运动以来的第一部长篇小说《冲积期化石》，郭沫若、郑伯奇、穆木天等人的《茵梦湖》《少年维特之烦恼》《鲁森堡之一夜》《王尔德童话集》等，作为新文化运动以来最早的一批翻译作品，不仅以其形式之新，尤其以其内容之新，一下子捕捉了众多的青年男女的心，有的甚至模仿书中人物的衣着打扮，徜徉街头。郭沫若、郁达夫和创造社，一下子就征服了整个新文坛。无怪乎创造社的编者敢于在广告中宣称："本丛书自发行以来，一时如狂飙突起，颇为南北文人所推重，新文学史上因此而不得不划一时代。"①

接着，是1922年5月正式出版的《创造》季刊和在1923年创刊的《创造周报》和《创造日》上那些短小精悍、隽永犀利的文章和创作，更像一块块巨石一次次地落在死寂沉静的水里一样，激起了一次比一次大的涟漪，不仅搏击了旧的文学世界，而且波及了新的文学阵营。《创造》季刊创刊号上所发表的郭沫若的历史剧《棠棣之花》第二幕，田汉的独幕剧《咖啡店之一夜》、郁达夫的短篇小说《茫茫夜》、成仿吾的短篇小说《一个流浪人的新年》和张资平的短篇小说《她怅望着祖国的天野》、长篇小说《上帝的儿女们》等，虽然不都是稀世的成功之作，但比起当时文坛的许多作品，水准却要高出许多，而且不少篇章的文体、语言和内容在新文坛均具有开拓的价值，如郭沫若的历史剧，田汉的现代话剧，郁达夫的浪漫主义小说，成仿吾的充满象征色彩的现代派小说，等等，在中国都是史无前例的创作。所以季刊一出，马上就在社会上引起了广泛的注意。接着从第二期起，是郭沫若和郁达夫批评新文坛翻译中的粗制滥造的文章和成仿吾批评新文坛内部新人新作的那些文学批评的文章，不仅主观色彩较重，而且笔锋犀利泼辣，对不同流派、社团的作家作品都有所涉及，因此在新文坛引起了强烈的反响，支持响应者有之，反对批评者也有之，整个新文坛都因为创造社的异军苍头突起而震动起来了、喧闹起来了。

《创造》的旗鼓既张，加上群众又是那么地热情支持，使郭沫若他们不得不考虑要创办短线刊物，因为《创造》季刊的周期实在是太长了。特别是1923年"二七"大罢工以后，国内形势发展很快，季刊既不足以反映时局的重大变化，季刊文章引起的一些论争也常常不能得到及时的答辩，于是以思想评论、文艺批评为主，创作和翻译为副的《创造周报》和《创造日》分别在1923年的3月和7月应运而生了。这两个刊物，由于把战线拓

---

① 1923年2月1日《创造》季刊第1卷第4期。

展到了整个思想文化战线的各个领域，"《创造周报》一经发刊出来，马上就轰动了全社会。每逢星期天的下午，四马路泰东书局的门口，常常被一群一群的青年所挤满，从印刷所刚搬运来的油墨未干的周报，一堆又一堆地为读者抢购净尽，订户和函购的读者也陡然增加，书局添人专管这些事"。①

《创造》季刊、《创造周报》和《创造日》的风行，标志着初期创造社进入了它的全盛期。

但是，事情常常是因为发展太迅猛，一下子就进入了它的鼎沸期，而会遭遇到来自各方面的质疑和反对，从而导致形势的急转直下。如果自身又不能自省和自补的话，它就会陷入窘境。初期创造社的情况就正是这样。郁达夫虽在《创造日》的发刊《宣言》中说："我们想以纯粹的学理和严正的言论来批评文艺政治经济，我们更想以唯真唯美的精神来创作文学和介绍文学。"② 但在帝国主义封建主义双重压迫下的旧中国，在社会上没有民主和自由，经济上寄人篱下，政治上孤立无援如初期创造社那样的以个性主义为思想武器，以抒发自我为艺术旗帜的纯文学社团，要想专以学理为根据，就对文艺、社会、政治下严正的批评，是只会碰得头破血流的。因此，《创造日》发行仅一百日，就被迫宣告停刊。几个中坚成员，为了糊口，不得不北上的北上（郁达夫），东渡的东渡（郭沫若），只有成仿吾一人留上海独力支撑，也只把《创造周报》勉力办到 1924 年的春夏之交。虽然他们"不曾拜倒在资本家与权贵面前，不曾妄用了诗神的灵香去敬那些财阀与豪贵的妖神"③，但 1921 年 6 月 5 日郭沫若与郁达夫在医院碰头时所预见的局面却不幸而言中了："我们的杂志，若是立论太高，恐怕要成孤立。"虽然他们甘居"孤独"，但也逃不脱"我们固然很愿意竭力于新文学的建筑，然而我们自己也要生活"④ 这条起码的生存规律的制约。当然，严格地追究起来，初期创造社之所以在这时走向"离散"，还有更深层的原因，那就是 1923 年"二七"大罢工我国的工人阶级走上政治舞台之后，国

① 郑伯奇：《二十年代的一面》，1942～1943 年重庆《文坛》第 1、2 卷。
② 郁达夫：《创造日·宣言》，1923 年 7 月 21 日上海《中华新报·创造日》第 1 期。
③ 成仿吾：《一年的回顾》，1924 年 5 月 9 日《创造周报》第 52 号。
④ 成仿吾：《一年的回顾》，1924 年 5 月 9 日《创造周报》第 52 号。

内的阶级状况发生了很大的变化，大革命的形势愈来愈发展，因此一些具有进步思想、迫切要求革命，又崇奉个性主义的民主主义知识分子常常在这种时候会感到自己力不从心，要求在知识上、思想上进一步地补充和武装自己，以使自己跟上形势的发展，郭沫若1924年4月离开祖国东渡日本之初衷，是本拟到大学院里去从事生理学研究，之所以马上就改变初衷，易弦更张，而如饥似渴地学习和研究起马克思主义，并开始认识到"马克思主义在我们所处的这个时代是唯一的宝筏"①，根本的原因就在这里。

初期创造社虽然从成立到被迫离散存在了仅约四年的时间，但他们靠着十来个人的力量，从文学到整个文化意识形态领域，开展了广泛的工作，在中国的新文坛刮起了一股"创造"的旋风，其气势之盛，确实不容忽视，其功劳之巨，不能不令世人瞩目。我国的新文化运动中，在那些与创造社没有发生直接论争的人士之中，瞿秋白和沈从文是两个不同倾向的代表人物，他们对创造社虽然也有各自的看法，但对它的历史功绩，却都给予了高度的评价。瞿秋白说：

> 创造社在五四运动之后，代表着黎明期的浪漫主义运动，虽然对于"健全的"现实主义的生长给了一些阻碍，然而它确实杀开了一条血路，开辟了新文学的途径。②

沈从文则说：

> 创造社所有的功绩，是帮我们提出一个喊叫本身苦闷的新派，是告我们喊叫方法的一位前辈……他们缺少理智，不用理智，才能从一点伟大的自信中，为我们中国文学史走了一条新路。③

---

① 郭沫若：《孤鸿》，1926年《创造月刊》第1卷第2期。
② 瞿秋白：《给郭沫若的信》（1935年5月28日），1940年1月20日香港《大风》半月刊第60期。
③ 沈从文：《论郭沫若》，载李霖编《郭沫若评传》初版，上海现代书局，1932。

后来，一些评论家，也从创造社的作品充满青春浪漫气息这一点，谈到了创造社备受群众欢迎的原因：

> 当时的青年们刚从旧礼教的旗帜下解放出来，正都深刻地感觉性的苦闷，对于郁达夫张资平等充满浪漫气息的恋爱小说，可谓投其所好，遂都表示热烈的欢迎，同时他们也欢迎郭沫若王独清的热情横溢的诗歌，成仿吾的大胆泼辣的批评，创造社拥有这样多受青年欢迎的作家，所以他们声势凌驾同时的各种文学团体以上，实在也是无怪其然的。①

中期创造社的成员及其主要活动

初期创造社星散的时候，成仿吾就曾宣布："不等到来年，秋风起时也许就是我们卷土重来的军歌高响的时候。"② 但是，首先不耐寂寞，不甘心创造社在新文化运动中销声匿迹，并敲响"鼙鼓"的，不是创造社的诸元老，而是在《创造周报》时期十分活跃，曾受到郭沫若、成仿吾他们提携和鼓励的周全平、倪贻德、敬隐渔、严良才等几位文学青年。成仿吾曾称"他们是一个维系我们的希望的星斗"③，"半年以来的最杰出的新进作家"。④ 是他们不甘心新文坛的寂寞，不甘心"第一次创造之花的发育"⑤遭到停止，而放弃了自己的专业，挺身出来从事文学工作，复兴创造社的。

周全平是农业学校毕业生，当时在浦东一个农场当营业主任。倪贻德是画画的，当时在上海美专任教。敬隐渔原是四川天主堂收养的一个孤儿，当时在上海从事教会工作。严良才则是上海尚公小学的一个教师。是他们，在即将离沪去广州参加革命工作的成仿吾的指导和支持，并取得了远在日

---

① 史蟫：《记创造社》，1943 年 6 月 1 日上海《文友》半月刊第 1 卷第 2 期。
② 成仿吾：《一年的回顾》，1924 年 5 月 9 日《创造周报》第 52 号。
③ 成仿吾：《一年的回顾》，1924 年 5 月 9 日《创造周报》第 52 号。
④ 成仿吾：《终刊感言》，1923 年 11 月 2 日《中华新报·创造日》第 100 期。
⑤ 周全平：《撒但的工程》，1924 年 8 月 20 日《洪水》周刊创刊号。

本福冈的郭沫若的赞同和支持之后，把创造的旗帜继续扛着往前走的。

中期创造社的成员，除原有的继续留在社里的元老以外，前前后后陆续参加创造社的新成员，首先是周全平、倪贻德、敬隐渔（不久离沪去法国留学）、严良才，稍后是洪为法、陈尚友（即陈伯达，不久离开）、叶灵凤、潘汉年，继之是蒋光慈、漆树芬、王独清、周毓英、邱韵铎、柯仲平、成绍宗，最后是黄药眠、段可情等。

中期创造社的活动，较之初期创造社时期，有了很大的变化。这中间，有继承，也有开拓和发展。这主要是由于国内大革命形势的急剧发展，促使创造社成员的思想发生了变化，他们对社会政治问题和文艺问题有了新的认识，事业遂有了新的进展。具体地讲，其主要活动有如下几方面。

（一）继续办刊物

中期创造社时期，主要办了两个刊物。一个是《洪水》，一个是《创造月刊》。

《洪水》，先是周刊，后来改为半月刊。1924年8月，周全平他们在《创造周报》余稿的基础上，创办了类似《创造周报》那样的以评论为主的《洪水》周刊，仍由泰东图书局出版。但第二期刚看完清样，泰东即以江浙齐卢军阀战起、经济支绌为由，把周刊给停了。实际上，还是由于政治方面的原因，因为泰东图书局是国民党右翼政学系的出版机关，政学系和创造社在政治思想上的分歧，早在初期创造社时期就已暴露出来，《创造日》和《创造周报》的终刊，即已明朗化。这以后，虽经郭沫若和周全平他们多方设法，周刊仍难以为继，直到1925年9月，他们才在新成立的光华书局（以几本书的出版为交换条件）的支持下，把《洪水》周刊改为半月刊复刊了。一直到1927年12月，共出了三卷三十六期。1926年12月还出过一个《洪水周年增刊》。第一、二卷，由周全平编辑，第三卷，由郁达夫、成仿吾编辑。周全平在《关于这一周年的〈洪水〉》中曾说：《洪水》虽然没有一个标准的主义，但却遵奉了一个一贯的原则，那就是"倾向社会主义和尊重青年的热情"。也许正是因为这个刊物迎合了逐渐形成高潮的大革命形势的需要，因而《洪水》一出，马上就受到了被大革命浪潮鼓荡起来的群众，特别是那些要求进步的青年的欢迎。据统计，《洪水》从第一卷第一期到第十二期，订户从五十增到六百，印数从一千增到三千。《洪水》第一卷，三十万字，第二卷，四十多万字，而读者来稿却在一百万字以上，足见《洪水》是怎样广泛地受到群众的热烈欢迎了。

《创造月刊》则类似《创造》季刊，以发表创作为主，辅以评论。在月刊上发表文章的，多为创造社同人。这个刊物，从 1926 年 3 月创刊，直到 1929 年 2 月创造社遭国民党查封被迫终刊，共出了两卷十八期，实际上是个不定期的刊物。先由郁达夫、成仿吾和王独清分别编辑，从 1928 年 7 月第一卷第十二期开始，改由文学部集体编辑，实际主持其事的，是冯乃超。郁达夫在创刊号的《卷头语》中曾把他们复兴创造社、再出《创造月刊》的原因归结为"慰藉人生于万一"、"真情不死"和"为天下的无能力者被压迫者吐一口气"这样三点，并说他们"消极的就想以我们无力的同情，来安慰安慰那些正直的惨败的人生的战士，积极的就想以我们的微弱的呼声，来促进改革这不合理的目下的社会的组成"。看得出来，他们是在人民大革命不断高涨的声浪下面，在个人的小天地里再也待不住了，决心要有所作为，要与群众一起参与改革不合理的社会的斗争。

除此而外，在大革命的风浪的鼓噪下，创造社出版部的小伙计们还创办过几个小刊物，虽然其中没产生什么可以传世的大文章，而且寿命都不长，但总算也说过一些硬气的话，起过一些投枪、匕首的作用，如《A·11》《新消息》《幻洲》周刊等。这些刊物，都以刊登出版部的重要消息和启事、广告为主，但也发表过一些短小精悍、锋芒毕露的小文章，可能正因为锋芒太露，所以这些刊物的寿命都不长，最多的办了五期，有的只办了一两期就夭折了。

（二）成立出版部，继续出丛书，首倡著作家和读者自办出版

《洪水》周刊的夭折给创造社同人的教训是很深刻的，促使他们萌发了著作家和读者合作办出版的想法。这样，既可以逃脱出版商经济上的盘剥，政治上也可以不受人的钳制，比较自由地说自己想要说的话。为此，郭沫若、郁达夫、成仿吾、张资平、周全平他们曾多方酝酿设法，并印制了股票，想共同筹措资金。但第一次由于每一股的股金额度设置太高，响应者寥寥，后来把股额降低了，股金很快筹集起来，创造社出版部也就在 1926

年3月把牌子挂出来了。在我国的现代文化史，特别是出版史上，由喜读书和愿著述的人共同集资办出版，这是开天辟地的第一例，为中国的文化界闯了新路，开了先章。

创造社出版部于1926年3月成立，开张后的第一件事，是把《洪水》半月刊从光华书局收回来自己出版。同时，还创办了《创造月刊》。两个刊物各有侧重，彼此配合。出版部开张后的第二件事，就是把《创造社丛书》从泰东图书局和光华书局拿回来自己出版，并编辑出版了新的丛书。诸如郭沫若的小说散文集《落叶》和《橄榄》，诗集《瓶》，历史剧《聂莹》；郁达夫的全集第一卷《寒灰集》和第二卷《鸡肋集》；成仿吾的论文集《使命》，诗集《流浪》和小说集《灰色的鸟》（合集）；张资平的长篇小说《苔莉》和《飞絮》；穆木天的诗集《旅心》；陶晶孙的小说集《木犀》（合集）、《音乐会小曲》；王独清的诗集《死前》《圣母像前》，戏剧《杨贵妃之死》等。此外，他们还在《世界名家小说》《世界名著选》等丛书名目下，专门出版创造社同人的译著，总计达二三十种之多，广泛地译介了世界诸多名家的作品。就单本讲，这些"丛书"和"名著"虽然不如初期创造社时期的《女神》、《沉沦》和《少年维特之烦恼》那样影响巨大，但也都有相当的质量，相对地说也比初期创造社时期更大量、更集中，因而总体的影响也更大。

由于业务的发展，除了上海的创造社出版部总部外，他们还在全国许多地方和日本成立了创造社出版部的分部，力量不足的许多地方，一些书店也自愿地建立了创造社出版物的推销处。1926年9月，创造社的新老成员一起，还在广州召开了出版部的第一次理事会，通过了《创造社章程》和《创造社出版部章程》，选举产生了创造社的第一届执行委员会和出版部的理事会、监察委员会。经选举，总社执委由五人组成，他们是：总务委员郭沫若，编辑委员成仿吾和郁达夫，会计委员成仿吾（兼），监察委员张资平、王独清。在当时的文化社团之中，创造社可谓最有生气的一个。就是在他们这样严密的组织运作下，出版部成立五个月，营业总额已达一万余元，成员们对著作家与读者合作搞出版的信心和勇气增强了，创造社的影响也扩大了。

（三）元老散而复聚，以广东大学为基地，改革教育，倡导革命文学

创造社到了中期，元老们散而复聚，并以更大的规模云集于当时的革命中心广州，使广州成了创造社的新基地，也使创造社的活动呈现一番新面貌。首先，是成仿吾先期到达广州担任了广东大学理科教授和黄埔军校教官。接着，郭沫若因瞿秋白的推荐，应聘担任广东大学文科学长，1926年3月，他与郁达夫、王独清一块到了广大。再接着，郑伯奇、穆木天也因他们的推荐先后来到广大文科任教。与此同时，何畏也应聘担任了广东大学法科教授。至此，创造社的元老，除去已退出的和仍在国外上学的，国内只有张资平仍在武昌的大学任教没来广州集中了。

郭沫若他们到广州之后，很快就为广东的革命气氛所感染，并积极地投入到火热的革命文化活动中。广东大学和黄埔军校一样，都是孙中山先生1924年创办的培养干部的学校，一个培养文化干部，一个培养军事干部。当时正值北伐战争前夕，虽然在实行国共合作，但国共两党的斗争仍然十分激烈。广东大学内，右派势力也是很强的，他们极力反对郭沫若等"左"派作家到广大任教，遭到了学生的反对。学生要求撤换不良教师，革新教学内容。郭沫若等到校后，积极支持学生的改革要求，曾发布告示，决定开设新课程，让学生自由选修。告示公布后，一些顽固守旧的教员宣布罢教，并要求校长罢斥郭沫若。由于广大进步学生和教师的支持，这次文科的风潮终于很快以郭沫若为首的革命师生的胜利而告终。坚持顽固立场的教师被解了聘，受蒙蔽的老师返校复了课，创造社的元老们也在广东大学站住了脚。

他们一方面当"红教授"，教书育人；另一方面写文章，办刊物，倡导革命文学。这里，有郭沫若的《孤鸿》《文艺家的觉悟》《革命与文学》，成仿吾的《革命文学与它的永远性》《完成我们的文学革命》《文艺战的认识》《文学革命与趣味》《文学家与个人主义》，蒋光慈的《十月革命与俄罗斯文学》，郁达夫的《无产阶级专政和无产阶级的文学》，何畏的《个人主义文艺的灭亡》，穆木天的《写实文学论》等，各自发表了他们对革命文学的认识。虽然对什么是革命文学，如何创作革命文学的理解各不相同，但在倡导革命文学这一点上却是一致的，其中，口号提得最明确、最响亮的，是

郭沫若。他认为: "我们现在所需要的文艺是站在第四阶级说话的文艺,这种文艺在形式上是写实主义的,在内容上是社会主义的。"①

不过,提出口号是一回事,真正要做到又是一回事。认真地说,当时他们的思想都还处在过渡的阶段,所以理论口号和他们的创作实践是处于混乱、脱节的状态的。这从他们当时在《创造月刊》上发表的作品就可以看出来,诸如郭沫若的《瓶》,郁达夫的《怀乡病者》和《寒宵》、《街灯》,张资平的《密约》《苔莉》,周全平的《楼头的烦恼》,冯乃超的《红纱灯》,王独清的《死前》《三年以后》等,虽然有的艺术上颇有成就,但思想上,大多属于他们所批判的个人主义范围及其更下的作品。虽然如此,但当时他们对革命文学的倡导,却为后来的无产阶级革命文学运动开了先河。就这样,这些创造社的元老,和在上海坚守的出版部小伙计,两相呼应,彼此配合,与文艺界的进步文艺工作者一起,在全国造成了一股相当巨大的革命文化势力,对全国的大革命形势,起了很好的推动作用。

(四) 工作重心转向社会政治问题,部分成员勇敢地走上了革命第一线

随着五卅运动和"三一八"惨案的发生,人民反对帝国主义和军阀买办、呼吁国民大革命的声浪已经一浪高过一浪,创造社的同人再要关在象牙塔里搞什么"纯文艺"已属不可能。于是,他们自觉地把广大群众关注的社会政治问题提到了首位,翻开当时的《洪水》,不仅可以看到《五卅悲歌》《五卅节的上海》《悼北京十八日的死者》这样的揭露帝国主义与军阀买办勾结凌辱中国人民的报道和文章,可以看到《五一节与中国劳动运动》《五一节与中国农民运动》和《努力国民革命中的重要工作》这样的论述,而且可以看到,当新军阀篡夺了国民革命的胜利成果,继承了老军阀的衣钵,进一步勾结帝国主义,变本加厉地制造白色恐怖,对革命和人民进行疯狂镇压的时候,郭沫若、郁达夫、潘汉年他们,通过自己的战斗檄文,勇敢地把新军阀的反革命面目向全国、全世界最早地做了公开揭露。这里,有郭沫若的《请看今日之蒋介石》和《脱离蒋介石以后》,有郁达夫的《在方向转换的途中》《诉诸日本无产阶级文艺界同志》《谁是我们的同伴者?》

---

① 郭沫若:《文艺家的觉悟》,1926 年 5 月 1 日《洪水》半月刊第 2 卷第 10 期。

和潘汉年在准创造社的刊物《幻洲》半月刊上发表的那些短小精悍、泼辣尖锐的小杂文、小政论文。

在此之前，1925 年下半年当社会上开展关于社会主义、共产主义论战的时候，郭沫若在《洪水》上发表的《穷汉的穷谈》《共产与共管》《马克斯进文庙》《新国家的创造》《社会革命的时机》《卖淫妇的饶舌》等文章，不仅有力地驳斥了国家主义者对共产主义的诬蔑，而且集中地体现了创造社的转变和对社会问题的关注。

尤其值得大书一笔的，是他们不仅改变了旧文人那种脱离社会实际，只知坐在书斋里、象牙塔里写文章做学问的陋习，积极地关注社会问题，为革命呐喊呼吁，有的成员，如郭沫若、潘汉年等，还亲自奔赴革命第一线，勇敢地参加了血与火的斗争。郭沫若是 1926 年 7 月离开广东大学，携笔从戎，参加北伐国民革命军的，他在国民革命军政治部副主任的任上，目睹了蒋介石反共反人民的滔天罪行，完全不顾个人的安危第一个站出来公开向全国人民揭露蒋介石的反革命面目，紧接着又参加了为挽救大革命彻底失败而发动的八一南昌起义。在当时的知名作家中，亲历血与火的斗争前后一年有余，可以说是绝无仅有的一个。继郭沫若之后参加北伐和大革命实际斗争的，是潘汉年。曾任国民革命军政治部宣传科长，《革命军日报》总编辑。此外，成仿吾、郑伯奇担任黄埔军校的教官，实际也在做国民革命的工作。周毓英，1927 年 2、3 月，也曾去南昌协助潘汉年编过《革命军日报》。

（五）打破了文艺上"主义"和"派别"的界限，团结了不同思想艺术倾向的朋友

和初期创造社时期不同的是，中期创造社在组织上打破了文艺上"主义"和"派别"的界限，不以原来的小团体立场来限制自己，广泛地与社会各界，文化艺术界各种不同思潮流派的朋友交往，刊物上也容纳了各方面的稿件。

郭沫若是 1926 年 7 月离开广州参加北伐的，而鲁迅经厦门到中山大学任文学系主任兼教务主任，已是 1927 年初了，但鲁迅之受聘中山大学，郭沫若却是倡议者之一。北伐前，他曾利用文科学长的身份，商同校长，聘鲁迅做教授。从鲁迅日记和书信还可以看到，在广州期间，创造社常与鲁迅接触，并赠书给他。1927年春，成仿吾他们倡议发表《中国文学家对于英国知识阶级及一般民众宣言》，创造社派何畏去找鲁迅，鲁迅欣然同意，并签了名。1927年9月，鲁迅在《致李霁野》的信中说："创造社和我们，现在感情似乎很好。他们在南方颇受迫压了，可叹。看现在文艺方面用力的，仍只有创造，未名，沉钟三社，别的没有，这三社若沉默，中国全国真成了沙漠了。南方没有希望。"① 回到上海后，1927年11月，郑伯奇、蒋光慈和段可情，曾经郭沫若同意，代表创造社去与鲁迅商讨进一步携手合作，鲁迅不仅欣然同意，还主动建议共同把《创造周报》恢复起来，并在报刊上刊登了共同复活《创造周报》的广告。遗憾的是，这件事情竟由于创造社部分成员的反对，而未能实现。

除此而外，在中期创造社的《洪水》《创造月刊》上，我们还可以发现好些在过去的创造社刊物上从未出现，甚至根本不可能出现的名字，诸如秦邦宪、陆定一、钱杏邨、汪静之、钱蔚华、焦尹孚、王以仁、许杰、李芾甘（巴金）、袁家骅、瞿秀峰、裘柱常、李剑华、楼建南（适夷）、顾仁铸、朱湘、林微音、黎锦明、谷凤田、仲殊、洪学琛、梁实秋、陈南耀、赵伯颜等，这些人，分属各界、各种不同政治文化倾向和派别。

《洪水》在《复活宣言》中，曾把"派别"和"成见"称作"两个恶鬼"，表示要"摆脱一切派别，抛去一切成见"。② 从当时的情况看，它们是身体力行如上原则，注意团结文艺界，乃至整个意识形态领域里各种不同倾向和流派的朋友的。无怪乎当时创造社要倡议成立类似后来的作家协会之类的组织了。更无怪乎在几十年之后，晚年的冯乃超经过长期的反思，在谈到创造社的历史时，曾盛赞创造社的第二阶段："《洪水》半月刊撰稿人之多，思想斗争的异常活跃，为前期创造社成员所意料不及的，致使郭沫若认为创造社此时又出现了。我认为创造社此时是最少'组织'、'集团'气味的时期，也可以说最少宗派情绪的时期"。③

---

① 《鲁迅书信集》上，人民文学出版社，1976，第164页。
② 1925年9月《洪水》半月刊第1卷第1期。
③ 冯乃超：《鲁迅与创造社》，《新文学史料》1978年第1辑。

后期创造社的成员及其主要活动

后期创造社的成员，主要指 1927 年底从大革命前线回到上海参加创造社工作的李一氓、阳翰笙和从日本留学归国参加创造社工作的冯乃超、李初梨、朱镜我、彭康、李铁声等人。除此之外，先后参加后期创造社工作的，还有王学文、傅克兴、许幸之、沈叶沉、沈起予、苏子怡、龚冰庐等。这些人，也多数是从日本留学归来的，只有苏子怡来自大革命前线，龚冰庐来自北方矿区。后期创造社的成员，多数是研究哲学社会科学的，只有许幸之、沈叶沉等少数几个人是从事美术、戏剧活动的。

创造社到了后期，郭沫若先是受到国民党反动派的通缉，继而流亡日本，郁达夫则在 1927 年的 8 月即已声明退出创造社，所以后期创造社时期起初主持社务的是成仿吾，1928 年 5 月成仿吾出国后，王独清、郑伯奇、张资平曾短期负过一段时间责，以后就是朱镜我、冯乃超他们管事了。实际上，从《文化批判》创刊开始，真正体现和代表后期创造社方向的，早就非朱镜我、冯乃超他们莫属了。

后期创造社的刊物，主要有《文化批判》、《流沙》和《创造月刊》三种。

《文化批判》创刊于 1928 年 1 月 15 日，它的出版标志着后期创造社的正式开始。1928 年 5 月底，被反动当局勒令停刊，共出了 5 期。主编是朱镜我，冯乃超协助编辑。撰稿者多为成仿吾、朱镜我、冯乃超、李初梨、彭康、李铁声等人。这是一个综合性的哲学社会科学的理论刊物，宗旨是对人民进行马克思主义的启蒙教育。用他们的话来说："其目的在以学者的态度，一方面介绍最近各种纯正的思想，他方面更对于实际的诸问题为一种严格的批判的工作。"他们曾预言："《文化批判》将在新中国的思想界开一个新的纪元。"①

《流沙》半月刊也是一个综合性的理论刊物，创刊于 1928 年 3 月，终

---

① 《〈文化批判〉出版预告》，1928 年 1 月 1 日《创造月刊》第 1 卷第 8 期。

刊于同年5月，仅出了6期。由李一氓、阳翰笙编辑。编者在创刊号的《后语》中曾这样谈到他们的宗旨："我们只想一方面紧紧的把捉着无产阶级的意识和精神来否定这趣味十足和风光满纸的文坛另辟一块荒土。一方面是想帮助我们一般的青年多多少少得些正确而且必要的社会科学的知识。"

《文化批判》和《流沙》被迫停刊以后，创造社于8月15日有《思想》月刊的创刊，11月5日有《日出》旬刊的问世。各出了5期，又被迫在同年的年底终刊。两个刊物的编者和撰稿人大都是《文化批判》和《流沙》的原班人马，宗旨也未变，仍在"唤起青年们去探求科学的真理"。

除此而外，后期创造社还继续出版有《创造月刊》，并新办两个文艺性质的刊物。一个叫《文艺生活》，周刊，共出4期，创刊和终刊均在1928年12月。编者是郑伯奇，撰稿人有郑伯奇、冯乃超、许幸之、沈叶沉、蒋光慈、殷夫等。另一个叫《畸形》，半月刊，编者是几个与创造社有关系的文艺青年，1928年5月30日创刊，6月15日终刊，共出两期。撰稿者多为创造社和太阳社的成员，如王独清、黄药眠、邱韵铎、龚冰庐、王一榴、钱杏邨等。严格地讲，这个刊物也可以说不是创造社的刊物。

后期创造社的主要活动，是宣传马克思列宁主义和倡导无产阶级革命文学。后期创造社之所以决心要在中国掀起轰轰烈烈的马克思主义的启蒙教育运动，是因为他们感到中国的无产阶级虽然已经登上了历史舞台，但中国广大的无产阶级和革命人民却有着先天的不足，那就是理论准备的不够。他们无机会也无条件接受认真的系统的马克思主义的教育，他们只是从自身的遭遇和处境中感受到要起来革命和斗争的。即使对一些先觉者来说，马克思主义充其量也只是知道一些皮毛而已。特别是在大革命和南昌起义失败以后，革命者和徘徊者都需要明灯的指引，都需要马克思主义的导航。

在此之前，早期共产党人李大钊、陈独秀、瞿秋白和许多进步的知识分子，虽然都曾经积极地宣传过马克思主义，对中国的革命运动也起过巨大的推动作用，但由于他们是从如何推动当时中国实际革命运动的角度着眼去理解、接受和宣传马克思主义的，自然有其侧重面和倾向性，因之对于马克思主义的基本理论和基本原则，也就顾不上和不可能去进行全面、系统的研究和宣传。更何况，他们的主要精力还在实际革命斗争的组织领导。

后期创造社的青年马克思主义者们则不是这样。他们当时都在日本念书，是从学习中有感于马克思主义的正确，有感于"时代已经需要这样的干粮"①，从而决心起来宣传和弘扬这一学说的。这就决定了他们要"以学者的态度"②，而不是以职业革命家的身份去致力于马克思主义理论的研究和宣传。因此，他们比较注意多方面地、较为系统地向我国人民介绍和宣传马克思主义的一些基本原理。用他们的话来说，就是要把马克思主义的"各种纯正的思想与学说陆续介绍过来，加以通俗化"，并申言：在中国这将是"开天辟地的第一声"。③

翻开当时后期创造社的刊物就会发现，他们确实是比较系统、比较多方面地宣传了马克思主义的。这里，有马克思主义的唯物论、辩证法和历史唯物主义，有马克思主义的政治经济学和帝国主义论，有马克思主义关于科学社会主义的学说，还有马克思主义关于物质文明和精神文明以及精神生产一般规律的考察等。

在对马克思主义基本理论进行宣传方面，成绩比较卓著的是朱镜我和彭康。他们两人都是专攻哲学社会科学的。朱镜我曾发表过《理论与实践》《科学的社会观》《政治一般的社会的基础——国家底起源及死灭》《关于精神的生产底一考察》《德谟克拉西论》《社会与个人底关系》《满蒙侵略底社会的根据》《中国社会底研究》等重要论文，其中《科学的社会观》一文，从物质与精神、生产力与生产关系的要素及其相互关系，以及生产的过程、阶级的产生、社会的构成等方面系统地论证了马克思主义的唯物史观，批判了唯心主义的认识论，曾经受到瞿秋白的称许。

彭康则发表过《哲学底任务是什么?》《科学与人生观——近几年中国思想界底总清算》《思维和存在——辩证法的唯物论》《唯物史观的构成过程》《思想底正统性与异端性》《厌世主义论》《五四运动与今后的文化运动》《新文化底根本立场》等重要论文。其中《科学与人生观》一文，以马

① 《编辑初记》，1928 年 1 月 15 日《文化批判》创刊号。
② 《〈文化批判〉出版预告》，1928 年 1 月 1 日《创造月刊》第 1 卷第 8 期。
③ 《编辑初记》，1928 年 1 月 15 日《文化批判》创刊号。

克思主义唯物史观为依据，对 20 年代头几年中国思想界关于科学与人生观之争进行了总结，批判了唯心主义和经验主义的认识论，强调要以唯物的辩证法解决一切紧迫的问题。郭沫若认为此论"甚精彩，这是早就应该有的文章。回视胡适辈的无聊浅薄，真是相去天渊"。曾称彭康是创造社的"后起之秀"。①

除此之外，他们还十分注意对马克思主义原著的翻译和出版。如在创造社刊物上发表的有《唯物史观原文》（李一氓），《〈哲学底贫困〉底拔粹》（李铁声），《托尔斯泰——俄罗斯革命的明镜》（彭康，这当是列宁这一名著在中国的最早翻译和介绍）等。在《创造社丛书》中预告和出版的，有马克思的《工钱劳动与资本》（李一氓译），《拿破仑第三政变记》（陈仲涛译），恩格斯的《费尔巴哈与古典哲学之终末》（白省吾译），蒲力汗诺夫的《马克思主义底根本问题》（彭康译），以及许多阐释和介绍马克思主义的书。在《文化批判》和《流沙》上，他们还开辟了"新辞源"与"社会思想家和社会运动家"专栏，专门进行马克思主义的名词解释和一些著名的马克思主义者的生平、思想介绍。

应该承认，在向中国人民和中国革命输送马克思主义这一点上，他们确实是不遗余力的，所做的工作，也是史无前例的。

在倡导无产阶级文学方面，做工作较多的，是冯乃超、李初梨。

早在 1927 年春，冯乃超、李初梨他们就曾经建议创造社转变方向，大力倡导无产阶级革命文学。他们认为，郭沫若虽然 1926 年就在提倡革命文学，但他的《革命与文学》只是在中国一般无产大众激增和中间阶级贫困化的社会情况下所产生的智识阶级"自然生长的革命意识的表现"②，1928 年的中国，社会的客观条件已经完全变了，因此，新兴的革命文学，应该是无产阶级文学。

后期创造社的成员归国的时候，日本的无产阶级文学运动正走向它的全盛时期。日本的无产阶级文学运动是在苏联的无产阶级文学运动的直接影响下产生和发展起来的，而我国的无产阶级文学运动，又是在苏联和日

---

① 郭沫若：《离沪之前》，载《革命春秋》，人民文学出版社，1992，第 277 页。
② 李初梨：《怎样地建设革命文学》，1928 年 2 月 15 日《文化批判》月刊第 2 号。

本的无产阶级文学运动的双重影响下产生和发展起来的。冯乃超、李初梨都是在日本的大学里专攻文学专业的，而且与日本的左翼文学界有广泛的联系，所以一回到祖国，他们就把全部精力投入倡导无产阶级文学运动，并率先在《文化批判》上发表了《艺术与社会生活》和《怎样地建设革命文学》两篇文章。与此同时，在《创造月刊》上，成仿吾和郭沫若也发表了《从文学革命到革命文学》和《英雄树》、《桌子的跳舞》等倡导无产阶级革命文学的文章。

成、冯的文章侧重在进行历史和现状的总结，从对文学革命以来历史进行的考察，谈到无产阶级文学在中国产生的社会历史背景。李、郭的文章则侧重在论证什么是无产阶级文学以及怎样地建设无产阶级文学，广泛地谈到了无产阶级为什么人，什么人可以写，写什么，以及彼岸文学等。他们的文章，涉及无产阶级文学的性质和任务，无产阶级作家的世界观和修养，无产阶级文学的内容和形式，无产阶级文学的未来和前景等无产阶级文学建设中的重大理论问题，其观点，曾在我国的无产阶级文学运动中产生深远的影响。当然，其中有积极意义上的，也有消极意义上的。

综观朱镜我、彭康他们阐述马克思主义的文章和冯乃超、李初梨他们倡导无产阶级文学的文章，它们有一个共同的缺点，就是受当时国际共产主义运动和苏联、日本文坛中"左"倾思潮的影响比较严重。

即以对马克思主义的宣传介绍来说，他们对马克思主义基本原理的宣传，就不够全面。虽然宣传了很多重要的方面，但也有一些重要的方面未能涉及或很少涉及，整个宣传也仍然太重实用了。比如恩格斯所说马克思的两个重大发现，唯物史观他们宣传较多，而剩余价值学说宣传就较少。唯物史观中，重点宣传的又是其中的阶级斗争学说，社会生产力发展方面的道理，则较少谈到。对于辩证唯物论的宣传，他们是颇下了些功夫的，但其中讲得较多的，往往只是矛盾的对立和斗争，而矛盾的同一和转化，否定之否定等，则讲得较少。在联系实际方面，诸如中国革命的对象、领导权与前途，土地问题和农民问题等，许多论述是十分精辟、正确的，但对当时革命形势的估计，对中国革命在本阶段的性质，以及如何对待小资产阶级、民族资产阶级等问题上，有些观点则流于偏激过"左"。

而在倡导无产阶级文学的文章中，那种过激言论和"左"的腔调就更加明显和严重了。他们不仅把文学艺术当成"社会构成的变革的手段"①，而且全盘接受了美国工团主义者辛克莱在《拜金主义》一书中宣扬的"一切的文学，都是宣传"的观点，并进一步发展说："文学，是生活意志的表现"，"是机关枪，迫击炮"② 了。既然后期创造社在文学观念上是这样的观点，自然就对当时新文坛的现状十分地看不惯。于是，他们开始了"对中国浑沌的艺术界的现象作全面的批判"，并对妨碍"建设革命艺术的理论"③ 的某些见解进行驳斥。于是，一些不与他们唱同调，或调子稍微与他们有所不同者，就成了他们批判的目标。在《艺术与社会生活》中，冯乃超一下子点了叶圣陶、鲁迅、郁达夫、张资平、郭沫若五个"可以代表五种类的有教养的知识阶级的人士"的名。批判了其中的四个，只肯定了郭沫若一个。在《怎样地建设革命文学》中，李初梨不仅批评了周作人和鲁迅，而且对蒋光慈和郭沫若的革命文学论也提出了批评。

这两篇文章在《文化批判》上发表后，理所当然地会引起受批判一方的反应。于是，鲁迅发表《"醉眼"中的朦胧》进行驳诘。而且，双方的响应者都很不少。这样，一场关于无产阶级革命文学的论争遂拉开序幕，并愈演愈烈。乃至个人的态度、年纪、气量和酒量等问题都扯上了。不仅时间持续了一年以上，牵扯的人和问题也很多。

不过，我们千万不可把"掀动现代中国文艺的波涛"的这场关于革命文学的广泛的论争等闲视之，而以"小集团主义"或"宗派主义"把它看轻了。因为正如李何林所说："这一次的论争在中国文艺的进程上占一个很重要的地位"，它们不仅"可以显示中国文艺进程上一个重要时期"，而且可以从中"知道一点中国文艺界的现形——了解这代表中国文艺界的几个主要文艺集团对于文艺究竟是怎样的态度"。④

有人说，后期创造社之所以对鲁迅、文学研究会作家进行批评是因为

---

① 冯乃超：《艺术与社会生活》，1928 年 1 月 15 日《文化批判》月刊创刊号。
② 李初梨：《怎样地建设革命文学》，1928 年 2 月 15 日《文化批判》月刊第 2 号。
③ 冯乃超：《艺术与社会生活》，1928 年 1 月 15 日《文化批判》月刊创刊号。
④ 李何林：《〈中国文艺论战〉序言》，载《中国文艺论战》，上海北新书局，1929。

他们的所谓小集团主义和宗派主义在作祟。实际上，这种说法是值得商榷的。我觉得，关键还在他们当时所持的思想理论观点。

大量材料证明，他们是外社、社外的人批，本社内的人也批，他们不仅批评了文学研究会、语丝社、新月社、太阳社，而且批评了初期创造社和中期创造社，不仅批评了鲁迅、周作人、叶圣陶和茅盾，而且批评了郁达夫、张资平和蒋光慈、郭沫若。他们不仅常常标榜自己是最能进行自我批判的文学社团，而且一再声称他们把一些文坛老将置于批判席上的时候，是把他们当作一种"异端"，"一种倾向"来处理的。

也许正是因为这样，所以当他们后来明白自己犯了"左"的教条主义错误之后，能够毫无芥蒂地与鲁迅他们真诚相处，如鲁迅与成仿吾、鲁迅与冯乃超。再有，"左"是当时国际共运中的一种通病。因此，后期创造社的错误，是一种历史的时代的错误，是他们在对国情不甚了解的情况下，把一些"左"的教条连同马克思主义的真髓一起，通通当为真理把它们介绍到国内，并把它们奉为行动的指南了。应该说，这本身就是一种现象和倾向，而且是一种国际现象和时代倾向，是受了国际共产主义运动中"左"的理论和思潮的误导。

综上所述，我们可以看到，在中国的革命和文化发展史上，创造社确实是异军苍头突起的，他们曾经轰轰烈烈地干过一番事业。因此，我们对它的功与过，成绩和错误，必须不带任何偏见地、实事求是地进行科学的总结，肯定其成绩和功劳，批判其错误和过失。既不抹其功，亦不饰其过。

1993 年 10 月

创造社分期刍议*

　　创造社是五四新文化运动中在文坛崛起最早和最大的两个文学社团之一。它在新文化运动中异军突起、艰苦创业、标新立异，追赶世界文化的新潮流，在中国的新文坛活跃了近十年之久。在"五四"落潮期，它急挽狂澜，独树一帜，开创了轰轰烈烈的革命浪漫主义的文学运动，为方兴未艾的新文学开了新生面，使当时冷冷清清，寂寂寥寥的新文坛，重新沸腾了起来。在逐渐兴起并形成高潮的人民大革命中，它坚持反对帝国主义和新旧军阀，坚持新文学的革命方向，团结了许多进步的作家和文学社团，在中国尚无作家协会一类组织的情况下，发挥了坚强的堡垒作用。在大革命失败后的革命转变期和第二次国内革命战争时期，它顶住了严酷的白色恐怖，并率先在新文坛和整个中国思想文化界掀起了声势浩大的宣传马克思主义的热潮和无产阶级革命文学运动。总之，在"五四"以来的新文化运动中，创造社所起的作用是独特的和巨大的，而且从一开始就在文学和思想理论两条战线同时作战。所以它的作用不仅为其他兄弟文学社团所不能比拟，而且它的影响也更广泛、更深远，值得我们在中国的现代革命史、现代文化史和现代文学史中大书特书。

　　但在创造社分期问题上，创造社的作家和文学史家们，历来却有两种不同的意见。特别是新中国成立以后，人们愈来愈趋向于把创造社简单地分为前期和后期，并把中期创造社混同在后期创造社之中。我觉得这是不符合创造社的历史的，不仅有碍于我们对不同时期创造社作家的研究，有

---

* 原载黄侯兴主编《创造社丛书·理论研究卷》，学苑出版社，1992。

碍于全面科学评价不同阶段的创造社的历史功过，而且不符合我们现代文学研究也要坚持贯彻马克思主义的实事求是的原则。近年来，通过大量接触创造社史料，笔者愈来愈感到在创造社研究和现代文学史研究中，这是一个应该提出来与广大同行共同探讨的问题。尤其感到，应该为中期创造社多说几句话。

为此，我们且从回顾人们最初是怎样为创造社分期的谈起。

两种分法均始于郭沫若

创造社的分期，历来有两种说法。

这两种说法，均始于郭沫若 1930 年的文章。在此以前人们是没有给创造社分期的，如郁达夫 1927 年写的《创造社出版部的第一周年》。

1930 年 1 月 26 日，在《文学革命之回顾》一文中，郭沫若把创造社的历史首次分为三个时期。

《创造》季刊或《创造周报》时期

他说："创造社初期的主要分子如郭、郁、成，对于《新青年》时代的文学革命运动都不曾直接参加"，"他们的运动在文学革命爆发期中要算到了第二阶段"。"其实他们所演的角色在《创造》季刊时代或《创造周报》时代，百分之八十以上仍然是在替资产阶级做喉舌。"

《洪水》时期

他说，在"五卅"工潮的前后，天大的巨浪冲荡了来，"于是创造社的行动自行划了一个时期，洪水时期——《洪水》半月刊的出现。在这时候有一批新力军出现，素来被他们疏忽了的社会问题的分野，突然浮现上视界里来了，当时的人称为是创造社的'剧变'"。

《文化批判》时期

他说，"不久之间到了 1928 年，中国的社会呈出了一个'剧变'，创造社也就又来了一个'剧变'。新锐的斗士朱镜我、李初梨、彭康、冯乃超由日本回来，以清醒的唯物辩证论的意识，划出了一个《文化批判》的时期。创造社的新旧同人，觉悟的到这时候才真正的转换了过来，不觉悟的在无声无影之中也就退下了战线。创造社是已经蜕变了，在到 1929 年的 2 月 7 日它便遭了封闭"。

但在 1930 年 5 月 10 日发表的《"眼中钉"》一文中，郭沫若又把创造社划分为"前期"和"后期"两个时期。这篇文章，是郭沫若对鲁迅 1930 年在《萌芽月刊》第二期上发表的《我和〈语丝〉的始终》一文的答辩，说明"创造社的几个人并不曾'将语丝社的几个人看成眼中钉'"。

他说，在前期"顶着创造的担子在实际上精神上都发生过一些作用的，仅仅郁达夫、成仿吾和我三个人而已"。而由于"中日的文艺运动在最近两三年来，完全进展到了另一种新的阶段"[1]，所以"创造社已经不再是前期的创造社了。便宜上我们称那最后一两年的为后期的创造社吧。后期创造社的几位主要的成员，如彭康、朱磐、李初梨、冯乃超诸人，他们以战斗的唯物论为立场对于当前的文化作普遍的批判，他们几位在最近的新运动上的成绩是不能否认的"。[2]

有趣的是，在此以后，郭沫若对创造社分期的提法仍不统一。1932 年《创造十年》用的是"初期创造社"的提法，而在 1937 年的《创造十年续篇》之中，又把创造社明确地划分为三个时期：

> 《洪水》半月刊的刊行要算是第二期创造社的事实上的开始。（注意：以后还有第三期）这个开始可以说是创造社的第二代，因为参加这一期活动的人，都是由国内新加入的一群年青的朋友。在那时，第一期的一些成员有多数还在日本留学，而回了国的几位又是分散了的。只有我一个人住在上海，但我却是最不努力的一个。

---

① 《学生时代》，人民文学出版社，1979，第 240 页。
② 1930 年 5 月 10 日《拓荒者》月刊第 4、5 期合刊。

其他创造社作家如是说

创造社作家中，首先沿用三个时期划分的，是王独清。1930年9月，他在《创造社——我和它的始终与它底总账》中是这样说的："创造社底活动谁也知道有三个时期：第一是《创造》季刊和《周报》的时期，第二是《创造月刊》与《洪水》的时期，第三是转变方向后的《创造月刊》与《文化批判》（后改为《思想》）的时期。"①

继之是陶晶孙。他在40年代写的《创造三年》中，虽然没有明确地把创造社划分为三个时期，但有"创造社初期""中期创造社"②这样的提法，显然是对创造社实行三分法的。

创造社作家中，首先接受郭沫若两分法的，则是郑伯奇。他在1935年8月编辑出版的《中国新文学大系·小说三集》的《导言》中，第一次沿用了"创造社初期"和"后期创造社"的说法。1942年在他的《二十年代的一面——郭沫若先生与前期创造社》一文中，更鲜明地采用了"前期创造社"这一称谓。特别是新中国成立后，在他多次所写的系统回忆创造社的文章中，如1959年的《忆创造社》、1962年的《创造社后期的革命文学活动》等，都继续沿用了"前期创造社"和"后期创造社"的提法。

1959年9月，成仿吾在山东大学与苏联研究生彼德罗夫谈创造社问题时，也把创造社分为前期和后期：《创造社可以划分为前后两个时期。前期主要成员有郭沫若、郁达夫、成仿吾和张资平（田汉是他们的朋友但未参加创造社）。后期主要成员有彭康、李初梨、冯乃超、朱镜我等。前后两个时期相隔四五年》③。

"四人帮"打倒后，冯乃超在《新文学史料》上发表过《鲁迅与创造社》

---

① 1930年12月20日《展开》半月刊第2卷第3期。
② 1944年上海《风雨谈》月刊第9期。
③ 《与苏联研究生彼德罗夫关于创造社等问题的谈话》，《成仿吾文集》，山东大学出版社，1985，第292页。

和《革命文学论·鲁迅·左翼作家联盟》两篇文章。前一篇为亲笔，发表于生前的 1978 年。后一篇乃蒋锡金根据他的谈话记录整理，发表在他逝世之后的 1986 年。①

前一篇文章，只提到"前期创造社"，但又有"创造社初期""创造社的第二阶段"，"创造社的后期""创造社进入第三阶段"等提法，并盛赞"创造社的第二阶段"。显然是把创造社分为三个时期的。但后一篇文章却又简捷地把创造社分为"前期创造社"和"后期创造社"，只说"还有些人，通常也参加活动，被称为'创造社的小伙计'"，似乎又不把他们单算为一个独立的阶段了。

文学史家们这样认为

至于一般的文学工作者和文学史家们，新中国成立前的著作，谈及创造社时，多数不分期。如吴文祺的《新文学概要》、朱维之的《中国文艺思潮史略》等书，鲁迅的《上海文艺之一瞥》、瞿秋白 1935 年致郭沫若的信、沈从文的《论中国创作小说》、周达摩的《中国新文学演进之鸟瞰》、吴伯兰的《〈现代中国小说选〉序》等文章。唯朱自清 1935 年 8 月 11 日写的《〈新文学大系·诗歌集〉导言》，在谈及王独清、穆木天、冯乃超时，有"后期创造社三个诗人"的提法；杨之华 1943 年 5 月的《中国现代的小说及其演变》和史蟫 1943 年 6 月的《记创造社》中，有"前期"和"后期"创造社提法；顾凤城的《创造社和中国文学运动》，则有"创造社的第三阶段"提法。

中华人民共和国成立以后，情况则完全相反。迄今出版的中国现代文学史或新文学史，多数将创造社分为前、后两期。如田仲济、孙昌熙的《中国现代文学史》等。其中，以刘授松的《中国新文学史初稿》和吉林大学的《中国现代文学史》最明确，还点明以 1925 年为分界，以前的为"前

---

① 《成仿吾文集》，山东大学出版社，1985，第 292 页。

期创造社"，以后的为"后期创造社"。

新中国成立后最早出版的王瑶《中国新文学史稿》，丁易的《中国现代文学史略》和后来唐弢主编的《中国现代文学史》，比较慎重，只见前二书有"初期创造社"和"创造社初期"的提法，后书有"早期创造社"和"创造社还有若干后起的作者"的提法，既未见前期和后期并提，也未见早期、中期和后期并提。

林志浩主编的《中国现代文学史》则似乎不大统一，书中既有前期、后期的提法，亦有"创造社第一期"、"第二时期"和"第三时期"的称谓，有的地方还说到"创造社早期"。

唯有香港九龙昭明出版社 1975 年出版的司马长风的《中国新文学史》例外。他明确地采用了三分法："创造社的活动断断续续有三个时期。""第一期：一九二二年五月——一九二四年五月，历时两年"；"第二期：一九二四年五月——一九二六年四月，历时约两年。""第三期：一九二七年八月——一九二九年二月，历时一年半。"但文中复有"早期的创造社"和"后期活跃的作家"① 这样的提法。

以上材料说明，为了叙述的方便，人们固然常常把创造社分为前期和后期，而作为历史，人们又往往不得不把创造社分为三个时期，冯乃超和司马长风就是如此。

创造社应该分为三个时期

笔者认为，不能把创造社简单地称作"前期创造社"和"后期创造社"，而把中期创造社忽略不计，或以"创造社的小伙计"称之而回避中期的独立存在，将之打入另册。笔者觉得，应该正式地在中国现代文学史中把创造社分为初期、中期和后期三个时期。理由如次。

一，中期创造社在事实上是一个独立的存在。如果从 1924 年 6 月筹备

① 以上引文俱见该书上卷第 136、139 页。

《洪水》周刊算起，到 1927 年底，它有着三年多的历史。在整个人类的历史长河中，三年多当然算不得什么，但整个创造社只在历史上活动了八年，用郭沫若的诗化语言也不过是"创造十年"，三年多就整整占了创造社三分之一还多的历史，是无论如何也不容忽视的。

二，中期创造社在客观上与初期和后期创造社有着质的不同。因为它们面临着不同的形势和任务。这一个阶段，时当五卅运动前后，正好经历了中国的第一次国内革命战争由逐渐兴起，形成高潮，到遭受失败的整个过程。它与初期创造社所处的"五四"落潮期和后期创造社所处的革命转变和第二次国内革命战争时期，形势和任务都是不相同的。

初期创造社，它们在"五四"落潮期，高扬了狂飙突进的革命浪漫主义精神，坚持了反帝反封建的斗争，壮大了新文学运动的队伍，坚挺了新文学的地位，发展了新文学运动的成果。

后期创造社，在革命的转变和第二次国内革命战争时期，积极地宣传马克思列宁主义，倡导无产阶级革命文学，可贵地为新文学指明了革命的方向。遗憾的是，由于当时国际共产主义运动中"左"倾路线的影响，他们也曾为"左"的思潮推波助澜，遗毒后世。

而中期创造社，在大革命的风暴中，为了反对新老帝国主义和新旧军阀，它的一些成员曾先后奔赴革命第一线，亲身参加实际斗争，如郭沫若、潘汉年等。另一些成员则坚守文化战线，以广州的中山大学文学院和上海的创造社出版部为基地，利用手中掌握的《创造月刊》和《洪水》半月刊，积极地为大革命呐喊助威，被新旧军阀视为眼中钉、肉中刺，曾多次试图查封它，而群众对之却倍加欢迎和热爱，在当时的作家和文学社团中，能做到这一步的，实属难能少有。

三，中期创造社，除老作家不断做出新贡献，还拥有一批具有相当特色的新秀，创作了大量的各式各样的文学作品，对当时和后代留下过不容忽视的影响，值得在中国现代文学史上为他们留出一席之地，恰当地书上一笔。

所谓"创造社出版部的小伙计"，实际有的在当时就已是颇具知名度的作家，如敬隐渔、周全平，倪贻德不用说了，早在创造社初期就已崭露头角，并受到社内外人士的赞许。叶灵凤、潘汉年、黄药眠等，自跻身文坛以后，也都纷纷脱颖而出，其作品亦能在新文学中别开生面，在读者中产生广泛的影响。

四，更其值得称道的是，中期创造社能从初期创造社和社会上其他兄弟文学社团论战不休的境况中自我解脱出来，打破文艺上"主义"和"派别"的界限，广泛地与社会各界、文艺上各种思潮流派的朋友交往，在文坛上结成了一致对敌的广泛的统一战线，这就使得不仅鲁迅"想到广州"，去"与创造社联合起来，造一条战线，更向旧社会进攻，我再勉力写些文字"。① 而且鲁迅之受聘中山大学，创造社的郭沫若也是举荐者之一。鲁迅到广州之后，双方更亲切往来，并联合其他作家共同签发了《中国文学家对于英国知识阶级及一般民众宣言》。回到上海之后，创造社还计划与鲁迅联手复活《创造周报》，共同战斗。

随便翻阅一下中期创造社的刊物，就可以发现它确实非常广泛地容纳了各方面人士的稿件。如在《洪水》半月刊，我们就可以看到秦邦宪、陆定一、陈尚友（陈伯达）、钱杏邨、李芾甘（巴金）、汪静之、钱蔚华、焦尹孚、王以仁、许杰、储安平、王实味、黄仲苏、林微音、黎锦明、楼建南、叶鼎洛、袁家骅、翟秀蜂、谷凤田、洪学琛、李翔梧等一大批不同文化流派，不同思想观点，不同政治色彩的作家的名字。《创造月刊》虽然集中刊登的是创造社同人的稿件，但也登过梁实秋、赵伯颜、陈南耀等非同人作家的作品。在当时没有统一的作家协会这类组织的情况下，中期创造社无形中起到了很好的团结、组织作家的作用，在群众中产生了好的影响。

当时也曾在创造社的刊物上发表过《红纱灯》等象征派诗作，但尚未参加创造社工作的冯乃超，后来在回顾中期创造社的这一段历史时，曾很有感触地说："《洪水》半月刊撰稿人之多，思想斗争的异常活跃为前期创造社成员所意料不及的，致使郭沫若认为创造社此时又出现了。我认为创造社此时是最少'组织'、'集团'气味的时期，也可以说是最少宗派情绪的时期。"②

---

① 《鲁迅致许广平》（1926 年 11 月 7 日），上海青光书局，《两地书》，1933。
② 《鲁迅与创造社》，《新文学史料》1978 年第 1 辑。

鉴于上述原因，笔者认为应该遵照历史的本来面目，把创造社划分为初期、中期、后期三个阶段。具体的时间界定如下。

1921 年 6 月到 1924 年 5 月，为初期创造社，即《创造》季刊或《创造周报》时期，属创造社的第一阶段。

1924 年 6 月到 1927 年底，为中期创造社，即《洪水》时期，属创造社的第二阶段。

1928 年 1 月到 1929 年 2 月，为后期创造社。即《文化批判》时期，属创造社的第三阶段。

郭沫若有三时期的划分，但无准确的时间界定。司马长风有三时期的划分，亦有准确的时间界定，但他把创造社第一期的活动从 1922 年 5 月正式出版《创造》季刊算起是不科学的。因为 1921 年 6 月创造社即已正式成立，《创造社丛书》也已出版多种了。如郭沫若的在我国现代文学史上开一代诗风的新诗集《女神》，早已作为《创造社丛书》之一在 1921 年 8 月由泰东图书局出版了。紧接着，朱谦之的《革命哲学》，郁达夫的新文坛第一部短篇小说集《沉沦》，张资平的新文坛第一部长篇小说《冲积期化石》，也分别作为《创造社丛书》之二、之三、之四，相继于 1921 年的 9 月、10 月、1922 年 2 月，由泰东图书局出版发行，它们都在《创造》季刊发行之前。此外，郭沫若、钱君胥合译的《茵梦湖》和郭沫若译的《少年维特之烦恼》，亦在 1921 年 7 月和 1922 年 4 月，由泰东图书局作为创造社编辑的世界名家小说之第一种和第二种出版发行。这些书，有的当年就再版、三版，创造社早已蜚声文坛。所以，创造社第一期的活动界定从 1922 年 5 月《创造》季刊发行之日算起是没有道理的，而应该从 1921 年 6 月创造社成立并开始出丛书时算起，因为当时创造社即已开始正式活动了。

至于创造社的第二期和第三期，司马长风在做时间界定时，不知为什么把 1926 年 4 月至 1927 年 8 月一年多的时间忽略而不计，既未算在第二期，也不算在第三期。实际上，这一年多时间，是中期创造社最活跃的时期。当时，创造社的元老集中在广州，新成员集中在上海，不仅继续出版有《洪水》半月刊，而且还新创办了《创造月刊》。创造社出版部的艰苦创业，也主要在这一年多。除上海的出版部总部之外，此时还曾在北京、广州、武昌、扬州、南京、长沙、安庆、重庆、汕头等地及日本成立分部，并办过《A·11》《新消息》等专门登载出版消息的小刊物，影响是很大的。而创造社第三期活动的开始，最早只能从 1927 年 12 月，即郭沫若、郑伯奇、蒋光慈、段可情等人打算联合鲁迅共同恢复《创造周报》的计划流产，冯乃超、李初梨等后期创造社的中坚分子和代表人物，陆续从日本归国之后算起，才有充分的理由。说它起自 1927 年 8 月，无论如何都太早了一些，因为当时成仿吾才从广州返回上海，尚未出发去日本与冯乃超等人共商振兴创造社的计划，邀请冯乃超等人归国参加创造社的工作。成仿吾去日本是 9 月底 10 月初的事情。十月下旬以后，冯乃超等人才陆续从日本归国。而如果能代表后期创造社方向的几位后期创造社成员，当时均尚未回国就说后期创造社已经开始了，是绝对站不住脚的。

中期活动应从何时算起？

前些时候，很高兴地读到了陈青山、陈永志同志 1990 年 9 月出版的《创造社记程》这部迄今我们见到的，已经出版的第一部系统论述创造社的专著。在此之前，虽也有过一两部《创造社论》之类的小册子，但实际只是各不相关的单篇文章的汇编而已。而这部书则是全面、系统和完整的论说，而且材料翔实，论说有力得体。尤其值得一提的，是作者没有因袭那种将创造社简单地分为两期的几乎已经形成常规的做法，而是将创造社郑重其事地分为前、中、后三期，并将全书分为"前期篇""中期篇""后期篇"，对创造社各阶段的历史进行了"系统描述和全面评论"。

书中，他们也谈道："关于创造社活动历史的分期，历来有两期说和三期说的分歧。对于前期时间的界定，这两种说法都是一致的。两期说只是把三期说所界定的中期（1925 年至 1927 年）并入后期。文学史家们多采用两期说，我们则认为三期说更能真实反映创造社活动的历史发展。"我欣赏他们这种实事求是的作风，从史实出发，没有屈从某些一时盛行的观点。两期说盛行于 50 年代末以后一段时间，郑伯奇的文章影响很大，而且成仿吾也这样认为。因此，后来的中国现代文学史大致均依从这种说法。两期说最初的产生可能是为了一时的叙述方便，但后来的盛行则不能不说是受了那时政治气候的影响。因为当时正强调一切都要"以阶级斗争为纲"，而中期创造社活跃的几个年轻人，周全平在劳改，叶灵凤在香港，而且对他的创作倾向也有疑义。潘汉年更成了所谓"潘杨反革命集团"的头面人物！何况当时团结在中期创造社周围的，不少都是所谓"中间"以下的人物，而前期和后期的中坚分子则都是响当当的社会知名人士，不少还是坚定的马克思主义者。其实，中期也是一个整体，既包括那些初期的元老，也有那几个"出版部的小伙计"，如果摘掉有色眼镜，无论从社会活动方面还是文学活动方面讲，他们的贡献足以令文学史家们为他们单独划期。

至于具体分期的时间界定，他们认为前期创造社为1921年6月至1924年5月，中期创造社为1925年9月至1927年底，后期创造社为1928年1月至1929年2月创造社被查封。

应该承认，这是迄今看到的最为接近实际的划法，是在掌握了大量第一手材料，并进行了科学的分析之后作出来的。仅在中期创造社从什么时候开始算起这一点上，笔者与他们稍有不同的意见。笔者觉得，"1925年9月"这个时间，似乎还应该往前延伸，因为中期创造社的活动并非仅以《洪水》半月刊正式出版才起始。

实际上，1924年5月成仿吾离沪赴穗前夕，当《创造周报》时期涌现出来的文学新秀敬隐渔、周全平、倪贻德和严良才等簇拥在成仿吾的周围翻阅着《创造周报》遗留下来的那一捆捆稿件，当几个小青年在豫丰泰酒楼为成仿吾饯行的时候，他们就共同商定要另出一个周刊，定名《洪水》，并一起拟订了具体的出版计划和方针，还发函征求在福冈的郭沫若的意见。作为创造社主师的郭沫若，不仅对他们的设想当即表示赞同，而且千里迢迢寄来了用破笔蘸着蓝墨水写的《洪水》封面字和一篇稿件。于是，《洪水》周刊的编辑出版工作马上就紧锣密鼓地准备起来。不然，成仿吾就不可能在1924年5月《创造周报》终刊时所写的《一年的回顾》中做出如下掷地有声的预言：

我们决不是卑怯的逃避者，我们决不愿意放弃我们的工作。我们的文学革命，和我们的政治革命一般，须从新再来一次。我们休息一时，当是一种准备的作用。不等到来年，秋风起时也许就是我们卷土重来的军歌高响的时候。亲爱的朋友哟，请等待着，等待着我们卷土重来的雄壮的鼙鼓！

显然，成仿吾是把这《洪水》周刊的即将出版直视为《创造周报》的继续。果然，未待秋风起时，《洪水》周刊的创刊号即于 1924 年 8 月 24 日出版，并与读者见面了。创刊号上登载的郭沫若的《盲肠炎与资本主义》一文，是郭沫若专为《洪水》周刊写作的，反映了郭沫若 1924 年 4 月赴日后系统学习马克思主义的新收获。此外，创刊号还刊登着成仿吾到广州以后寄来的通信一则和周全平的《撒但的工程》。在这篇实际上的《洪水》周刊卷头语中，周全平也明确地宣告他们在继承着初期创造社的事业："现在第一次创造之花的发育已停止了。荒园里的荆棘愈生愈茂了。所以我们不能不起来尽一些微力，来做我们的破坏的工程，撒但的工程，来砍除荆棘，扫去石砾，让花儿得以自由创造而发育。"尽管周全平用圣经故事来说事未免亵渎了创造社的革命精神，为此曾遭到郭沫若的非议，但对于思想意识不明确不成熟的周全平等小青年来说，实在也是难以为怪的。

《洪水》周刊的第二期，当时也已发排，并看过三校样了。如果不是齐卢战事发生，老板以经济拮据为由，迫令《洪水》停刊，这个周刊就继续办下去了。这以后，周全平等人一直在想方设法要把刊物复活，郭沫若 11 月回到上海以后，也和他们一起为《洪水》的继续出版寻找过接收单位。周全平陪同郭沫若去参加齐卢之争的战祸调查，两人也都在为创造社的复兴准备书稿，即便是当时在湖南的成仿吾，在武昌的郁达夫、张资平等，为了繁荣新文学的创作和复兴创造社，也在忙碌着。

正好，张静庐和沈松泉要筹组成立光华书局。他们原来都是泰东图书局的小伙计，与郭沫若等人十分相熟。书局要立得住，必须有知名作者的有票房价值的书出版发行。于是，双方达成了一项交易，决定以郭沫若的《聂嫈》、《文艺论集》和周全平的《梦里的微笑》等书稿为互惠条件，让光华书局为创造社出版《洪水》半月刊。这样,《洪水》才在1925年9月1日得以复活。只不过周刊改成了半月刊。

既然创造社的郭、成二主帅均曾参与《洪水》周刊大政方针的拟订和计划,既然周刊被停以后,郭、周等人曾一起为《洪水》的复活奔走忙碌,我们似乎没有理由不把中期创造社的活动时间提前到《洪水》周刊开始酝酿和出版的1924年的5、6月间。如果我们必定要以《洪水》半月刊得以正式出版的1925年9月作为中期创造社的活动开始的话,那么,我们是否也应把《创造》季刊正式出版发行的1922年5月定为初期创造社开始活动的时间,从而把整个创造社成立和实际活动的时间推迟达近一年之久呢?!我想,标准应该是一样的。

当然,以上仅是笔者个人的一点不成熟意见,当否,仅供参考。笔者所至为关切的,是我们的文学史家们,今后在写新的中国现代文学史时,能够遵从历史事实,将创造社的历史分为初、中、后三期。

1991 年 5 月

从鼓励多元发展到独尊普罗文学[*]

在我国的现代文学史上，人们通常把文学研究会称作以现实主义为旗帜的文学社团，而把创造社称作以浪漫主义为旗帜的文学社团，这一说法当然是有一定正确性的，但并不准确。因为文学研究会中虽多数成员遵奉现实主义的创作原则，但有的成员却是采用浪漫主义创作手法的。创造社则更不是这样了，初期创造社虽曾以浪漫主义为号召的旗帜，但倡导和奉行者也只是几个主要成员。作为整个初期创造社，同人们在艺术上是相当自由的，并不要求所有成员都遵奉浪漫主义，实际是鼓励多元发展，并没有划一的"主义"的。而等创造社发展到了中期和后期，浪漫主义不仅不再被提倡，即使当初倡导者的郭沫若，也都把浪漫主义置诸批判席上去了。有的文学家和相当多的中国现代文学史著作，还曾把创造社同"为艺术而艺术"联系在一起，说创造社属"为艺术而艺术"的"艺术派"，是一个"为艺术而艺术"的文学社团。对创造社文艺思想的这种笼统的概括，是极其不准确的。

对创造社从酝酿成立到被勒令封闭的近十年的文艺思想，必须分阶段地进行分析研究。综观创造社文艺思想的发展轨迹，似乎呈现一个由宽松到窄狭的过程。初期其主要成员虽曾以浪漫主义为号召的旗帜，但除表现内在的要求一点外，并不强求其成员遵从"划一的主义"，实际是鼓励多元共存和发展。所以浪漫主义有之，自然主义和现实主义有之，现代主义的一些流派也有之；文艺思想呈现一种异常活跃的态势。中期基本坚持了多

* 原载马良春、张大明主编《中国现代文学思潮史》，北京十月文艺出版社，1995。

元发展的方针，其主要成员虽开始倡导革命文学并批判浪漫主义和转向现实主义，但亦未强求文艺思想的统一，故而不仅有人继续坚持表现自我的浪漫主义，而且还有农民文艺的提倡和象征主义诗歌理论的提出，文艺思想仍然比较活跃，但已开始紧缩并正在向后期过渡。后期由于学习和照搬苏联、日本文坛的经验，在倡导无产阶级革命文学的运动中独尊普罗文学，这固然看似增强了文学的革命性、战斗性，但由于摒弃了"五四"文学革命的历史和传统，特别是抛弃了初期创造社自身发展中的一些好的经验，从而导致了文艺思想的僵化，并导致创作走上了公式化、概念化发展的狭隘道路。

没有"划一的主义"

郭沫若 1922 年在《创造》季刊第 1 卷第 2 期《编辑余谈》中曾明确地宣布：

> 我们这个小社，并没有固定的组织，我们没有章程，没有机关，也没有划一的主义。我们是由几个朋友随意合拢来的。我们的主义，我们的思想，并不相同，也并不必强求相同。我们所同的，只是本着我们内心的要求，从事于文艺的活动罢了。①

这几句话，可以说是初期创造社在艺术上所奉行的总的原则，也是他们对内对外极力标榜的宣言。他们理论上如此说，实践上也是这样遵循的。在初期创造社之中，成员们在艺术上所奉行的，确实是各种"主义"都有。同是奉行浪漫主义，每个人的情况也各不相同，有积极的革命的浪漫主义，也有消极的感伤的浪漫主义。

初期创造社在艺术上虽自我标榜为没有划一的主义，但从初期创造社

---

① 1922 年 8 月 25 日《创造》季刊第 1 卷第 2 期。

在文艺思想和创作上所表现出来的总倾向看，它仍是以浪漫主义为旗帜的，这是因为初期创造社的几位主要成员郭沫若、郁达夫、成仿吾、田汉等都奉行浪漫主义。

在创造社，甚至可以说在中国新文坛中，最早倡导浪漫主义，而且是新浪漫主义的，是田汉。他在《诗人与劳动问题》① 一文中，率先向中国人民介绍了浪漫主义思想的勃兴和浪漫主义艺术的要素。接着，在致郭沫若的书信中，又谈到对现代戏剧中的新浪漫主义运动的研究。又在《新浪漫主义及其他》的专论中，详细地阐述了什么是世界文学中的新浪漫主义。他说："新浪漫主义，是直接由旧浪漫主义的母胎产下来的，而他'求真理'的着眼点，不在天国，而在地上；不在梦乡，而在现实；不在空想界，而在理想界。"还说："旧浪漫主义与新浪漫主义的色彩不同的地方，还有一点，就是前者像猛火一般的热烈，后者像止水一般的明静。""新浪漫主义者所取，由肉的世界窥破灵的世界，由刹那顷看出永劫，即'求真理'的手段。"②

但是，在创造社之中，也可以说是在中国新文坛之中，最明确、最系统地提出我国自己的新浪漫主义文学主张，影响也最大的，则是郭沫若。他的新浪漫主义，是在浪漫主义的基础上，既杂糅进了现实主义和现代主义的成分，又充满着时代的革命精神。

究竟什么是新浪漫主义？1936 年郭沫若在日本回答诗人蒲风的提问时讲得非常明白，即"新浪漫主义是现实主义之侧重主观一方面的表现，新写实主义是侧重客观认识一方面的表现"。③ 50 年代末 60 年代初，郭沫若在与陈明远讨论这种新浪漫主义的书信中又曾表示："我个人倾向于浪漫主义跟现实主义有机地结合起来，侧重于主观的创造与激情、幻想的表现，带有新鲜生动的进步内容，我想，这是可以称之为'新浪漫主义'的。五四以后我和闻一多的诗歌，以及寿昌的戏曲，具有这样一种共同的倾向，不妨认为是'新浪漫主义'的前驱。与此相对应的，鲁迅小说的风格，或许

① 1920 年 2 月《少年中国》第 1 卷第 8 期。
② 1920 年 6 月《少年中国》第 1 卷第 12 期。
③ 蒲风：《郭沫若诗作谈》，1936 年《现世界》创刊号。

可以称之为'新现实主义'吧。"① 还说："新浪漫主义要抒写奇想、梦境、幻觉，那样写来的景物，不是'实'的，而常是'虚'的。但是产生这些奇想、梦境、幻觉的基本感受、情意，又必须是'真'的而不是'伪'的，新浪漫主义的'真而不实、虚而不伪'，这正是新诗创作过程的辩证法！"② 因此，新浪漫主义是浪漫主义与现实主义结合的产物。当然，也有人说新浪漫主义就是早期现代主义，或属于现代主义的一个分支。

1920 年 5 月上海亚东图书馆出版的《三叶集》是郭沫若、宗白华、田汉在艺术上共同倡导新浪漫主义的宣言书。郭沫若与宗白华、田汉论诗的那些通信，是郭沫若倡导新浪漫主义的重要文字，集中地反映了郭沫若的早期文艺思想。如果我们把郭沫若在《三叶集》中论诗的那些通信，连同 20 年代初他致陈建雷、李石岑等其他友人的通信和某些表述他的文艺观点的文章综合起来，郭沫若的新浪漫主义的文艺思想，就更加清楚了。由于郭沫若早期的创作活动集中在诗歌方面，所以他的新浪漫主义的文学思想，主要是透过他的诗论来表现的。其主要内容见下述。

1. 艺术是自我表现："艺术是自我的表现，是艺术家的一种内在冲动的不得不尔的表现"③；"诗底主要成分总要算是自我表现了"。④

2. 创作犹如采蜜，灵感来自现实："诗人与哲学家底共通点是在同以宇宙全体为对象，以透视万事万物底核心为天职。"⑤ 作家要"承受天来的雨露，摄取地上的流泉，融化一切外来之物于自我之中，使为自我之血液，滚滚而流，流出全部之自我"。⑥ 真正的艺术"是由无数的感官的材料，储积在脑筋中，更经过一道过滤作用，酝酿作用，综合地表现了出来，就譬如蜜蜂采取无数的花汁酿成蜂蜜一样"。所以"真正的艺术品当然是由于纯粹的

---

① 《致陈明远》（1959 年 1 月 9 日），《郭沫若书信集》下，中国社会科学出版社，1992，第 103 页。

② 《致陈明远》（1960 年 10 月 6 日），《郭沫若书信集》下，中国社会科学出版社，1992，第 113 页。

③ 郭沫若：《印象与表现》，1923 年 12 月 30 日《时事新报·艺术》。

④ 《郭沫若致宗白华》（1920 年 3 月 20 日），《三叶集》，上海亚东图书馆，1920。

⑤ 《郭沫若致宗白华》（1920 年 3 月 20 日），《三叶集》，上海亚东图书馆，1920。

⑥ 郭沫若：《我们的文学新运动》，1923 年 5 月 27 日《创造周报》第 3 号。

主观产出"①，而"灵感的发生便是内部的灵魂与外部的自然的构精"②。

3. 要表现不要再现，要创造不要反射："艺术是表现，不是再现。"③"我对于艺术上的见解，终觉不当是反射的，应当是创造的。"因此文艺家不应当只是模仿自然，而应当"赋予自然以生命，使自然再生""艺术家不应该做自然的孙子，也不应该做自然的儿子，是应该做自然的老子!"④

4. 诗人要养成完满高尚的人格："诗人虽是感情底宠儿，他也有他的理智，也有他的宇宙观和人生观的。"他同意宗白华的意见，"诗人底宇宙观以泛神论为最适宜"；要"养成完满高尚的'诗人人格'"。⑤并说："艺术是我们自我的表现，但是我们也要求我们的自我有可以表现的价值和能力。"⑥"诗的创造是要创造'人'"，"人之不成，诗于何有?"⑦

5. 要把小我推广成人类的大我："要建设新文化，不先以国民情调为基点，只图介绍些外人言论，或发表些小己底玄思，终竟是凿柄不相容的。"⑧"自我表现的精神，和澄清自我的倾向，这是艺术家的两种必要的努力。"⑨"文艺本是苦闷的象征"，"个人的苦闷可以反射出社会的苦闷来，可以反射出全人类的苦闷来"。⑩艺术家要"把一切的甘苦都积在胸中，把自身的小己推广成人类的大我"。⑪"我要高赞这开辟鸿荒的大我。"⑫

6. 艺术要讲究自然流露，但自然流露也有它的音乐美和绘画美："诗的本职专在抒情。""诗的创造贵在自然流露。""不当参以丝毫的矫揉造作。""形式方面我主张绝端的自由，绝端的自主。""然于自然流露之中，也自有他自

---

① 郭沫若：《论国内的评坛及我对于创作上的态度》，《文艺论集》初版本，上海光华书局，1925。
② 郭沫若：《文艺上的节产》，《文艺论集》初版本，上海光华书局，1925。
③ 郭沫若：《文艺上的节产》，《文艺论集》初版本，上海光华书局，1925。
④ 郭沫若：《自然与艺术》，《文艺论集》初版本，上海光华书局，1925。
⑤ 《郭沫若致宗白华》（1920年1月18日），《三叶集》，上海亚东图书馆，1920。
⑥ 《印象与表现》，1923年12月30日《时事新报·艺术》。
⑦ 《郭沫若致宗白华》（1920年1月18日），《三叶集》，上海亚东图书馆，1920。
⑧ 《郭沫若致宗白华》（1920年1月18日），《三叶集》，上海亚东图书馆，1920。
⑨ 郭沫若：《印象与表现》，1923年12月30日《时事新报·艺术》。
⑩ 《郭沫若致宗白华》（1920年2月16日），《三叶集》，上海亚东图书馆，1920。
⑪ 郭沫若：《波斯诗人莪默·伽亚漠》，1922年11月《创造》季刊第1卷第3期。
⑫ 郭沫若：《创造者》，1922年3月《创造》季刊创刊号。

然的谐乐，自然的画意存在。"① 主张用诗自体的节奏来代替外在的韵律。说"诗之精神在其内在的韵律"，"诗应该是纯粹的内在律"。

7. 艺术家和革命家可以兼并，但艺术必须是艺术，技巧并非第一要素："不能说艺术家与革命家是不能兼并的"，"艺术家要把他的艺术来宣传革命，我们不能论议他宣传革命的可不可，我们只能论他所借以宣传的是不是艺术"。"艺术没有不和人生生关系的事情"，"无论艺术家主张艺术是为艺术或是为人生，我们都可不论，但总要它是艺术"。② "真善美是生命底文学所必具之二次性。"③ "至于艺术上之技巧，如诗之音韵，画法之远近，音乐声调之高低，人人都可以习得到的，实非艺术家之第一要素。"④

8. 文艺有伟大的社会使命，但创作家不当以功利主义为前提以从事创作："艺术对于人类的贡献是很伟大。""艺术可以统一人们的感情并引导着趋向同一的目标去行动。""艺术能提高我们的精神，使我们的内在的生活美化。"⑤ "文学自身本具有功利的性质，即彼非社会的 Antisocial 或厌人的 Misanthropic 作品，其于社会改革上、人性提高上有非常深宏的效果"，然而"创作家于其创作时，苟兢兢焉为功利之见所拘，其所成之作品必浅薄肤陋而不能深刻动人，艺术且不成，不能更进论其为是否'社会的'与'非社会的'了"。⑥ 还说"假使创作家纯以功利主义为前提以从事创作，上之想借文艺为宣传的利器，下之想借文艺为糊口的饭碗，这个我敢断定一句，都是文艺的堕落，隔离文艺的精神太远了"。⑦

9. 在作品的创意和风格上应充分地发展个性，党同伐异的文艺批评可以休矣："生命底文学是个性的文学，因为生命是完全自主自律的。"⑧ "人性是普遍的东西，个性最彻底的文艺（是）最为普遍的文艺，民众的文

---

① 郭沫若：《致李石岑》，1921 年 1 月 15 日《时事新报·学灯》。
② 郭沫若：《艺术家与革命家》，1923 年 9 月 9 日《创造周报》第 18 号。
③ 郭沫若：《生命底文学》，1920 年 2 月 23 日《时事新报·学灯》。
④ 郭沫若：《生活的艺术化》，《文艺论集》初版本，上海光华书局，1925。
⑤ 郭沫若：《文艺之社会的使命》，《文艺论集》初版本，上海光华书局，1925。
⑥ 郭沫若：《儿童文学之管见》，1921 年 1 月 15 日《民铎》杂志第 2 卷第 4 号。
⑦ 郭沫若：《论国内的评坛及我对于创作上的态度》，1922 年 8 月 4 日《时事新报·学灯》。
⑧ 郭沫若：《生命底文学》，1920 年 2 月 23 日《时事新报·学灯》。

艺。"① "我国的批评家也太无聊，党同伐异的劣等精神，和卑鄙的政客者流不相上下"，"他们爱以死板的主义规范活体的人心，甚么自然主义啦，甚么人道主义啦，要拿一种主义来整齐天下的作家，简直可以说是狂妄了。我们可以各人自己表张一种主义，我们更可以批评某某作家的态度是属于何种主义，但是不能以某种主义来绳人，这太蔑视作家的个性，简直是专擅君主的态度了"。②

综上所述，可以看出，在初期创造社时期，郭沫若的新浪漫主义的文艺思想是相当完善的、有特色的，也是相当进步的。它已经大大有别于西方浪漫主义的文艺思想，而是在当代进步思想的影响下，既继承了西方和我国古代浪漫派大师文艺思想的基本特点，又深深地打上了西方现实主义、现代主义（特别是当时刚刚在德国兴起的表现主义）和精神分析学说的印记，并在一定程度上克服了西方文艺思潮中的唯心主义和个人主义的思想（当然不可能是全部），而融进了某些唯物主义和集体主义的思想成分。他还坚持文艺的社会作用，反对为艺术而艺术，反对在艺术上以一种"主义"来绳人。

在初期创造社成员之中，郭沫若的文艺思想可以说是最为完整和系统的，与他同调的，除田汉外，还有郁达夫、成仿吾。

与郭沫若一样，郁达夫也承认"文艺是天才的创造物"③，他所最为喜爱并常常引为自己文艺旗帜的，是法国作家法朗士的一句话。他说："我觉得'文学作品，都是作家的自叙传'这一句话，是千真万真的。"他强调要在作品里头保持"作家的个性"，强调"作家要尊重自己一己的体验"④，也强调要表现作家内在的情感："艺术中间，美的要素是外延的，情的要素是内在的"⑤，与郭沫若表现自我的主张如出一辙。他也反对把艺术分为"为艺术"的和"为人生"的："艺术就是人生，人生就是艺术，又何必把两者分开来瞎闹呢？""试问无艺术的人生可以算得人生么？又试问古今来

① 郭沫若：《致李石岑》，1921年1月15日《时事新报·学灯》。
② 郭沫若：《致郁达夫》（1921年11月6日），1922年3月15日《创造》季刊创刊号。
③ 郁达夫：《艺文私见》，1922年3月15日《创造》季刊创刊号。
④ 郁达夫：《五六年来创作生活的回顾》，《过去集》，开明书店，1927。
⑤ 郁达夫：《艺术与国家》，1923年6月23日《创造周报》第7号。

哪一种艺术品是和人生没有关系的?""依我看来,始创这两个名词的文艺批评家,就罪该万死。"① 他也强调要尊重艺术创作本身的规律:"不过我以为艺术虽然离不了人生,但我们在创作的时候,总不该先把人生放在心里。艺术家在创造之后,他的艺术的影响及于人生,乃是间接的结果,并非作家在创作的时候,先把结果评量定了,然后再下笔的。"②

但郁达夫的浪漫主义文艺观,与郭沫若也有不同之处。一是郁达夫更看重艺术对于美的追求:"艺术所追求的是形式和精神上的美。我虽不同唯美主义者那么持论的偏激,但我却承认美的追求是艺术的核心,自然的美,人体的美,人格的美,情感的美,或是抽象的悲壮的美,雄大的美,及其他一切美的情素,便是艺术的主要成分。"③

二是郁达夫对美的追求在感伤的美而不在雄丽的美。郭沫若曾说:"海涅底诗丽而不雄,惠铁曼底诗雄而不丽,两者我都喜欢,两者都还不足令我满足。"他所追求的是"雄丽的巨制"。④ 而郁达夫则认为,文学"要不流于浅薄,不使人感到肉麻,那么这感伤主义就是文学的酵素了"。⑤ 并说:"悲怀伤感,决不是一个人的固有私情。"⑥

三是郁达夫比郭沫若更重写实。在青春时期,郭沫若常常把他的浪漫主义的诗情寄托在"幻美的追寻,异乡的情趣,怀古的幽思"⑦ 上面,而郁达夫则十分地崇尚卢梭"归向自然"的口号,感佩他的《忏悔录》,常在自己的作品中大胆地暴露他自己。曾说:"艺术的价值,完全在一真字上","大凡艺术品,都是自然的再现,把捉自然,将自然再现出来,是艺术家的本分。把捉得切,再现得切,将天真赤裸裸的提示到我们的五官前头来的,便是最好的艺术品"。⑧ 他评论德国作家史托姆的创作时曾说:"施笃姆的艺

---

① 郁达夫:《文学上的阶级斗争》,1923 年 5 月 27 日《创造周报》第 3 号。
② 郁达夫:《〈茫茫夜〉发表以后》,1922 年 6 月 22 日《时事新报·学灯》。
③ 郁达夫:《艺术与国家》,1923 年 6 月 23 日《创造周报》第 7 号。
④ 《郭沫若致宗白华》(1920 年 3 月 30 日),《三叶集》,上海亚东图书馆,1920。
⑤ 郁达夫:《序孙译〈出家及其弟子〉》,《出家及其弟子》,创造社出版部,1927。
⑥ 《〈自选集〉序》,《达夫自选集》,上海天马书店,1937。
⑦ 郭沫若:《〈塔〉前言》,《塔》,上海商务印书馆,1926。
⑧ 郁达夫:《艺术与国家》,1923 年 6 月 23 日《创造周报》第 7 号。

术是带写实风的浪漫派的艺术。"① 其实，这"带写实风的浪漫派"，也正是郁达夫创作的自我写照。他的浪漫主义作品就是带着强烈的现实主义，甚至可以说有自然主义色彩的。

成仿吾是创造社主要的文艺理论家和批评家。在初期创造社阶段，他不仅全力支持郭沫若鼓励多元发展的方针，而且是郭沫若新浪漫主义文艺观的最积极的响应者和支持者。成仿吾也有与郭沫若不同之处，也可以说有比郭沫若更进一步的东西。

一是他更加重视作品的艺术性，强调要创造一个"艺术的世界"："真的艺术品能使我们沉没在作品的世界之内，把作者与读者构成的世界完全忘了，把你我的界线也撤了，我们同时是这个，又同时是那个。""所以艺术家的技术的目的，虽是在表现自己，然而技术的要诀，却是在如何把读者引入作品的世界，使他把一切的差别相毁了。一个艺术家，至少要能使我们把我们的世界完全忘了，至少要能打破妨碍我们'没入'的一切。至于作者自己无端跑出来，妨碍我们的'没入'，那便更不对了。"② 当时，"为人生"与"为艺术"之争不断披露于报刊，当人们正在抨击他把守"艺术之宫"的时候，为了新文学之建设，成仿吾敢于如此坚持文学作品的艺术性要求，是十分难能可贵的。除此之外，他还为作品的艺术性提出过许多具体要求，如"容量""追怀""暗示的推移""效果""音乐""美文"等，并特别地重视文学作品的后效和韵味："文艺贵有后效"，"一眼看穿，便无余味"。③

二是他批评了"从前的浪漫的文学"的"非现实的取材与幻想的表现"，说"不能使我们兴起热烈的同情来"，强调要"与现实面对面"，"把它赤裸裸地表现出来"。也就是要"写实"。但他认为写实也有真假之分，真的写实主义是"真实主义"，"真实主义的文艺是以经验为基础的创造"；假的写实主义则是庸俗主义，"庸俗主义虽亦以写实自夸，然而他的'实'，

① 郁达夫：《〈茵梦湖〉的序引》，1921 年 10 月 1 日《文学周报》第 16 期。
② 成仿吾：《〈一叶〉的评论》，1923 年 5 月 1 日《创造》季刊第 2 卷第 1 期。
③ 成仿吾：《写实主义与庸俗主义》，1923 年 6 月 10 日《创造周报》第 5 号。

仅是皮毛上之'实'，一眼看完，便毫无可观的了"。① 成仿吾的这些观点，充实和丰富了郭沫若的新浪漫主义的理论，使初期创造社的文艺思想更加贴近了现实的要求，使浪漫主义与写实主义进一步地结合了起来。

三是他对新文坛的文艺理论和文艺批评还有其独特的贡献。成仿吾不愧为创造社主要的文艺理论家和批评家。在创造社时期，他不仅做了许多批评的工作，如对冰心、郁达夫、郭沫若、许地山、王统照和鲁迅的诗和小说所做的那一些独特而犀利的批评，而且进行了许多文艺理论和文艺批评的研究，并提出了他的"超然的而兼建设"的文艺批评论。对文艺理论和文艺批评他有许多专篇的论述，如文艺理论方面有《新文学之使命》《写实主义与庸俗主义》《论译诗》《真的艺术家》《艺术之社会的意义》《民众艺术》。文艺批评方面有《批评与同情》《作者与批评家》《批评的建设》《建设的批评论》《批评与批评家》等，对新文坛的文艺理论和文艺批评之建设，都颇有建树。

什么是他的"超越的而兼建设的"文艺批评论呢？成仿吾认为，文艺批评在坚持"客观的真理"基础上，应具有"超越的"和"建设的""两种性质"。所谓超越的，就是当"我们为文艺批评的时候，对一切既成的思想与见解要能超然脱出，至少我们当用批评的眼光在它们适用的范围内用它们，而不为它们所迷惘"；所谓建设的，就是"对于我们所确定的标准要加意拥护"，这样，"我们的批评愈盛，我们的标准亦愈坚稳，我们的文艺乃有所归趣"。② 他说，"批评是创造的指南针，它是判别善与恶，美与丑和真与伪的努力"。③ 因此，批评应"能从个性中认出普遍性，从小我中认出大我，从小异中认出大同"。④

郭沫若曾说："达夫、仿吾和我，在撑持初期创造社的时候，本如像一尊圆鼎的三只脚。"⑤ 既然"三只脚"都倡导浪漫主义，那么说初期创造社以浪漫主义为旗帜，当然是不错的。但是，从上面大量引述的郭沫若、郁

---

① 成仿吾：《写实主义与庸俗主义》，1923 年 6 月 10 日《创造周报》第 5 号。
② 成仿吾：《批评的建设》，1924 年 2 月 28 日《创造》季刊第 2 卷第 2 期。
③ 成仿吾：《建设的批评论》，1924 年 3 月 9 日《创造周报》第 42 号。
④ 成仿吾：《批评的建设》，1924 年 2 月 28 日《创造》季刊第 2 卷第 2 期。
⑤ 郭沫若：《创造十年续篇》，《郭沫若全集·文学编》第 12 卷，人民文学出版社，1992。

达夫、成仿吾、田汉等人的有关论述可以看出，他们所倡导的浪漫主义确实有别于一般的浪漫主义，而具有自己的鲜明特色：①它深深地受着时代社会的洗礼，具有明显的进步的、革命的性质；②它强烈地受着现实主义、现代主义等其他西方文艺思潮流派的吸引，因而其浪漫主义之中融进了不少它们的成分；③他们的口号既然是要创造、要探索，所以但凡自然科学与社会科学领域有什么新的或他们认为是新的东西，如弗洛伊德的精神分析学说等，他们都抢先进行学习和引用，热心为它们派点用场，因此，他们的这种浪漫主义是"五四"以后在中国当时的现实社会条件下产生的一种独特的浪漫主义，既有别于传统的浪漫主义，与当时的西方社会产生的新浪漫主义也不完全一样，它是浪漫主义，却又具有较强的现实性和革命性，对现代主义也兼收并蓄。

在初期创造社之中，与郭沫若、郁达夫、成仿吾、田汉唱同调的，还有郑伯奇、陶晶孙。陶晶孙较少理论方面的言论，但他自己曾说"一直到底写新浪漫主义作品者为晶孙"。① 不过，在实践上，他的浪漫主义可有别于郭沫若。具体地讲，就是他有较重的唯美主义倾向。郑伯奇则有较系统的言论。他在他的《国民文学论》中，曾经明确地宣布："艺术只是自我的表现"，而且"是自我的最完全，最统一，最纯正的表现"。但同时他也指出，这"自我"不是哲学家的那抽象的"自我"，也不是心理学家的那综合的"自我"，而是"有血肉，有悲欢，有生灭的现实的"自我，"这自我是现实社会的一个成员，一个社会性的动物"。因此，艺术既"不能脱离人生"，也不能"超越人生"，"艺术是表现人生的"。与创造社的其他同人一样，他不赞成把文艺家分为什么"人生派"和"艺术派"，甚至不主张把作家分为什么浪漫主义、写实主义、表现主义，认为这些"艺术上的主义之争，就忠于艺术的人看来，是不该容许的"。他也主张"兼收并蓄"："为尊重作家的特性和好尚，我们不愿以一主义强责他人，为使后进的中国文坛发达，我们宜兼收并蓄，更不能去做一主义的运动来自画。"②

张资平从酝酿成立创造社时期开始就与郭沫若显示出不同的艺术倾向。

---

① 陶晶孙：《创造三年》，1944 年《风雨谈》月刊第 9 期。
② 郑伯奇：《国民文学论》，1923 年 12 月~1924 年 1 月《创造周报》第 33、34、35 号。

他是倾向于自然主义的，所以他说要创作先要观察。他基本的艺术倾向在自然主义和写实主义，而不在浪漫主义，如果说郁达夫是"带实写风的浪漫主义"的话，张资平则可以说是"带实写风的自然主义"。"即表面上重观察，讲客观，类写实，实质上是自然主义。因为他真正关注和着力之处，是在观察和描写人物的生理和心理状态而尤其热衷于描写人物的性变态。这样说并不委屈他，因为在他的文艺观念里面，自然主义是比现实主义更高的。"①

写实与象征并举

创造社发展到了中期，由于工人运动的日益壮大，国共两党合作的成立，革命统一战线的建立和发展，国内的政治形势发生了巨大的变化，人民大革命已经由逐步兴起进而开始形成高潮。在这一形势的推动下，创造社各成员的思想和文艺观，也朝着革命的进步的方面发生变化，尤其是其中的主要成员，不仅开始认识到民主主义思想的局限，而且开始靠近或接受马克思主义的思想历程。郭沫若不仅深信"科学的社会主义"所昭示的时代"终究能够到来"，而且决心把"努力促进它的实现"作为自己"所当走的唯一的一条路径"。从此他不仅坚信"马克思主义在我们所处的这个时代是唯一的宝筏"，而且"对于文艺的见解也全盘变了"。从前，他强调"文艺本是苦闷的象征"，文艺是"自我的表现"，现在则认为"文艺是生活的反映"了；从前，他"只想当个饥则啼寒则号的赤子"，不愿"替别人传高调"②，现在则认为"文艺是宣传的利器"了。他重新树立起从事文学工作的信念，下决心要"再去上一次十字架"，并集全力倡导革命文学。

郭沫若对革命文学的正式倡导和对革命文学理论的详尽阐述，是 1926 年 3 月赴广州应聘广东大学文科学长前后，通过《文艺家的觉悟》和《革命与文学》两篇专论提出来的。在这两篇专论之中，郭沫若运用他初步掌

① 《〈中国新文学大系·小说三集〉导言》，《中国新文学大系·小说三集》，上海良友图书公司，1935。
② 郭沫若：《批评与梦》，1923 年 5 月 1 日《创造》季刊第 2 卷第 1 期。

握的马克思主义学说，论证了文学与革命的一系列问题。在谈到文学与社会、与时代的关系时，他说"文学是社会上的一种产物"，文学必受时代和环境的制约，因此，"一个时代便有一个时代的文艺"；在谈到什么是现在的革命文学时，他指出今天欧洲已经达到第四阶级对第三阶级的资产者进行斗争的时代，因此今天的革命文学便是"表同情于无产阶级的社会主义的写实主义的文学"，"在形式上是写实主义的，在内容上是社会主义的"。在谈到革命文学的内容时，他指出，现在是无产阶级革命的时代，文艺家要再去建筑自己的象牙宫殿，把文艺当成葡萄酒、玫瑰花，去吟风弄月，捧明星、做神仙，已属不可能。他强调文学要反映时代，要表现时代的精神。"革命文学倒不一定要描写革命，赞扬革命"，但"无产阶级的理想要望革命文学家点醒出来，无产阶级的苦闷要望革命文学家写实出来"。在谈到怎样建设中国自己的革命文学和革命文学家的态度时，他强调要创造真正符合世界潮流的革命文学，号召青年文艺家"赶快把时代的精神提着"，为了"替我们全体的民众打算"，"你们要把自己的生活坚实起来，你们要把文艺的主潮认定！应该到兵间去，民间去，工厂间去，革命的漩涡中去"。事实证明，郭沫若关于无产阶级革命文学的观点已经初步形成，关于革命文学的许多重大问题，他都做了具体的阐述。

郭沫若的革命文学论的历史功绩是不容抹杀的。第一，郭沫若关于"社会主义的写实主义的文学"这一提法，不仅在中国现代文学史上由他第一个提出，就是在世界无产阶级文学的历史上，也具有首创的意义。第二，在我国现代文学史上，关于无产阶级革命文学，郭沫若不仅口号提得最早、最有针对性，论述也是比较具体、比较系统的。在我国，倡导革命文学最早的，还有蒋光慈和沈雁冰。蒋光慈从 1924 年 8 月开始，先后发表过《无产阶级革命与文化》《现代中国社会与革命文学》《十月革命与俄罗斯文学》等几篇文章，但他的革命文学的口号提得不如郭沫若明确，论述较为简略，许多观点是在一些介绍性的文章中捎带提出来的。沈雁冰 1923 年底开始探讨革命文学，先后发表过《杂感——读代英〈八股〉》和《"大转变时期"何时来呢?》、《拜伦百年纪念》、《论无产阶级艺术》、《文学者的新使命》等文章，早期的阶级意识不太清楚，指导思想不够明确，后期的较少针对中国的情况，阐明自己的主张，并进行深入具体的论述。第三，郭沫若关于革命文学的某些提法，对后来毛泽东文艺思想的形成提供了思想素材。

作为创造社的首脑，郭沫若对于革命文学的倡导和论述，不仅得到了中期创造社同人的认同，而且被视作整个创造社对革命文学的提倡和号召，并纷纷从不同的角度发表文章，予以响应和支持。成仿吾是创造社元老中投奔当时革命中心广州的第一人，中期创造社时期，郭沫若携笔从戎参加北伐以后，创造社的活动，主要靠成仿吾鼎力支撑。在郭沫若倡导革命文学的过程中，成仿吾曾写有《今后的觉悟》《革命文学与它的永远性》《完成我们的文学革命》《打倒低级的趣味》《文艺战的认识》《文学革命与趣味》《文学家与个人主义》等文章予以支持，在这些文章之中，他号召文艺家要看清时代的变化和要求，要以"五卅事变""做一个起点，划一个新纪元"①，既然"文艺为第三战线的主力"，"文艺在人类社会素来有一种伟大的势力"②，文艺家就应"忠于文艺，抱着以文艺联系全人类的信仰"，做一个"同感于全人类的真挚的感情而为他们的忠实的歌者"③，同时，他还号召人们完成文学革命，斥责一些人鼓吹趣味文学，使文学革命走入了"歧路"。与郭沫若不同的是，此时他仍坚持"自我表现的文学"，坚持创作自由和艺术对于美的追求。郁达夫也发表了《无产阶级专政和无产阶级的文学》《〈鸭绿江上〉读后感》等文章来声援倡导无产阶级革命文学。

在这一阶段，郁达夫还大力提倡农民文艺。他说："文艺是人生的表现，应当将人生各方面全部表现出来。"而在我们中国的新文艺之中，"描写资产阶级的"，"讽刺军人的"，"代替劳动者申诉不平的"都有了，而"独于农民的生活，农民的感情，农民的苦楚，却不见有人出来描写过，我觉得这点是我们的新文艺的耻辱"。他认为，这是"一块新文艺上的未垦地"，希望"从事于文艺创作的诸君"，"在革命运动吃紧的现在，在农民运动开始的现在"，应努力创造些"生气勃勃的带泥土气的"，"伟大的好的农民文艺出

---

① 成仿吾：《今后的觉悟》，1925 年 10 月 16 日《洪水》半月刊第 1 卷第 3 期。
② 《文艺战的认识》，1927 年 3 月 1 日《洪水》半月刊第 3 卷第 28 期。
③ 成仿吾：《文学家与个人主义》，1927 年 9 月 16 日《洪水》半月刊第 3 卷第 34 期。

来",这是"泥土的文艺,大地的文艺"。①

创造社到了中期,文艺思想引起人们注意的,还有何畏、穆木天、王独清等人。何畏有他的《个人主义文艺的灭亡》和《劳动艺术运动》。穆木天先是有他的《写实文学论》,后来又和王独清有《谭诗》《再谭诗》。何畏先是在他的未完的论文中批判了"艺术是个性的表现""艺术是个人的产物""艺术是自我的创造"等文艺观点,并指斥象征主义、表现主义、未来主义、达达主义等个人主义、个性主义、自我主义艺术在资本主义大生产之下"撞着了深刻的矛盾"②,走入了穷途;接着又在《劳动艺术运动》之中表示上面的说法"不过把自己的艺术烦闷叙述了而已""太偏激","要当做一般论是危险的"。他希望中国能有自己"强烈的,合众的,生活的,行动的""民众艺术"和"民族艺术"。穆木天在《谭诗》中主张"纯粹诗歌",要求建立一个纯粹的"诗的世界"。他说他强调诗的内容要与形式一致,认为"思想与表思想的音声不一致是绝对的失败,暴风的诗得像暴风声,细雨的诗得作细雨调"。还说,诗是"一个有统一性有持续性的时空间的律动","中国现在的诗是平面的,是不动的,不是持续的,我要求立体的,运动的,在空间的音乐的曲线"。他强调"诗要兼造形与音乐之美","要有大的暗示能"。他十分执意于诗歌艺术美的追求,这与我国新诗从产生以来就重视社会功能的传统是异趣的。《谭诗》的可贵之处可能正在这里,因为它标志着"新诗由重视社会功能向重视审美功能转移"。③ 但穆木天与他的年长同人一样,虽受有唯美派的某些影响,却又与西方的唯美主义不同。他不仅强调形式要受内容的制约,而且认为"纯粹诗歌"与"国民文学"和"国民诗歌"并不矛盾,因为"国民文学的诗,是最诗的诗也未可知"。④ 也许正是因为有这种不同之处,所以不到半年,他又在《创造月刊》上发表了《写实文学论》。他的《写实文学论》也与通常的写实文学论不同,他认为写实文学是一种主观的有妥当性的人生的创造,并说"近代写实主义文学的发

---

① 郁达夫:《农民文艺的提倡》,《奇零集》,开明书店,1928。
② 何畏:《个人主义文艺的灭亡》,1926 年 5 月 16 日《创造月刊》第 1 卷第 3 期。
③ 孙玉石:《中国象征派诗歌理论的奠基者》,《吉林师范学院学报》(哲学社会科学版)1989 年第 3 期。
④ 穆木天:《谭诗》,1926 年 3 月《创造月刊》第 1 卷第 1 期。

生，宁可说是个人主义的发展，不能说是自我的灭亡"，"写实文学是自我进化之一形式上的产物。自我把眼睛睁大了，看自我，自我被看大了，已经不是以先的小我了。自我的一面，是人性的自我，人性的自我创造的东西是写实文学"。在这里，他不仅把他的写实文学论与郭沫若、成仿吾的浪漫主义文学论融合在一起，而且也与他的"纯粹诗歌"论衔接了起来："如说纯粹诗的世界是自我的神往的游离，写实文学的要求，是由于自我的人性的欲望。由神性的游离生出的纯粹诗歌，是一种超现实的升华，写实的作品是一种现实的实现。"在这篇文章里，穆木天阐发了一种与郭沫若的"新浪漫主义"相对应的"新现实主义"的理论。这种理论与通常的"写实文学论"的不同之处，就在于他把写实主义与浪漫主义和象征主义结合到一起去了，所以他一方面强调"写实文学是静者的产物，是理性的艺术"，一方面又说"写实最要是主观的态度"，即使"在虚无的世界里，尽可创造他的写实的文学"出来。他特别强调作品的"写实味"，"因为写实的要求即是'人间性'"。所以"写实味的深感即是人间性的满足"。他认为"写实的要诀，得用体验的工夫"，曾说："神秘的世界自能为写实的世界，只要经过作者一番忠诚的体验，由浅的写实进到深的写实，由外面的写实进到心理的写实。这种进化或是写实小说的当然的过程。"① 在创造社的成员中，郭、成之外，穆木天的这些文艺观点是很值得注意的。

综上所述，可以看出，中期创造社在文艺方针上，仍然坚持没有"划一的主义"，照样在鼓励多元发展。但倾向上呈现一种过渡的性质，已经从以倡导革命文学为标志，开始向现实主义集中和靠拢。郭沫若不仅开始提倡社会主义的写实主义，而且开始批判浪漫主义。成仿吾也从批判"从前的浪漫的文学"，开始看重"真的写实主义"，他不仅讲究革命文学的永远性，并严厉地对趣味主义文学开了火。郁达夫不仅修正了文学作品是"作家的自叙传"的观点，开始把"文艺是人生的表现"奉为圭臬，而且开始提倡革命文学和农民文艺，并把新现实主义视为更高的境界了。何畏不仅对表现自我等"个人主义的文艺"展开了严厉的批判，而且致力于提倡劳

---

① 穆木天：《写实文学论》，1926 年 6 月 1 日《创造月刊》第 1 卷第 4 期。

动艺术的运动。只有穆木天、王独清特殊些，不过，他们对象征主义的艺术的提倡也是有针对性的，目的是要纠正当时文坛忽视艺术的弊端。除此而外，王独清仍倾心于他的浪漫主义和感伤主义。穆木天则开始提倡写实主义，而且与郁达夫不谋而合，真正倾心的，还是新现实主义。这些情况均证明，中期创造社在文艺的"主义"上，仍是比较自由的，能相互尊重，共同发展。郭沫若不仅说"我觉得一切伎俩上的主义都不能成为问题"①，而且身体力行，支持穆木天和王独清在《谭诗》《再谭诗》中倡导象征主义，尽管当时他已在提倡革命文学了。

独尊普罗文学

遗憾的是，这种建设性的艺术氛围，到了后期创造社时期，就不复存在了。后期创造社，他们在文艺上竭全力提倡无产阶级革命文学，力图以从属于政治的文艺观，来取代没有"划一的主义"。于是，文艺上的其他"主义"，不再享有平等的地位，多元并存、相互发展的局面结束了。

从 1928 年 1 月《文化批判》创刊至 1929 年 1 月创造社被反动当局封闭，创造社的新老成员一起，在《文化批判》、《创造月刊》、《流沙》、《思想》、《日出》旬刊、《文艺生活》、《太阳月刊》、《我们月刊》等刊物上，发表了四五十篇有关无产阶级革命文学的文章。其中，重要的有：郭沫若的《英雄树》《桌子的跳舞》《留声机器的回音》；成仿吾的《从文学革命到革命文学》《全部的批判之必要》《革命文学的展望》；李初梨的《怎样地建设革命文学》《请看我们中国的 Don quixote 的乱舞——答鲁迅〈"醉眼"中的朦胧〉》《普罗列塔利亚文艺批评底标准》《自然生长性与目的意识性》《对于所谓"小资产阶级革命文学"底抬头，普罗列塔利亚文学应该怎样防卫自己？——文学运动底新阶段》；冯乃超的《艺术与社会生活》《人道主义者怎样地防卫自己》《冷静的头脑——评梁实秋的〈文学与革

---

① 郭沫若：《孤鸿》，1926 年《创造月刊》第 1 卷第 2 期。

命〉》《中国戏剧运动的苦闷》；彭康的《"除掉"鲁迅的"除掉"!》《什么是"健康"与"尊严"？——"新月的态度"底批评》《革命文艺与大众文艺》；傅克兴的《评驳甘人的〈拉什一篇〉——革命文学底根本问题底考察》《小资产阶级文艺理论之谬误——评茅盾君底〈从牯岭到东京〉》；沈起予的《演剧运动之意义》《艺术运动底根本概念》；等等。

在这些文章之中，他们倾全力进行的，主要是这样两个方面的工作：一个方面，是致力于无产阶级文艺理论的建设；另一方面，是对新文学运动以来的历史和新文坛进行严厉的清算和批判。

就前一个方面的工作而言，他们不仅做了有关无产阶级文学理论的一般介绍，而且针对一些现实的问题，进行了具体的阐发。

关于什么是文学的本质和使命，他们反对资产阶级的人性论观点，认为文学艺术在"社会全部的组织上"属于上层建筑之一种，和其他的意识形态一样，它具有极强的实践性和阶级性。

关于什么是无产阶级文学，他们反对文学是自我的表现，无产阶级文学是要写出无产阶级的理想，表现他们的苦闷的观点，认为无产阶级文学是"社会构成的变革的手段"。①

关于无产阶级文学的作家和作品，他们不同意那种无产阶级文学要无产者自己来制造的说法，认为"无产阶级的作家，不一定要出自无产阶级，而无产阶级的出身者，不一定会产生出无产阶级文学"②，"一切的知识者，在一定的条件之下，都可以参加无产阶级文学运动"③，不管他是第几阶级的人，只要他真是"为革命而文学"的一个，愿意把自己一切的非无产阶级意识克服，牢牢地把握着无产阶级的世界观，就都可以来参加无产阶级的文学运动。

关于无产阶级文艺与政治的关系，他们认为，无产阶级"始终是无条件底革命阶级，它为获得一切起见，最初底工作，就在获得政治"，因此，"艺术运动，在普罗列塔利亚特底斗争中是必要的，但却是副次的工作。我

---

① 冯乃超：《艺术与社会生活》，1928 年 1 月 15 日《文化批判》创刊号。
② 李初梨：《怎样地建设革命文学》，1928 年 2 月 15 日《文化批判》月刊第 2 号。
③ 李初梨：《自然生长性与目的意识性》，1928 年 9 月 15 日《思想》月刊第 2 期。

们的主要目标，却不可以当作在建设普罗列塔利亚文化看"，它"应当与政治合流，——即是应当作为政治运动底补助"。

关于无产阶级文学的题材、内容，他们认为无产阶级文艺"在中国的现阶段，也不应仅限于描写无产阶级"，"革命文学的内容，描写什么都好，只要在一个一定的目标之下，就犹如斗争虽然多都是朝着一个目的一样"①，"普罗列塔利亚文学的作家，应该把一切社会的生活现象，拉来放在他的批判的俎上，他不仅应该写工人农民，同时亦应该写资本家，小市民，地主豪绅……凡是对于普罗列塔利亚特底解放有关系的一切，问题不在作品的题材，而在作家的观点"。②

关于无产阶级文艺的读者对象，他们认为，"普罗列塔利亚文学，不只是为劳苦群众而作，也是为一切被压迫层而作"。"在现阶段，普罗列塔利亚文学，客观地是被要求着扩大它的视野"的，因为对于劳苦群众来说，现在首要的是"应该先替他们争得政治的解放"，因此"一部分的作品"，必须"以小资产阶级知识分子'为直接的读者对象'"。不过，"在一定的政治自由的条件，在一定的形式下面"，"不应该把文学上剧曲这个形式忘记"，"要加紧我们演剧运动底工作"③，因为在这里存在与"劳苦群众"接触的巨大希望。

关于无产阶级文艺的形式、方法和"主潮"，他们认为，形式"是随它的内容的发展而决定"的，他们就各国无产阶级文学所达到的发展阶段，把无产阶级文学分为"讽刺的""暴露的""鼓动的""教导的"四种样式，他们又根据日本藏原惟人的《到新写实主义之路》，把近代的写实主义分为布尔乔亚写实主义、小布尔乔亚写实主义和普罗列塔利亚写实主义三种。他们批判了前两种写实主义，而肯定了第三种写实主义："普罗列塔利亚写实主义，至少应该作为我们文学中的一个主潮!"④ 第一次在中国新文坛提

① 沈起予：《艺术运动底根本概念》，1928年10月10日《创造月刊》第2卷第3期。
② 彭康：《革命文艺与大众文艺》，1928年1月10日《创造月刊》第2卷第4期。
③ 李初梨：《对于所谓"小资产阶级革命文学"底抬头，普罗列塔利亚文学应该怎样防卫自己?》，1929年1月10日《创造月刊》第2卷第6期。
④ 李初梨：《对于所谓"小资产阶级革命文学"底抬头，普罗列塔利亚文学应该怎样防卫自己?》，1929年1月10日《创造月刊》第2卷第6期。

出了"主潮"说。

关于无产阶级文艺的批评标准，他们强调"要从社会的根据和阶级的意义去检讨"。① 批评一个文艺作品的时候，他们强调要遵循普列汉诺夫关于"发现一个文学的现象底社会学的等价"的原则，首先要分析这个作品是反映"那一个阶级的意识"，进一步再"检讨它在那个时代所以能发生的社会根据"，然后还要看它"对于一定的社会所演的是什么一种脚色，担当的是什么一种任务"，直到"最后"才"是它技巧的批评"，也就是检讨它"艺术地完成"的情况。②

就后一个方面的工作，即后期创造社对新文学运动以来的历史和新文坛的状况进行的所谓清算和批判来讲，则非多是少，失大于得。《文化批判》创刊伊始，后期创造社就声言要对"中国混沌的艺术界"，"作全面的批判"。冯乃超的《艺术与社会生活》、成仿吾的《从文学革命到革命文学》《全部的批判之必要》和李初梨的《怎样地建设革命文学》，都曾针对文学革命以来的历史和新文坛的现状发表意见。他们认为：新文化运动一是对旧思想的否定，二是对新思想的介绍，"但这两方面都不曾收得应有的效果"。③幸存下来的只有文学革命这个分野，但文学革命，"经了有产者与小有产者的两个时期，而且因为失了他们的社会根据，已经没落下去了"④，中国虽然曾经有过"混合型的革命文学"⑤，但那也是一个自然生长的阶段，革命文艺要由"自然生长"的阶段发展为"目的意识"的阶段，即进入无产阶级文学的阶段，就必须进行全部的总清算和全面的批判，否则，"文艺的方向转换是不能实现的"。⑥ 为此，他们在文艺界开展了广泛的批判。他们由理论问题的论争而从政治上攻击鲁迅"对于布鲁乔亚汜是一个最良的代言人，对于普罗列塔利亚是一个最恶的煽动家"！⑦ 甚至说鲁迅是"资本主义

---

① 彭康：《什么是"健康"与"尊严"》，1928年7月10日《创造月刊》第1卷第12期。
② 李初梨：《普罗列塔利亚文艺批评底标准》，1928年6月20日《我们月刊》第2期。
③ 成仿吾：《从文学革命到革命文学》，1928年2月1日《创造月刊》第1卷第9期。
④ 李初梨：《怎样地建设革命文学》，1928年2月15日《文化批判》月刊第2号。
⑤ 李初梨：《请看我们中国的Don quixote的乱舞》，1928年4月15日《文化批判》月刊第4号。
⑥ 成仿吾：《全部的批判之必要》，1928年3月1日《创造月刊》第1卷第10期。
⑦ 李初梨：《请看我们中国的Don quixote的乱舞》，1928年4月15日《文化批判》月刊第4号。

以前的一个封建余孽"，"不得志的法西斯谛"，"二重的反革命的人物"①，等等，就完全是颠倒了黑白，混淆了敌我。

综合上面的论述可以看出，1928 年后期创造社在无产阶级文艺理论的建设方面，确实是做了多方面的贡献的，但缺点和错误也很显著。有些缺点、错误，不仅严重，而且后果很坏。

总起来看，是他们，率先向中国人民和中国革命较为系统地输入了马克思主义的文艺观，这些崭新的，中国社会亘古未曾有过的革命文艺观，其中那些主导的、正确的部分，几十年来曾经指导中国的革命文艺由产生到不断地发展壮大，直到今天仍牢牢地占据着文坛的统治思想地位。

是他们，率先对新文坛既有的文艺观，特别是其中的资产阶级文艺观，如初、中期创造社的某些文艺观点，语丝社的趣味主义，新月派的人性论观点，茅盾的某些小资产阶级文艺观点等，进行清理和批判（其中当然不可避免地有过"左"的成分），但也从而开始了中国自己的马克思主义文艺理论建设的系统工程。

是他们，在倡导无产阶级文学的过程中，以磅礴的气势、大无畏的精神，勇敢地进行马克思主义文艺理论的宣传，不仅促进了广大革命文艺青年对马克思主义理论的学习，而且逼得许多作家也积极地去学习和掌握马克思主义的文艺观，从而造成了关于无产阶级革命文学的大论战，促进了马克思主义文艺思想在中国的大发扬，推动了无产阶级文学运动在中国的开展，并进而形成了 30 年代以后声势浩大的左翼文艺运动和蓬勃发展的革命文艺运动。

但在马克思主义文艺思想的宣传中，那些混杂其中的错误的非马克思主义的文艺观点，如他们过分地强调文艺的宣传功能而忽略文艺的特性；过分地强调文学的阶级性，而忽略文学也有表现人性的一面；过分地强调文艺批评中的政治社会原则，而忽略对艺术美的肯定；过分地强调无产阶级现实主义，而贬抑其他艺术方法等，不仅对艺术的多元发展构成了威胁，几十年来也一直妨碍着我国革命文艺的更加健康成长和蓬勃发展。

---

① 杜荃：《文艺战线上的封建余孽》，1928 年 8 月 10 日《创造月刊》第 2 卷第 1 期。

除此而外，他们搁置下对于封建旧文艺的斗争而集全力声讨资产阶级和小资产阶级的文艺观，不仅有违新民主主义文化建设的根本任务，而且常常把新文学阵营内部的是非之争和学术之争，肆意地提高到政治的阶级斗争的高度去，随意地向论敌乱扣帽子、乱打棍子，极力要将其"挤进'资产阶级去'"，[①] 这就不仅有损新文学阵营内部的团结，而且这种做法流传下来，成了新文坛几十年的遗患，如此等等，都是值得认真总结、深刻吸取的教训。

---

① 鲁迅：《"醉眼"中的朦胧》，1928 年 3 月 12 日《语丝》周刊第 4 卷第 11 期。

郭沫若篇

学者文选《郭沫若集》前言[*]

郭沫若是我国著名的诗人和作家，马克思主义的历史学家和古文字学家，革命的政治家和社会活动家。他学识渊博，才华卓著，在哲学社会科学的诸多领域均有重大建树，是我国现当代史上一位百科全书式的文化巨人，继鲁迅之后文化战线上又一面光辉的旗帜。

他学名开贞，字鼎堂，号尚武。1919 年 9 月首次发表新诗时，从故乡的沫水和若水得名，从此以笔名沫若行世。他祖籍福建省汀州府宁化县，1892 年 11 月 16 日（清光绪十八年九月二十七日）出生在四川省嘉定府乐山县沙湾镇（今属乐山市）一个中等地主兼商人的家庭，1978 年 6 月 12 日在北京逝世，终年 86 岁。

1897 年春，郭沫若 4 岁半时入家塾绥山山馆发蒙读书。从《三字经》开始，然后白天读经，晚上读诗，四书五经、《唐诗三百首》、《千家诗》和司空图《诗品》等依次学来。9 岁开始学作对子及五、七言试帖诗。10 岁由长兄开文授以《说文》和《群经音韵表》。13 岁入乐山高等小学寄宿，读《史记》，并广泛阅读诸子百家，深受传统文化的熏陶。庚子变法之后，废科举，建学校，读洋书，什么《地球韵言》《史鉴节要》《启蒙画报》《经国美谈》《东莱博议》《新小说》等皆成了课外书籍。1907 年入嘉定府中学，1910 年入成都高等学堂分设中学。1913 年底赴日本留学，在富国强兵、报国济民的思想影响下，1914 年考入日本东京第一高等学校预备班医科，1915 年 7 月升入冈山第六高等学校，1918 年 8 月升入福冈九州帝国大学。1923 年 3 月

* 原载周自强、黄淳浩编中国社会科学院学者文选《郭沫若集》，中国社会科学出版社，2005。

毕业，获医学学士学位。在留学日本的十年间，他懂得了近代医学科学，接触和阅读了大量东西方的自然科学、社会科学和文学艺术著作。

由于孩提时代以来的兴趣爱好和所受教育、所读书籍的影响，由于青年时期患肠伤寒而造成两耳重听所带来的生理上的限制，更由于五四时代给整个中华民族所带来的觉醒，郭沫若决心弃医从文，想通过"搞文学"以"鼓动起热情来改革社会"。①

早从1918年开始，他就与留日同学郁达夫、成仿吾、田汉、张资平等酝酿要筹组一个文学社团，出版一种文艺杂志。经过几年的努力，一个以浪漫主义为旗帜的革命文学社团创造社终于于1921年6月8日在日本东京成立，与当年在上海成立的文学研究会同为五四新文化运动以来我国成立最早，也是最大的两个新文学社团之一。他们先后在上海创办了《创造》季刊、《创造周报》、《创造日》、《洪水》半月刊、《创造月刊》、《文化批判》、《流沙》等刊物，在1921~1929年将近十年间，坚持在文学艺术和思想文化两条战线同时作战，在新文化运动中发挥了巨大和独特的作用。在文学艺术方面，它坚持艺术上"没有划一的主义"②，提倡浪漫主义、现实主义、现代主义多元发展，并带头在中国掀起了轰轰烈烈的浪漫主义文学运动和无产阶级革命文学运动，不仅为方兴未艾的新文学开创了新生面，坚挺了新文学的地位，而且壮大了新文学运动的队伍，发展了新文学运动的成果。在思想理论方面，它积极地参加了中国共产党发起和领导的反帝反封建的思想解放运动和马克思主义的宣传教育运动，向中国革命和中国人民输送了精神食粮。当然，由于当时国内外"左"倾思潮和路线的影响，创造社和它的部分成员也曾为"左"的东西推波助澜，留有遗患。

早从1919年开始，郭沫若就以高度的革命热情，在《时事新报·学灯》上发表新诗和文章。1921年8月出版的著名诗集《女神》反映了反帝反封建的狂飙精神，强烈要求改造社会，歌颂革命，歌颂光明，热烈追求和赞美未来，为"五四"以后的白话诗开了一代新风，成为我国新诗的奠基之作。在1924年翻译日本著名经济学家河上肇的《社会组织与社会革

---

① 《〈郭沫若选集〉自序》，《郭沫若选集》，开明书店，1951。
② 郭沫若：《编辑余谈》，1922年8月25日《创造》季刊第1卷第2期。

命》的过程中，开始系统学习马克思主义，不仅从此认定"马克斯主义在我们所处的这个时代是唯一的宝筏"，决心要"把自己的一生献给真理的探求"；而且把"从前深带个人主义色彩的想念全盘改变了"，"对于文艺的见解也全盘变了"。① 1926 年 3 月，经瞿秋白、林伯渠等推荐，郭沫若从上海奔赴当时的革命策源地广州，出任广东大学文科学长。同年 7 月参加北伐战争，先后担任国民革命军总政治部宣传科长、秘书长、副主任。1927 年 3 月底所写《请看今日之蒋介石》，在四·一二反革命政变前夕，向全国人民公开揭露了蒋介石篡夺大革命胜利果实，实行大屠杀的反动面目。继而参加八一南昌起义，任革命军总政治部主任和宣传委员会主席，并在南进途中，经周恩来、李一氓介绍，加入中国共产党。起义失败，随军转移，直到 10 月下旬才经由香港返回上海。在此期间，继《女神》之后，有诗集《星空》《瓶》《前茅》《恢复》，历史剧《三个叛逆的女性》，小说《落叶》，论著《文艺论集》等出版。

1928 年 2 月，迫于蒋介石的严令通缉，经与周恩来商定，再次东渡日本，在东京千叶县市川乡下度过了十年的流亡生活。由于日本刑士和宪兵的双重监视，郭沫若活动受限，他潜心于我国古代社会和古文字的研究，一连写下《中国古代社会研究》《甲骨文字研究》《殷周青铜器铭文研究》《金文丛考》《卜辞通纂》《古代铭刻汇考》《两周金文辞大系图录考释》《殷契粹编》等重要学术论著，创造性地把辩证唯物主义和历史唯物主义运用于中国古代社会研究，成为我国马克思主义新史学的开拓者；创造性地把中国古代史研究与古文字学研究结合起来，开辟了甲骨文和青铜器研究的新天地，成为一代史学宗师和古文字学宗师。他在 1930 年出版的《中国古代社会研究》，以马克思主义的唯物史观为指导，结合当时学术界的最新成果，构筑起我国古代文化独特的研究体系，是我国古代社会研究的第一部划时代的杰作。他的《甲骨文字研究》《卜辞通纂》《殷契粹编》等巨著，使我国的甲骨文字研究由草创走向成熟，并确立系统。他的《殷周青铜器铭文研究》《两周金文辞大系图录考释》等，为我们建立了认识中国青

---

① 郭沫若：《致成仿吾的一封信》（1924 年 8 月 9 日），题《孤鸿》，1926 年《创造月刊》第 1 卷第 2 期。

铜器的科学体系。在此期间，郭沫若还有自传《我的幼年》《反正前后》《北伐》，历史小品《豕蹄》和论著《水平线下》《文艺论集续集》等著作出版。他的自传开我国现代传记文学的先河，曾受到毛泽东的高度赞扬。

1937年7月抗日战争全面爆发，郭沫若别妇抛雏，只身秘密返回祖国，在周恩来的领导下从事抗日救亡和文化统一战线工作，担任国民政府军事委员会政治部第三厅厅长和文化工作委员会主任等职务，写下大量政论性文章，出版有《抗战与觉悟》《战声》《羽书集》《蒲剑集》《今昔集》等专集。皖南事变后主要从事历史剧创作和史学著述。他创作的《屈原》《棠棣之花》《虎符》《高渐离》《孔雀胆》《南冠草》等历史剧，不仅把我国的现代历史剧创作推向高峰，在创作上有久远的影响，而且《屈原》《棠棣之花》等剧本以古鉴今，在演出中产生了广泛深刻的社会影响。他撰述的《屈原研究》《甲申三百年祭》《孔墨底批判》《青铜时代》《先秦学说述林》《十批判书》等史学论著，尤其是"偏于考证"的《青铜时代》和"偏于批评"的《十批判书》，贯通先秦诸子学说，是其治史生涯中成熟期的代表作，比较全面地表达了作者对于中国古代社会史和中国思想学说史的重要观点，是两部优秀的史学论著。他在1944年写了《甲申三百年祭》，总结李自成起义和失败的经验教训，曾被列为中国共产党的整风学习文件，发挥了广泛的教育作用。

抗日战争胜利后，郭沫若站在民主运动前列，先后在重庆、上海、香港率领文化界同人进行反对独裁反对内战、争取民主和迎接解放的斗争。其间有自传《苏联纪行》《南京印象》《少年时代》《革命春秋》，杂文集《今昔蒲剑》《沸羹集》《天地玄黄》《抱箭集》，学术论著《盲肠炎》《历史人物》，小说集《地下的笑声》，诗集《蜩螗集》等出版。

中华人民共和国成立后，郭沫若先后担任或连任过中华全国文学艺术工作者联合会主席、中华全国政治协商会议副主席、政务院副总理兼文化教育委员会主任、中国科学院院长、全国人民代表大会常务委员会副委员长和中国保卫世界和平大会主席、世界保卫和平理事会副主席，以及中国共产党第九届、第十届中央委员会委员。"文化大革命"期间，协助周恩来做过大量外事工作，参与接待外宾数百次，并为中日、中美建交做出贡献。

在繁忙的政务和社会活动之中，郭沫若仍然坚持他的学术研究和文学创作，出版了学术著作《奴隶制时代》《雄鸡集》《读〈随园诗话〉札记》《文史论集》《李白与杜甫》，古籍整理《管子集校》《〈盐铁论〉读本》，主编了《甲骨文合集》《中国史稿》，创作了诗集《新华颂》《百花齐放》《长春集》《潮汐集》《骆驼集》《东风集》，史剧《蔡文姬》《武则天》，电影剧本《郑成功》，自传《洪波曲》，以及整理就绪，但生前未能出版的《〈再生缘〉前十七卷校订本》等。而在书法创作上同样成就斐然。

郭沫若一生著作宏富，译作成林，且独创风韵译。他给人们留下的著译文字在千万字以上。郭沫若去世以后，由郭沫若著作编辑出版委员会、人民文学出版社、人民出版社和科学出版社编辑出版的《郭沫若全集》，搜集作者生前出版过的辑集著作共 38 卷，其中文学编 20 卷、历史编 8 卷、考古编 10 卷。此外还有大量散佚文章、书信、日记、译著及书法作品陆续编辑出版。其著作被译为多种文字，在日本、俄罗斯及欧亚各国广为流传，展开了多方面的研讨。

综观郭沫若的一生，可以看出，他既是诗人和文学家，又是学者和科学家，还是战士和革命家，他是一个真正的革命文化巨人。

郭沫若一生坚信马克思主义的正确，他在学术研究中始终坚持理论联系实际，坚持在"实事之中求其所以是"。他在谈到自己应用马克思主义理论来研究中国实际的用意时说："我主要是想运用辩证唯物论来研究中国思想的发展，中国社会的发展，自然也就是中国历史的发展。反过来说，我也正是想就中国的思想，中国的社会，中国的历史，来考验辩证唯物论的适应度。"这表明，郭沫若并没有把马克思主义的理论当作先验的，可以用来随意剪裁各种历史事实的公式，而是力图通过自己的研究实践来印证它是否符合中国的现实实际。正如有学者认为，这是郭沫若学术思想中最光辉、最有生命力的部分。

当然，要真正做到这一点并不容易。正如恩格斯所说："单是正确地反映自然界就已经极端困难"，而反映社会历史又"更加困难"，"即使只是在一个单独的历史实例上发展唯物主义的观点，也是一项要求冷静钻研的科学工作"，何况对历史实际的认识并不是一次就能完成的。但是，郭沫若坚持实事求是的科学态度，不懈探求真理，终于使他在将近半个世纪的研究探讨中不断有所发现，有所前进。

　　本卷主要选录郭沫若有关历史学、古文字学和文艺理论、文学批评的一些重要的、有代表性的论述文章，分为上、下两编。上编为历史学和古文字学，由周自强选编；下编为文艺理论和文学批评，由黄淳浩选编。限于篇幅，创作和翻译等一概未收。书末的"作者著译作品书目"和"作者生平大事年表"，由郭平英撰写。

周自强　黄淳浩
2004 年

郭沫若小传[*]

郭沫若，原名开贞，1892 年 11 月 16 日出生在四川省乐山县沙湾镇一个地主兼商人家庭。他幼年在乐山、嘉定和成都念书。1912 年春，奉父母之命，与张琼华结婚。1913 年末，经朝鲜赴日本留学，先后在东京第一高等学校、冈山第六高等学校和九州帝国大学医学部学习，1923 年春毕业归国。其间，1916 年夏在东京与圣路加医院护士佐藤富子（安娜）恋爱，同年 12 月携安娜到冈山同居。

1921 年 6 月 8 日，与郁达夫、成仿吾、田汉、张资平等在日本成立创造社，先后在上海出版《创造》季刊、《创造周报》、《创造日》、《洪水》和《创造月刊》等刊物，倡导革命文学，宣传马克思主义，直到 1929 年被反动当局查封。

1921 年 8 月，他出版的第一部诗集《女神》，为"五四"以后的新诗开了一代新风，郭沫若成为我国新诗的开拓者和奠基人。

1924 年，开始系统学习马克思主义，逐渐转换思想，树立了无产阶级世界观。1926 年 3 月，赴广州就任广东大学文科学长。7 月，参加北伐战争，先后担任国民革命军政治部宣传科长、秘书长和副主任。1927 年 3 月底，所写《请看今日之蒋介石》，在四·一二反革命政变前夕，向全国人民公开揭露了蒋介石篡夺大革命胜利果实，对革命者实行大屠杀的反革命面目。继而，参加八一南昌起义，并在南进途中经周恩来、李一氓介绍加入中国共产党。起义失败后，随军转移，直到 10 月下旬才经由香港返回上海。

* 原载黄淳浩编《郭沫若自叙》，团结出版社，1995。

在知名作家中，成了名副其实的"戎马书生"。继《女神》之后，有诗集《星空》《瓶》《前茅》《恢复》，历史剧《三个叛逆的女性》，小说《落叶》，论著《文艺论集》等出版。

1928 年 2 月，迫于蒋介石的严令通缉，离开祖国，举家返回日本，在东京千叶县市川乡下度过了十年亡命生活。由于日本刑士和宪兵双重监视，活动受限，开始致力于我国古文字和古代社会研究，在我国率先把马克思主义运用于史学研究。其《中国古代社会研究》《甲骨文字研究》《两周金文辞大系图录考释》《金文丛考》《卜辞通纂》等历史、考古著作，攻克了古文字的重重障碍，奠定了我国古代社会研究之基础，初步揭开了中国社会发展的历史脉络和规律，开创了中国马克思主义史学和社会科学研究的广阔领域。其间，尚有回忆录《我的幼年》《反正前后》《北伐》，历史小说《豕蹄》，论著《水平线下》等出版。

1937 年 7 月，别妇抛雏，只身秘密归国，投入抗日救亡运动。1938 年 1 月，与于立群同居。抗日战争期间，先后担任过国民政府军事委员会政治部第三厅厅长、文化工作委员会主任，成了我国文化界继鲁迅之后团结进步文化人士进行斗争的另一面旗帜。其间，有《屈原》《虎符》《孔雀胆》等历史剧和《十批判书》《青铜时代》《甲申三百年祭》等著作出版。

抗战后，在重庆、上海、香港率领文化界同人进行反对内战、争取民主自由和人民解放的斗争。其间，有回忆录《少年时代》《革命春秋》，小说集《地下的笑声》，学术著作《历史人物》等的出版。

新中国成立以后，出任中华全国文学艺术工作者联合会主席和中国科学院院长，并先后担任过政务院副总理、全国政协副主席、全国人大常委会副委员长等多种职务。其间，有诗集《新华颂》《长春集》，历史剧《蔡文姬》《武则天》，文史专著《奴隶制时代》《文史论集》，古籍整理《管子集校》等出版。

郭沫若著述甚丰，译著亦不少，且独具特色。1978 年 6 月 12 日逝世后，国家组织人力出版的《郭沫若全集》，包括文学编 20 卷，历史编 8 卷，考古编 10 卷，散佚未辑集的文章和译著尚不在内。

综观其一生，可以看出，郭沫若既是一个诗人和文学家，又是一个学者和科学家，还是一个战士和革命家。他是一个真正的革命文化巨人。

1995 年 7 月

我国新诗的开拓者和奠基人[*]

——纪念郭沫若一百周年诞辰

郭沫若是一个在多方面显示了自己的开拓精神，对国家民族作出了创造性贡献的诗人、学者和战士。他以出色的努力，为新中国的精神文明和物质文明建设付出了大量心血，在我国的现代文学史、科学文化史和政治革命史上，充分地显示了自己的个性，他不愧是继鲁迅之后我国文化战线上又一面光辉的旗帜。

郭沫若对祖国人民贡献的开始，首先是在诗歌方面。他不仅为我国的新诗开了一代诗风，而且是我国新诗的实际奠基人。

一

在我国的新诗坛上，郭沫若不是倡导写新诗和试写新诗的第一人，他的《女神》，也不是新诗坛上最早出版的新诗集。中国新诗的开山是胡适。早在1915年，胡适就倡导写新诗，次年开始写新诗。1917年2月，《新青年》首次发表了他的《白话诗八首》，1920年3月，他的《尝试集》由上海亚东图书馆出版发行。这是我国新诗坛上的第一部新诗集，比郭沫若的

---

* 原载1992年11月21日《文艺报》第46期。先收入人民出版社《新华文摘》1993年第2期；继收入《郭沫若百年诞辰纪念文集》，社会科学文献出版社，1994。本篇原有之第四部分，谈郭沫若晚年诗风之转变，因所据图书《新潮》出现真伪问题，为保持文章之严肃性，特此删去。

《女神》早一年多。

不过，胡适的新诗虽然也大体打破了旧体诗的形式和格律，但基本上还是循着晚清新派诗的路子在走。不仅传统的气息较重，有的形式都还是旧的，诗的意境和韵味更难以捕寻。胡适对自己在新诗上的造诣，是有自知之明的，曾称自己的新诗是"缠过的小脚放大"，并在他1923年5月15日致郭沫若、郁达夫的信中承认自己对新诗是"提倡有心，而实行无力"。

继胡适的"尝试"之后，在新诗坛上显过身手，尝试过写新诗的，还有沈尹默、刘半农、周氏兄弟、傅斯年、俞平伯、康白情、陈衡哲等人。沈尹默的《月夜》，曾被康白情誉为"第一篇散文诗而备具新诗美德"。刘半农的诗，向民歌学习，在形式上有长足的进步。康白情的诗，也较多地摆脱了旧诗的束缚，有的写得活泼自然。但这些诗，还都显得比较直露，算不得成熟。正如周作人在为刘半农《扬鞭集》所写的序言中说的，这个时期的新诗，"一切的作品都像个玻璃球，晶莹透彻得太厉害了，没有一点儿朦胧，因此也似乎少了一个余音与回味"。

诗歌在我国有源远流长的历史，不仅产生最早，发展也最为充分。因此，诗歌走向现代化的道路，较之小说、戏剧、散文等，自然要困难得多。清末黄遵宪等人的"诗界革命"，曾对胡适等人提倡新诗在观念上给予了巨大的影响。但在以"古人未有之物，未辟之境"入诗这一点上，不仅黄遵宪他们失败了，即使是胡适等人的"尝试"，虽然在诗体解放方面有了长足的进展，但在新诗的意象和境界方面，却并未创出多少像样的成果来。

是郭沫若崛起于新诗坛之后，这一局面才得以根本改变。郭沫若是1919年才开始登台亮相作新诗人的，但他的起点很高，是后来居上者。郁达夫说，我国的新诗，"完全脱离旧诗的羁绊自《女神》始"。[①] 闻一多也说："若讲新诗，郭沫若君的诗才配称新呢！不独艺术上他的作品与旧诗词相去最远，最重要的是他的精神完全是时代的精神——二十世纪底时代的精神。有人说文艺作品是时代底产儿。《女神》真不愧为时代底一个肖子。"[②]

《女神》出版于1921年8月，绝大多数诗篇写于五四运动前后。它是

① 郁达夫：《〈女神〉之生日》，1922年8月2日《时事新报·学灯》。
② 闻一多：《〈女神〉之时代精神》，1923年6月《创造周报》第4号。

郭沫若从西方浪漫派诗歌中汲取了诗情，并从十月革命胜利中感受到"新生的太阳"的"新的光明和新的热力"，寻找到了新的方向以后创作的一部充满革命激情和浪漫气质的诗集。

"五四"是一个思想解放、人性觉醒和民族振兴的时代，一个彻底地反帝反封建的狂飙突进的时代。郭沫若"本来是喜欢冲淡的人"，是五四运动使他"一时性地爆发了起来"，而"惠特曼的那种把一切的旧套摆脱干净了的诗风和五四时代的狂飙突进的精神十分合拍"[①]，于是，"个人的郁积，民族的郁积，在这时找出了喷火口，也找出了喷火的方式"。[②] 郭沫若摆脱了一切旧体诗形的羁绊，以完全顺乎自然的自由体，火山爆发式的炙热感情，借诗歌这支芦笛，奏出了五四时代的最强音，并显示出了与胡适等人迥然不同的雄姿和风采。

在《女神》中，郭沫若以火热的革命激情，丰富的想象，神奇的夸张，雄浑的格调和华丽的辞藻，为我国的新诗坛塑造了一个敢于"立在地球边上放号"，"要不断的毁坏，不断的创造，不断的努力"，足以把日月星辰和"全宇宙来吞了"的"自我"形象。他通过"个人的苦闷"，"反射出""社会的苦闷"和"全人类的苦闷来"。所以这个"自我"是深深地扎根于现实社会，紧紧地扣着时代脉搏，与民众同呼吸共奋斗的叱咤风云的叛逆者和革命者的"开辟鸿荒的大我"形象。他敢于诅咒在帝国主义列强的卵翼下封建军阀的统治已经使得我们的中国社会变得"冷酷如铁"，"黑暗如漆"，"腥秽如血"，犹如"屠场"、"囚牢"、"坟墓"和"地狱"一样。他敢于声称自己是一个"偶像破坏者"，敢于歌颂世界上一切倡导政治革命、社会革命、宗教革命、文艺革命和教育革命的"匪徒"，敢于歌颂"俄罗斯的巨炮"和"实行波尔显威克的列宁"，甚至还敢于声称"我是个无产阶级者"，"我愿意成个共产主义者"。动员那些"振动数相同的人"和"燃烧点相同的人"，与他一起"快把那陈腐了的旧皮囊全盘洗掉"。

《凤凰涅槃》一诗，集中地表现了渴望祖国获得新生、民族获得复兴的强烈愿望。诗人在《女神之再生》一诗中，强烈地表示要革命，不要改良，

---

① 郭沫若：《我的作诗的经过》，《沫若文集》第11卷，人民文学出版社，1959，第143页。

② 郭沫若：《序我的诗》，《沫若文集》第13卷，人民文学出版社，1963，第121页。

"新造的葡萄酒浆不能盛在那旧了的皮囊。我为容受你们的新热、新光，要去创造个新鲜的太阳！"这两首诗，写于 1920 年和 1921 年，都是他在十月社会主义革命以后对于新的社会所产生的憧憬和向往，虽然还显得有些空疏和混沌，还杂糅着许多资产阶级民主主义的色彩，却给我们的新诗输入了崭新的革命内容，成功地表现出五四时代的中国人民，特别是中国青年对于社会主义的热切追求。诗人把小我完全融进了大我之中。这是自我表现，也是时代精神，因为在这里，自我的觉醒，也就是民族的觉醒。这是同时代其他诗人所未能企及的境界。

《女神》的特异成就，不仅在诗的思想内容，也在诗的形式。旧体诗是最讲究形式的，一切都有一定之规，不得越雷池一步，郭沫若的诗，则彻底推翻了旧体的五、七言形式和诗的韵律，而以不定型的自由体代之。这种不定型乃是诗歌中的一种新型。《女神》中的自由体诗，有散文体、民歌体，也有取诗剧形式的。结构上有二句一节，三句一节，四句一节，五句、六句和多句一节的。从流派讲，有纯然的浪漫主义诗，也有浪漫主义中包含现实主义成分的，还有一些诗，则应归属到现代派和未来派诗当中去。在浪漫主义诗歌中，如果以所受影响而言，又可以接受外国诗人影响大的分为泰戈尔式、惠特曼式和歌德式；受中国古代诗人影响比较大的，分为陶渊明式、王维式和李白式，有的清新隽永，有的粗犷豪放，种类繁多，十分丰富。总之，他的自由体诗是不拘一格的。

不拘一格并不等于不讲形式。他为新诗的自由体创造了最为丰富的形式。各种流派的自由体诗，今日能成为新诗的主要潮流，新诗得占今日整个诗坛的正统位置，郭沫若之功是不可没的，他当之无愧应称为新诗的实际奠基人。

讲自然流露，并不等于不讲雕饰，不要修辞，不讲诗的音乐美和绘画美。郭沫若认为，"自然流露之中，也自有他自然的谐乐，自然的画意存在"①；而且诗的韵律有"外形的"和"自体"的两种。旧体诗是在诗之外加一层"外形的韵律"，自由诗则靠"诗自己的节奏"。他说，"诗之精神在其内在

---

① 《三叶集》，上海亚东图书馆，1920，第 46 页。

的韵律"，"诗应该是纯粹的内在律"①，主张用诗歌自体的节奏来代替"外形的韵律"，在这一诗歌理论指导下，《女神》为后人留下了许多节奏感强，富于音乐美和绘画美的优秀诗篇，而且影响了一代又一代的新诗人。

二

《女神》之后，郭沫若于1923年出版了他的第二部诗集《星空》，其中收集的是诗人在"五四"落潮期的作品。从艺术上讲，大体保持了《女神》时期的水准和风格，技巧上有的或许还要高明一些。但是从内容上讲，《女神》时代那种火山爆发式的内在情感没有了，而更多的是反映了"退潮后的一些微波，或甚至是死寂"。诗人的思想充满了矛盾和苦闷，所以诗的情调显得低沉，还有不少的寂寞和空虚。不过，诗人的革命之心未死，并时刻盼望着第二次洪水时代的到来。

朱自清在《中国新文学大系·诗集·导言》中曾说："中国缺少情诗，有的只是'忆内''寄内'，或曲喻隐指之作；坦白的告白恋爱者绝少，为爱情而歌咏爱情的更是没有。"说到情诗，他只提到胡适的《应该》、康白情的《窗外》和"湖畔"四诗人是"真正专心致志做情诗的"。不知是无心还是有意，他把郭沫若忘了。郭沫若倒不是"专心致志"致力于情诗写作的新诗人，但他也写了不少的情诗，《女神》中就有些写得很大胆，很坦白，看水平当在胡适的《应该》和康白情的《窗外》之上。不过，我在这里想提到的郭沫若的情诗，却是专指他写于1925年3月的《瓶》。这部抒情组诗，是郭沫若根据自己亲身经历的一场爱情遭遇来写的，写得十分真切动人。正如郁达夫在发表时所写的《〈瓶〉附记》中所说，由于郭沫若"近来的思想剧变了"，这部诗集"他本来不愿意发表，是我硬把它们拿来发表的"，还说"我想诗人的社会化也不要紧"，"你可以不必自羞你思想的矛盾"，"况且这过去的感情的痕迹，把它们再现出来，也未始不可以做一个纪念"。郭沫若自己后来也承认，"《瓶》在写出的当时自己颇适意。全是写实，并无

---

① 郭沫若：《致李石岑》，1921年1月15日《时事新报·学灯》。

多少想象成分。踌躇发表者，怕的是对于青年生出不好的影响"。① 多少年来，在"左"的思想影响下，多数的中国现代文学史对这部诗集一直持一种不尽公允的评价，以当时的观点来讲，这部诗集当然是不入流的，因为它写的完全是儿女私情，而且是一个有妇之夫对一个未婚少女的非分之情。但从"坦白的告白恋爱者绝少"一点来看，在当时敢于写出自己过去的这一段恋情，并最终允许朋友把它拿来发表，这种敢冒天下之大不韪的勇敢精神，本身就具有明显的反传统的意义。更何况爱情也是情的一种，而且《瓶》中的43首诗，那火热的恋情，写得是那么一往情深，缠绵悱恻，真挚细腻，婉转动人，曾"陶醉过好些人"。从艺术上讲，也颇有可取之处。不仅明快自然，像有一支神来之笔，一气呵成，而且诗句凝练、整齐，更是与《女神》不同的地方。看得出来，诗人已经开始注意诗的格律、节奏和韵律，已在形式上进行新的探索。再者这部诗集，作为郭沫若参加实际斗争以前的思想"痕迹"的记录，也自有它历史的意义存在。因为它证明，"五卅"的革命风暴一来，它就像一个真正的花瓶一样倒掉了，破碎了！而郭沫若的思想，也从这里前进了，超越了。因此，我们不应因这部诗集有什么"唯美主义"或"爱情至上"的倾向，就对它不予应有的注意。总之，历史不应回避，更何况从中国现代诗歌史的角度来讲，这还是如著名诗人蒲风说的，是"中国诗坛的空前的抒情长诗"啊！②

三

郭沫若在把《瓶》交由《创造月刊》发表之后，他就像告别了故我，迎来了新生一样，把自己投身到火热的革命斗争实践当中去了。郭沫若是在1924年初返回日本去的。在日本他结合翻译《社会组织与社会革命》一书，系统地学习研究马克思主义，初步树立了马克思主义的世界观。他回国后，在五卅运动的影响下，从1926年开始提倡革命文学。一方面号召文

---

① 蒲风：《郭沫若诗作谈》，1936年《现世界》创刊号。
② 蒲风：《郭沫若诗作谈》，1936年《现世界》创刊号。

艺青年"到兵间去,民间去,工厂间去,革命的漩涡中去"①,一方面自己也躬行实践,到当时的革命中心广州。他先是参加北伐,继而参加了南昌起义,中间还穿插着写了公开向国人揭露蒋介石反革命面目的战斗檄文。不过在此期间,文学创作却寥寥无几,直到返回上海之后,才在1928年春初有了诗集《前茅》和《恢复》的出版。

《前茅》收集他1921年至1924年的作品,大部分写于1923年。京汉铁路工人大罢工进一步显示了中国工人阶级的力量,国内革命形势开始步入高潮,郭沫若也开始从"低回的情绪"中走出来,诗歌创作逐渐有了"第二期的惠特曼式恢复的形势"。在一些诗中,他痛斥了政客、军阀、官僚、党人,也歌颂了陈涉、吴广,歌颂了工人的斗争和俄罗斯的无产阶级专政,并预言了中国的大革命高潮的即将到来:"二十世纪的中华民族大革命哟,快起!起!起!"艺术上,《前茅》的现实主义成分有所增加,但创作水平却有所下降。郭沫若在《序诗》中也承认:"这几首诗或许未免粗暴,这可是革命时代的前茅。"

《恢复》则是他在1928年初,经历了北伐战争的全过程和大革命失败后的种种危难,思想上有了坚定的革命方向,创作上渐次恢复活力,并从一场严重的伤寒病死里逃生、大病初愈以后,躺在病床上,精心创作的一部诗集。在《跨着东海》一文中,郭沫若曾这样提到《恢复》的创作:"像那样受着诗兴的连续不断的侵袭,我平生只有过三次。一次是五四前后收在《女神》里面的那些作品的产生,一次是写《瓶》的时候,再一次便是《恢复》的写出了。但这写《恢复》时比前两次是更加清醒的。"可见郭沫若对这部诗集是十分看重的。

《恢复》是郭沫若世界观转变以后创作的第一部诗集,在郭沫若的诗歌创作道路上,具有里程碑的意义。它以极其真实和生动的形象,广泛而深刻地反映了第一次国内革命战争及其向第二次国内革命战争转变时期我国人民的生活和斗争,反映了整个大革命时代和它的革命精神。所谓"恢复",不光指诗人死里逃生,从病里恢复,而且还指大革命失败后革命重心正在向农村转移,革命的元气在开始恢复。当然不是用抽象的概念,而是

---

① 《革命与文学》,《沫若文集》第10卷,人民文学出版社,1959,第323页。

用生动的形象，用寓意深刻的诗句。如通过缅怀惨遭蒋介石杀害的革命烈士孙炳文的《悼亡友》一诗，把革命由胜利到失败的形势突兀地勾勒了出来。又如在《我想起了陈涉吴广》一诗中，通过对中国古代第一次伟大的农民起义的颂扬，转而歌颂了中国共产党领导下的湖南农民运动。在《战取》中，诗人暗示白色恐怖虽然严重，但黑暗也正孕育着新社会诞生的希望："朋友，你以为目前过于沉闷吗？这是暴风雨快要来时的先兆。朋友，你以为目前过于混沌吗？这是新社会快要诞生的前宵。""酿出一片血雨腥风在这夜间，战取那新的太阳和新的宇宙！"如果说《女神》反映了"五四"时期的时代精神，那么《恢复》则反映了大革命时期的时代精神。它们都具有鲜明的时代印记，都是时代的肖子。

《恢复》显示出诗人已从世界观、创作方法到艺术风格所发生的本质变化。如果说过去是在张扬个性、表现自我，现在则明确地宣布："我要歌出我们颓废的邦家，衰残的民族，我要歌出我们新兴的无产阶级的生活。"[1]如果说过去诗人的理想还比较朦胧，反抗精神还比较空泛，缺乏实在的力量，现在则表现了鲜明的社会主义理想，虽然"全部不免有浓厚的感伤情趣"，却掩不住其革命的乐观主义。现实主义已与浪漫主义两相融合在一起了，显然，《恢复》在我国是最早自觉地把现代诗歌与无产阶级革命直接联系起来的成功作品，它是我国第一部无产阶级诗作，在我国的诗歌史上有划时代的历史意义。

《恢复》有力地证明，郭沫若从事革命诗歌创作的起点是很高的。遗憾的是，未等到《恢复》出版，郭沫若就因国民党当局的通缉而流亡到日本去了。郭沫若潜心研究甲骨文和运用马克思主义学说研究中国的古代社会历史，只能在余裕的时间才进行一些文艺作品的翻译和创作，诗写得很少。1937年归国之后，诗歌创作的活动虽然渐次恢复，但情思不免有些散文化。再则从1928年革命文学论争之后，特别是由于三四十年代后国际国内文艺战线上"左"的思潮的影响，诗人的诗学观念已经发生了显著变化，他不仅不再坚持诗歌的主要职责在抒情，而且在处理文艺与政治的关系时，常

---

[1] 《恢复·述怀》，《郭沫若全集·文学编》第1卷，人民文学出版社，1982，第359页。

常片面地强调文艺为政治服务这一个方面，强调在诗歌创作中"意识是第一着"①，"文艺的政治性要占第一位"②，甚至错误地提出文艺创作要为具体的政治、理论纲领服务。虽然他也说过"文艺应该要技巧"，"我自己倒素来是尊重技巧的人"③，却又说"我高兴做个'标语人'，'口号人'，而不必一定要做'诗人'"。④ 实际上，这是放松了自己在艺术创作中的美学追求，不再像早期那样尊重艺术创作的特殊规律了。所以，在 30 年代以后创作的许多革命诗歌，如《战声集》、《蜩螗集》、《新华颂》、《百花齐放》、《长春集》和《骆驼集》之中，就出现了一些缺乏艺术的激情、巧妙的构思和生动的形象，形同分行的散文，甚至是图解政策的作品，虽然许多诗作也反映了现实生活的本质，歌颂了革命，打击了敌人，起到了积极的宣传鼓动作用，但由于缺乏艺术感染力，其震慑力量已远不如《女神》，也不如同时期的《屈原》《虎符》《蔡文姬》等历史剧。当然其中也有些感人的篇章，如《罪恶的金字塔》《寿朱德》《进步赞》《猫哭老鼠》《鲁迅笑了》《题毛主席在飞机中工作的摄影》《骆驼》等，然而整个诗歌的水准却远比早期的诗作下降了，也远比《恢复》中的那些革命诗歌的水准下降了。

之所以出现这些情况，笔者觉得问题不在文艺与政治发生了联系，而是因为我国现代生活的一个重大特点，就是一切都与政治、革命有密不可分的关系，文学也是这样。既然革命和政治是我们当时和今天现实生活的最重大内容，那么表现它、宣传它就是可以的、必然的。问题在于如何表现它、宣传它。这正如郭沫若自己早年重视文艺的精神、尊重文艺的特殊规律时所说的那样："艺术家要把他的艺术来宣传革命，我们不能论议他宣传革命的可不可，我们只能论他所借以宣传的是不是艺术。"⑤ 假使他宣传的工具确实是艺术的作品，我们就应该承认它、肯定它。郭沫若中后期诗歌创作中的失误，不在文艺与政治发生了联系，而在他过分地贴近和突出了政治，而疏远和忽视了艺术。

---

① 《关于诗的问题》，《沫若文集》第 11 卷，人民文学出版社，1959，第 107 页。
② 《文艺工作展望》，《沫若文集》第 13 卷，人民文学出版社，1963，第 285 页。
③ 《七请》，《沫若文集》第 11 卷，人民文学出版社，1959，第 109 页。
④ 《读了"孩子的诗"》，1958 年 12 月 20 日《人民日报》。
⑤ 《艺术家与革命家》，《沫若文集》第 10 卷，人民文学出版社，1959，第 77 页。

《恢复》：我国第一部无产阶级诗作[*]

在郭沫若的早期诗歌创作中，《女神》是第一个高峰，对我国现代诗歌的发展，有奠基的作用，开了一代诗风。这以后，郭沫若的世界观经历着艰难的自我革命，思想在徘徊惆怅，气势不够，格调偏低，诗歌创作的水平随之有所下降。到了创作《恢复》的1928年，由于他已经探索到了革命的航向，找到了追求真理的道路，所以思想豁然开朗起来，诗歌创作也"柳暗花明又一村"，自然而然地跨到了一个新的水平上。只要我们对《恢复》做些切实的考察，就会发现，《恢复》直接继承和发扬了《女神》所开创的我国现代诗歌的革命传统，成为我国诗歌史上的第一部自觉地把现代诗歌与无产阶级革命联系起来，并且做出了杰出贡献的优秀作品。

对于《恢复》这部诗集，郭沫若在《跨着东海》一文中曾说："像那样受着诗兴的连续不断的侵袭，我平生只有过三次。一次是五四前后收在《女神》里面的那些作品的产生，一次是写《瓶》的时候，再一次便是这《恢复》的写出了。但这写《恢复》时比前两次是更加清醒的。"[1] 1936年在《我的作诗的经过》中，诗人也谈到《恢复》的创作情况，并说"里面也还有些可读的诗"。[2] 可见他对这部诗集还是比较看重的。

---

* 原载人民文学出版社《新文学论丛》1981年第3期。
① 《沫若文集》第8卷，人民文学出版社，1958，第294页。
② 1936年11月10日《质文月刊》第2卷第2期。

一

1928 年 1 月，郭沫若在参加了北伐战争和震惊中外的八一南昌起义，历经了大革命失败后的种种危难，并从伤寒病死里逃生之后，大病初愈，躺在床上，把一个抄本放在枕下，当诗兴袭来的时候，立即拿着一支铅笔，把它记录下来。在十天左右时间中，写了二十四首诗，汇集起来，就成了《恢复》这部诗集。它以极其真实和生动的形象，广泛而深刻地反映了第一次国内革命战争及其向第二次国内革命战争转变时期我国人民的生活和斗争，反映了整个大革命时代和它的革命精神。

创作《恢复》的同时，诗人曾经写过一篇提倡无产阶级革命文学的著名论文，名叫《桌子的跳舞》，慨叹当时革命文学作品没有能够反映伟大的大革命时代："我们中国处在一个很伟大的时代，这几年来不知道起了多少伟大的历史的事变。"但是，"这在我们文艺上反映出了些甚么来呢？——唉，反映出了的是——一张白纸！"他说："我们找不出半个作家注意到了这些上来，我们也找不出半篇记述足以为我们历史的夸耀。"[1] 诗人的慨叹是有道理的。在这篇论文中，诗人还提出："没有时代精神的作品是没有伟大性的。"足见诗人创作《恢复》的时候，是深思熟虑的，是立意要通过这部诗集的创作来反映革命及其时代精神的。

通读《恢复》，我们可以看到，诗人用了大量的篇章来反映我国人民所过的悲惨生活，如在《黑夜和我对话》《我想起了陈涉吴广》《黄河与扬子江对话》（第二）等诗中就写道：祖国的土地，到处成了"榨取的屠场"。长江流域，游弋的是"外国兵舰"和"外国商船"；城市里，只见"资本化了的黑奴"和"印度的巡捕站立门边"，贫苦的工人农民，"他们睡在木板上、土炕上，还有恶梦盘旋"；"农村的凋敝触目神伤"，农民的生活简直"就和猪狗一样"。[2] 诗人正是通过这些真实而生动的描绘，向我们深刻地揭

---

① 《沫若文集》第 10 卷，人民文学出版社，1959，第 331~332 页。
② 本文所引《恢复》中诗句，均据 1928 年创造社出版部初版本。

示出：中华民族伟大的人民大革命，是有深厚的阶级基础和群众基础的，它之所以能够发生，并迅速地得到发展，绝不是偶然的。

那么，是谁使得我们的国家和民族蒙受这样的耻辱和痛苦，是谁使得我们的人民处于水深火热之中，在死亡线上挣扎呢？是帝国主义和他们的走狗：

> 他们的炮舰政策在我们的头上跳梁，
> 他们的经济侵略吸尽了我们的血浆。
> 他们豢养的走狗：军阀，买办，地主，官僚，
> 这便是我们中国的无数新出的始皇。

1924 年，孙中山先生接受中国共产党的建议，实现了国共两党和各界人民的国民革命联合战线，因而革命势力在 1924 年至 1925 年扫荡了广东的反动势力，1926 年至 1927 年，又举行了胜利的北伐战争，并很快地占领了长江流域和黄河流域的大部，打败了北洋军阀政府，形成了中华民族历史上空前广大的真正的人民大革命。

在《恢复》这部诗集中，郭沫若曾以他的亲身经历，真实而生动地刻画了大革命的迅猛发展，以及广大革命人民对革命所怀抱的无限喜悦的心情。他在纪念 1927 年惨遭蒋介石杀害的革命烈士孙炳文同志的《悼亡友》一诗中写道：

> 我们别后也不过仅仅半年，
> 革命的潮流涨到了帕米尔高原的顶点。
> 我们已经扫荡了中原的半壁，
> 长江流域的租界也快要次第收还。
>
> 那时候我们大家都笑脸开颜，
> 全世界的被压迫者都在为我们喜欢！
> 但不幸我们的革命在中途生了危险，

　　　　我们血染了的大旗忽然间白了半边。

　　我们知道，到了 1927 年的春夏之交，正当北伐战争向前发展的紧要关头，蒋介石和国民党右派叛变革命，投降帝国主义，把屠刀指向了中国共产党和中国人民，生气蓬勃的人民大革命被葬送了。

　　在北伐战争中，郭沫若曾任国民革命军总政治部副主任。他目睹了蒋介石由假革命到反革命的演变过程，曾在蒋介石公开叛变的前夕，即 3 月 31 日，以大无畏的革命战斗精神，含着满腔义愤，奋笔疾书著名的讨蒋檄文《请看今日之蒋介石》，在全国人民面前公开揭露了蒋介石背叛国家、背叛民族、背叛民众、背叛革命的反革命真面目，在人民群众中产生了巨大影响。

　　在《恢复》中，诗人又用诗歌这个战斗的武器，对蒋介石和国民党反动派血腥地屠杀革命人民做了无情的揭露和鞭挞。在《血的幻影》中，诗人愤怒地写道：

　　　　我们昨天不是还驾御着一朵红云，
　　　　为甚么要让它化成一片血雨飞散？

　　　　我看见无数的恶魔在我眼前跳舞，
　　　　无数的火焰天使化成血影模糊。

　　尽管我们的革命在中途生了危险，真正的革命者却并没有停止前进。失败并不可怕。重要的是要从失败中找出教训。在《恢复》中，郭沫若通过许多形象生动、寓意深刻的诗句，倾诉了他对大革命失败原因的认真思考。在《RECONVALESCENCE》（意即"恢复"）一诗中，诗人说当他的病在那危笃的时候，曾经大声疾呼地演过许多说辞，"我要以彻底的态度洒尿"，"我要以意志的力量拉屎"。他说：

　　　　这些呓语不消说是粗俗得可笑，
　　　　但我总觉得也包含着真理不少，

我们是除恶务尽，然而总是因循，
我们对于敌人，应得如拉屎洒尿！

在另一首题为《如火如荼的恐怖》的诗中，诗人藐视敌人的白色恐怖，指出革命者是杀不尽的，革命也绝不会被敌人的白色恐怖所吓倒，革命将以牙还牙，以眼还眼，用红色的恐怖，用如火如荼的革命武装斗争与敌人针锋相对：

要杀你们就尽管杀罢！
你们杀了一个要增加百个；

我们的眼前一望都是白色，
但我们是并不觉得恐怖；
我们杀了一个要做惕百个，
我们的恐怖是如火如荼！

在《黄河与扬子江对话》（第二）、《我想起了陈涉吴广》、《外国兵》等诗中，诗人还强调要加强工人阶级领导下的工农联盟，说"这是一个最猛烈、最危险、最庞大的炸弹，它的爆发会使整个的世界平地分崩！"强调应该与全世界的弱小民族"和亲"，应该与全世界的无产阶级联盟，尤其可贵的是，诗人还强调要加强无产阶级的坚强领导：

但这联盟的主体，和亲的主体，绝对不能，
属诸新旧军阀，更不能夸称着甚么"全民"！

毛泽东说，"一九二七年革命的失败，主要的原因就是由于共产党内的机会主义路线，不努力扩大自己的队伍（工农运动和共产党领导的军队），而只依仗其暂时的同盟者国民党。其结果是帝国主义命令它的走狗豪绅买办阶级，伸出千百只手来，首先把蒋介石拉去，然后又把汪精卫拉去，使革命陷于失败。那时的革命统一战线没有中心支柱，没有坚强的革命的武装队伍……"①《恢复》的思想正与此不谋而合。

毛泽东同志曾说："中国的革命实质上是农民革命"②，"国民革命需要一个大的农村变动。……一切革命同志都要拥护这个变动，否则他就站到反革命立场上去了。"③ 郭沫若对中国需要有一个大的农村变动是坚决拥护的。在《恢复》中，诗人以大量的篇幅来描写农民的生活，歌颂农村的斗争。尤其是在《我想起了陈涉吴广》这首诗中，更是满腔热情地赞颂工人阶级领导之下的农民暴动，表现了他的远见卓识。在这首诗中，诗人首先对中国古代第一次伟大的农民起义进行了颂扬，说"他们是农民暴动的前驱"，显示了农民革命的威力，推动了中国社会的前进。他们"斩木为兵，揭竿为旗，丛祠的一夜篝火弥天炎上"：

> 就这样惊动了池中的鹅鸭，
> 就这样惊散了秦朝的兵将；
> 就这样他们的暴动便告了成功，
> 就这样秦朝的江山便告了灭亡。

诗人说："困兽犹斗，我不相信我们便全无主张""我们之中便永远地产生不出陈涉吴广！"实际上，这正是说，我们已经有了革命的主张，已经产生了新时代的陈涉吴广，并且找到了真正的革命道路。其实诗人歌颂陈涉吴广领导的农民起义的那些诗句，何尝又不是借古喻今，在歌颂毛泽东同志领导的秋收起义哩！在毛泽东同志领导下，湖南的农民不是已经拿着铁戟梭镖，揭竿而起，并在湘赣边区建立了自己的革命根据地，井冈山的篝火不是已经弥天炎上了吗?！他们的革命创举，不是已经惊动了林中的虎豹和中外反动派，不是已经敲响了中国封建王朝的丧钟，预示了中外反动派在中国的彻底灭亡吗?！在诗的最后，诗人对这个新时代的农民暴动，中国共

---

① 《论反对日本帝国主义的侵略》，《毛泽东选集》第 1 卷，人民出版社，1991，第 156～157 页。
② 《新民主主义论》，《毛泽东选集》第 2 卷，人民出版社，1991，第 692 页。
③ 《湖南农民运动考察报告》，《毛泽东选集》第 1 卷，人民出版社，1991，第 16 页。

产党领导下的农民革命运动，更加止不住满腔的革命豪情，唱出了时代的最强音：

> 在工人领导之下的农民暴动哟，朋友，
> 这是我们的救星，改造全世界的力量！

同志们，这是在 1928 年的 1 月啊！当时，秋收起义才发生不久，井冈山的革命根据地刚刚才着手建设，而我们的诗人就敏锐地看到了它们存在的意义，而在白色恐怖如此严重的情况下，公开誉之为"我们的救星，改造全世界的力量"，这是多么的难能可贵！在我们中国的现代文学史上，这是多么罕见，多么光辉夺目的一页啊！如果再翻到《恢复》的最后一首诗《战取》，我们就更可以看到当时诗人思想所站的高度了。《恢复》中共收入 24 首诗，其中 23 首都是 1928 年 1 月 5 日至 10 日写的，过了五六天，大概是觉得意犹未尽吧，诗人又提起笔来，写了《战取》。一开始，一股浩然正气就跃然纸上：

> 朋友，你以为目前过于沉闷吗？
> 这是暴风雨快要来时的先兆。
> 朋友，你以为目前过于混沌吗？
> 这是新社会快要诞生的前宵。

这无疑是划破深夜沉静大地的一声惊雷，一下子把人们震醒。最后，诗人敲响了战鼓，号召人们：

> 酿出一片血雨腥风在这夜间，
> 战取那新的太阳和新的宇宙！

只有掌握了马克思主义，坚信革命的理想定会胜利实现的诗人，才能写出这样的革命诗篇。如果说诗人的《女神》反映了五四时期的时代精神，是五四时代的肖子，那么，《恢复》则是大革命时代的肖子，因为它真实地反映了这个时代，深刻地反映了这个时代的革命精神，给了人们以思想的鼓舞和艺术的享受。

二

作家的创作是受他的世界观指导的。《恢复》是郭沫若世界观转变以后创作的头一部诗集。除了前面已经论述到的诗人成功地反映了整个大革命及其向土地革命转变时期的时代精神外，许多诗还深刻地反映了诗人世界观的转变，以及由于世界观的转变而影响到他所运用的创作方法和他的诗的风格的变化发展，它们从又一个方面证明，《恢复》确实是我国现代诗歌史上的第一部无产阶级诗作。

在《恢复》中，有许多诗抒发的是诗人自己在大革命时代的思想和感情。可以说，《恢复》是郭沫若由泛神论转变为马克思主义的阶级论，由民主个人主义转变为无产阶级集体主义，由革命民主主义者转变为共产主义者的标志。

郭沫若是 1923 年从日本留学归来的。在这个时候，诗人还是一个革命民主主义者，在文艺创作上是一个革命的浪漫主义者，曾经以泛神论为武器，进行过反帝反封建的斗争、爱国主义和民主主义的斗争。尽管他当时的思想中偶尔也闪耀过无产阶级的、社会主义的，甚至是马克思主义的火花，但就整个世界观来说，自然是属于资产阶级、小资产阶级范畴的。马克思列宁主义只不过处于其"意识边沿"上。郭沫若世界观真正开始转变，是从日本留学回国以后。因为从这时起，他才真正置身在现实的祖国的土地上，才深切地感触到了国家、民族和人民的呼吸。

1924 年，郭沫若翻译河上肇的《社会组织与社会革命》。在此过程中，他比较深入地钻研了马克思主义。他说："我从前只是茫然地对于个人资本主义怀着憎恨，对于社会革命怀着信心，如今更得到理性的背光，而不是一味的感情作用了。这书的译出在我一生中形成了一个转换时期，把我从半眠状态里唤醒了的是它，把我从歧路的彷徨里引出了的是它，把我从死的暗影里救出了的是它，我对于作者非常感谢，我对于马克思、列宁非常感谢。"①

同年 12 月，郭沫若还参加了江苏宜兴的战祸调查，把自己的触角伸向了"水平线下"，了解了在社会底层过着悲惨生活的人们。1925 年，郭沫若又在上海目睹了五卅运动的发生，接触到了中国工人阶级的生活和斗争，看到了革命群众运动的力量，明确了一个知识分子在社会变革时期所应该走的道路。1925 年 11 月底，郭沫若在《文艺论集·序》中总结这一段的生活时说："我的思想，我的生活，我的作风，在最近一两年间，可以说是完全变了。""我从前是尊重个性、景仰自由的人，但在最近一两年间与水平线下的悲惨社会略略有所接触，觉得在大多数人完全不自主地失掉了自由，失掉了个性的时代，有少数的人要来主张个性，主张自由，未免出于僭妄。"② 从此以后，郭沫若热心参加革命实践，而且开始提倡无产阶级革命文学。

1926 年 3 月，郭沫若由上海到了当时中国的革命策源地广州，投入了革命群众运动的漩涡。不久，更携笔从戎，参加了北伐战争。这时期，他结识了许多共产党人，并广泛地接触了各界社会人士，开始对中国社会有了比较深切的了解。在实际的斗争中，郭沫若验证了从书本上学得的革命理论，开始从世界观上确立了对马克思主义的信仰，并懂得了如何运用辩证唯物主义和历史唯物主义的观点来观察问题和认识问题。正是因为这样，他才能够有洞察阶级斗争风云的远见卓识，有大无畏的革命气魄，去揭露蒋介石的反革命面目，并在大革命失败之后，冒着生命危险赶去参加八一南昌起义。在不少人经不起革命失败的考验离开党的时候，经周恩来同志和李一氓同志介绍，在八一南昌起义后，他加入了中国共产党。因此，当诗人写作《恢复》时，已经不仅是止于对马克思列宁主义有些纯理论的、泛泛的了解，止于对国家、民族的命运和前途有着一般的从爱国主义和民主主义出发的关注，止于那种对工人、农民及广大劳动人民的生活和斗争多少有些居高临下的同情了。正如周恩来同志所说的那样，这时的诗人，

---

① 《孤鸿——致成仿吾的一封信》，《沫若文集》第 10 卷，人民文学出版社，1959。
② 《沫若文集》第 10 卷，人民文学出版社，1959，第 3 页。

"他的革命热情已经受了革命理智的规范"①，他对马克思列宁主义的革命学说和共产主义的理想的信仰更深了，并且已经把对国家、民族和人民的热爱同无产阶级解放全人类的事业联系在一起，把对国家民族的命运和前途的关注纳入了无产阶级世界革命的轨道了。一句话，郭沫若的世界观和思想感情已经发生了质的变化，有了根本的转变。

我们知道，在五四时期，诗人曾经是一个民主个人主义者，他追求的是个人的自由和个性的发展，而在《恢复》这部诗集中，开宗明义第一首诗，就宣告"我将以天地为椁，人类为棺"。接着，在《述怀》诗中，又假托有人说他已经老了，成了枯涸，不会再有诗，再有流泉，而用生动形象的比喻，道出他已经获得了永不枯竭的新的生命：

> 我的鬓发其实也并未皤然，
> 即使是皤然，我也不会感觉得我老；
> 因为我有这不涸的，永远不涸的流泉，
> 在我深深的，深深的心涧之中缭绕。

什么是缭绕在诗人深深的心涧之中的永不涸的流泉？显然地，不是别的，就是诗人已经置身革命，成了中国共产党党员，成了一个有崇高理想的马克思主义者。在这首诗中，诗人还庄严地宣布：

> 我今后的半生我相信没有甚么阻挠，
> 我要一任我的情性放漫地高歌。
> 我要歌出我们颓废的邦家，衰残的民族，
> 我要歌出我们新兴的无产阶级的生活。

在这里，诗人向我们宣告了他的生命已经不再属于他个人，而是属于国家、民族和新兴的无产阶级。实际上，郭沫若后半生的行止，也正说明他是这

---

① 周恩来：《我要说的话》，1941 年 11 月 16 日《新华日报》。

样做的。

我们知道，在五四时期，诗人曾经是一个泛神论者，他曾经无限地崇拜星星，崇拜月亮，崇拜大自然的一切。《女神》时期，在诗人的眼里，那"无限的大自然"，简直"到处都是生命的光波，到处都是新鲜的情调，到处都是诗，到处都是笑"。① 后来，到了他凝望苍穹，思想处于惆怅彷徨的《星空》时期，虽然那"闪烁不定的星辰"已经带着"鲜红的血痕"和"净朗的泪晶"，那"月儿"已经"收了光"，那"光波"和"海洋"，也感到"旷渺无际"，不可捉摸了。但是，他却主张人们"回到这自然中来"，去过那"离群索居，独善其身"的"野兽生涯"，认为这"比在囚牢之中做人还胜"。② 而在《恢复》的《对月》诗中，不仅月亮的面孔都变成了"苍白色"，"相别好象有好几十年"，而且断然地说："你那银灰色的世界，终竟是和我没缘"，因为思想和世界观的"变迁"，使"我的眼中已经没有自然"，没有了"那超然的情绪"，"那幽静的心弦"。现在，所喜欢的是那"声浪喧天"的"狂暴的音乐"和那"鼓浪而前"的"浩茫的大海"；所关心的，只是看到工农革命的凯旋，在《诗的宣言》中，诗人更加率真地表示，"我爱的是那些工人和农人"，"我的阶级是属于无产"。从这些诗句我们可以看出，诗人从前的一些泛神论思想，确实已得到清算。正如诗人自己说的那样，"从前在意识边沿上的马克思、列宁不知道几时把斯宾诺莎、歌德挤掉了，占据了意识的中心"。③

我们知道，在五四时期，诗人曾经是一个浪漫主义者，一个崇尚爱情的人。爱情和家庭曾经是作者创作中经常的主题。哪怕是 1925 年 2 月间写的诗集《瓶》，专门抒发过去的恋情，写得是那样一往情深，那样婉转动人，那样微妙细腻，但所反映的终究只是个人的情感，思想仍未跳出民主个人主义的范畴。但是，在《恢复》中，表现的则完全是另外一种思想情调，一种新型的革命的爱情和家庭关系。如《归来》和《得了安息》，诗人就把自己的爱情和家庭生活置于整个社会的斗争之中，但也并不乏个人的

① 《光海》，《沫若文集》第 1 卷，人民文学出版社，1957，第 78 页。
② 《沫若文集》第 1 卷，人民文学出版社，1957，第 152、212、181、203~304 页。
③ 《创造十年》，《沫若文集》第 7 卷，人民文学出版社，1958，第 166 页。

爱。但是，诗人自己的思想和世界观已经改变了，他觉得自己已经不只是属于他自己和他的家庭，他的命运已经和无产阶级联系在一起了。因此，当他看见孩子没有童年，甚至连学都上不了的时候，不免暗暗焦心，想不再离开他们，想聊尽自己做父亲的责任：

> 但是社会的引力终竟不免太大，
> 我总觉得我是不能不为群众牺牲。

是的，祖国的呼唤，民族的解放，阶级的责任，这才是头等的爱情。为了革命，为了群众，在必要的时候，就必须毅然地舍弃个人的一切，包括爱情和家庭，这才是更深厚、更崇高、更伟大的爱情，正是因为天地间有这种伟大的爱情，正是因为天地间有千千万万个能够牺牲个人的爱情和家庭的革命者，我们的社会才得以不断地前进！《恢复》时期郭沫若的言行和创作表明，当时他已经具有这种高尚的情操了。

诗人对祖国、对民族、对阶级是太热爱了。但是，当时的祖国，却容不下自己的孩子。诗人终于还是不得不拖着自己那不自由的身子和妻儿，准备去国外流亡。不过，就在这个时候，诗人仍然含情脉脉地眷恋着革命，眷恋着阶级，眷恋着祖国，眷恋着人民。虽然情调有时比较抑郁，比较凄凉，但就在这苍凉之中，却寄托了诗人那深挚的爱情。真正的革命者总是朝前看的，所以在《巫峡的回忆》中，诗人表示："但我只要一出了夔门，我便要乘风破浪！"显示出诗人的革命意志和决心已经是不可改变的了，不管人生道路将是多么艰难！然而，《恢复》中的少数诗歌，调子终不免是低沉了点。这也正好说明，到这个时候，郭沫若的马克思主义世界观和人生观尽管已经得以确立，但一个人的思想是复杂的，世界观也总是不断地受客观外界的影响而变化发展的。确立不等于完成，更不等于"净化"。任何一个革命者，在确立了马克思主义的世界观之后，仍然要在革命实践之中不断加强自我的改造。

郭沫若马克思主义世界观的确立曾经有力地影响到他所运用的创作方法和他的诗歌的艺术风格的变化发展，《恢复》这部诗集深刻地反映了这一点。在此意义上也可以说，《恢复》是郭沫若创作道路上的里程碑。

如果说这以前郭沫若曾经成功地运用革命浪漫主义的创作方法，创作了《女神》这样的划时代作品的话，那么，《恢复》则表明诗人在实践自己1926年以后所提倡的无产阶级革命文学和社会主义现实主义的口号，自觉地向革命的现实主义靠拢。

在我国的现代文学史上，有两面大旗，一面是鲁迅所代表的现实主义的大旗，一面是郭沫若所代表的浪漫主义的大旗。实际上，这也是两股宏大的革命潮流，它们共同植根在中国陆地九百六十万平方公里的现实土壤上，都有中华民族悠久的历史和文化传统的深厚基础，同时，又各自吸收着世界进步文化不同方面的影响。这两股潮流，在中国现代文学史上，几乎是同时并起，又都各自完成其反帝反封建的历史使命。而正是因为他们都遵奉革命的将令，所以在这两面旗帜下面的作家，经过十年左右的时间，尤其是在1924年至1927年的大革命洪流的推动下，众多的作家、艺术家投身到大革命的火热斗争之中，经受了锻炼和考验。大浪淘沙，有的消极了、落伍了，有的转向了，投到敌人方面去了，而其中之意志坚强者，由于在斗争中看到了团结的力量，就逐渐合流了。他们不仅统一形成了中国共产党领导之下的新民主主义革命的文化大军，而且许多作家在创作方法上也互相切磋，互相渗透，互相补充，共同发展。实际上，在文艺创作活动中，正如高尔基曾经说过的那样："在伟大的艺术家们的身上，现实主义和浪漫主义时常好象是结合在一起的。"① 郭沫若也说："认真地说，文艺上的浪漫主义和现实主义，在精神实质上，有时是难分别的。前者主情，后者主智，这是大体的倾向。但情智是人们所具备的精神活动，个人不能说只有情而无智，或者只有智而无情。"②

对于《恢复》，评论者的看法是比较纷纭的。有的说它是革命浪漫主义的，有的又说它是革命现实主义的，有的则认为它是革命浪漫主义和革命现实主义相结合的。出现这种纷纭复杂的情况，我觉得正好说明《恢复》确实是既具有革命浪漫主义的特点，又具有革命现实主义的特点，而且是

① 高尔基：《我怎样学习写作》，戈宝权译，生活·读书·新知三联书店，1951，第12页。
② 《浪漫主义和现实主义》，《沫若选集》第4卷，人民文学出版社，1961，第343页。

互相渗透的。就整部诗集说，《恢复》真是既洋溢着革命的乐观主义精神，充满着社会主义、共产主义的理想，又深刻地植根在现实之中，丝毫也没有离开当时的社会，没有离开残酷的阶级斗争的现实；既保持了《女神》时期那种革命浪漫主义的激越的情感和高昂的战斗意志，又严格地遵循了历史地、真实地反映现实的生活和斗争这一革命现实主义的原则。

这里，我们把《恢复》和《女神》做一比较。当诗人创作《女神》的时候，由于强烈的爱国主义和对于自由的向往，对于人性的追求，以及那种如火如荼的反抗精神，曾经使他的诗歌表现出一种强劲的雄浑豪放的风格。但是，由于诗人当时的思想还是民主主义的，社会主义的理想十分朦胧，且又身在异邦，没有参加实际斗争，以致诗人只能从一些外国的和中国古代的传说故事中去寻取题材，这就必然使得他的反抗精神显得空泛，缺乏实在的力量。而《恢复》则不然。由于诗人已经初步树立了马克思主义的世界观，又亲身参加了现实的阶级斗争，接触了革命斗争中众多的人和事，因此，他就能够做到历史地、真实地把现实的革命斗争生活给我们再现出来，充满着革命的生活气息和现实感。诗人说，他创作《恢复》比写《女神》时更加"清醒"，这"清醒"就是指这时他已经有了明确的革命理想，掌握了马克思列宁主义，看问题能够看得更加深入了。表现在创作上，《女神》时期那种向上的精神，那种豪放的气质保持下来了，并进而发展成深切雄浑刚劲有力的风格。综上所述，我们不能不肯定，《恢复》这部诗集，不仅对诗人过去所有的诗作来说有重大的突破，就是对于我国现代诗歌的发展来说，也是具有划时代意义的。

1979 年 9 月

郭诗鉴赏之一：郭沫若泛神论
思想的宣言[*]

——读《三个泛神论者》

这首诗是郭沫若应宗白华的要求写的。宗白华是少年中国学会会员，当时正热衷于研究西方哲学思想，而且是一个"倾向于泛神论"的人。自 1919 年他顶替郭虞孙接掌《时事新报·学灯》主编以来，开始对郭沫若的新诗并不感到特别有兴趣，后来郭沫若同他通过一次信，谈论墨子思想，颇得宗白华之同情。从此两人通起信来，并把郭沫若先后寄去的诗都拿出来发表了。

在一次通信中，宗白华说他打算写一篇论述歌德人生观和宇宙观的文章，想"说明诗人的宇宙观以 Pantheism 为最适宜"。并提出："我请你做几首诗，诗中说明诗人与 Pantheism 的关系，做我那篇文前面的引导或后面的结束。"[①] 而郭沫若呢？"我因为自来喜欢庄子，又因为接近了泰戈尔，于泛神论的思想感受着莫大的牵引。因此我便和欧洲的大哲学家斯宾诺莎（Spinoza）的著作，德国大诗人歌德（Goethe）的诗，接近了起来。"[②]

两人可谓不约而同，不谋而合。这样，在 1919 年末 1920 年初，郭沫若便在他的"诗的创作爆发期"中，创作了好多洋溢着泛神论精神的诗，仅收在《女神》初版本《泛神论者之什》题下的，就有 10 首之多。打头的一首，就是《三个泛神论者》。除此而外，还有《电火光中》《地球，我的母

---

　* 原载臧克家、钱光培编《郭沫若名诗鉴赏辞典》，中国和平出版社，1993。
① 《三叶集》，上海亚东图书馆，1920，第 4～5 页。
② 郭沫若：《我的作诗的经过》，《沫若文集》第 11 卷，人民文学出版社，1959。

亲!》《雪朝》《登临》《光海》《梅花树下醉歌》《演奏会上》《夜步十里松原》《我是个偶像崇拜者》。

泛神论是16、17世纪流行于西欧的一种唯物主义的哲学思想，代表人物为意大利的布鲁诺和荷兰的斯宾诺莎等。其要旨是要使哲学摆脱神学的束缚，它把神融于自然界之中，不承认世界上有超自然的创世主存在。它宣称神是非人格的本原，它不存在于自然界之外，而是和自然界等同的。所以，本体即神，神即自然。

在《三个泛神论者》中，郭沫若表示了他对庄子、斯宾诺莎和加皮尔三个他心目中的泛神论者的崇拜。实际上，这三个人的思想也代表了郭沫若的泛神论思想的三个组成部分。当然，不是指这三个人的思想的全部，而只是他们思想的某些方面。

庄子是公元前369～前286年（约）我国战国时期的一位唯心主义哲学家，虽然认为"道"是"无所不在"的，强调事物的自生自灭，否认神的存在，却又认为"道"是"先天地生"的，还相信相对主义和宿命论，并幻想有一种"天地与我并生，万物与我为一"的主观精神境界存在。郭沫若自幼就喜读庄子的文章，又通过对陶渊明、李白的诗和王阳明著作的研究而诱发了对庄子哲学思想的兴趣。

加皮尔是印度的禅学家兼诗人，尊奉一神教，主张"通过虔诚信仰获得神思"，反对偶像崇拜，其思想深受古印度《奥义书》哲学的影响。郭沫若是由于接触泰戈尔的诗而溯源到加皮尔和古印度哲学的。

至于斯宾诺莎，他是1632～1677年荷兰的唯物主义哲学家，他肯定"实体"即自然界，否定超自然的上帝存在，但又把"实体"也叫作"上帝"。郭沫若是从阅读惠特曼、歌德和雪莱的诗进而接触到他的泛神论思想的。

其实，这三个人，只有斯宾诺莎是真正的泛神论者。庄子也好，加皮尔也好，只不过思想的某些方面有点异趣于泛神论的观点而已。郭沫若曾说："泛神便是无神。一切的自然只是神的表现，自我也只是神的表现。我即是神，一切自然都是自我的表现。"很显然，这已经不完全是16、17世纪流行于西欧的泛神论思想了。它不过是这些不同时代，不同国别，不同哲学流派的哲学观点的杂糅和混同，其中既有唯物的成分，也有唯心的成分存在。它已经不是本来意义上的泛神论，而只是郭沫若在五四时代的条件下，从自己当时的人生观、世界观出发对于泛神论的理解和发挥，它只是郭沫若自己的泛神论思想而已。

但是，在五四时期，在他接受并树立马克思主义的世界观之前，就是他的这种泛神论思想与其头脑中的爱国主义和民主主义的思想相结合，与其艺术上的新罗曼主义相结合，却激发了他的极大的创作激情，丰富了他的本来就十分旺盛的想象能力，使他的诗歌在我国的新诗坛上开了一代诗风，闯出了一条新路，影响了以后几十年我国好几代新诗人的成长道路。

全诗首尾一贯，一式到底。诗分三节，每节三行，三行的句式长短整齐划一，而且三次重复"因为我爱他的 Pantheism"。从形式上讲，它们看似非常之简单，而且貌似在进行简单的重复，但正是在这循环往复之中，出现了跌宕，显示了诗歌的节奏感和音乐性。全诗谨严而不死板，读起来流畅并有韵味。郭沫若是最讲诗歌的韵味和音乐性的，而这短短的九行诗，正可以说是很好地体现了他自己的诗歌理论。

而且"打草鞋""磨镜片""编鱼网"，还巧妙地抓住了三位哲学家为了维护自己的思想观点不妥协遭厄运的共同处境，这不仅表明诗人很善于捕捉生活中有意义的细节，而且有力地说明职业的卑贱不等于思想就渺小。他之所以爱他们，不仅在于他们有伟大的闪光的思想，而且还在于他们那种安贫乐道的君子本色。尽管在物质生活上他们十分清苦，但在精神生活上，却极为丰富。

其实，这也正是诗人当时的思想和生活的夫子之道。因此，这首诗的的确确可以称作郭沫若的泛神论思想的宣言。

三个泛神论者

一

我爱我国的庄子，

因为我爱他的 Pantheism，

因为我爱他是靠打草鞋吃饭的人。

二

我爱荷兰的 Spinoza，

因为我爱他的 Pantheism，

因为我爱他是靠磨镜片吃饭的人。

三

我爱印度的 Kabir，

因为我爱他的 Pantheism，

因为我爱他是靠编鱼网吃饭的人。

（1920 年 1 月 5 日上海《时事新报·学灯》）

郭诗鉴赏之二：博多湾畔的清晨[*]

——读《晨兴》

在《女神》时期，郭沫若写诗，最讲究的是"自然流露"。他反对"矫揉造作"，反对没有真情实感硬去"做"诗。1920 年 2 月 16 日，他在《致宗白华》的信中就说：诗的本质就在抒情，而抒情就要讲究自然流露，但自然流露不等于不注意诗歌的形式美。他强调自然流露应该"也自有他自然的谐和，自然的画意存在"。

以这样的标准看《晨兴》，我们可以毫不犹豫地说，这是一首上乘的诗，一首充满了"谐和"美和"画意"美的诗。

这首诗，写的是诗人清晨刚刚起来，带着孩子在博多湾畔十里松原散步的情景。第一个诗节交代时间，并赞美十里松原的秀丽景色。第二个诗节，写博多湾海上的情景。第三个诗节，写在博多湾畔散步的诗人自己。三节都与博多湾有关系，因此有必要介绍介绍博多湾。

郭沫若是 1918 年 8 月由冈山第六高等学校毕业，升入九州帝国大学医科学习而来到福冈市的博多湾畔的。诗人为什么要选择福冈这样一个地方来进医科，以后又为什么要改弦易张，由学医改为从文，走上了文学的道路？据诗人自己说，都与博多湾的景色有关。当然，这不是说时代的风云，思想的变迁，个人生理的缺陷（耳聋）等，就与郭沫若选择学医和后来走上文学道路没有关系了。而只是说明，大自然的熏陶和吸引，也是其中一个重要的原因。

---

* 原载林林、黄侯兴编《郭沫若诗词鉴赏》，河北人民出版社，1994。

在郭沫若的著作之中，曾多次谈到这一点。如 1942 年在《追怀博多》一文中，曾这样地谈到博多：

> 九大在九州岛的博多湾上，气候很暖和，樱花之类比东京、西京要早开一个月。那平如明镜的博多湾，被一条极细长的土股——海中道，与外海相间隔，就像一个大湖。沿岸除去一带福冈市的市尘之外，有莹洁的白砂，青翠的十里松原，风景颇不恶。
>
> ……
>
> 我本来学的是医科，医科在各科中年限最长，我前后在福冈住了五年。医科虽然毕了业，但终竟跑到文学的道路上来了。所以至此的原因，我的听觉不敏固然是一个，但博多湾的风光富有诗味，怕是更重要的一个吧。
>
> 在学生时代对着博多时常发些诗思，我的《女神》和《星空》两个集子，都是在博多湾上写的。[①]

1921 年 10 月，在《泪浪》一诗中，郭沫若更曾这样地赞颂过博多湾：

> 这是我许多思索的摇篮，
> 这是我许多诗歌的产床。
> 我忘不了那净朗的楼头，
> 我忘不了那楼头的眺望。
>
> 我忘不了博多湾里的明波，
> 我忘不了志贺岛上的夕阳。
> 我忘不了十里松原的幽闲，
> 我忘不了网屋汀上的渔网。[②]

---

① 《沫若文集》第 13 卷，人民文学出版社，1961，第 50～51 页。
② 《海外归鸿》，1922 年 5 月 1 日《创造》季刊第 1 卷第 1 期。

由此可见，博多湾的秀色是多么深刻地影响和成就了郭沫若的一生事业。博多湾是值得诗人歌颂的。《晨兴》这首诗，只不过表现了她的一个侧面而已。但就是这个侧面，就赋予了《晨兴》这首诗以永久的生命。

古人说，"文章本天成，妙手偶得之"。反复吟咏《晨兴》就会发现，它的许多句子都有如天成的一般，而诗的谐和和画意，正蕴含于其中。

如第一个诗节"月光一样的朝暾/照透了这蓊郁着的森林,/银白色的沙中交横着迷离的疏影"。它写的是天刚刚亮的时候的情景，写得是多么流畅自然啊！因为只有刚刚升起的太阳，它的光波才能那般的柔和，和煦如夜晚的月光那么的清澈怡人；而且也只有那刚刚喷薄出来的朝晖，当它照射在那海畔沙滩之上的时候，那沙才能呈现出银白的颜色；而当它透过十里松原那茂盛浓郁的树林，照射在银白色的沙滩之上，才能映照出那种交横着的扑朔迷离的稀稀疏疏的树的影像来。闭目想一想，这又是一幅多么诱人的画面啊！

"松林外海水清澄,/远远的海中岛影昏昏,/好象是，还在恋着他昨宵的梦境。"这里诗人运用拟人化的手法，活写了那十里松原之外的海上的景物，同样是自然流畅的，十分迷人的。你看，在近处，在眼前，在身边，那海水是清澄如镜、白皙如画的；而远处的海岛却被晨雾遮住了，朦朦胧胧，若隐若现，同样的扑朔迷离。这就好像一个人大梦初醒，尚自睡眼惺忪，如痴如醉，犹自眷恋着梦中与之幽会的恋人一般。寥寥几笔，海面和海岛上的情景，又如画一般呈现在读者面前了。

时间交代了，景物写完了，该谈到诗人自己了。这就是第三诗节将要告诉我们的："携着一个稚子徐行,/耳琴中交响着鸡声、鸟声,/我的心琴也微微地起了共鸣。"诗人在干什么呢？原来他正悠闲地牵着小孩的手，在鸡声、鸟声的奏鸣下，在松原、在海滩恬然自得地散步，而内心正与大自然起着共鸣。起着什么样的共鸣呢？诗人未说。但显然不是起着疾风暴雨般的共鸣，而只能是恬然宁静的共鸣。因为这时的诗人，正陶醉在一种柔与静的美的意识的流泻之中。

郭沫若是我国自由体新诗的奠基人，极其厌恶用形式来束缚人。但是，只要你认真地对《晨兴》加以体味就会发现，诗人对它的形式还是十分注意的。只不过不是为形式而形式，而是由内容来决定形式罢了。因为诗人所立意追求的那种"自然的谐和"和"自然的画意"，也就是诗歌的音乐美和绘画美，在《晨兴》中都得到了很好的表现。

《晨兴》的音乐美，不仅在诗句与诗句之间所押着的大致的韵律，而且在整齐的句式中间显示出强烈的节奏感。诗人曾说，节奏是诗的外形，也是它的生命。没有节奏，便没有诗。《晨兴》共三节九行，不仅每节分三行，而且每个诗节的第一行、第二行和第三行，各诗句的字数都差不多，句式十分整齐，诗的节奏就在这里显露出来了。

至于《晨兴》的绘画美，我们从《晨兴》的每一个诗节，几乎都可以看到一幅美丽、清新和动人的图画，一幅是茂郁的松原，一幅是朦胧的海岛，一幅则是在海畔松原中散步的诗人父子。三节诗三幅画，真是诗中有画，诗亦是画。而三节诗拼凑起来，又可以看到由三个画面共同组合起来的一幅彼此紧密相连的完整的画。这幅画的主题，就是博多湾的清晨。

晨　兴

月光一样的朝暾
照透了这蓊郁着的森林，
银白色的沙中交横着迷离的疏影。

松林外海水清澄
远远的海中岛影昏昏，
好象是，还在恋着他昨宵的梦境。

携着一个稚子徐行，
耳琴中交响着鸡声、鸟声，
我的心琴也微微地起了共鸣。

(1921 年 8 月上海泰东图书局《女神》初版本)

郭诗鉴赏之三：洪水时代[*]

——读《洪水时代》

　　这首诗写于1921年12月8日，是郭沫若在"五四"退潮期中的一篇重要作品，是他的新浪漫主义诗歌的代表作之一。

　　郭沫若曾把自己早年作诗的经过分作泰戈尔式、惠特曼式和歌德式等几个阶段，这首诗写于歌德式阶段的开头，所以第二期惠特曼式的热情尚未退尽，而与纯退潮期那阴郁沉闷的心态又有所不同。

　　这是一首赞美古代英雄和歌颂近代劳工的诗。与他那个时期写的古事剧和历史小说类似，这一组诗歌也是在"借着古人的皮毛来说自己的话"①诗中，传说时代和现时代是紧密结合在一起的。既在歌颂夏禹以宇宙为家治平洪水的伟大精神，也在呼唤新时代大革命的到来。内里还隐隐地透露出诗人当时那寂寞、彷徨的心曲，和他对自由的向往、对斗争的渴望。

　　这是一首自由体长篇叙事诗。全篇结构谨严，构思精妙。二、三、四、五各节是他想象中的、使诗人如醉如痴的上古时代的浪漫奇观，首、尾两节则从现实切入上古时代，又从上古时代返回到现实人生。

　　写历史、写神话，是郭沫若的浪漫主义诗歌的一大特色。第一节写诗人从月下的海波渡入上古时代的传说世界，并沉醉在远古的浪漫奇观之中。

　　洪水本来是可怕的，但洪水有时又是可爱的，你看那茫茫的大地完全被汇成了一片汪洋，只剩了几朵荒山，孑遗的人类，全都避到山椒之上去

　　＊　原载林林、黄侯兴编《郭沫若诗词鉴赏》，河北人民出版社，1994。
　　①　郭沫若：《创造十年》，上海现代书局，1932。

了，岂不可怕！但鱼在山腰游戏，树在水中飘摇，景致又十分的可爱！汪洋大海中残留下来的几座荒山，那山肯定是高的、大的，但诗人却说"几朵荒山"，就像是几朵小花一样，气魄是多么地大哟！

第二节写在那皎洁的月光之下，在那远远的涂山之上，有两个女郎，一个是夏禹的妻子涂山夫人，一个是他的侍妾，她俩双双头上飘着散发，身上穿着白衣，在等待丈夫的归来。她们人在月下徘徊，衣在风中飘举，手上抱着刚满一岁的儿子夏启，嘴里还娓娓地在唱着那余音绕梁三日不绝于耳的清越的南音。这令人陶然入醉的仙境，哪里是诗啊，简直就是一幅动人的画！一位高明的画师，单凭这几句诗，就可以绘出一幅充满浪漫情调的油画，真是诗中有画，亦诗亦画。

但当时的情景却又并不是那么乐观，非但没有浪漫，而且还充满凄戚。这就是第三节所写的，洪水泛滥总是不消退，不见净土已经十年了，鲧治水九年不成，禹接替父亲出去治水一年了还不归来，现在也不知又在什么地方出入？儿子想爹啊，老是在啼哭，我身心寂寞哟，夜晚都睡不着觉。夜不能寐哟，只好在此徘徊，快快消退吧，洪水；快快归来吧，我亲爱的丈夫！你若再不肯早早地归来，我真想要变做那水底的鱼虾，也好有机会能浮游在你的身旁。这里写涂山夫人盼夫早归之情，实是在盼洪水之早日治平。

居家的妻子在想念出门在外的丈夫，亲人却在不停地劳作，紧张地与洪水搏斗，以至无暇顾及他们那在哭啼的儿子和寂寥的妻妾，尽管他们同样懂得儿女情长，卿卿我我。你看，在那独木舟上有三个人，他们扎着发髻，裸着身子，正在那里和洪水激战。夏禹手执斧斤立在船的中央，船头是伯益在撑篙，船尾是后稷在掌舵。他们是那么的果敢顽强，奋不顾身。他们时而在砍伐树木，时而又在开凿山岩，他们是奋勇着开天辟地神威的原人的代表，他们定要把地上的狂涛驱回到大海中。

他们并非听不见妻儿的歌声和哭声，伯益就听见那是涂山夫人在悲切地唱歌，后稷甚至主张把船摇回去安抚安抚她们那无尽的忧心，而夏禹呢，虽然也有斤斧暂停的时候，但马上就调侃地说，那只是虚无的幻影，咱们无须去顾及它。即便真是她们，而对于我们这些以宇宙为家的人来说，又哪里还有什么私有的家庭呢？！让我们还是抓紧时间努力劳作吧。我们一定要手脑并用，即使是头脚相连，也要拼力完成任务。不把洪水治平，我们怎对得起普天下的父老兄弟呢?!

很清楚，诗人在四、五两节里竭力加以歌赞的，就是上古时代大禹他们治水时节那种大无畏的牺牲精神和英雄气概，他们那气吞山河的豪言壮语。

最后一节所写的，则是既然上古的英雄都能这样地无私无畏，难道我们近代的劳工反而不如他们吗？其实，那刚毅的精神，古今是相同的。那古代的英雄，是伟大的开拓者，永远可以称作我们人类的光荣；那近代的劳工，却是我们人类未来的开拓者，同样永远是我们人类的骄傲。

在这里，诗人一下子由上古回到了近代，由浪漫的幻景回到了眼前的现实社会。那么，而今中国的现实社会，又是个什么样子呢？虽然取得了辛亥革命的胜利，但由于革命的不彻底，几千年的封建旧制度并未真正被推翻，而且帝国主义列强已乘虚而入，他们正与各地的军阀势力相勾结，忙着把中国瓜分为各自的势力范围，由"五四""六三"掀起来的革命运动已失去了势头，暂时进入了低潮，人民仍处在水深火热之中，饿殍遍地，民不聊生。但是，我们近代的劳工并不逊于上古的祖宗，而且会比先人们干得更好一些。你看，他们已经寻到了新的出路。野火烧不尽，春风吹又生。近代的劳工究竟要比上古的原人高出许多。新时代的陈胜吴广已经起来，苏俄的十月社会主义革命已经做出了榜样，先进的革命的政党已经成立，工人、农民正在被组织起来，斗争正在酝酿，真正的人民革命的时代序幕正在拉开。就在诗人写这首诗的第二个月，也就是此诗在上海《学艺》月刊3卷8号上发表的时候，香港海员已经开始罢工，从此掀开了中国工人阶级与帝国主义、封建势力进行公开的有组织的阶级较量的历史篇章，诗人以他独具的直觉与敏感在诗中正确地做了预言："如今是第二次的洪水时代了!"这是诗人对人们的鼓动，也是诗人对自己的激励。

在"五四"落潮之后，的确有不少知识分子，一时看不见曙光，找不到出路，思想矛盾徘徊，内心彷徨寂寞，诗人也是这些人中的一个。在《洪水时代》中，诗人很巧妙地通过夏禹和涂山夫人的形象来影托了自己当时的心态。诗中所颂英雄之抱负，实际就是诗人自己的胸怀。他之所以出国去学医，后来又弃医从文，都是为了报国报民。诗中盼英雄之归来，正是盼英雄时代之归来，盼"五四"那样狂飙突进的革命时代之快快复归，而诗中所写涂山夫人之徘徊、寂寥，是在写涂山夫人，也是在写诗人自己。

最后还要说说"洪水"。应该说，郭沫若对这两个字是十分喜爱的，不仅在他的作品里"洪水"二字多次用到，而且还建议用"洪水"二字来为中期创造社的刊物命名。1924 年夏，周全平等几个初期创造社培养起来的文学青年在成仿吾的指导下想创办一个新刊物，以便让"创造之花"继续生长发育，他们写信征求郭沫若的意见。郭沫若当时正在日本积极钻研马克思列宁主义，刻苦地充实自己，听了他们的想法，当然非常高兴，马上就用破钢笔头蘸着蓝墨水（因生活困难，买不起毛笔和墨）给刊物写了"洪水"两个大字作为刊头，连同一篇题为《盲肠炎与资本主义》的批判资本主义、歌颂社会主义的短文，寄回上海以示支持。于是，这新刊物就被定名为《洪水》，先是作为周刊，但只出了一期就夭折了，1925 年复刊时，仍称《洪水》，改为了半月刊。不过，发刊时，周全平在刊头语《撒但的工程》中以《圣经》中上帝要用洪水来涤荡人间罪恶的故事来为《洪水》作解，郭沫若感到未抓着"洪水"二字的本义，因为当时社会上是把共产党领导的人民革命视作"洪水猛兽"，而郭沫若正偏爱这样的"洪水"。所以，一段时期郭沫若对《洪水》未予更大支持，直到朋友中有了反映，郭沫若才又从旁把《洪水》的舵轮把捉着，"把那偏向着'上帝'的《洪水》向着'猛兽'的一方面逆转了过来"。① 目的就是要维护《洪水》的革命性，由此可见，郭沫若对"洪水"二字是十分看重的。

洪水时代

一

我望着那月下的海波，

想到了上古时代的洪水，

---

① 郭沫若：《创造十年续篇》，上海北新书局，1938。

想到了一个浪漫的奇观，
使我的中心如醉。
那时节茫茫的大地之上
汇成了一片汪洋；
只剩下几朵荒山
好像是海洲一样。
那时节，鱼在山腰游戏，
树在水中飘摇，
孑遗的人类
全都逃避在山椒。

二

我看见，涂山之上
徘徊着两个女郎：
一个抱着初生的婴儿，
一个扶着抱儿的来往。
她们头上的散发，
她们身上的白衣，
同在月下迷离，
同在风中飘举。
抱儿的，对着皎皎的月轮，
歌唱出清越的高音；
月儿在分外扬辉，
四山都生起了回应。

三

"等待行人呵不归，
滔滔洪水呵几时消退？
不见净土呵已满十年，

不见行人呵已满周岁。
儿生在抱呵儿爱号咷，
不见行人呵我心寂寥。
夜不能寐呵在此徘徊，
行人何处呵今宵？——
唉，消去吧，洪水呀！
归来吧，我的爱人呀！
你若不肯早归来，
我愿成为那水底的鱼虾！"

四

远远有三人的英雄
乘在只独木舟上，
他们是椎髻、裸身，
在和激涨的潮流接仗。
伯益在舟前撑篙，
后稷在舟后摇艄，
夏禹手执斧斤，
立在舟之中腰。
他有时在斫伐林树，
他有时在开凿山岩。
他们在奋涌着原人的力威
想把地上的狂涛驱回大海！

五

伯益道："好悲切的歌声！
那怕是涂山上的夫人？"
后稷道："我们摇船去吧，
去安慰她耿耿的忧心！"

夏禹，只把手中的斤斧暂停，
笑说道："那只是虚无的幻影！
宇宙便是我的住家，
我还有甚么个私有的家庭。
我手要胼到心，
脚要胼到顶，
我若不把洪水治平，
我怎奈天下的苍生？"……

六

哦，皎皎的月轮
早被稠云遮了。
浪漫的幻景
在我眼前闭了。
我坐在岸上的舟中，
思慕着古代的英雄，
他那刚毅的精神
好象是近代的劳工。
你伟大的开拓者哟，
你永远是人类的夸耀！
你未来的开拓者哟，
如今是第二次的洪水时代了！

(1921 年 12 月 8 日作)

郭诗鉴赏之四：千代松原抒怀[*]

——读《十里松原四首》

　　《十里松原四首》，是诗人 1918 年底在福冈博多湾畔搬家过程中，边劳作、边观察、边酝酿、边咏叹的产物，是诗人触景生情，抒发内心感伤情怀的佳作。

　　这四首诗，1932 年诗人自己曾抄录在《创造十年》之中，并谈到过它的创作过程和主题思想："在当年的除夕我们才搬到了附近临海的一家小房子里去。搬家是在夜里，因为地方近，行李又不多，便同老婆两人手提背负地搬运了一两次，也就搬空了。那时我的感伤索性大动了一下，做过好几首绝诗。"并说"这些最足以表示我当时的心境——矛盾的心境。自己好像很超脱，但在事实上却很矜持。自己觉得是很热心的爱国志士，但又被人认为了'汉奸'。在无可如何之中便只好得过且过，幸好倒还没有落到自暴自弃的程度。这没有闹到自暴自弃的程度的，或者也怕是没有钱的关系"。

　　这究竟是怎么回事呢？为什么诗人当时会产生这种矛盾的心境呢？

　　原来，1918 年 5 月，由于北洋军阀段祺瑞执政府与日本政府签订了针对刚刚成立的苏俄红色政权的《中日共同防敌军事协定》，并以"参战"为名向日本筹措"西原借款"，引起了在日本的中国留学生的强烈反对，他们相继罢课抗议，并决定全体回国进行宣传请愿活动。郭沫若参加了罢课活动，但因与安娜同居并有了小孩，每月所领的不多一点官费要养活一家三口本已捉襟见肘，当然无余钱作归国的路费，加之又娶的是日本老婆，于

　　* 原载林林、黄侯兴编《郭沫若诗词鉴赏》，河北人民出版社，1994。

是遭到部分同学的误会，被目为"汉奸"。郭沫若为自己被剥夺了爱国的资格，曾暗地里流了不少的眼泪。

再就是1918年8月从冈山六高毕业考入九州帝国大学医科以后，虽然大学的官费从48元增至72元，但由于要预交大学第一学期的学费和购置参考书，在六高毕业的时候，郭沫若曾赴东京预支了7、8两月的官费。支时原约定按月摊还，想不到四川经理员8月份便整扣了下来，只补了24元的增加额，写信去请求通融也不置答复，所以至9月连吃饭都有了困难，不得不把刚买得的自学参考书押进了当铺。

郭沫若自幼酷爱文艺，但在时代潮流的影响下，决心抛弃文艺，抱着"富国强兵""科学救国"的梦想，选择了医科作为自己未来报效祖国的职业，想不到来福冈后竟陷入了如此之窘境。来时住在一家当铺仓库的楼上，面积只有一丈见方，人立起来就要抵着望板，条件可谓艰苦之至。直到9月，因风潮而回国的成仿吾陪同他的同乡陈老先生父子来九州帝国大学给陈老先生治眼，嫌住旅馆耗费太大，又看到郭沫若生活拮据，乃邀郭沫若一家共同租房居住，并代管家政，才帮郭沫若解脱了窘境。但不久，成仿吾回东京继续学业，陈老先生也在11月中旬走了，至12月底，大房子租期届满，郭沫若一家只好自己找小房子居住。

所有这些，都使郭沫若有无穷的感慨。于是，就在除夕搬家的过程中，有了《十里松原四首》的创作。这四首七言绝句，一方面感叹国家的贫弱不幸，同时也悲叹自己离乡背井在异国求学遭遇之凄凉。

第一首，实写搬家过程中的情和景。"十里松原负稚行，耳畔松声并海声。"写诗人背着儿子在千代松原中搬运行李时眼之所见，耳之所闻。"昂头我向天空笑，天星笑我步难成。"不仅点明这次搬家是在晚间，而且表明诗人还是挺自负，有自信，并能自得其乐的，所以敢于昂首挺胸地对着天空笑，但天上的星星却笑诗人举步是如此之维艰，担心诗人未必真能成就什么大的事业。

第二首，感叹自己不得志。"除夕都门去国年，五年来事等轻烟。"说诗人自1913年除夕前夜抱着拯世济民的大抱负从古都北京出发离开祖国以来，五年的时光像轻烟一般轻轻飘飘地浮过去了，而自己却一事无成！"壶中未有神山药，赢得妻儿作挂牵。"说自己虽然也在学医，壶中却没有壶公那样的从神山上采撷来的能济世救民于水火的药，所能做到的，只不过是为自己的老婆孩子牵肠挂肚而已。

第三首，抒发诗人在现实面前的窘迫处境和失落感。"回首中原叹路穷，寄身天地太朦胧。"说回头遥望祖国的天野，不仅离家路途是如此的遥远，而且国家贫弱，内忧外患频仍，自己空有一番忧国忧民的心，却无能为力，甚至连归国去做做应有的表示都不可能。而寄身在这异国他邦留学吧，弱国子民，前途又能好到哪里去呢？朦朦胧胧的，渺茫不清，没有一点把握。"入世无才出未可，暗中谁见我眶红？"则说要在这个世界上干出一番大事业来，自己是缺少那种应世的才能的，但看破红尘出家去吧，拖家带口的，似乎又难以忘却这个人世。这个中的苦衷，我也只能暗中抹抹眼泪，而不愿对人说，因此又有谁来注意我的眼眶是否红了呢？

第二、三两首，都反映了诗人的理想抱负在与现实遭遇之后所产生的那种入世和出世的矛盾心境，内中也有郭沫若自己所说的矜持，虽然命途多舛，但自己却不甘示弱和屈服。

第四首，是抒发诗人在这种艰难处境中豁达的人生态度。"一篇秋水一杯茶，到处随缘是我家。"是说既然出世入世都有难处，没有好的解救办法，我便得过且过吧。古人不是说君子固穷吗？我就这样逍逍遥遥地以读《庄子》和品茶为乐吧，反正我也是穷得来家无定处，只好随缘分，走到哪算哪里啦。只要还有房子住，有饭吃，我也就知足了。"朔风欲打玻璃破，吹得炉燃亦可嘉。"说北风吹得很猛烈，好像要把我家门窗上的玻璃都打破似的。不过，打破了也没有关系，如果它能把炉子给我吹燃，也是好事。显示了一种豁达乐观、超凡脱俗、与世无争的人生态度。这是诗人先从庄子、王阳明那里学来，后来又从西方的泛神论思想中得到印证的一种人生观和世界观。郭沫若自幼喜欢庄子，来日本后又因为紧张考学患神经衰弱而研习过王阳明讲究"事上磨炼"的《传习录》，要恬淡无为而无不为。

当时，郭沫若还没有接触马克思列宁主义的学说，更无从建立辩证唯物主义与历史唯物主义的人生观和世界观，所以他的思想还在唯心主义的观念中间打转转。

由上可以看出，《十里松原四首》，是很成功地抒发诗人当时的情怀和表露他当时的人生态度的。在他早年的旧体诗中，这四首七言绝句算得上上乘之作。

郭沫若曾说，"既要写旧诗，就要遵守它的规律，不要乱来"。① 以这个标准来看郭沫若的这四首诗，平仄和对仗比较自由一些，但韵脚是比较严格的，说明诗人下了功夫。这四首绝句自然流畅，而且用语、用典都极其精练，极其准确，故能真实地反映诗人在那种恶劣境遇中的特殊心态，他那无可奈何、得过且过的情绪，他的人生哲学等。诗中，他所在的福冈博多湾的景色是十分美丽迷人的，而个人的命运又是如此多舛，两两形成了鲜明的对比。

这四首绝句，似乎是一气呵成的，颇具神韵。可能是因为诗人当时有强烈的感触，深厚的感情，所以情绪在激烈地起伏抑扬，从而增强了诗的节奏感和音乐性。在诗中，诗人把自己的感触与诗歌的韵律，旧体诗词的束缚与自由，诗歌的内容和形式，巧妙地结合在一起，而且做到了恰到好处，显示出郭沫若虽然以新诗人著称，但他在旧体诗词的写作上，也是很有功底的，使我们在不经意中获得了美的享受。

十里松原四首

十里松原负稚行，
耳畔松声并海声。
昂头我向天空笑，
天星笑我步难成。

除夕都门去国年，
五年来事等轻烟。

① 《论诗》，《郭沫若论创作》，上海文艺出版社，1983，第343页。

壶中未有神山药，
赢得妻儿作挂牵。

回首中原叹路穷，
寄身天地太朦胧。
入世无才出未可，
暗中谁见我眶红？

一篇秋水一杯茶，
到处随缘是我家。
朔风欲打玻璃破，
吹得炉燃亦可嘉。

1918 年在日本福冈

（《创造十年》，上海现代书局，1932）

"艺术没有不和人生生关系的事情"*

——郭沫若早期文艺思想辨析

正如石西民同志在讲话中所说，在郭老逝世后的这五年，学术界对郭老的研究取得了很大成绩。但是，问题也不少。最主要的一个，就是研究的深度和广度不够。即以郭沫若的文艺思想来说，就有好多需要研究的问题还没有研究，好多需要辨析的问题未得到辨析。今天在这里探讨的，只不过是其中的一个。

20 世纪 20 年代初，文学研究会和创造社曾经围绕艺术创作的问题进行过论战。从此以后，从 20 年代到 80 年代，不少人常常把这场论战称为"为人生的艺术"与"为艺术的艺术"两种文艺思潮的论争，并且把郭沫若和创造社说成"为艺术而艺术"的"艺术派"。实际上，这是极不科学，有违历史事实的。

创造社的个别人，如陶晶孙等，也许受"为艺术而艺术"的影响比较大，有的创作表现出唯美主义的倾向，但他们不是创造社的主要成员，也不能代表创造社的主要倾向。创造社的主要成员尤其是郭沫若，并不是"为艺术而艺术"的倡导者。

郭沫若从不承认自己是"为艺术而艺术"的"艺术派"。

从 20 年代到新中国成立以后，在几十年的时间中，见诸文字记载的，郭沫若曾经不下十次严正地声明自己不是"为艺术而艺术"，并对那种把他说成是"艺术派"的观点，表示了正当的反感。

---

* 原载《郭沫若研究》（学术座谈会专辑），文化艺术出版社，1984。

1923 年以前，他就多次表明："艺术没有不和人生生关系的事情。"①并说他是"不承认艺术中会划分出甚么人生派与艺术派的人"。在他看来，"这些空漠的术语，都是些无聊的批评家——不消说我是在说西洋的——虚构出来的东西"。②他认为，所谓"为人生"与"为艺术"的论争，"不过立脚点之差异而已"③，"艺术与人生，只是一个晶球的两面，只如我们的肉体与精神的关系一样"。④1941 年 9 月，在《今日创作的道路》一文中，他两次提到某些人关于他和创造社是所谓"为艺术而艺术"的非议，指出："直到现在，在好些人底文坛回顾里面，还反复着或人云亦云地沿用着这样的见解。这其实是极肤浅的无批判的批判。"接着他又说："无论任何艺术，没有不是为人生的，问题只是在所为的人生是为极大多数人，还是为极少数人；更进是为极短暂的目前，还是为极长久的永远。"总之，"艺术是价值底创造，它根本是为人生的"。⑤1958 年毛主席诗词的发表，给浪漫主义恢复了名誉，郭沫若在坦然地承认"我是一个浪漫主义者"之后，紧接着又指出："当然我依然不承认我是'为艺术而艺术'，也有自行标榜现实主义的朋友从前确实说过这样的话，但那样的话就是不现实的。我在这里这样说，并不是要算旧账，但我们如果要重新编写'五四'以来的中国文艺发展史，我认为我们应该采取科学的方法来正视现实"，他恳切地表示，那种"一手遮天一手遮地的迷魂阵，是应该彻底粉碎的了"。⑥

遗憾的是，时至 70 年代末，重弹 20 年代老调的"文坛回顾"有之，比如就有这样的《回忆录》坚持如下说法："与'为人生的艺术'对立的另一大流派就是'为艺术的艺术'，后来早期创造社是明确而且坚决地这样标榜的。""重新编写"但仍未"采取科学的方法来正视现实"的"'五四'以来的中国文艺发展史"也有之，有趣的是竟然在同一部书里容纳了自相

---

① 郭沫若：《艺术家与革命家》，《文艺论集》，上海光华书局，1925，第 131 页。（本文以下凡引《文艺论集》，均据 1925 年初版本）
② 郭沫若：《论国内的评坛及我对于创作上的态度》，《文艺论集》，第 178～179 页。
③ 郭沫若：《儿童文学之管见》，《文艺论集》，第 240 页。
④ 郭沫若：《论国内的评坛及我对于创作上的态度》，《文艺论集》，第 178～179 页。
⑤ 郭沫若：《今昔集》，重庆东方书社，1943，第 6～7 页。
⑥ 《浪漫主义和现实主义》，《沫若文集》第 17 卷，人民文学出版社，1963，第 189～190 页。

矛盾的提法。比如就有这么一本"高等学校文科教材"的《中国现代文学史》，在其粉碎"四人帮"以后修订出版的本子中，当它在第二章论述"中国共产党成立后的文学运动与思想斗争"的时候，未加任何论证地说："当时创造社所提倡的'为艺术而艺术'""文研会所提倡的'为人生而艺术'。"而在第六章"五四时期的重要社团和作家"中，则说："历来许多评论者把创造社说成是'为艺术而艺术'的一派，这是不完全符合客观实际的。"为什么在同一部书里出现相互矛盾的提法呢？原因很简单，第二章和第六章是两个人写的。前者未接触具体史料，只是人云亦云，重复了前人的提法；后者则接触了具体史料，并"采取科学的方法来正视现实"，所以作者站出来为创造社辩护。

其实不只是这位同志，近年来，不少真正接触了郭沫若早期文艺论著，并且进行过认真研究的同志，都已经逐渐认识到，20年代以来的这一历史公案，对郭沫若和创造社很不公正的这一情况，并且不断写文章为郭沫若和创造社辩护，以正视听了。实际情况也正是这样，我们很难想象，像郭沫若这样一个曾经以自己的文学创作在半殖民地半封建的旧中国起过振聋发聩的雷霆作用，曾经以自己的新诗开了"五四"以来的一代诗风的我国新文学的创始人之一，竟然是一个"为艺术而艺术"的"艺术派"！我们也很难想象，像创造社这样一个曾经在我国反帝反封建的革命文化大军中"异军突起"，在"五四"以来的新文学建设中立下赫赫战功，在群众中留下深刻影响的文学社团，竟然是一个"为艺术而艺术"的"艺术派"团体！

我国的现代文学曾经受过很深的欧洲文学的影响，郁达夫甚至说，我国的现代文学是属于欧洲文学的体系的。这话当然过分了一些，但确实也说明了一个问题，就是我国的现代文学，从理论到创作，从内容到形式，从研究到批评，逐处都渗透着欧洲文学的影响。这是毋庸回避，也无须回避的事实。这其中，有好的一面，就是曾经在我国新文学的草创时期，对"五四"以来的新文学起过巨大的推动作用，催生的作用。如果没有欧洲文学的输入，我国的新文学要冲破沉重的封建桎梏而诞生几乎是不可能的；但也有不好的方面，这就是欧洲文学中一些末流的东西，也随之而进入了中国。

与此同时，欧洲文艺思潮中的一些概念，往往也被生硬地搬到了我国的现代文坛。所谓"为人生的艺术"与"为艺术的艺术"，就是其中之一。应该承认，在 20 年代，当我国的新文学要借助外力以冲破封建旧文学的枷锁的时候，这是用不着大惊小怪的事情。但同时，我们也应该承认，20 年代我国新文坛的作家们的文艺思想是比较复杂的，很难用一个什么抽象的概念能概括完全，概括准确。正如明治维新以后整个欧洲二百年的文艺史在日本匆促地演习了一遍一样，在 20 年代，欧洲近两个世纪以来的文艺思潮和倾向也纷至沓来地涌入了我国，各种各样的主义都在中国的文坛上露过面。其过往的速度甚至比日本还要快，而且不仅有西洋的舶来货，还有东洋的变种。

在这种情况下，如果不具体地去分析某一个作家或某一个社团的文艺观点和创作实践，考察他们所受的各种影响，是很难做出科学的结论的。比如郭沫若，显然他受欧美积极浪漫主义文学的影响比较深，特别是德国的浪漫派和美国的惠特曼对他影响比较大，除此之外，他的早期文艺思想受弗洛伊德和厨川白村的影响也不小。现代主义的某些流派，他也曾表示过欣赏，但兴趣不久就转移了。至于什么"为艺术而艺术"，影响不能说一点没有，但实在是微乎其微的。至于创造社，郭沫若早在它们活动的开初就声明过，"我们这个小社，并没有固定的组织，我们没有章程，没有机关，也没有划一的主义。我们是由几个朋友随意合拢来的。我们的主义，我们的思想，并不相同，也并不必强求相同，我们所同的，只是本着我们内心的要求，从事于文艺的活动罢了"。[①] 事实也正是这样，郭沫若、郁达夫、成仿吾、张资平、陶晶孙等，他们虽然同是早期创造社的成员，而创作倾向和文艺思想却是各不相同的。因此，简单地把欧洲文艺史上的概念，如什么"为艺术而艺术"的"艺术派"或"艺术至上主义者"之类，拿来作为一个公式或框子，用以范围创造社的作家，是极不科学、极其愚蠢的事情。

以郭沫若的早期文艺思想为例，它与西方的"为艺术而艺术"的文艺思潮，就有本质的不同。众所周知，"为艺术而艺术"是 19 世纪下半叶在

---

① 郭沫若：《编辑余谈》，1922 年 8 月 25 日《创造》季刊第 1 卷第 2 期。

西方出现的一种文艺思潮，当时西方的资产阶级已经度过了它的黄金时代，开始由上升走向反动了。"为艺术而艺术"反映的正是一种资产阶级在艺术上与社会主义思想相对抗的颓废倾向，在本质上当属于世纪末文学的范畴。它的创始人是法国诗人戈蒂叶，波特莱尔也是积极的提倡者。他们的观点在 70 年代为巴那斯派（即高蹈派）所广为宣传，并为英国的佩特和王尔德所热烈响应。其核心是否定文艺的思想性和社会性，反对文艺的社会作用，标榜文艺与自然、与社会生活无关，鼓励作家脱离现实生活，单凭发挥想象，躲在象牙之塔里去从事所谓纯艺术的创作，实际不过是美化资产阶级腐朽没落的生活而已。

下面，我们将他们的主要观点与郭沫若的文艺思想进行一些对照，看看他们是否很不相同，甚至针锋相对。

比如关于文艺的思想性和社会性，文艺的社会作用，戈蒂叶、波特莱尔和王尔德都是极力加以反对的。戈蒂叶曾说："艺术的绝对独立，不容许诗具有除它本身之外的其他目的，也不容许诗具有除了在读者心中唤起绝对的美感之外的其他任务。"① 波特莱尔则认为："诗的目的不是'真理'，而只是它自己。"② 王尔德也说："艺术除了它自己之外，不表现任何别的东西。"③ 很清楚，在他们的眼里，艺术是绝对独立的，除了它自己，什么真理也好，"美感之外的其他任务"也好，都与他们不相干。而郭沫若则与戈蒂叶辈根本不同。他是那么执着于社会，执着于人生，执着于艺术的伟大使命，曾说，"二十世纪的文艺运动是在美化人类社会"④，而且具体地提出艺术具有"两种伟大的使命"，即"可以统一人们的感情并引导着趋向同一的目标去行动"和"从个人方面来说，艺术能提高我们的精神使我们的内在的生活美化"。⑤ 总之，他不仅认为文艺"有大用存焉"，而且认为它的大

① 戈蒂叶转引自普列汉诺夫《没有地址的信·艺术与社会生活》，人民文学出版社，1962，第 206 页。
② 波特莱尔：《随笔》，《西方文论选》下册，人民文学出版社，1964，第 226 页。
③ 王尔德：《谎言与衰朽》，《西方文论选》下册，人民文学出版社，1964，第 116 页。
④ 郭沫若：《艺术家与革命家》，《文艺论集》，第 134 页。
⑤ 郭沫若：《文艺之社会的使命》，《文艺论集》，第 146～148 页。

用，是说都"说不尽"①的。我觉得，郭沫若不仅从来就很看重文艺的思想性和社会性，从来没有轻视过文艺的社会作用，有时甚至把艺术的力量夸大到了不恰当的程度。如他在谈到刘邦打败项羽时说，汉王兵多将勇，而最后的成功乃是张良的一支箫。又如他说意大利未统一前、全靠但丁的一部《神曲》来收统一的效果。说俄国的革命一半成功于文学家的宣传，是他们在前面做了先驱。所以，说郭沫若是"为艺术而艺术"的"艺术派"，是没有道理的，根本站不住脚的。

又比如关于艺术与生活的关系，郭沫若的见解也与波特莱尔辈不一样。波特莱尔曾说，"想象力是真理的皇后""再现任何存在的事物都是没有好处的、讨人厌的"②，肆意地夸大了想象的作用，主张文艺与社会生活完全断绝关系，似乎作家在创作中可以单凭自己的主观意志，随意地驰骋自己的想象力。王尔德比他有过之而无不及，甚至认为"生活对艺术的摹仿远远多于艺术对生活的摹仿"。还说："最后的启示是：'谎言'，即关于美而不真的事物的讲述，乃是艺术的本来的目的。"③ 不仅完全颠倒了生活与艺术的关系，而且把艺术的目的推演到了荒谬的地步！

在这个关键问题上，郭沫若与他们也迥然不同。在他心目中，文艺是植根于社会生活之上的，艺术家的灵感也好，作家的内心要求也好，都是来源于宇宙，来源于社会生活。在他看来，诗人和哲学家都是"同以宇宙全体为对象"④ 的，他强调"创作家要有极丰富的生活"，认为"真正的文艺是极丰富的生活由纯粹的精神作用所升华过的一个象征世界"。⑤ 即使是人们最敏感的艺术家的灵感问题，他也认为："灵感的发生便是内部的灵魂与外部的自然的构精。"总之，艺术虽是从内部的自然的发生，但"它的受精是内部与外部的结合，是灵魂与自然的结合，它的营养也是仰诸外界"⑥ 的。

---

① 郭沫若：《论国内的评坛及我对于创作上的态度》，《文艺论集》，第179页。
② 波特莱尔：《1859年的沙龙》，《西方文论选》下册，人民文学出版社，1964，第231~232页。
③ 王尔德：《谎言的衰朽》，《西方文论选》下册，人民文学出版社，1964，第117页。
④ 《郭沫若致宗白华》，《三叶集》，上海亚东图书馆，1920，第15页。
⑤ 郭沫若：《批评与梦》，《文艺论集》，第195页。
⑥ 郭沫若：《文艺上的节产》，《文艺论集》，第167、165页。

在论及作家的创作过程时，他是这样说的，"由无数的感官的材料，储积在脑精中，更经过一道滤过作用，酝酿作用，综合地表现了出来，就譬如蜜蜂采取无数的花汁酿成蜂蜜的一样"。① 的确，郭沫若是十分强调要表现作家自我的，对于歌德的主情主义是颇有"共鸣"之感的。但他所要表现的自我，既不是脱离现实人生的自我，也不是"为艺术而艺术"论者所竭力标榜的那种极端个人主义的小我。他说歌德的浮士德想把"人生一切的痛苦都要在他内部的自我中领略，把一切的甘苦都积在胸中，把自身的小己推广成人类的大我"②，实际上，他自己才正是这样。他素来以群众为本位，早在 20 年代初，就曾经表示："愿意成个共产主义者"③，想要"创造个光明的世界"，而且"高赞"这"开辟鸿荒的大我"。④ 应该承认，郭沫若的自我表现，是深刻地植根于现实生活的，强烈地要求表现人生社会的，只不过不是通过写实的手法，而是通过作家在现实生活中自我的内在要求的形式来表达的。

郭沫若不仅与"为艺术而艺术"论者在观点上表现出不同，而且早在 20 年代初，就曾公开对他们的观点和做法表示过异议，对"为艺术而艺术"进行过批判。19 世纪末，王尔德在英国倡导唯美主义时，曾经穿着很奇特的服装在伦敦的街市上游行，以便引起人们的注目。对此郭沫若是不赞成的，他认为这种所谓"生活的艺术化"，"不过是偏于外的生活去了"。他强调"要用艺术的精神来美化我们的内在生活"，提倡"要养成个美的灵魂"。⑤ 1923 年在《艺术家与革命家》一文中，他曾经批评过说艺术家和革命家不能兼并的两种人，其中第一种就是"为艺术而艺术"的主张者。他把这种人称为"现实逃避的象牙宫殿的顽民"，说："他们是以人生奉献于艺术，自己膜拜自己泥塑的菩萨。"⑥

---

① 郭沫若：《论国内的评坛及我对于创作上的态度》，《文艺论集》，第 176 页。
② 郭沫若：《波斯诗人莪默·伽亚谟》，《文艺论集》，第 270 页。
③ 郭沫若：《〈女神〉序诗》，《郭沫若全集·文学编》第 1 卷，人民文学出版社，1982，第 3 页。
④ 郭沫若：《创造者》，《沫若文集》第 1 卷，人民文学出版社，1957，第 288~289 页。
⑤ 郭沫若：《生活的艺术化》，《文艺论集》，第 152 页。
⑥ 郭沫若：《文艺论集》，第 131 页。

　　是的，郭沫若确实曾经说过"艺术的本身上是无所谓目的"和"文艺也如春日之花草，乃艺术家内心之智慧的表现。诗人写出一诗，音乐家谱出一个曲，画家绘成一幅画，都是他们天才的自然流露：如一阵春风吹过池面所生的微波，是没有所谓目的"。① 批评者常常引证如上的话来指斥郭沫若宣扬"为艺术而艺术"。实际上，这样的理解是片面的，歪曲了原意的。因为这两句话，都是郭沫若在《文艺之社会的使命》一文中说的，不仅文章的题目说明作者不是在宣扬"为艺术而艺术"，而且紧接着这两句话，作者就明确地指出："文艺乃社会现象之一，故必发生影响于社会。"② 接着又讲"艺术对于人类的贡献是很伟大的"，艺术具有统一人类的感情和提高个人的精神这样"两种伟大的使命"。文章的末尾，郭沫若还正确地把艺术与国家的命运和前途联系在一起，说："我觉得要挽救我们中国，艺术的运动是决不可少的事情。"强调艺术家要觉悟到"艺术的伟大的使命"，要求他们"把自己的生活扩大起来，对于社会的真实的要求要加以充分的体验，要生一种救国救民的自觉"。并说，"从这种自觉中产生出来的艺术，在它的本身不失其独立的精神，而它的效用对于中国的前途是不可限量的呢"。③ 请问，世界上真有这样的"为艺术而艺术"的"艺术派"吗!?

　　当然，这篇文章也不是十全十美的。当他针对"为人生"与"为艺术"的争论时说，"有人说文艺乃有目的的，此乃文艺发生后必然的事实。为艺术的艺术与为人生的艺术，这两种派别大家都知道是很显著的争执着。其实这不过是艺术的本身与效果上的问题"。④ 很明显，郭沫若是把"艺术的本身与效果"分开看的。如果有人据此指出郭沫若在艺术创作的动机和效果的问题上，有形而上学的，二元论的错误，只看到二者对立的一面，未看到其统一的一面，看不到它们既对立又统一的辩证关系，那我们是心悦诚服的。但批评者并不是这样，这不能不说是极为遗憾的事情。

　　是的，郭沫若在论及艺术的功利主义问题时，还说过："假使创作家纯

---

① 郭沫若：《文艺之社会的使命》，《文艺论集》，第 142~143、149~150 页。
② 郭沫若：《文艺之社会的使命》，《文艺论集》，第 142~143、149~150 页。
③ 郭沫若：《文艺之社会的使命》，《文艺论集》，第 142~143、149~150 页。
④ 郭沫若：《文艺之社会的使命》，《文艺论集》，第 143~144 页。

以功利主义为前提以从事创作，上之想借文艺为宣传的利器，下之想借文艺为糊口的饭碗，这个我敢断定一句，都是文艺的堕落，隔离文艺的精神太远了。这种作家惯会迎合时势，他在社会上或者容易收获一时的成功，但他的艺术绝不会有永远的生命。""总之，我对于艺术上的功利主义的动机说，是不承认他有成立的可能性的。"① 批评者又常常依据这样的话指斥郭沫若反对文艺的功利作用，是"为艺术而艺术"。很明显，这样的指责同样是站不住脚的。只要我们认真地翻阅一下郭沫若的早期文艺论著，就不难发现如下几点。

一，郭沫若没有一般地反对过文艺的功利作用。他在 1921 年的《儿童文学之管见》中就明确地指出："文学自身本具有功利的性质，即彼非社会的 Antisocial 或厌人的 Misanthropic 作品，其于社会改革上，人性提高上有非常深宏的效果"，而且认为"便单就文学而言，其对于人性所及的熏陶之力，伊古以来，已有定论"。②

二，郭沫若只批评过艺术创作中的"功利主义的动机说"，或者"纯以功利主义为前提以从事创作"。这也是他早期文艺观中一贯的思想，早在 1921 年就提出过："创作家于其创作时，苟兢兢焉为功利之见所拘，其所成之作品必浅薄肤陋而不能深刻动人，艺术且不成，不能更进论其为是否'社会的'与'非社会的'了。"③ 这与我们今天反对"主题先行"有相似之处。

三，郭沫若说"我们希望于社会的，是要对于艺术精神的了解，竭力加以保护，提倡"④，说艺术家如纯以功利主义为前提以从事创作，脱离文艺的精神就太远了，强调的是文艺的特性和文艺创作的特殊规律。用今天的话来说，就是社会要尊重文艺的特性，作家要遵循艺术创作的特殊规律。郭沫若并不反对艺术家要把他的艺术来宣传革命，他认为艺术家和革命家是可以兼并的。曾说："我们不能论议他宣传革命的可不可，我们只能论他所藉以宣传的是不是艺术。假使他宣传的工具确是艺术的作品，那他自然

① 《论国内的评坛及我对于创作上的态度》，《文艺论集》，第 177～178 页。
② 《儿童文学之管见》，《文艺论集》，第 240 页。
③ 《儿童文学之管见》，《文艺论集》，第 240～241 页。
④ 《文艺之社会的使命》，《文艺论集》，第 150 页。

是个艺术家。这样的艺术家以他的作品来宣传革命，也就和实行家拿一个炸弹去实行革命是一样，一样对于革命事业有实际的贡献。"①

四，郭沫若批评把文艺纯粹视为宣传的利器，认为文艺创作必须要有真情实感，无论你表现个人也好，描写社会也好，替全人类代白也好，"主要的眼目"，总要"由灵魂深处流泻出来"，"然后才能震摇读者的魂魄。不然，只抱个死板的概念去从事创作，这好象用力打破鼓，只是生出一种怪聒人的空响罢了"。② 难道艺术创作不是要从生活和形象出发，不是要反对死抱概念以从事创作吗？这与文艺的功利作用是并不矛盾的。

五，郭沫若强调要重视艺术的特性，看重艺术，但并未宣扬艺术至上主义。有的文学史说郭沫若宣扬艺术至上主义，这是不符合实际的。郭沫若曾不止一次地强调，艺术家在成为一个艺术家之前，总要先成为一个人，要把我们这个自己先做成个艺术。"至于艺术上之技巧，如诗之音韵，画法之远近，音乐声调之高低，人人都可以习得到的，实非艺术家之第一要素。"③

六，综观郭沫若以上的论点，有不少可取之处。不仅在当时对于我们把新文学建设成什么样的文学具有重要的意义，就是在今天，也未尝没有借鉴和参考的价值。遗憾的是，郭沫若在1924年以后，当他在世界观转变中总结和清理自己的早期文艺思想时，却不恰当地、形而上学地放弃了早期文艺思想中许多可贵的正确的观点，从而导致他在以后的相当一部分创作中，忽视艺术的特性和创作的特殊规律，降低了对创作的美学要求，走了弯路，这是很可惜的事情。

当然，郭沫若关于艺术的本身上无目的的说法，在概念的使用上是有毛病的，至少话说得不完整、不科学。在反对功利主义的动机说的时候，有的话说得也不够恰当。但正如鲁迅先生说的那样，"倘要论文，最好是顾及全篇，并且顾及作者的全人，以及他所处的社会状态，这才较为确凿。要不然，是很容易近乎说梦的"。④ 事情正是这样，批评者在批评郭沫若的

---

① 《艺术家与革命家》，《文艺论集》，第132页。
② 《论国内的评坛及我对于创作上的态度》，《文艺论集》，第178页。
③ 《生活的艺术化》，《文艺论集》，第157页。
④ 鲁迅：《"题未定"草》，《鲁迅全集》第6卷，人民文学出版社，1963，第344页。

早期文艺思想的时候，由于采取了断章摘句的办法，未能顾及全篇和全部著作，更未顾及郭沫若全人，抓住一点，不及其余，因而使得他们关于郭沫若的文艺观是"为艺术而艺术"的说法显得不那么"确凿"，甚而"近乎说梦"了。

　　我觉得，经过几十年之后，当人们来回顾和总结过去那段历史的时候，一定要心平气和，不抱门户之见，只有如此，才能做到公正持平。经过几十年之后，当今天的文学史家来评定这段历史公案的时候，一定要从掌握第一手材料入手，坚持实事求是的原则，采取历史唯物主义的态度，以使自己的结论符合历史的真实情况，具有科学的价值。人云亦云，以讹传讹，不仅不能使自己的论断具有高度的科学性，而且会歪曲我们的中国现代文学史。最终，还将把自己置于与马克思主义对立的境地。以郭沫若的上述言论说，如果把他强调要尊重文艺的特性，要遵循艺术创作的特殊规律的话当作在标榜"为艺术而艺术"，我们对马克思、恩格斯的如下一些话又该如何理解呢？在《〈政治经济学批判〉导言》中，马克思肯定艺术和哲学、宗教等，都是"用它所专有的方式掌握世界"，理论思维的方式是"不同于对世界的艺术的、宗教的、实践－精神的掌握的"。[1] 难道这不是在强调艺术与哲学等一样，具有自己的特性吗？1859 年 4 月 19 日在《致斐·拉萨尔》的信中，马克思要求拉萨尔把他的韵律"安排得更艺术一些"，要求他必须"更加莎士比亚化"，因为他的创作的"最大缺点就是席勒式地把个人变成时代精神的单纯的传声筒"。[2] 恩格斯 1885 年 11 月 26 日《致敏·考茨基》的信，也曾经反对过在描写中把人物的个性"消融到原则里去"的做法，指出"倾向应当从场面和情节中自然而然地流露出来，而不应当特别把它指点出来"[3]，难道这不都是在讲要遵循艺术创作的特殊规律吗?! 那么，郭沫若强调社会对于"艺术的精神"要有所了解，批评艺术家"纯以功利主义为前提以从事创作"，批评艺术家"只抱个死板的概念以从事创作"，怎么就会成了"为艺术而艺术"的"艺术派"呢?! 大概不能这么说吧。

---

① 马克思：《马克思恩格斯选集》1966 年版第 2 卷，人民出版社，1966，第 215 页。
② 马克思：《马克思恩格斯选集》第 4 卷，人民出版社，1966，第 311～313 页。
③ 恩格斯：《马克思恩格斯选集》第 4 卷，人民出版社，1966，第 437 页。

那么，郭沫若活动在 20 年代的日本和中国，是否能够一点不受"为艺术而艺术"观点的影响呢？当然不是的。例如他在《创造》季刊第 1 卷第 4 期的《曼衍言之二》中说："毒草的彩色也有美的价值存在，何况不是毒草。人们重腹不重目，毒草不为满足人们的饕餮而减其毒性。'自然'亦不为人们有误服毒草而致死者遂不生毒草。'自然'不是浅薄的功利主义者，毒草不是矫谲媚世的伪善者。"应该承认，其中是有唯美主义的影响的。又如他说："艺术家的目的只在乎如何能真挚地表现出自己的感情，并不在乎使人能得共感与否。"① 这种说法，完全排除了艺术家对于自己应尽的社会责任的思考，显然也是不妥的。但是，有"为艺术而艺术"的影响，绝不等于就是"为艺术而艺术"的"艺术派"，这是显而易见的道理。

综上所述，我觉得可以得出如下结论，即郭沫若在 1923 年以前的早期文艺思想，是既重人生又重艺术的。而且从根本上说，它更是为人生的。因为正如他所说的那样，"人生是一切事业之基"②，不管从事任何一个事业，都要时时反省自己，看所做的事业，是否真有生命，真有价值。因此，郭沫若与"为艺术而艺术"的"艺术派"是不能相提并论的。

1983 年 5 月

---

① 郭沫若：《艺术的评价》，《文艺论集》，第 138 页。
② 郭沫若：《论国内的评坛及我对于创作上的态度》，《文艺论集》，第 174 页。

郭沫若的革命文学论刍议[*]

在我国的现代文学史上，从文学革命到革命文学，是一个大的历史飞跃。

革命文学在我国的酝酿和倡导，最早开始于1922年、1923年。一些早期共产党人，如李大钊、邓中夏、恽代英、萧楚女、沈泽民等，曾根据我国当时革命形势发展的需要，针对新文学运动中的情况和问题，宣传马克思主义的文艺理论，倡导革命文学。由于他们的革命活动主要在政治而不在文艺，所以关于革命文学的论述不可能很具体、很系统、很完整。

早期共产党人对革命文学的号召，在进步的文艺工作者中间，引起了广泛的注意，郭沫若、蒋光慈、沈雁冰、郁达夫、成仿吾等人，正是在他们的号召之下，纷纷起而响应，大力提倡革命文学。后来，由于世界无产阶级文学运动的发展和影响，更多的革命文艺工作者参加了进来，中国出现了声势浩大的无产阶级革命文学运动。文艺工作者之间，曾就革命文学的有关问题，进行热烈的讨论和论战。

周扬曾高度评价郭沫若对革命文学的贡献，称誉他为中国无产阶级革命文学的开山。因此，本文拟就郭沫若革命文学论的形成和发展，分思想准备、初步形成、发展中向"左"摇摆和在自审中前进四个阶段进行一些粗浅的考察和研究，肯定它的成就和贡献，检讨它的缺点和错误。主要的两个阶段，联系蒋光慈、沈雁冰相同时期的有关论述，做了一些历史的比较。但本文既不是对蒋光慈、沈雁冰关于革命文学的理论的系统论证，更

＊ 原载中国郭沫若研究学会《郭沫若研究》第6、7辑，文化艺术出版社，1988、1989。

不是对革命文学论争的全面考察，所以许多问题将不予涉及。

思想准备

1923 年 5 月，郭沫若在《我们的文学新运动》一文中，对"五四"以来的新文学就表示"不能满足现状"，提出在文艺领域要"激起一种新的运动"，以"打破从来因袭的样式而求新的生命之新的表现"，强调在文学的新运动中，要"反抗资本主义的毒龙"，要"爆发出无产阶级的精神"。同年 9 月，在《艺术家与革命家》一文中，又表示艺术家和革命家可以兼顾，认为艺术家以他的作品来宣传革命，和实行家拿炸弹去实行革命一样，对于革命事业有实际的贡献。这是郭沫若的革命文学思想最早最直白的表述。不过，由于郭沫若当时的阶级意识还不明确，这些思想更多的还只能把它当作向往无产阶级革命文学的主观意向和发展愿望来理解。因为在当时，这些都还只是"似是而非的普罗列塔利特的文艺论"。①

1924 年 3 月，郭沫若在杭州中华学艺社年会上发表过一篇题为《文艺之社会的使命》的演讲，据他在《创造十年续篇》中回忆："关于新兴文学的理论，在当时完全没有接触过，自己所说的究竟是些什么现在已经不记得了，但总不外是从拉斯金的《艺术经济论》、葛罗舍的《艺术原始》、居约的《由社会学上所见到的艺术》那一类书上所生吞活剥地记下来的一些理论和实例，更加上一些半生不熟的精神分析的见解，一方面是想证明文艺的实利性，另一方面又舍不得艺术家的自我表现。"这是颇能真实地反映郭沫若 1924 年春季以前文艺观的实际状况的。这说明当时他思想上虽在酝酿某些东西，但由于理论武器的不足，一时还未能从旧的桎梏中解放出来。

但 1924 年 4 月以后情况就不同了。当时由于创造社在发展中遇到了种种困难，郭沫若又东渡到了日本福冈，靠著译为生。郭沫若从译读日本的早期马克思主义经济学家河上肇的《社会组织与社会革命》，便决定了他后

---

① 《创造十年》，《沫若文集》第 7 卷，人民文学出版社，1958，第 154 页。

半生的思想发展。他的革命文艺观，从而进入了真正的思想准备阶段，为了翻译《社会组织与社会革命》，他系统地阅读了许多马克思主义的著作，尤其是马克思、列宁的原著，这使他获益匪浅。正如他自己所说："我从前只是茫然地对于个人资本主义怀着的憎恨，对于社会革命怀着的信心，如今更得着理性的背光，而不是一味的感情作用了。"从此，郭沫若不仅相信"'各尽所能各取所需'的时代""终久能够到来"，而且决心把"努力促进它的实现"，作为自己"所当走的唯一的一条路径"。

作家的文艺观是受他的世界观的制约的。《社会组织与社会革命》一书的译出，不仅使郭沫若增长了关于社会政治经济的认识，坚定了他对于马克思主义的信心，同时也使他"对于文艺怀抱了另外一种见解"。1924 年 8 月 9 日他在致成仿吾的信《孤鸿》中也曾表示："我现在对于文艺的见解也全盘变了。"①

通过译书，郭沫若的文艺观到底有哪些重大的变化呢？在马克思主义的学习过程中，他对于过去的文艺观点，进行了哪些清理，对于革命文学的建设，又有什么重大的意义呢？从《孤鸿》中，我们可以看到如下几点。

一，过去曾经为艺术创作方法上"主义"的不同而争论不休，现在"觉得一切伎俩上的主义都不能成为问题，所可成为问题的只是昨日的文艺，今日的文艺，和明日的文艺"。这就是说，浪漫主义也好，现实主义也好，这些都不是最重要的，关键是对于文艺的本质问题如何认识。他认为，"昨日的文艺是不自觉的得占生活的优先权的贵族们的消闲圣品"，今日的文艺"是我们被压迫者的呼号"，只有明日的文艺，才是"超脱时代性和局部性的文艺"，"真正的纯文艺"，"但这要在社会主义实现后，才能实现"，因为只有那时，"文艺上的伟大的天才们得遂其自由完全的发展"。尽管概念用得有些别扭、生硬，某些界限也含混不清，但刚刚接受了马克思主义，马上就自觉地运用于对文艺的根本性质的认识，剔除了因袭观点的迷雾，挑明了阶级社会中文艺的阶级性质，并且展望了未来文艺的远景，这不能不说是十分难能可贵的。

---

① 郭沫若：《孤鸿——致成仿吾的一封信》，《创造十年续篇》，上海北新书局，1938。

二，过去标榜张扬自我，认为文艺是精赤裸裸的人性的表现，只要纯真地表现了作家内心的要求，他心中的诗意诗境，那便是好的和真的文学。现在则认为："文艺是生活的反映，应该是只有这一种是真实的。"而且认定"这是最坚确的见解"。

三，过去强调"自然流露"，声称"我只想当个饥则啼寒则号的赤子，因为赤子的简单的一啼一号都是他自己的心声，不是如象留声机一样在替别人传高调"。[①] 而今则说"现在是宣传的时期，文艺是宣传的利器，我彷徨不定的趋向，于今固定了"。

四，过去虽"嗜好文学"，却又常常"轻视文学"。1924 年重返日本之初，更对文艺失去了信心，打算把纯粹自然科学的真理作为探讨的对象，去生理学研究室埋头作终身的研究，并把这视为最理想的生活。现在则认清了文学的伟大作用，不仅"改变了我研究生理学的决心"，而且"把文艺看得很透明，也恢复了对于它的信仰了"。

五，尤其值得注意的是郭沫若在谈"今日之文艺"时，第一次明确地用了"革命的文艺"的提法，粗略地阐述了自己的观点："今日的文艺，是我们现在走在革命途上的文艺，是我们被压迫者的呼号，是生命穷促的喊叫，是斗士的咒文，是革命预期的欢喜。这今日的文艺便是革命的文艺。"

由上可以看出，从这时开始，郭沫若的文艺观确实已经发生了质的变化，是他的文艺观从此不断发生质的变化的开端。

1924 年郭沫若还生出了"一个维系着生命的梦想"，那就是"想一方面仍旧继续着自己的学艺生活，而在另一方面从事实际活动"。[②] 并且认为现在"在革命途上中国是最当要冲"[③]，所以他决定马上返回祖国去。在郭沫若的一生中，这是一个重大的抉择。从而使他后半截的生涯更加富有战斗的气息，更加为革命和人民所宝贵。这一抉择也促成了郭沫若的革命文艺观最后得以形成。

1924 年 11 月回到祖国后，郭沫若应邀参加对江浙督军卢永祥、齐燮元

---

① 《批评与梦》，《文艺论集》初版本，上海光华书局，1925，第 182 页。

② 《创造十年续篇》，上海北新书局，1938。

③ 《孤鸿——致成仿吾的一封信》，《文艺论集续集》初版本，上海光华书局，1931。

之战的调查，于战祸之外，他还"深深地认识了江南地方上的农村凋敝的情形和地主们的对于农民榨取的苛烈"。① 与"水平线下"人民生活的接触，使他看到祖国正处于"暴风雨之前的沉静，革命的前夜"。② 果然，怒潮首先在上海的南京路上爆发了出来。五卅运动虽遭镇压，但郭沫若却从中看到我们中华民族不畏外侮的"空前的民气"，由衷地感到中华民族不仅"尚属大有可为"，睡狮"到这时候是真正醒了"③，而且从现实的社会斗争中，他觉悟到"一个知识分子处在社会变革的时候，他应该走的路"。④

"五卅"以后，郭沫若积极投入关于共产主义的论争，撰写了《穷汉的穷谈》《共产与共管》《马克斯进文庙》《新国家的创造》《向自由王国的飞跃》等一系列文章，公开宣传马克思主义的学说，驳斥国家主义者（其中一些人过去曾是他的朋友）对于共产主义的诬蔑和攻击。郭沫若在思想理论上的这些进步，引起了中国共产党的注意和赞赏。经瞿秋白的推荐，广东大学聘请他出任文科学长。1926 年 3 月 18 日，郭沫若与郁达夫等乘船南下，奔赴人民大革命的策源地——广州。就在郭沫若起身赴广州的前后，他发表了《文艺家的觉悟》和《革命与文学》两篇文章，倡导革命文学。至此，郭沫若的革命文学论得以初步形成，并进入大力倡导的阶段。

初步形成

当时，郭沫若的思想正处于"有点近于突变"的阶段。《文艺家的觉悟》写于 1926 年 3 月 2 日，正当郭沫若赴广州之前。《革命与文学》写于 1926 年 4 月 13 日，郭沫若赴广州之后。实际上，它也是郭沫若赴广州之前，即旧历的正二月间，在日本人办的上海同文书院对中国学生班所作的讲演，只不过形成文字在到广州之后。这两篇文章，郭沫若运用他初步掌

---

① 《创造十年续篇》，《沫若文集》，上海北新书局，1938，第 7 卷。
② 《〈水平线下〉序引》，《水平线下》初版本，创造社出版部，1928。
③ 《五卅的反响》，《水平线下》初版本，创造社出版部，1928。
④ 《〈水平线下〉序引》，《水平线下》初版本，创造社出版部，1928。

握的马克思主义的学说，论证了文学与革命的一系列问题。

关于文学与社会、环境、时代的关系。郭沫若认为，"文学是社会上的一种产物"，文学不能违背社会的基本而生存，也不能违反社会的进化而发展。他说，时代和环境对于人类的精神活动"形成一些极重要的决定的因数"，"所以一个时代便有一个时代的文艺，一个环境便有一个环境的文艺"。现在是社会主义思想已经发生了的时代和环境，是第四阶级革命的时代和环境，因此今天的文艺应当是感染了社会主义思想的含有革命精神的文艺，是革命的文艺。

关于什么是现在的革命文学，他通过对欧洲文艺思潮历史的回顾，指出历史上的第一阶级的王族曾有贵族的享乐主义的文学，第二阶级的僧侣曾有宗教的禁欲主义的文学，第三阶级的资产者曾有宣扬个人主义、自由主义的浪漫主义的市民文学。今天欧洲已经达到第四阶级对第三阶级斗争的时代，因此今天的革命文学，便是"表同情于无产阶级的社会主义的写实主义的文学"。他认为，这种"站在第四阶级说话的文艺"，"在形式上是写实主义的，在内容上是社会主义的"。"在我们现代要算是最新最进步的革命文学了。"

关于革命文学的内容，郭沫若指出，既然现在是社会主义思想磅礴、无产阶级革命的时代，文艺家想再去建筑自己的象牙宫殿，把文艺当成葡萄酒、玫瑰花，去吟风弄月，捧明星、做神仙，已属不可能。他强调文学要反映时代，"文学的内容是跟着革命的意义转变的"，"每个时代都有每个时代的精神，时代精神一变，革命文学的内容便因之而一变"。

不过，在内容上"革命文学倒不一定要描写革命，赞扬革命，或仅仅在字面上多用些炸弹、手枪、干干干等花样"。但是，"无产阶级的理想要望革命文学家点醒出来，无产阶级的苦闷要望革命文学家写实出来。要这样才是我们现在所要求的真正的革命文学"。这就是说，无产阶级革命文学，必须反映无产阶级的生活和斗争，表现对于共产主义的向往，只有这样，才能算是"点醒了"，"写实了"。

关于中国应该建设什么样的文学，以及革命文学家所应该采取的态度。郭沫若强调中国革命与世界无产阶级革命的一致性，强调中国必须创造真正符合世界潮流的革命文学。他说，人类社会的构造和根基在求最大多数人的最大幸福的生活。由于资本主义的国际化带来了阶级斗争的国际化，"所以我们的打倒帝国主义的要求，同时也就是对于社会主义的一种景仰"；"我们对内的国民革命的工作，同时也就是对外的世界革命的工作"。因此，他号召青年文艺家"赶快把时代的精神提着"，不要"成为个时代的落伍者"，为了"替我们全体的民众打算"，"你们要把自己的生活坚实起来，你们要把文艺的主潮认定！应该到兵间去，民间去，工厂间去，革命的漩涡中去"。

他还批评了包括某些创造社成员过去曾经宣扬过的文学是天才的作品和文学是个性的表现的观点，指出彻底的个人自由，在现在的制度下是求不到的，"不要以为多饮得两杯酒便是甚么浪漫的精神，多做得几句歪诗便是甚么天才的作者"。

事实说明，郭沫若关于无产阶级革命文学的观点已经初步形成。关于革命文学的许多重大问题，他都做了具体而渐趋系统的回答。许多提法，即使在今天来看，都是闪闪发光的。

当然，郭沫若的革命文学论，这时仍然不够成熟。突出的表现是在文艺与政治的关系问题上，不少提法有缺点甚至错误，他时而过分地强调政治，时而又不恰当地抬高文艺，忽左忽右，认识有偏颇，部分问题陷入唯心主义形而上学，看问题不够辩证。

说他时而过分地强调了政治，是他不再如早期那样坚持文艺的特性和重视艺术创作的特殊规律了。

1923 年以前，他是重视文艺的特性的，多次强调要尊重"文艺的精神，说我们希望于社会的，是要对于艺术精神的了解，竭力加以保护，提倡……"使艺术"本身不失其独立的精神"。[1] 1922 年，他反对过从概念出发以从事创作，说如果艺术家"只抱个死板的概念去从事创作，这好象用力打破鼓，只是生出一种怪聒人的空想罢了"。当时，他对革命家和文学家的关系，认识也比较全面，处理比较得当："艺术家要把他的艺术来宣传革命，我们不

---

[1] 《文艺之社会的使命》，《文艺论集》初版本，上海光华书局，1925。

能论议他宣传革命的可不可，我们只能论他所借以宣传的是不是艺术。假如他宣传的工具确是艺术的作品，那他自然是个艺术家。"①

但从 1924 年开始，他对这样一些正确的认识却不再坚持。1924 年 8 月 9 日致成仿吾的《孤鸿》中，就接受了美国的工团主义者、作家辛克莱"一切的文学，都是宣传"的观点，开始把文艺纯粹视为"宣传的利器"，并认为"今日的文艺，只在他能够促进社会革命之实现上承认他有存在的可能"。把文艺与宣传完全混淆在一起，好像除了在政治上鼓动社会主义革命以外，就没有文艺立足之地了。

1926 年，这一观点更有所发展。《革命与文学》就简单地把政治斗争中使用的概念和术语，机械地搬用于文学艺术的领域，如把文学简单地分为革命的和反革命的两种，说"文学的这个公名中包含着两个范畴：一个是革命的文学，一个是反革命的文学"。从这一认识出发，郭沫若进一步指出，凡是反革命的文学便是应该反对的文学，可以根本否认它的存在，也可以简切了当地说它不是文学。在他看来，"文学是永远革命的，真正的文学是只有革命文学的一种"，把文学的范围缩得很小。他甚至认为，有了文学的这两个范畴，所有文学上的纠纷，都可以无形消灭了。像浪漫主义，在精神上是个人主义和自由主义的文学，尽管在十七八世纪曾是当时的革命文学，但今日欧洲已是无产阶级对资产阶级斗争的时代，所以浪漫主义已变成反革命的文学，对它应该采取"彻底反抗的态度"了。至于这类作家，他说：诸如古典主义、浪漫主义等，这些"过去了的自然有他历史上的价值，但是和我们现代不生关系"了，因而那些至今还"退守着这些主义的残垒的人"，他们已成为"第三阶级的斗士"，成了"我们的敌人"。②

关于文艺与政治的关系，郭沫若有时又走到另一个极端，就是不恰当地抬高文艺，过分地夸大文艺和文艺家的作用。和前一方面不同的地方是，这种意见有其一贯性。譬如在 1923 年，他就说过："俄国的革命一半成功于文艺家的宣传"③；"汉王兵多将勇，而最后的成功乃是一支箫"，意大利

---

① 《论国内的评坛及我对于创作上的态度》，《文艺论集》初版本，上海光华书局，1925。
② 《文艺家的觉悟》，《文艺论集续集》初版本，上海光华书局，1931。
③ 《艺术家与革命家》，《文艺论集》初版本，上海光华书局，1925。

"全靠但丁（Dante）一部《神曲》的势力来收统一之效果"。① 到 1926 年，这一认识在理论上得到了进一步概括："文学每每成为革命的前驱"，"革命思潮多半是由于文艺家或者于文艺有素养的人滥觞出来的"。②

如果稍微突破一下时间界限，联系郭沫若以后的言论来看，这个问题就显得更加突出。如 1927 年底，曾说"文艺是应该领导着时代走的"③，1946 年甚至说："文艺不仅要政治的，而且要比政治还要政治的。假使文艺不想做'政治的奴婢'的话，那倒应该做'政治的主妇'，把政治领导起来。伟大的文艺作家，无论古今中外，他都是领导着时代，领导着政治，向前大踏步地走着的。"④ 过分地表现了郭沫若的诗人气质。但是对待严肃的理论问题，诗人气质有时却是有害的。

文艺与政治，它们虽同属于上层建筑的范畴，但经济是基础，政治又是经济的集中表现。"一定形态的政治和经济是首先决定那一定形态的文化的；然后，那一定形态的文化又才给予影响和作用于一定形态的政治和经济。"⑤ 他们之间，有个决定与被决定的关系（但不是从属的关系），文艺不可能脱离政治而独立存在，文艺也不应该成为政治的附庸。文艺在现实生活中自有其存在的意义。也应该发挥其特殊的作用。另外，文艺也绝不可能是领导着时代，领导着政治走的。总之，我们必须实事求是地看待文艺在革命事业中的作用，既不夸大它，也不缩小它。只有如此，才能摆正文艺在生活中应有的位置，恰当地发挥文艺在革命斗争中不可代替的作用。

别林斯基曾说："艺术首先必须是艺术。"⑥ 这就是说，一部文艺作品，只有当它首先是真正的艺术品的时候，才能发挥它的巨大感染作用。鲁迅曾说："一切文艺固是宣传，而一切宣传却并非全是文艺……革命之所以于口号，标语，布告，电报，教科书……之外，要用文艺者，就因为它是文

---

① 《文艺之社会的使命》，《文艺论集》初版本，上海光华书局，1925。
② 《文艺家的觉悟》，《文艺论集续集》初版本，上海光华书局，1931。
③ 《英雄树》，《文艺论集续集》初版本，上海光华书局，1931。
④ 《文艺工作展望》，《沫若文集》第 13 卷，人民文学出版社，1961。
⑤ 《新民主主义论》，《毛泽东选集》第 2 卷，人民出版社，1991，第 664 页。
⑥ 别林斯基：《一八四七年俄国文学一瞥》，载伍蠡甫编《西方文论选》下卷，人民文学出版社上海分社，1964，第 388 页。

艺。"① 毛泽东也讲得非常清楚:"学习马克思主义,是要我们用辩证唯物论和历史唯物论的观点去观察世界,观察社会,观察文学艺术,并不是要我们在文学艺术作品中写哲学讲义。"因为"空洞干燥的教条公式是要破坏创作情绪的"。② 这都说明,文艺虽也是宣传,也能发挥宣传群众的伟大作用,但它到底与政治宣传、理论教育是两码事。真正的马克思主义者,应该辩证地看问题,既看到它们相似的一面,又看到它们不同的一面,正确地处理文艺与政治的关系。

郭沫若的革命文学论,在初步形成之时,尽管尚存在上述缺点,甚至错误,但其历史的功绩却是不可抹杀的,至少具有以下重要的意义。

一,郭沫若关于"社会主义的写实主义的文学"这一提法,不仅在中国现代文学史上由他第一个提出,就是在世界无产阶级文学的历史上,也具有首创的意义。在苏联,1925 年 5 月 18 日斯大林在东方劳动者共产主义大学学生大会的演说中,开始有"社会主义内容的无产阶级文化","内容是无产阶级的,形式是民族的"③ 这样的提法。"社会主义现实主义"作为一个明确的概念,是 1932 年 5 月在一次会议上正式提出来的。半年以后,才在文艺界得到比较一致的确认。至于它的完整的表述和具体创作原则的制定,则是在 1934 年第一次苏联作家代表大会。当然,郭沫若的"社会主义的写实主义",与苏联的"社会主义现实主义",尽管概念相近,内涵还是不尽相同的。作为真正的社会主义文学的战斗口号,后者当然要严格和丰满得多,但正如郭沫若 1937 年在《创造十年续篇》中说的,它们"似乎也并不是两样罢?"因此,不管 1926 年郭沫若在关于"社会主义的写实主义"的论述中尚存在什么样的缺点和错误,首创的意义却是不能抹杀的。

二,在我国现代文学史上,关于无产阶级革命文学,郭沫若的口号不仅提得最早、最有针对性,论述也是比较具体、比较系统的。倡导革命文学的情况,前面已做交代,这里不再赘述。诸如蒋光慈、沈雁冰、郁达夫、

---

① 鲁迅:《三闲集·文艺与革命》,《鲁迅全集》第 4 卷,人民文学出版社,1963。
② 《在延安文艺座谈会上的讲话》,《毛泽东选集》合订本,人民出版社,1964,第 875 页。
③ 斯大林:《论东方民族大学的政治任务》,《斯大林全集》第 7 卷,人民出版社,1957,第117 页。

成仿吾提倡革命文学也较早，这里我们不妨以蒋光慈和沈雁冰在相同时期关于革命文学的有关论述与郭沫若相比较，做些具体的分析。

蒋光慈不仅最早写诗歌颂无产阶级革命，写文章向中国人民介绍十月革命以后的俄罗斯文学，在我国也是最早倡导革命文学的作家之一。他于1924年8月在《新青年》季刊上发表的《无产阶级革命与文化》，不仅义正词严地驳斥了反对共产主义的人们所谓共产党破坏文化的诬蔑，而且提出无产阶级应该创造自己的特殊文化，并把这种无产阶级文化作为建设真正的全人类文化的开始。1925年元旦发表在《民国日报·觉悟》上的《现代中国社会与革命文学》，他根据我国的社会情况和革命运动发展的需要，给革命文学和革命文学家下了定义，说现在中国的社会是制造革命文学家的好场所，中华民族一定要产生几个能够代表民族性和民族解放运动的精神的文学家。他认为："谁个能够将社会的缺点，罪恶，黑暗……痛痛快快地写将出来，谁个能够喊着人们来向这缺点，罪恶，黑暗……奋斗，则他就是革命的文学家，他的作品就是革命的文学。"革命文学应该反映和鼓动社会的情绪，不应该成为市侩的文学。他在文章中还赞扬了郁达夫和郭沫若，说郭沫若是一个社会主义者，一个热烈追求人类解放的诗人，"倘若现在我们找不到别一个伟大的，反抗的，革命的文学家，那我们就不得不说郭沫若是现在中国唯一的诗人了"。1926年前后，蒋光慈还在《十月革命与俄罗斯文学》的总题下，写了《死去了的情绪》《革命与罗曼谛克——布洛克》等几篇文章（近据报刊披露的一种说法，这几篇文章系瞿秋白撰写，而用蒋光慈名义发表的）。通过对十月革命后苏联文学界情况的介绍和作家作品的分析，从一些旧俄罗斯文学家对待十月革命的不同态度，论证了文学与革命的关系，说明文学并不是超乎一切的，革命能给文学以发展的生命，真正的诗人应该感到自己与革命具有共同点。由上可见，他的革命文学的口号提得不如郭沫若明确，论述也较为简略，许多观点是在一些介绍性的文章中捎带提出来的。

沈雁冰1923年前后就开始探讨革命文学。1923年12月，在《杂感——读代英的八股》和《大转变时期何时来呢?》中，他赞同恽代英关于新文学要"能激发国民的精神"的主张，曾经提倡激励民气的文艺，说"希望文学能够担当唤醒民众而给他们力量的重大责任"。1924 年 4 月，在《拜伦百年纪念》中，又说"中国现在正需要拜伦那样的富有反抗精神的震雷暴风般的文学"。这些提法，阶级意识还不太清楚，指导思想也不太明确。1925 年的《论无产阶级艺术》一文，虽然根据十月革命后苏联文学发展的情况，对无产阶级艺术产生的条件，它的内容和形式，以及成长中的问题等进行了详细的述评，发表了十分精到的意见，遗憾的是，未能针对我们中国的情况，阐明自己的主张，发出相应的号召。但这年 9 月的《文学者的新使命》弥补了这一缺陷，提出文学家的新使命是"要抓住了被压迫民族与阶级的革命运动的精神，用深刻伟大的文学表现出来，使这种精神普遍到民间，深印入被压迫者的脑筋……感召起更伟大更热烈的革命运动来!"阶级意识明确了，有点提倡无产阶级革命文学的意思了。遗憾的是，未能进行深入、具体的论述。通过以上对比可以看出，1926 年以前，蒋、沈、郭虽都几乎同时提倡革命文学，在理论上各有建树，但比较起来，还是郭沫若关于革命文学的口号提得最响亮、最明确，而且有比较系统的、专门的论述。他不仅在 1923 年就提出要在文学上"反抗资本主义的毒龙"，"爆发无产阶级的精神"，而且在 1924 年就有了"革命的文艺"的提法，还根据科学社会主义的学说，粗略地论证了昨天的文学的阶级性，今天的文学的革命性质，展望了明天的文艺那超脱时代性和局部性的远景。1926 年，他更响亮地提出了表同情于无产阶级的社会主义的写实主义的文学的战斗口号，并且就无产阶级革命文学的内容，以及如何建设无产阶级革命文学等一系列问题，发表了具体的、有针对性的、渐趋系统的意见。正因为如此，茅盾在《悼念郭老》一文中指出："郭老第一个提出了无产阶级革命文学的口号。"

三，郭沫若关于革命文学的某些提法，对后来毛泽东文艺思想的形成，提供了思想素材。如果我们回顾一下 40 年代毛泽东《在延安文艺座谈会上的讲话》，就会发现它们在思想、观点上的联系。如对文学的阶级性的认识，革命与文学的关系，革命文学家的立场和修养，以及作家应该到兵间去、民间去、工厂间去、革命的漩涡中去，等等，从提法到语句，均有不少相似之处。

发展中的向"左"摇摆

1926 年 3 月,就在郭沫若号召青年文艺家到革命的漩涡中去的同时,他自己亲身实践,参加了北伐、南昌起义,直到 1927 年底才又回到上海。

一年多的革命实践,使郭沫若对马克思主义的信仰经历了革命从胜利到失败的严峻考验,接受了在正常情况下难以想象的战斗洗礼,他的马克思主义世界观和革命文艺观因而更臻成熟。这段时间,由于日夜在生死线上奔突,他"不惟文艺上的作品少有,便是理论斗争的工作也差不多中断了"。他曾经把这个时期戏称为他的"石女时代"。① 但是,"石女终有开花的时候,至少是要迸出火花来的"。② 就在 1927 年 10 月和 1928 年初,郭沫若不仅创作了被誉为"革命文学开章篇"的小说《一只手》和我国现代诗歌史上的第一部无产阶级诗集《恢复》,而且从 1927 年末,重新开始了理论斗争的工作。

在关于无产阶级革命文学的论争中,他用麦克昂的笔名写了《英雄树》《桌子的跳舞》《留声机器的回音》等文章,进一步就无产阶级革命文学的问题,发表了意见。郭沫若批判了文艺为全人类、文艺无阶级性的资产阶级观点,针锋相对地指出,无产阶级文艺是一种"阶级文艺",它只是"为大多数的人类的","不能忽视产业工人和占人数最大多数的农夫"。③ 他还指出,无产阶级文艺与未来彼岸文艺不同,它是无产阶级在革命的途中鼓动革命、传达革命呼声的"途中的文艺",它只是架设到彼岸的一道桥,而"彼岸有彼岸的文艺"。④ 他还说,这种无产阶级文艺,并非要等无产阶级革命成功后才能出现,因为"无产阶级的文艺是倾向社会主义的文艺"。⑤ 一个作家,只要你有倾向社会主义的热诚,有真实的革命情趣,都可以来参加这个新

① 《〈水平线下〉序引》,《沫若文集》第 7 卷,人民文学出版社,1958。
② 《〈水平线下〉序引》,《沫若文集》第 7 卷,人民文学出版社,1958。
③ 《桌子的跳舞》,《文艺论集续集》,人民文学出版社,1979。
④ 《英雄树》,《文艺论集续集》,人民文学出版社,1979。
⑤ 《英雄树》,《文艺论集续集》,人民文学出版社,1979。

的文艺战线。你是产业工人固然好，你不是产业工人也未尝不好。资产阶级的作家，只要你"受了无产者精神的洗礼"，也可以来做无产阶级的文艺。而且，无产阶级文艺也不必就是描写无产阶级。对资产阶级的描写，在无产阶级文艺中也是不可缺乏的。总之，"要紧的是看你站在那一个阶级说话"，而不在于什么人来写，写什么人。

关于应该把无产阶级文艺建设成怎样一种文艺的问题，郭沫若再次强调无产阶级文艺一定要表现时代的精神。他说："文艺是生活战斗的表现"，文艺不应与时代脱离，"没有时代精神的作品是没有伟大性的"。他认为我们中国正处在一个很伟大的时代，几年来，起了许多伟大的历史事变。像五卅惨案，三一八屠杀，北伐战争等。遗憾的是我们的作家对这些反映得太少，尚找不出半篇的记述"足以为我们历史的夸耀"。他感叹我们的作家脱离时代太远，并形象地把脱离现实斗争生活的作家比作蒙着眼睛在固定的圈子上打转的磨坊里的马，比作害怕接触外部世界的田螺，说时代赤裸裸地摆在面前，可我们的作家"总把它把捉不住"。郭沫若还探讨了中国文坛之所以不能产生伟大作品的，主要是由于"中国的新文艺是深受了日本的洗礼的。而日本文坛的害毒也就尽量的流到中国来了"。反对盲目地引进资产阶级文学中那些不健康的东西。他还告诫文艺家们不要去做那种"很舒散的个人无政府主义者"，一心向往绝对的自由，一点苦也吃不得，"结果在这社会上只是成了个虚飘的纸人，社会上的事情也就和他们分离了"。他号召作家们"振作""奋发"起来，丢掉别人的影响，改造自己的生活，去把捉时代的大潮流，去"综合地立体地"创造伟大的作品。他建议作家们下一番苦功，有计划地研究历史，研究社会，去"表现'五卅'"，"表现工人生活"，甚至"索性可以去做工人，去体验那种生活"。①

关于无产阶级文艺队伍的建设，郭沫若在理论上也有精辟的建树。无产阶级的革命事业，需要组织浩浩荡荡的革命大军，无产阶级革命文学的建设，也需要组织起坚强的革命队伍。为了建设一支这样的革命文艺大军，郭沫若强调文艺家要学习马克思主义，要深入社会生活，以培养无产阶级

①　以上引文均见《桌子的跳舞》，《文艺论集续集》，人民文学出版社，1979。

的精神，战取辩证法的唯物论。他说："你们请跳出你们的生活圈外来旅行，并请先读一两本旅行指南"，"彻底翻读一两本社会科学的书籍吧"。① 由于中国现在的文艺青年多出身非无产阶级，意识是唯心的偏重主观的资产阶级个人主义，所以思想上必须经历一个"转换的战斗过程"，以克服旧社会的观念形态，战取辩证法的唯物论。② 为此，他阐述了马克思、恩格斯追求真理的过程，并现身说法说明一个小资产阶级知识分子是怎样进行方向转换的。他对年青文艺家寄予了无穷的希望，曾满怀激情地说："你们不想觉悟则已，你们如想觉悟，那么你们请去多多接近些社会思想和工农群众的生活，那你们总会发现出你们以往的思想的错误，你们会幡然豹变，而获得一个新的宇宙观和人生观，成为未来社会的斗士。"③

郭沫若主张文艺家要组织起来，建立统一战线的作家联盟。他引证了列宁批判"左派幼稚病"的文章，称道列宁关于无产者要与同盟者组成最广泛联盟的指示，说这是"伟大的战略"，可应用于文艺战线。他还建议："我们应该组织一个反拜金主义的文艺家的大同盟。"④ 事过不久，中国左翼作家联盟这个革命文艺家的联合组织终于成立。

由上可见，在对新文学发展至关重要的一些问题上，郭沫若的许多意见是颇有见地的，他的革命文学论在许多重要的方面又得到进一步的深化和发展。在此意义上，应该说他的革命文学观是更臻成熟了。

但是，毋庸讳言，1928 年前后，由于主客观方面的原因，郭沫若的革命文学论中掺有不少杂质，除了前面谈到的在处理文艺与政治关系上的形而上学观点未获解决外，又暴露出如下问题：有时，观点正确，但行动与之相悖，形成了一种实践与理论脱节的状况；有时，观点本身就有偏颇，实践起来也就理所当然地要出错误了。明确地说，就是他的革命文学论在其向纵深发展的过程中，1928 年曾有一次向"左"的大摇摆。

如在《桌子的跳舞》中，他表示拥护列宁关于团结最广泛的同盟者的

---

① 《英雄树》，《文艺论集续集》，人民文学出版社，1979。
② 《留声机器的回音》，《文艺论集续集》，人民文学出版社，1979。
③ 《留声机器的回音》，《文艺论集续集》，人民文学出版社，1979。
④ 《桌子的跳舞》，《文艺论集续集》，人民文学出版社，1979。

伟大战略，但又把那些主张文学是无阶级性的，文学是为全人类的小资产阶级作家打入反革命的阵营，说这些"一般的文学家大多数是反革命派"，不仅表现出实践与理论相悖逆的情况，而且流露出有打倒一切的思想倾向。在《留声机器的回音》中，他不仅把资产阶级浪漫派诗人徐志摩列入了反革命之列，而且还把语丝社的主要成员说成是"不革命的文学家"。

更有甚者，是在1928年6月2日以杜荃为笔名写的《文艺战线上的封建余孽》一文中，竟把鲁迅说成是"二重性的反革命的人物"，"是一位不得志的Fascist（法西斯蒂）"，"是资本主义以前的一个封建余孽"。① 尽管这篇文章是针对鲁迅《我的态度气量和年纪》写的，在论战中双方都有一些过激的意气之说，但把鲁迅说成是"封建余孽"和"法西斯蒂"，无论如何都是严重的、原则性的错误。

郭沫若之所以出现上述"左"的思想错误，是有深刻的历史原因和社会原因的。

从主观方面看，这与郭沫若的气质有关。郭沫若自己曾说，他"是一个偏于主观的人"，"又是一个冲动性的人"，常常"一任我自己的冲动在那里奔驰"。② 这当然只是一些自我解剖、贬抑自己的说法。以其一生在政治、思想、学术、创作上的巨大成就言，岂是一个主观、冲动的人所能取得的？但是，在郭沫若的一生中，当他在政治、思想、学术、创作上偶尔有所失误的时候，我们却也常常可以从他的主观气质方面找到一些原因。郭沫若浓重的诗人气质，使他热情洋溢，对革命的新生事物有着超人的敏感，这给他的一生带来许许多多重大的成就；但在严峻的现实生活面前，在复杂的思想理论斗争和革命实践中，有时又难免轻率或把一些事情过分简单化。以他对马克思主义的学习来说，从他1924年开始系统学习马克思理论以来，他对马克思主义经典作家是崇敬的，对共产主义学说的信仰，从来没有动摇过。但是，由于各种条件的限制，郭沫若在当时能看到的马克思主义经典作家的原著是很少的，他只能通过一些第二、第三手材料来学习马克思主义，这样，就使其在汲取思想营养的时候，固然接受了马克思主义的精

① 杜荃：《文艺战线上的封建余孽》，1928年8月10日《创造月刊》第2卷第1期。
② 《论国内的评坛及我对于创作上的态度》，《文艺论集》初版本，上海光华书局，1925。

华，但也为一些非马克思主义的思想观点所眩惑，以致把它们也当成真正马克思主义的东西来接受并加以运用了。在《创造十年》中，郭沫若曾说"我自己是早就有些'左倾'幼稚病的人"，"吼过些激越的腔调"，但"吼了出来，做不出来，这在自己的良心上感受着无限的苛责"。① 可见对于这一点，他是颇有自知之明的。

至于客观原因，就国际方面讲，与当时苏联、日本文坛的"左倾"文艺思潮有关。郭沫若长期在日本留学，曾深刻地受到日本，并间接地受到苏联文坛的影响，因为日本的左翼文坛也是受苏联影响的。

在 20 年代，苏联先有无产阶级文化派，继有岗位派和文学岗位派（即拉普），他们固然在世界无产阶级文学艺术的建设上有其不可磨灭的功勋，但在他们的理论和行动纲领中，反马克思主义的东西，特别是"左"的东西是相当浓重的。岗位派和文学岗位派教条主义地看待文艺的阶级性问题，似乎艺术中的一切都是从阶级出发的，都与政治和经济有直接的联系，把文艺与政治、经济的关系庸俗化了；他们形式主义地看待文艺与现实生活的联系，把文艺与生活，作家与社会的关系简单化了；他们宗派主义地看待不同艺术方法、风格的作家，对同路人作家进行排斥和打击；他们虚无主义地看待文学的历史，否定对文学遗产的继承，切断了无产阶级文艺与既往时代文学的历史联系。郭沫若的革命文学论，诸如他关于文艺与政治关系的某些见解，对待浪漫主义文学态度的转变，对待某些资产阶级或小资产阶级作家的态度等，都可以找到这类"左"的思潮的印记。

有的问题，似乎与日本左翼文坛关系更为密切。1927 年 11 月至 1928 年初，郭沫若参加大革命归来，本来是主张与鲁迅携手合作的，曾经通过蒋光慈、郑伯奇等与鲁迅联系，商定共同恢复《创造周报》，还在报上登过预告。但 1928 年 2 月下旬逃亡日本以后，6 月即以杜荃的笔名写了《文艺战线上的封建余孽》这样一篇攻击鲁迅的文章。态度的这种突然转变，固然与 1928 年以来国内文坛关于革命文学论争的整个势态有关，与 1927 年底刚从日本归国、正在主持创造社工作的某些后期创造社成员的态度，和与

---

① 《创造十年》，《学生时代》，人民文学出版社，1979。

1928 年 5 月赴欧洲留学路过日本的成仿吾的交谈有关，但与日本当时的无产阶级文学运动的影响关系似乎更加密切。

日本的无产阶级文学运动是在法国，特别是苏联的无产阶级文学运动影响下产生和发展起来的。其组织内部，壁垒重重，宗派情绪严重，常因意见分歧（主要在文艺与政治的关系等问题上）时合时分，分多合少，不能共同战斗。特别是 1926 年 10 月以后，由于福本和夫"左"倾机会主义在日共中央占了统治地位，福本主义的"左"倾思潮也带到日本左翼文艺运动中来。他们强调无产阶级文艺运动要与政治斗争相结合，要开展理论斗争，强调统一之前的分裂，主张"先分裂而后统一"。到了 1927 年下半年，福本主义虽然在日本共产党内开始受到批判，但其影响和流毒仍未肃清。1928 年郭沫若流亡日本时，正值日本纳普宣告成立，日本的无产阶级文艺运动进入高潮，郭沫若曾多次与日本左翼文艺领导人接触，相互往还切磋，因而受其影响是不可避免的。

从国内方面看，1927 年冬至 1928 年春，我党曾经发生瞿秋白"左"倾盲动主义的错误。郭沫若当时是把那些"左"的东西当作正确的指导思想来接受的。更何况郭沫若与瞿秋白在大革命前夕和大革命期间还有个人交往，对瞿相当敬佩。1927 年 10 月写的小说《一只手》，郭沫若虽然以德国共产党领导的工人暴动为假托，实际上正是瞿秋白"城市工人暴动"的盲动主义思想影响在文学创作中的形象表现。

正是由于上述主客观方面诸多因素的影响，1928 年前后，在郭沫若的革命文学论中，"左"的思想影响比较突出。这是郭沫若的革命文学论在发展过程中向"左"的一次较大的摇摆。

相比之下，同一时期倡导革命文学理论的蒋光慈和沈雁冰的情况各有不同。蒋、郭的思想状况接近一些，但观点也不一样。沈雁冰则是另一种情况。

1928 年前后，蒋光慈有关革命文学的文章，主要有《现代中国文学与社会生活》《关于革命文学》《论文学作家赶不上时代》等篇。在《关于革命文学》一文中，蒋光慈一开篇就谦虚地说："说也惭愧！我本是专门从事革命文学工作的人，而至今却没曾发表过一篇关于革命文学的论文；虽然在《俄罗斯文学》一书中，也曾零碎地涉及到革命文学的理论，但对于如何建设中国的革命文学这一问题，却未曾正式地发表过意见。"因而在这几篇文章中，他正式地、集中地就如何建设中国的革命文学问题，系统地发表了意见。他认为中国社会革命的潮流已经到了极高涨的时代，社会生活无处不表现着新旧的冲突，因之表现社会生活的文学，也就不得不提出革命文学的要求。又说"革命文学不过是近两三年来的事，既没有过去的传习，又没有长时期的发育"，"我们现在的任务不是在于站在旁观的地位上，骂几句什么幼稚与鲁莽，而是在于要实实在在地从事于革命文学的建设"。在谈到什么是革命文学和革命文学的内容时，蒋光慈强调"革命文学是以被压迫的群众做出发点的文学"，"革命文学的第一个条件，是具有反抗一切旧势力的精神"，"革命文学是反个人主义的文学"，"革命文学是要认识现代的生活，而指示出一条改造社会的新路径"。他说，革命作家不但要表现时代，并且要在忙乱的斗争生活中，寻出创造新生活的元素。革命文学的任务，是要在斗争的生活中表现群众的力量，暗示人们以集体主义的倾向。颓废的、市侩的、享乐主义的、唯美主义的作品，固然不能算革命文学，就是以英雄主义为中心的作品，也不能算作革命文学。他还认为，革命文学应极力暴露帝国主义的罪恶，促进弱小民族之解放的斗争，避免狭隘的国家主义的倾向。

和郭沫若一样，蒋光慈也感叹中国现在的文学在表现社会生活，表现新的时代方面"实在是太落后了"。他说，我们现在的中国，正处于"黑暗和光明斗争极热烈的时代"，而表现这种斗争生活的作家和著作却太少。[①]但是，在为什么落后的问题上，两人的看法却不相同。郭沫若说："文艺界太和时代脱离，这里的原因是：第一，文艺家的生活太固蔽了；第二，文艺家的思想太固蔽了。"[②]蒋光慈则认为："这是因为中国的社会生活变化太迅速了！这是因为中国革命浪潮涌激得太紧急了！"因为创作是必定要经过相当的思考过程的，所以许多作家追赶不上，来不及表现。为此，他分析了作家的状况，他也寄希望于那些"由革命浪潮中涌出的新作家"，认为他们"是中国文坛的新力量"，但这些新作家"只感觉得没有充分的时间来写

---

① 《现代中国文学与社会生活》，《关于革命文学》，上海光华书局，1928。
② 《英雄树》，《文艺论集续集》，人民文学出版社，1979。

出所要写的东西，却不愁没有写的材料"。似乎对于新作家来说，只有一个生活材料的问题，而不存在文艺观和世界观方面的问题，在这一点上，不如郭沫若深刻。蒋光慈曾把旧作家分为两类，一类他称为"有良心的旧作家"，又称"不革命的作家"，说他们在"中国的文坛上是很多的"，他们与旧世界的关系很深，没有革命情绪的素养，但"他们并不是革命的敌人"。态度不像郭沫若那么严厉，相对地说，是比较宽容的。另一类，则是那些"滚入反动的怀抱里去了"的反动的作家，"他们是中国旧势力与欧洲旧势力混合的代表"，"这批假的唯美主义者才真正是革命的敌人"。①

  1928 年前后，沈雁冰虽未再正面论述或提倡革命文学，但他的《从牯岭到东京》（1928 年 7 月）和《读〈倪焕之〉》（1929 年）两篇文章，却从另一个侧面谈到了革命文学。大革命失败之后，沈雁冰的思想处于一个苦闷的时期。悲观情绪严重，对革命前途感到有些渺茫，于是躲在房子里写起小说来，《从牯岭到东京》反映的就是他创作思想的这一变化。这篇文章，虽然也表示革命文学的"主张是无可非议的"，正确地批评了革命文学作品不能摆脱"标语口号文学的拘囿"的弊病，对如何提高革命文学作品的艺术技巧，也提供了可贵的建议，但从原来积极倡导革命文学的角度看，却不能不认为这篇文章的观点是倒退，在革命文学应该为什么人和写什么人这一根本问题上倒退了。他责备革命文学作家"一向只忙于追逐世界文艺的新潮"，而"忘记了描写它的天然的读者对象"，说为革命文学的"前途计"，它的"第一要务"就是要"走入小资产阶级群众，在这小资产阶级群众中植立了脚跟"，"应该先把题材转移到小商人，中小农，等等的生活"。实际上，对于无产阶级革命文学来说，小资产阶级固然不可不"顾及"，但是否必须把它当为"第一要务"，在这一问题上，郭沫若和蒋光慈的观点比较一致，都强调写"五四"以来的重大政治事件。沈雁冰写《读〈倪焕之〉》的时候，思想已经有些回升。虽然这篇文章曾不尽公允地指责"创造社诸君"提倡"为艺术而艺术"，说他们是"出死力反对过文学的时代性和社会化的'要人'"，并且把伟大的"五四"不能产生表现时代的文学作品的责

---

① 蒋光慈：《现代中国文学与社会生活》，《关于革命文学》，上海光华书局，1928。

任也归之于这些"要人",说是他们扰得"当时的文坛议论庞杂,散乱了作家的注意"。①

但沈雁冰所强调的文艺的时代性和社会化,对革命文艺的发展却是很有意义的。他说,连时代空气都表现不出的作品,只不过是资产阶级的玩意儿。他还强调革命文学作品必须"先求内容与外形——即思想与技巧,两方面之均衡的发展与成熟",也很有针对性。他说:"作家们应该觉悟到一点点耳食来的社会科学是不够的,也应该觉悟到仅仅用群众大会时煽动的热情的口吻来做小说是不行的。"这些意见,击中了当时倡导革命文学的某些作家的"左"的思想的要害。

综上以观,1928 年前后,郭沫若的革命文艺观,尽管由于"左"的思想影响,在部分问题上有些观点严重地陷入了主观主义形而上学,但他对如何建设中国的革命文学所发表的那些建设性的意见,不仅在当时,就是在今天,都是具有重大意义的。在相同时间内,蒋光慈"左"的思想影响表现没有郭沫若严重,也比较集中地谈到了如何建设中国的革命文学的问题,但广度和深度不够。沈雁冰从侧面对革命文学运动中"左"的弊病的针砭,于革命文学的建设具有积极的意义,应该加以肯定,但某些观点显然是有失偏颇的。

在自审中前进

科学研究使郭沫若的头脑冷静了下来。

如果说 1924 年以后郭沫若对马克思主义的学习和对现实革命斗争生活的实践,曾经促进了他的革命世界观和革命文艺观的初步形成,那么,1928 年后郭沫若对于马克思主义的进一步钻研,则使他的革命世界观和革命文艺观不断趋于成熟。1928 年下半年以后对中国古文字学和古代社会历史的研究,不仅使郭沫若"对于中国古代的认识算得到了一个比较可以自信的把握"②,而且也纠正了他对于中国革命的现实问题,尤其是他的革命文学

---

① 沈雁冰:《读〈倪焕之〉》,载李何麟编《中国文艺战线》,东亚书局,1932。
② 郭沫若:《我是中国人》,《革命春秋》,人民文学出版社,1979。

论中的一些偏颇。

如关于人性和文艺的不朽性问题。1923 年以前，郭沫若是充分地肯定人性的，曾说文学是精赤裸裸的人性的表现，人性是永恒存在的。1924 年文艺观开始转变后，则又认为文艺是生活的反映，彻底否定了文艺有人性表现的一方面。1926 年，更给文学下了一个偏执于一端的定义，说文学是永远革命的，真正的文学只有革命文学的一种。1928 年，在《桌子的跳舞》中，当谈到文艺的变易性和永远性时，虽然也承认"好像有一种不变的甚么东西存在"，说"文艺的创作有时是出于无意识的冲动而且有满足人爱美本能的一方面"。然而又指出："纯粹代表这一方面的作品就是不革命乃至反革命的作品。不革命的作品还勉强可以宽恕。反革命的作品是断乎不能宽恕的。"态度十分严肃。到 1930 年 4 月，郭沫若在《文艺的不朽性》一文中，不仅承认文艺的不朽性是一个历史的事实，而且根据马克思主义关于经济基础和上层建筑的学说，根据马克思在《〈政治经济学批判〉导言》中关于人类的童年时代作为永不复返的阶段有其不朽的魅力，因而其艺术也有不朽魅力的原理，提出了"永不复归的社会性"的观点，来阐明文艺的不朽性。他认为，文艺的不朽性问题，在封建社会人们用"国粹"，用所谓"民族性的优越说"来解释，这种说法已经由于近代产业革命的进展而不攻自破。代之而起的是所谓"人性"，"这个人性自然比民族性的范围要概括得宽些。然而前者比后者也就更是混沌，更为不可摩捉"。只有马克思在论述希腊艺术的魅力时所说的"希腊艺术的魅力在我们看来，和她所在上面发生着的未发展的社会阶段并不矛盾。魅力宁是这未发展的社会的成果，宁是和那些未成熟的社会的诸条件，希腊艺术在其下所由成立，所独能成立的诸条件之永不复归，是不可分地紧系着的"，才"真是道破了几千年来艺术学上的秘密"。

这时，他对新月派等文艺社团中一些高谈人性论和强调文艺的不朽性的文艺青年，开始有了比较宽容的态度。过去说他们一般都属于反革命派，现在则说"这些论调，要说有甚么大错，那也不见得是怎样的大错；因为那所根据的是事实上的问题"。他自认这也是自己"七八年前的调门"和"所演的角色"，"不知道是遗误了多少人"。他说，这些文学青年，"他们的立场暗默地自然是在反动的一方面，但我们与其斥之为'反动'，倒不如怜之为'不通'。他们实在是还没有把这个问题把握得着"。

又比如对待语丝社和鲁迅的态度问题，1930 年他的《眼中钉》一文，虽然也是针对鲁迅的《我和"语丝"的始终》一文而发，但态度已与《文艺战线上的封建余孽》迥然不同。郭沫若在答辩中说明创造社并不曾把语丝社和鲁迅当眼中钉。他肯定鲁迅已经"超克了'语丝派'的这个阶段得到了一个新的发展"。同时又指出创造社有前后期之分。在前期，"语丝"和"创造"都属于"有产者社会中的比较进步的因迭里根洽的集团"，当时相互之间的反对，不过"是一些旧式的'文人相轻'的封建遗习在那儿作怪"；至于后期，几位主要的成员乃是"以战斗的唯物论为立场对于当前的文化作普遍的批判"，"他们的批判对象是文化的整体"，对语丝社和鲁迅是"并没有甚么成见"的。郭沫若还着重指出：现在，"创造"和"语丝"这两个小团体都不复存在了，"我们现在都同达到了一个阶段同立在了一个立场"，"以往的流水账我们把它打消了罢"。

以上事实说明，由于注重了结合中国的历史和现状的研究来学习马克思主义，至 1930 年，郭沫若不仅主观主义形而上学对待问题的态度已经有所克服，他的革命文学观，也已在对"左"的思想错误克服中，逐渐趋于成熟。

这里有一段十分值得玩味的话。他在《关于文艺的不朽性》中说："我们的通病是容易'矜持'，在我们的这种矜持病下，每每有抹刷一切的倾向。但这种倾向和辩证的唯物论却是相背驰的。老实说最近的两三年前，我就是这种人中的一个，我为这个问题实在是苦闷过来。"这里的所谓的"矜持"病，实际就是列宁所批评的共产党人的"左"派幼稚病的同义语。这里所说的"两三年前"，即指 1927 年、1928 年"左"的思想盛行的时期。而他所指斥的"每每有抹刷一切的倾向"，正是这种"左"派幼稚病的典型特征。当然，他这一段话所检讨的范围，实际上已远远超越了文艺的不朽性问题，而包括广泛的思想理论，政治文化的范畴。我觉得，一个人不怕他在成长过程中犯过多少错误，难能可贵的是他能经常自觉地进行自我解剖，不断地总结经验教训，不断地求得新的进步。当然，反复也是可能的。

在后来的岁月中,在郭沫若的漫长经历中,那种"左"的思想影响曾经重复出现过。但众所周知,那是有着更深刻的社会的和历史的原因的。

回顾郭沫若革命文学观的形成和发展过程,我们可以清楚地看到,在我国现代文学史上,革命文学运动的发展不是一帆风顺的,在发展的道路上,颇多曲折。但总的趋势是不断前进的。

总之,对于郭沫若的革命文学论,我们一定要运用马克思主义的科学方法,实事求是地加以评价,认真地进行总结。一方面,我们要充分地肯定它对中国新文学史的贡献,它的不可抹杀的历史功绩;另一方面,也要看到,正如其他的新生事物一样,它也有严重的不足和局限。有得有失,但得大于失,得胜于失。我们既不要因其有大得而否定其失,更不能因其有失而否定其得。我们要历史地科学地总结和继承其健康有益的成分,剔除其消极的或错误的因素。

1987 年 12 月

《郭沫若书信集》编后*

一个在现当代文坛活跃了半个多世纪，像郭沫若这样的文化巨人，读读他的书信，周游一下他的通信世界，当是一件饶有兴味的事情。

一般说来，书信和日记一样，都是要"以真而见重的"。郭沫若就说："我的信稿大概是赤赤裸裸的我，读了可以知个我的大概。"

遗憾的是，郭沫若在世的时候，却未能见到一部较为完整的自己的书信集。

一

早在 1978 年郭沫若逝世之初，当有关方面组织班子，开始筹划出版《郭沫若全集》的时候，人们就提出，应把他的日记和书信搜集到他的全集当中去。但当时日记出版条件尚不成熟，书信搜集整理起来又太困难，所以决定先出版已经辑集的郭沫若著作。这样，就陆续有了《郭沫若全集》的文学编、历史编和考古编的出版。

转瞬之间，郭沫若离开我们已经十余年了。全集的历史编已经出齐，文学编和考古编已经出了一多半，人们似乎可以腾出手来整理出版郭沫若的其他著作了。但万万没有想到，收集整理郭沫若书信的重要使命会落在我的头上。因此，1986 年 10 月，当中国社会科学院文学研究所兼郭沫若著

* 原载黄淳浩编《郭沫若书信集》下册，中国社会科学出版社，1992。

作编辑出版委员会的负责人马良春同志找我商谈，希望我来承担这一任务的时候，我颇犹豫了一番，但终因在编辑文学编过程中对郭沫若建立起来的感情和搜集整理郭沫若书信本身所具有的不同凡响的意义，使我毅然决定放下手中的研究工作，把这个任务接受下来。

说到郭沫若书信的重要意义，凡是有幸接触郭沫若书信的人，都会深深地感到：郭沫若的书信，不仅是研究郭沫若的思想、生活、著作和活动的重要资料，而且是中国现、当代思想文化历史的真实记录。因为通过郭沫若的书信，我们不仅可以了解他的个人生活、思想感情、文艺创作、学术撰著和社会活动，而且透过他那跨越了几个不同时代的复杂经历，可以对我国近、现、当代的政治思想、社会变革、文化演变的历史之诸多侧面有所了解，这对我们进行社会主义的物质文明和精神文明建设，无疑也有深刻的、现实的意义。

郭沫若逝世以后，当人们在对这位伟大的文化巨人的缅怀中积极地开展对于他的研究的时候，已经愈来愈感到研究工作愈向纵深发展，某些资料就愈是欠缺和不足。尤其是像书信这类郭沫若对亲朋好友、报刊编者和后学青年谈论自己，具有较多真实和较少矜持的第一手材料，更是弥足珍贵。因此，人们对郭沫若书信集的出版，早就翘首以盼了。

二

郭沫若的书信，迄今尚未出版过一部全面、系统和完整的集子。到目前为止，看到有关郭沫若书信的，只有这样四个集子。

1. 1920 年 5 月上海亚东图书馆出版的《三叶集》。它是 1920 年田寿昌、宗白华、郭沫若三人相互通信的合集。其中，收有郭沫若致田寿昌信 3 封，致宗白华信 4 封。信中谈及他对人生、对事业、对诗歌、对婚姻恋爱问题的认识。

2. 1933 年 9 月上海泰东图书局编辑出版的《沫若书信集》。共收郭沫若1920 年至 1924 年书信 15 封。内含郭沫若致宗白华信 5 封，致田寿昌信 4

封，致郁达夫信 4 封，致成仿吾信 2 封。其中，7 封是《三叶集》收过的，新的只有 8 封。信中谈及早期创造社所面临的情况，他对中西文化的观点，以及自己的世界观、文艺观的发展变化，等等。

3.1981 年 5 月广东人民出版社出版、曾宪通编注的《郭沫若书简——致容庚》。内收郭沫若致容庚书简 60 封。其中，1929 年至 1935 年 56 封，1957 年至 1962 年 4 封。内容多集中于对中国古文字之研究，古器物之识别，以及治学方法，等等。

4.1981 年 8 月四川人民出版社出版，唐明中、黄高斌编注的《樱花书简》。收 1913 年至 1923 年郭沫若的家书 66 封，其中，致父母亲 59 封，致兄弟 7 封。内容涉及他在日本留学时期的生活起居，对国际国内大事的关心，对日本军国主义侵略野心的揭露，对封建婚姻制度的不满和批判，以及个人的志趣，如何写诗、做文章等。

以上共收书信 141 封。从时间上看，除致容庚函中有 4 封写于新中国成立后，其余全部写在 1935 年以前。1935 年前的搜集不全，1935 年以后的几乎未收。从内容上看，四个集子固然都是很有价值的，尤其《致容庚》和《樱花书简》，更是比较集中，比较系统，但由于时间和范围的局限，全面、完整地反映郭沫若书信的面貌则难以强求。

几十年来，郭沫若尚有大量书信发表在全国各种报刊书籍上，更多的书信则珍藏在个人手中。要全面、系统、集中地反映郭沫若书信的情况，就必须广泛地进行搜集和整理，以便交付出版。

三

现在呈放在广大读者面前的这部《郭沫若书信集》，共收郭沫若书信 634 封。其中，76 封是过去辑集出版过的，包括《三叶集》和《沫若书信集》中郭沫若的全部 15 封书信，《致容庚》中的 25 封，《樱花书简》中的 36 封。其余 558 封，则都未曾收入过郭沫若的书信集。

未曾辑集的这 558 封书信中，390 封是从解放前和新中国成立后国内外的报纸、杂志和各种书籍中搜集得来，曾经零星发表过的；131 封是这次编《郭沫若书信集》的过程中，通过各种渠道，从收信人手中征集得来的手迹，从未发表过的；此外还有 37 封，手迹虽在报刊书籍中影印登载过，但因字小又草，多看不清楚，这次据手迹整理出来的。

全部 634 封书信，从时间上看，最早是 1913 年，最晚为 1977 年，历时半个多世纪。其中，20 世纪前十年 41 封，20 年代 85 封，30 年代 79 封，40 年代 120 封，50 年代 195 封，60 年代 82 封，70 年代 31 封。计解放前 326 封，新中国成立后 308 封。可以说，它们囊括了我国现、当代历史上所有的重要时期，从辛亥革命的失败，五四运动的酝酿，人民大革命的发展，革命路线的战略转变，全民族抗战的胜利，解放战争的进行，新中国的诞生，社会主义革命和建设的成功和挫折，直到"四人帮"垮台，人民获得新生，几乎每一个历史阶段，在他的书信中都有所反映。

就内容上看，从一般的情况交流，到对国家大事、世界局势的关心；从文艺创作的酝酿、计划，到对诗歌、戏剧及其他文艺理论问题的探讨；从古文字的考释，到对中国古代社会的研究和重大史学命题的提出；从研究方法的讲究，到对马克思主义基本原理原则的讨论；从书法的练习，到对人的志向和人格品性的修养的阐发；从对老人、年长者的尊敬、问候，到对青少年成长的关心、爱护；从对前辈和同辈学人著作的品评，到对自身思想发展、学术观点和文学创作的内省和检讨；真像一个大千世界，恒河沙数，无所不包，应有尽有。

四

郭沫若曾说：他的书信，"可以算得一部难得的生活的记录"。又说："我的生活相当复杂，我有时是干文艺，有时是搞研究，有时也在过问政治。"因此，读读郭沫若的这些书信，就会了解郭沫若的一生，认识郭沫若其人。

首先，从这些书信，我们可以真实地感受到，像郭沫若这样一个正直的知识分子，在中国这样一个半殖民地半封建的社会中，他那深沉的爱和恨。这里，不仅充溢着他对虽然贫穷落后，却在奋斗、在前进，并从千百万先烈的牺牲中获得了新生的祖国的爱，充溢着他对祖国的社会主义前途和共产主义未来的爱，而且充溢着他对父母、对妻室、对子女、对兄弟姊妹、对中国人民和世界人民的爱。这里，也饱含着他对几千年的封建统治和传统礼教的恨，对帝国主义和军阀势力的恨，对资本主义和一切坏人坏事的恨。作为一个生在 19 世纪末、活跃于 20 世纪这样一个风云急剧变幻的社会环境中的人，他是偏于主观的，多情善感的。他有他的长处和短处，有他的喜乐和哀怒，有他的坦诚和矜持，有他的单纯性和复杂性。总之，他是现实社会中的一个活生生的人，一个实实在在的人，而绝不是一个神，也从未把自己当成一个神。对国家、对民族、对亲人、对朋友，对于他所喜欢的人和事，他不惜播下过多的爱；对敌人、对坏人，对他不喜欢的人和事，他都毫不含糊地表露他的厌恶和唾弃。

其次，从这些书信，我们还可以看到，终其一生，郭沫若都是一个诗人。他的书信，到处都充满着诗情和诗意，到处都在谈诗和写诗。他像是一个永远年轻的人，每当国际上出现一种新潮的文艺观点，只要他认为是符合自己的美学原则和对社会有益的东西，他都勇敢地去把它"拿来"，并率先试一试。但当他获得了新的更进步的见解之后，也绝不固守自己的一己之见。在文艺观点上，他几乎始终坚持着自己的一贯主张。在他看来，表现自我和表现时代精神是不矛盾的。对于浪漫主义和现实主义，他有着自己独特的看法。在他看来，浪漫主义也好，现实主义也好，"一切伎俩上的主义都不能成为问题"，关键是文艺为什么人，文艺必须反映时代精神，必须有真情实感，必须流露自然。他不反对并很喜欢人家说他是一个浪漫主义者，但认为自己从来就是遵循着现实主义道路的。早年他厌恶一切形式，认为新诗不必注重形式，但到了 50 年代，他又坦然地修正了自己的观点，承认"这种主张是不妥当的"。他常常表示"对于自己的作品是很少满意的"，十分重视自己的作品在读者和观众中的反应，哪怕是一个小孩子提的意见，只要有道理，他都乐意接受，并照加删改。

再次，从这些书信，我们还可以看到，郭沫若是一个真正的学者，一个极富开拓精神的古文字学家、历史学家和考古学家，新中国成立后我国科研学术和文化事业的领导者和奠基人。是他，继承、超越了前辈和同辈学人，率先攻克了甲骨文字这重障碍，取得了开启我国奴隶社会宝库之金钥匙，奠定了我国古代社会研究之基础。是他，最早把马克思主义的唯物史观运用于史学研究，揭开了中国社会发展的历史脉络和规律。是他，以自己的划时代的成就，推动了我国的古文字学科、考古学科和历史学科的研究之发展，促进了各学科领域不同学派的形成和争鸣。也是他，通过自己在科学的崎岖道路上艰苦跋涉的痛苦历程，总结出这样的切身体验：科学工作者必须确立马克思主义的世界观，掌握辩证唯物主义和历史唯物主义的思想方法和工作方法；科学工作者必须艰苦奋斗、严谨治学，既要敢于对前辈学人和同辈学者提出诘难，超越前人并获取创见，又要勇于突破自己，不断修正自己的过时观点。也是他，曾对翻译、出版事业，医学、教育事业，保存文物和科研组织，以及用人原则等，提出过许多宝贵的意见和建议，做出了他的多方面贡献。

最后，从这些书信，我们还可以看到，郭沫若那执着的革命政治家和社会活动家的身影。对国家和民族的命运，他是那么的关注和系念；对人民和革命的事业，他是那么的虔诚和兢兢业业；对世界的和平与民主，他是那么的热心和孜孜以求；他对崇高的信仰是那么的坚贞不移，而对自己的努力又是那么的永不满足。和某些职业的革命家、政治家的不同之处是，在众多的社会活动和国事活动中，他仍不忘其诗人、作家和学者的本色，常常以诗会友，以学识友，以文交友，通过与人们进行心灵的沟通，来促成交往向深层发展和推动工作的顺利进行。可以看出，为了国家和人民的利益，为了革命和社会主义的事业，为了沟通世界人民的声息和促进人类的进步，他确实是尽了"最善的努力"。

当然，从这些书信，我们还可以发现，郭沫若那对青少年的炽热的爱。他无微不至地关心、爱护和培养他们，是青少年们最和蔼可亲的知心朋友和导师。他喜欢青少年，尤其喜欢有志气、富才华的青少年，不惜花费许多宝贵的时间，真诚地与他们谈志向、谈理想、谈人生、谈操守、谈学术、谈诗歌、谈创作、谈书法，最大限度地满足他们提出来的要求，不惜为他们撒下更多的爱。尤其感人的是，他竟与一个稚气未脱的小孩子，从十二岁开始通了十多年的书信。在几十封亲切真挚的信函中，不仅关心他的身心健康，教导他如何写诗，如何做人，如何认识社会，如何超越自己和保护自己，而且向他倾吐自己创作的意图，向他宣泄个人内心深处的隐秘，真诚地与他交朋友，结为了忘年之交。

总之，这些书信，就像是一座生活的宝库，丰满、自然、深沉、隽永，但凡人生常会遭遇的问题，往往这里都能找得到，而且有的是远见卓识，不乏真知灼见，人们可以从中受到启迪，获取教益。

总之，这些书信，只要你认真地去读、去看、去想，一个活脱脱的郭沫若，就会站在你的面前。不管你是赞赏他，还是贬抑他，你都会理解他，并且尊敬他。

五

最后，还必须说一说在搜集整理这部《郭沫若书信集》时遇到的困难和问题，以及在编辑、注释中所遵循的原则和体例。

郭沫若的大半生都是在颠沛流离之中度过的。住无常所，行无定踪，是其特点。别人给他的信函既少留存，他给别人的书信更多无草底。因此，编辑注释郭沫若书信集时遇到的第一个困难，就是难于搜集。好在他的许多书信，当时在报刊上常有登载，从而使部分书信得以保存。但郭沫若生活的时间长，交际的人多，刊登其书信的报刊书籍面广，不仅发表在全国知名度高的大报纸、大刊物等重要出版物上，而且常常刊登于许多地方小报、小刊物，乃至私人的出版物之中。而我们现在的许多图书馆，不仅现代化的条件差，规章制度烦琐，而且由于社会上不正之风的影响，常常不得不令人望而却步。再就是当年有幸与郭沫若通信的人，现在许多都临近古稀、耄耋之年，有的则已经作古。几十年的风云变幻，当时的通信即使残存下来，也多记不准放在什么地方，要这些老人或他们的子女亲属翻箱倒柜把它们找出来，实在殊非易事。所以，有的找出来了，而更多的则尚未找出来，只好暂付阙如。

　　编辑、注释郭沫若书信集遇到的第二个困难，是不好整理。郭沫若通晓日、德、英、拉等好几种外国语言文字，又精通甲骨文等我国的古文字，而且博闻强记、学理渊深，因而在他的书信中，外国文字、古文字，还有中外古今的各种典籍，常常随口道来，信笔写下。他又是有名的大书法家，书信中常常融汇了楷、隶、行、草、篆诸家字体，各种异体字。他的书信，还大多没有年份。有的有日子无年月，有的则年月日都没有。因此，要整理他的书信，就必须学会辨认他的字体，还要在熟悉其生平事迹的基础上准确地鉴定其书信的写作年月日。总之，整理郭沫若的书信，要少出谬误，不闹笑话，确实不是一件容易的事情。一些刊物在刊登郭沫若书信时出现这样那样的疏误，实在是无须大惊小怪的事情。

　　正是由于存在上述两方面的实际困难，所以在本书编辑、注释的过程中，我给自己确立的一个最主要的任务，就是尽量多搜集到一些郭沫若的书信，并力求准确无误地加以整理，以期如实地反映郭沫若书信的原有风貌。至于书信内容的详尽注释，则不过奢求。而只在一些最必要处，加一些简要的注释。详细的注释，则留给将来的《郭沫若全集》书信编。

　　但是，为了便于读者了解当时通信的情况和进一步去进行考察和探求，每封书信均注明是否发表过，发表过的注明出版年月，刊登报刊或书籍的名称，据何种版本编入（一般均取最初版本或最佳版本）。收信人，除极少大家熟悉或一时查询不确的未加注外，其余均加注说明。有关收信人与郭沫若书信往还等背景情况，亦酌情加注。原信中的笔误，发表时的识误或排误，尽量加以勘正。疏误处，酌加说明。信中外文，一般均注明系何种语言。有译本的引出译文。没有译本的译出大致内容。但反复出现时，不再加注。

　　编排上，为了便于读者对郭沫若与收信人的交往历史和书信往还情况做进一步的考察，采取以收信人为本位，将郭沫若致同一收信人的书信放在一起，然后按书信之写作时间，依先后顺序进行排列（信多的以第一封信的写作时间为准）。书末，附按收信人的姓氏音序排列的简目，以方便读者查阅。

　　这部书信集，原是巴金同志倡议、现代文学馆主编的《现代作家书简

丛书》之一种。从接受任务、搜集整理到编辑注释完毕交出版社，历时 8
个多月。1990 年 2 月，百花文艺出版社因经济拮据，被迫将该丛书项目撤
销，我把书稿要了回来。3 月至 7 月，我又花费了几个月的时间，把新征集
到的几十封书信进行了整理，并对全部注释进行了补充修订，还改变了编
排的方法。前后加起来，整整花去了一年多的时间。

一年多的时间当然不算少了，但对郭沫若书信集这样一部分量颇重的
书稿来说，时间仍然是仓促了些。特别是由于个人的学识、水平和精力有
限，书稿的缺点、错误和问题更在所难免。因此，恳请读到它的同志和朋
友不吝指教，把意见提供出来。同时，由于时间不足和信息不灵，还希望
尚未征集到的同志和朋友，能把所珍藏的郭沫若书信或复印件贡献出来，
以便将来在《郭沫若全集》的书信编中，留下你们友谊的永恒纪念。本书
中情况不详的收信人（或他们的亲属子女），亦盼能拨冗将情况告知，待有
机会时好把有关情况补充进去。

这部书信集之得以成书，要感谢众多同志和朋友的关心和帮助。从任
务的接受到时间、物力的保证，文学所和马良春同志曾竭力予以支持。本
书从定项目、搜集整理到编辑注释、成书的全过程中，郭平英同志通力给
予了合作。郭老的三位秘书黄烈、王戎笙、王廷芳同志，不仅献出了郭老
致他们的书信，及他们珍藏的郭老致他人书信的手迹，而且提供了许多线
索和好的意见。郭老致尹达的二三十封书信，是尹达同志的秘书翟清福同
志提供出来的。王世民、周自强和郭沫若著作编辑出版委员会的雷仲平，
黄侯兴、劳季芳、杨均照、蔡震、周亚琴等许多同志，或提供线索，联络
齐稿，或帮助认字，考订年月，费心竭力，无私地进行了帮助。尤其使人
感动的，是张政烺、傅学苓同志，不仅翻箱倒柜，找出了郭老 30 年代的三
封书信，还不顾年迈体弱，多次放下手中的工作，以他们渊深的学问和古
文字知识，帮助解决了郭老书信中的许多疑难问题。还有现代文学馆的刘
麟同志，曾费心地通读部分书稿，提供意见。所有上面提到和曾为本书出
力而未及提到的同志和朋友，在此我都要衷心地向你们表示感谢。

这部书得以付梓出版，我还要感谢中国社会科学院的院领导郁文同志、
汝信同志、院科研局，以及中国社会科学出版社的负责同志和文学编辑室

的编辑同志们，是你们在当前学术书籍出版面临困难的情况下，慨然对这部书的出版给予支持，否则，这部搁置已久的有用之书，也许至今仍不能与读者见面。

　　1992 年 11 月 16 日是郭沫若一百周年诞辰，在这个值得纪念的日子即将到来之际，我愿将此书奉献于这位伟大的世界文化巨人的灵前，一则告慰其生前未及实现的出版他的书信"续集"的夙愿得以初步实现，再则也愿这部书信集的出版能促进郭沫若研究更加向纵深发展。

1991 年 7 月 31 日

郭沫若的书信和书信中的郭沫若[*]

郭沫若的书信，是一笔巨大的精神财富，值得我们细心地去加以阅读整理。读读它，我们不仅可以了解郭沫若其人，而且可以认识各该当时的社会和历史。

一

历来郭沫若书信辑集出版的情况

可以说迄今尚无一部全面、系统和完整地反映郭沫若书信面貌的集子。到目前为止，笔者所看到的有关郭沫若的书信，有这样四个集子。

1.《三叶集》。1920 年 5 月上海亚东图书馆出版，这是田汉、宗白华和郭沫若的书信合集，其中收有郭沫若致宗白华、田汉的书信 7 封。

2.《沫若书信集》。1933 年 9 月上海泰东图书局出版，收有郭沫若 1920 ~ 1924 年书信 15 封。其中 7 封是《三叶集》中已有的。只有 8 封是新收的，包含给成仿吾、郁达夫的书信。郭沫若在这部书的《序》中曾对此感到极大的不满足，说"很希望"有朝一日能把他众多的书信搜集整理起来，汇成一个《续集》。但在生前郭沫若竟未能见到这样一部较为完整的他的书信续集出版。直到他 1978 年去世以后，才有《致容庚》和《樱花书简》的出版。

* 原载 1993 年 7 月 14 日《文艺报》。初收人民出版社《新华文摘》1993 年第 2 期；继收《郭沫若研究文献汇要》，上海书店出版社，2012。

3.《郭沫若书简——致容庚》。1981 年 5 月由广东人民出版社出版，中山大学曾宪通编注，收郭沫若致容庚书信 60 封，其中 1929 ~ 1935 年 56 封，1957 ~ 1962 年 4 封，内容多为古文字之研究，古器物之识别等。

4.《樱花书简》。1981 年 8 月四川人民出版社出版，乐山市文管会唐明中、黄高斌编注，内收 1913 ~ 1923 年郭沫若家书 66 封，是 10 年留学日本时期的书信。

以上共收郭沫若书信 141 封，除致容庚有 4 封写于新中国成立后外，其余均写于 1935 年以前。这四个集子，当然都很有价值，尤其是《致容庚》和《樱花书简》比较集中，比较系统，但到底由于时间和范围的局限，全面、完整地反映郭沫若书信的面貌则难以强求。

《郭沫若书信集》的有关情况

为了纪念郭沫若一百周年诞辰，这次中国社会科学院出版社出版，由黄淳浩搜集整理和编辑注释的《郭沫若书信集》，共收郭沫若书信 634 封。其中 76 封曾收入前述郭沫若的四种书信集，其余 558 封是过去未曾辑集出版过的。

这 558 封未曾辑集出版过的书信中，390 封是从报刊和各种书籍中搜集得来，曾经零星发表过的。131 封是这次通过各种渠道，笔者从一些专家学者和收信人手中个别征集得到，之前从未发表过的。另外，还有 37 封，手迹虽然在报刊上发表过，但因字小又草，大多看不清楚，这次由笔者据手迹加以整理的。

这 634 封书信，不是笔者所见到的郭沫若书信的全部，而只是大部分，一部分因版权的关系我未全收，如《致容庚》和《樱花书简》中的其他书信；一部分因内容不适宜公开发表而未予选录，也有的，是知道有，如夏鼐先生处，因人逝世了，东西未整理，暂时还不能与读者见面；更多的，则还在收信人手中，尚未献出或未予以披露。

除此之外，我知道马良春和伊藤虎丸先生还主编有一部郭沫若致日本友人文求堂主人田中庆太郎的书信集，收有 230 多封书信，也是一部集大成的集子，因为出版方面的原因，暂时尚未能与读者见面。但这个书信集，集中日双方多位知名专家学者数年的努力，出版后定当不同凡响，我们热切地期待着。

这次由笔者所搜集整理和编辑注释的《郭沫若书信集》，共80.3万字，分上下集，已由中国社会科学出版社出版。在目前情况下，这可能是迄今为止最能全面、系统和集中地反映郭沫若书信面貌的第一部郭沫若书信集了。如果郭沫若九泉之下有知的话，这勉强可以算作他"很希望"见到的他的书信集的《续集》的出版了吧。当然，这绝不是郭沫若书信的全部，也绝不能代替今后的《郭沫若全集》的书信编，而只可以说它为日后的全集书信编的编辑出版奠下了一定的基础，并为之催生。

《郭沫若书信集》的总体面貌

《郭沫若书信集》的面貌到底如何？大概可以用这样三句话来加以概括：数量可观，内容丰富，学术价值和史料价值高。

（一）数量可观

前面已经讲过，这部书信集共收634封书信，80.3万字。这个数字是一个什么概念呢？如果我们拿《郭沫若全集》文学编几个部分加以比较的话，它的分量当在小说散文部分的49.5万字和文艺论著部分的72.1万字之上，而在诗歌部分的132.2万字、自传部分的110万字和戏剧部分的94.2万字之下。以后如果能把郭沫若的全部书信搜集起来，包括《致容庚》《樱花书简》中未收的六七十封书信和致日本友人的200多封书信，再加上尚未搜集起来的书信，分量当超过戏剧部分甚至超过自传部分。由此可见，郭沫若书信的数量是相当可观的。

（二）内容丰富

这部书信集所收的书信，最早起于1913年，即早年离开乐山家门的时候，最晚止于1977年底，即逝世前半年左右，前后历时半个多世纪。其中，新中国成立前326封，新中国成立后308封。可以说，它们概括了我国现当代历史上所有的重要时期，几乎每一个历史阶段的重大事件，在郭沫若的书信中都有所反映。书信集的内容，包括从一般的情况交流，到对国家大事、世界局势的关心；从文艺创作的酝酿、计划，到对诗歌、戏剧及其他文艺理论问题的探讨；从古文字的考释，到对中国古代社会的研究和史学命题的提出；从研究方法的讲究，到对马克思主义基本原理原则的讨论；从书法的练习，到对人的志向和人格品性的修养的阐发；从对老人、年长者的尊敬、问候，到对青少年成长的关心、爱护；从对前辈和同辈学人的著作的品评，到对自身思想发展、学术观点和文学创作的内省和检讨，真像一个大千世界，恒河沙数，无所不包，无所不有，内容可谓丰富至极。在现今出版的书信集中，时间跨度如此之长，内容丰富如是者，尚属少见。

（三）学术价值和史料价值高

郭沫若曾说，他的书信，"可以算得一部难得的生活的记录"。又说："我的生活相当复杂，我有时是干文艺，有时是搞研究，有时也在过问政治。"因此，读读郭沫若的书信，周游一下郭沫若的书信世界，不仅可以了解郭沫若一生，认识郭沫若其人，而且还可以了解和认识他所生活、战斗的现实世界。

凡是有幸和郭沫若书信接触的人，都会深深地感到，郭沫若的书信，大都是他对亲朋好友、报刊编辑和后学青年谈论自己的具有较多真实和较少矜持的第一手材料，因此它不仅是研究郭沫若的思想、生活、著作和活动的重要资料，而且是中国现当代思想文化历史的真实记录。因为通过郭沫若的书信，不仅可以了解他的个人生活、思想感情、文艺创作、学术撰著和社会活动，而且可以通过他那跨越了几个不同时代的复杂经历，对我国近、现、当代的政治思想、社会变革、文化演变的历史之诸多侧面有所了解，这对我们进行社会主义的物质文明和精神文明建设，是有着深刻的现实的意义的。特别是其中许多书信还是写给那些专家学者专门探讨社会、学术和文学问题的。因此，郭沫若的书信，它的学术价值和史料价值，实在是不容低估。

二

提到郭沫若，人们都爱用诗人、学者和战士这样六个最简明的字眼来概括他，这当然无疑是正确的。但郭沫若到底是怎样的一个诗人、学者和战士呢？通过对几百封充分表现自我的郭沫若书信的阅读和研究，这样一个活脱脱的郭沫若已经站在了我们的面前。

性喜浪漫不忘新诗建设的诗人

郭沫若是一个诗人，而且是一个终其一生都在孜孜不倦地为新诗的建设做着贡献的诗人。郭沫若的书信，不仅到处充满着诗情和诗意，而且终其一生，到处都在写诗和谈诗。

如在早期家信中教兄弟如何写诗，给田汉、宗白华、成仿吾、李石岑、陈建雷等人的信，不仅在信中写诗，而且在信中谈诗。他的关于浪漫主义诗歌的许多理论，都是在这些早期书信中加以阐述的，主要的观点是，诗的主要职责在抒情，要表现自我，要自然流露，在形式上要绝端的自由和自主，反对矫揉造作，但诗歌又要有其内在的韵律，要表现内在的音乐美和绘画美。

中年给陈子鹄，给其敏、淑明，给柳亚子等人的信也是谈诗的，但其中一些信表现出他的诗歌主张已经发生了变化。强调诗歌要"表现大众情绪"，"意识是第一着"，虽不提倡标语口号诗，却坚持认定"标语口号诗也不失为诗的一种"。

到了晚年，又有给吴韵风、兰本、丁力、力行，给臧克家、葛洛和张光年，特别是给陈明远的信，其中许多信表现出他的诗歌主张又有了转变，可以说是来了一个否定之否定，不少观点又回到了早期的浪漫主义诗歌主张。如重新强调诗歌的主要职责在抒情，要讲究自然流露等。但不再说厌恶一切形式，主张形式绝端自由的话了。不仅坦然地承认"过去我曾主张白话诗不必注重形式，现在看来这种主张是不妥当的"，而且表示想"尝试一下新体的格律"。在50年代末60年代初，他还真的躬亲实践与陈明远一起制作了一些新体格律诗，并辑集而成为《新潮》诗集。在形式上，他们有的自己创造，部分还引进了欧洲的格律体，甚至如商籁体十四行诗这种过去他认为在"西洋已经长老化了"的东西，也破例地采用了。看得出来，在新诗领域，他是一个真正的浪漫主义者，而且是一个新浪漫主义者。即在传统的浪漫主义的基础上，吸取了现实主义和现代主义的若干成分。

锲而不舍勇于开拓创新的学者

郭沫若的书信中，相当一部分是谈甲骨文字，讨论史学问题，与朋友们交换各种各样的学术问题和学术观点的。看了这些信，我们不能不由衷地感到他真是一个锲而不舍的学者。从留学日本开始，他就在极其艰苦的条件下，进行了内容十分深广的科学研究和探讨，不仅范围涉及社会科学的诸多学科，而且在许多领域都极富开拓创新的精神。不管是在文学艺术，还是古文字学科，历史学科和考古学科等方面，他都提出过划时代的见解，做出过开创性质的贡献，在众多学科之中，都堪称第一流的人物。此外，新中国成立后，他还是我国许多科学研究活动的领导者和奠基人，在组织新中国的科学研究，文学艺术和学术交流活动方面，做出了自己独特的贡献。在科研道路上，他确实是一个了不起的既尊重科学，孜孜不倦，又勇于开拓的科学家。

淡泊虔诚既单纯又复杂的战士

早在青少年时期，郭沫若就从他所喜欢的作家、诗人表现出他性喜冲淡的天性。他喜欢庄子，喜欢陶渊明，喜欢王维，喜欢李白，喜欢王阳明，喜欢泰戈尔，喜欢海涅，喜欢惠特曼，喜欢歌德，还学王阳明练过气功，打过坐。但他早年留学日本的家书又表明，他自来就是一个虔诚的爱国主义者，不仅早年在家乡参加过爱国学生运动，赴日留学后对国家大事仍然是十分的关心，曾回国参加过爱国活动，还和同学组织过"夏社"，进行过抗日宣传。尤其是他在初步学习和掌握了马克思列宁主义，于1924年8月9日致成仿吾的信中虔诚地表示坚信"马克思主义在我们所处的这个时代是唯一的宝筏"。之后，更勇敢地亲自参加了人民大革命的斗争和八一南昌起义，成了知名作家中难能的一位戎马书生。

此后，为了实现自己的虔诚信仰，为了国家和民族的最大利益，他甚至牺牲自己对文学艺术的爱好，全身心地投入抗日战争，争取和平民主、解放全中国的斗争和建设新中国的繁重社会活动中去。而晚年他给陈明远等年青人的那些倾吐心曲的书信又表明，他对 50 年代后期以来愈演愈烈，愈演愈频繁的"斗争"是不感兴趣的，除了被迫表态，应制应景写诗之外，很少再创作早年那种"自然流露"的会心之作，相反倒是表现出对于某些人和事的厌倦，并有意地与之保持一定距离。他为什么不喜欢那种表面的歌舞升平，不喜欢喜庆宴席，倒喜欢找一些年青人来畅吐内心的隐秘？而应付地、自暴自弃地完成那些应景应制的新诗和表态文章呢？这都表明，在晚年他性喜冲淡的天性又有所回归，并表现出一种情绪，一种对当时那种所谓的"政治"的厌倦和隔膜。

但是，在关键时刻，却仍不失一个爱国主义者和马克思主义者的虔诚，表现了一个共产党人对于自己信仰的忠诚和对于国家、民族的命运、前途的高度关注和责任心。如在"文革"中，他以巨大的内力忍受了两个孩子的不幸遭难。当郭世英被红卫兵抓走关押的时候，他正与周恩来总理一块接待外宾，本来是有机会向总理陈述，以求解救之策的，但他看见总理当时的处境已经是那么的困难，自己怎能再拿私事去增加他的负担，甚至牵连总理呢？所以话到了嘴边还是未说，结果孩子终于不幸罹难。面对亲人的埋怨，他只是沉重地说了一句："我也是为了中国好啊！"就不再言语，而默默地以抄世英的日记来寄托自己的哀思。在"文革"中，"四人帮"为了篡党夺权，从一开始就心怀叵测地把矛头对准周总理，因为郭沫若长期与周恩来在国统区并肩作战，所以妄想从他那里寻找到什么足以攻击周恩来总理的"炮弹"，但无论"四人帮"怎样软硬兼施，也未能从郭沫若那里搞到任何他们想要的东西。这类情况虽然在郭沫若的书信中没有直接表现，却可以使我们理解 50 年代后期以来某些郭沫若书信中透过纸背所显露出来的那些隐秘的思想和情绪。

事实说明，郭沫若既是一个虔诚单纯的革命者，又是一个复杂的革命者。作为一个生在 19 世纪末，活跃于 20 世纪这样一个政治风云剧急变幻的社会环境中的革命者，他不可能是一个单色调的人，他有他的爱和恨，有他的长处和短处，有他的喜乐和哀怒，有他的坦诚和矜持，也有他的单纯性和复杂性。总之，他是现实社会中一个活生生的、实实在在的人，而绝不是个头上闪着光环的神。从其在书信中对自己所进行的自我解剖来看，他也从未把自己当成一个神。看得出来，生活是怎么样，郭沫若的书信就是怎么样。郭沫若是活得很现实的，他不可能生活在真空之中，也不可能生活在幻想里面。当然，书信中不排斥某些悲剧的成分，但那悲剧不是属于郭沫若一个人的，而是他们那一代人甚至几代人所共有的。

总之，郭沫若的书信，就像一座生活的宝库，非常的丰满、自然，非常的隽永、深沉，非常的纷繁、复杂，但凡人生常会遭遇到的问题，往往这里都能寻找得到，而且有的是远见卓识，不乏真知灼见，人们可以从中受到启迪，获取教益，也可以从中得到教训。而且，只要我们认真地去读、去看、去想他的这些书信，一个活脱脱的郭沫若，就会站在我们的面前，不管你是赞赏他，还是贬抑他，你都会理解他，并且尊敬他。

读一个人的书信就像读一个人的历史，像郭沫若这样的历史人物，因其特殊的地位和作用，几十年的中国现代史，在他的书信中是有着不少精彩的表现的，如果您想多方面地研究郭沫若和了解中国的近现当代历史，您就来步入郭沫若的书信世界吧，肯定不会使您感到失望的。

1993 年 6 月

《〈文艺论集〉汇校本》说明[*]

　　《文艺论集》是郭沫若最早的一部文艺论著，搜集的主要是郭沫若1920年至1925年内所作有关文艺思想和学术思想的文章、书信，对于研究郭沫若的前期思想和早期创造社，对于研究我国的现代文学史、现代思想史，特别是现代文艺思潮史，都具有重要意义。

　　截至目前，《文艺论集》的版本有四个。新中国成立前三个，均由上海光华书局出版发行；新中国成立后一个，由人民文学出版社出版发行。

　　第一个版本是1925年12月的初版本。原书收文章、书信31篇，分上、下两卷，作为《创造社丛书》之一出版。这个版本，1926年、1927年印刷了两次，通称第二版、第三版。

　　第二个版本是1929年5月的订正本，通称第四版。作者在初版本的基础上进行了订正，改变了上下两卷的编法，把全书辑为六个部分。该书除将《论诗》中的三封书信一分为二，一封改题为《由诗的韵律说到其他》，另两封仍用原题成篇外，还新加了1925年写的《文学的本质》和《论节奏》两篇文章，所收文章增加至34篇。

　　第三个版本是1930年6月的改版本，通称第五版。这一次，作者把初版本中当时认为"有些议论太乖谬的"文章，删去了5篇。留下的29篇，辑为三个部分和一个附录，并加了一个简短的《跋尾》。这个版本，在1932年、1933年又印刷了两次，通称第六版、第七版。

　　第四个版本是1959年的文集本，系作者依据初版本，参照改版本，于

＊　原载郭沫若著，黄淳浩校《〈文艺论集〉汇校本》，湖南人民出版社，1984。

1958 年重新编辑而成的。这个版本的文字，进行了较多修改。恢复了《论诗三札》的原貌，保留了《文学的本质》《论节奏》两篇，删去了《中国文化之传统精神》《国家的与超国家的》两篇，还把初版序言单独成篇，置于各篇之首，合计收 32 篇文章；1959 年 6 月，连同《集外》、《文艺论集续集》和《盲肠炎》，作为《沫若文集》第 10 卷出版发行。书前刊有谈《文艺论集》有关事情的《前记》。1959 年，人民文学出版社还曾经以这个版本为依据，印过一个单行本，收《文艺论集》及其《集外》，对个别字句有所校勘。

除此之外，现正在编辑中的《郭沫若全集·文学编》第 15 卷，将收入《三叶集》与《文艺论集》。这将成为《文艺论集》的第五个版本。这个版本，虽仍以 1959 年文集本为底本，但篇目又有若干变化，且加了较为翔实的注释，将为研究《文艺论集》提供一个较好的版本。

《文艺论集》不仅版本较多，篇目和编法时有变更，而且文章的内容亦多有改动之处。由于此书解放前印数甚少，初版本至今已难找，以后的各种版本亦不易齐备，以致有的研究者往往把 50 年代经郭沫若改动了的观点当成他 20 年代的观点，造成了失误。为了推动郭沫若研究的深入开展，本书采用 1925 年的初版本作底本，用各篇文字最初发表的报刊和 1929 年的订正本、1930 年的改版本、1959 年的文集本等各种不同的版本加以校勘。凡由于时间的推移、资料的齐备和形势的变迁，作者的思想认识有了发展，对问题的看法有了更改，提法有了变异，这种情况一律加以校勘，某些段落或字句原来是以外文发表，后来又改译成中文的也注意校勘标出；至于一般文字变动，为避免烦冗，则不一一录出。

校勘体例如下。

1. 各篇文章均注明最初发表的时间、报刊名称、以后的标题演变和收集入册等情况。文末署明的写作时间，各版所注凡有差误的，亦加校正。

2. 凡须校勘的底本正文，均用（　　）摘出，正文较长，难以引录全文者则只引头尾，中间用"……"连接。

3. 注释条目中，方括号后是其他版本与初版本相校勘的情况。文字相同者注"同"；文字不相同者，将不同版本的改动之处，视情况全文或部分摘录于后。

4. 校号①②③④……均标于所校之文末。

5. 校文均采用脚注体例，置于正文之页底。

本书系在编辑《郭沫若全集·文学编》文艺论著部分的过程中顺带完成的，不当及错漏之处在所难免，恳请读者批评指正。

1983 年 12 月 7 日

现代文学研究需要注意版本[*]

——从郭沫若《文艺论集》的版本说起

  有的同志认为，在我国的现代文学研究中，有必要建立自己的版本学。这个建议我认为是有远见的。

  古代文学研究，像对我国的古典文学名著《红楼梦》的研究，固然有注意它的诸多版本（如脂砚斋评本就有甲戌、己卯、庚辰和有正本）区别的必要，我国的现代文学，乃至整个近现代文化的研究，实际上也很有必要对一个作家的同一部著作的不同版本加以注意。这是因为我国的近现代社会，曾长期处在动荡不定的、不断变革的状态中。作家的思想必然受社会的影响而发生变化，对自己的著作加以修改，这是极其自然和无可非议的事情。因此，我们研究现代作家，不仅可以从该作家不同时期的不同著作去探索他的思想的变化，还应该从他在不同时期出版的同一著作的不同版本去发现他的思想的变化。研究者的责任，正是要从这些变化之中，去考察作家的思想和创作，看它发生了什么样的变化，是进步了还是落后了，变化有多大，对创作带来了什么影响，等等。这说明，研究现代文学，同研究古典文学一样，同样必须注意版本。

  郭沫若是我国现代文学的奠基人之一。他的许多著作，包括诗歌、小说、历史剧和文艺论著等出版后，都有不同程度的改动。其中改动较大的，要算诗歌《女神》、文论《文艺论集》、历史剧《棠棣之花》等重要著作了。这里就以《文艺论集》的不同版本为例，加以说明。

---

 * 原载陕西人民出版社《人文杂志》1986 年第 2 期。

《文艺论集》是郭沫若最早的一部文艺论著，收集的是郭沫若1920年至1925年的有关文艺论文。它不仅是研究郭沫若早期文艺思想，而且是研究我国的现代文学史、现代思想史和现代文化史的珍贵文献。而这部书，从它问世以来，迄今已有四个版本之多。第一个是1925年12月的初版本，第二个是1929年5月的订正本，第三个是1930年6月的改版本，第四个是1959年的《沫若文集》第10卷本。

《文艺论集》的前三个版本，都出版于新中国成立之前，主要是编排和登载的文章多少有所不同。如初版本，共收文章、书信31篇，分上、下两卷出版。订正本改变了上下两卷的编法，把全书辑为六个部分，并将其中《论诗》的三封书信一分为二，一封信改题为《由诗的韵律说到其他》，另两封仍以原题成篇，还新加了1925年写的《文学的本质》和《论节奏》两篇文章，使全书文章增至34篇。改版本则把初版中原有的《中国文化之传统精神》《伟大的精神生活者王阳明》《国家的与超国家的》三篇文章和《论诗三札》中的第二、三两札删去了，原因是"有些议论太乖谬"（改版本《跋尾》），而将余下的29篇文章和序，再加一简短的《跋尾》，将全书辑为三个部分和一个附录出版。这三个版本，几次编排虽有很大的不同，收集的文章时多时少，前后也颇不一样，但文章的内容，在文字上和最初发表时相比较，变动并不大。

文集本就不同了。这个版本是1958年作者依据初版本、参照改版本重新整理编辑而成的。1959年，由人民文学出版社作为《沫若文集》第10卷的一部分出版。这个文集本恢复了初版本《论诗三札》的原貌，保留了订正本以来增加的《文学的本质》和《论节奏》两篇文章，删去了《中国文化之传统精神》和《国家的与超国家的》两篇文章，并把初版本序言单独列篇，置于各篇之首，又在卷前新加了一个长篇的《前记》（其中谈的主要就是《文艺论集》的有关情况）。

尤其需要提出来的，是作者在编辑文集本的时候，曾按照1958年时的思想认识，对1925年以前的一些文章进行了一系列重大的修改，以至在内容上有些观点和提法与初版本大不一样了。如《文艺上的节产》一文，文集本不仅把题目改为《文艺的生产过程》，正文也进行了较大的增删。在初版本中，原来有这样一段文字：

> 等待罢！等待罢！青年文艺家哟！
>
> 山额夫人的"节产论"（Birth Control）虽然不能直接利用到文艺上来，但是自然的时期是不可不等待的！
>
> 尼采为甚么说内养不充的人不能待，也不能忌？笛卡尔为甚么要赞美怠惰？你们可以加一番绰有余裕的思索了。

文集本把这段文字改作如下：

> 当然，我们画一幅画不一定都要十二年，写一部剧本也要不到六十年的岁月，但总得有一定时期才能成熟。
>
> 列宁说："宁可少些，总要好些。"这是值得我们服膺的。当然如果又多又好，我们也加倍欢迎。但拿一个人来说，这样恐怕终归是例外吧？
>
> 有一个办法：用集体的力量来搞，或许可以做到。
>
> 青年艺术家哟，我们集合起来吧！众擎易举，众志成城，让我们互相帮助，共同勉励吧。
>
> 成功不必在我，协助不可后人。植物嫁接可发出好花好果，既美且多，艺术嫁接必不能例外。
>
> 让我们互相栽培，相互哺育，鼓动着永恒的春天到来！

在这里，不仅山额夫人换成了列宁，尼采、笛卡尔没有了踪影，而且在20年代的文章中，显然地已经融进了50年代，特别是1958年"大跃进"时代的某些思想特质，与初版本相较，已经是面目全非了。

当然，这是一个比较突出的例子，文章整个结尾部分都改写了。

还有一些文章，虽然没有整部分改写，但观点改得与初版不一样了。不妨再举例说明。

文学是什么？文学与人生、与生活的关系应该怎样？不仅不同文艺观的作家有不同的回答；就是同一位作家，在文艺观发生变化以前和以后，回答也往往不一样。郭沫若的《论国内的评坛及我对于创作上的态度》，1922年最初发表时原来有这样几句话：

> 文艺本是苦闷的象征，无论他是反射的或创造的，都是血与泪的文学。

在文集本中已经改为：

> 文艺如由真实生活的源泉流出，无论它是反射的或创造的，都是血与泪的文学。

他在1922年写的另外一篇《论文学的研究与介绍》的文章，其中有一段话，过去常为人们所引用，说的是：

> 文学是赤裸裸的人性的表现，是我们人性中一点灵明的情髓所吐放的光辉，人类不灭，人性是永恒存在的，真正的文学是永有生命的。

在文集本中，这一段话改动更大，几乎见不到原文的影子了：

> 文学是人生的表现。人生虽然随时代而转变，但转变了的时代面貌却保存于文学之中，而为后代借鉴，因而文学永有生命。

这些当然都不只是文字上的变动，而是反映了郭沫若文艺思想的深刻变化。

我们知道，在20年代初，西方各种文艺流派、文艺思潮纷至沓来，对五四时期我国的新文学作家影响很大。郭沫若当时在日本，受外来的影响就更多一些。当时他主要受到积极浪漫主义的影响；也曾经对现代主义的某些流派，如表现派等表示欣赏，并且接受过弗洛伊德、厨川白村的影响。他的"文艺是苦闷的象征"的观点，就来自日本的资产阶级文艺理论家厨川白村。这个人，田汉曾亲自拜访过。郭沫若与他虽未谋面，但对他的某些观点是欣然接受的。以至不仅在上引文章中根据厨川白村的观点来阐述了自己对于文艺的见解，1923 年 6 月，还在答复王从周的《暗无天日的世界》一文中，重申自己所信奉的文学的定义乃："文学是苦闷的象征。"

1923 年以前，郭沫若还未能掌握马克思主义观点，因此，他在自己的文章中，把厨川的观点，把超阶级的人性论奉为圭臬是不必大惊小怪的。

1924 年，郭沫若翻译了日本早期马克思主义经济学家河上肇的《社会组织与社会革命》，在此期间和以后，又系统地学习和研究马克思主义，并亲自参加了革命斗争的实践，他的资产阶级文艺观点遂逐渐得到了清除。在 1929 年、1930 年出版《文艺论集》的订正本、改版本的时候，由于环境的危艰，郭沫若顾不得去对原来的观点进行修正，而直到 1958 年编《沫若文集》第 10 卷时，才得到了机会对以往的文章重新进行审理，并对自己的观点做了较大的改动。

对文艺的功利性和艺术性，郭沫若观点上的变化也是很大的。熟悉郭沫若著作的同志都知道，在郭沫若的文艺观发生变化以前，他是既肯定文艺的功利作用，又强调文艺的艺术性的。他不反对文艺的功利性质，但他对文艺的功利主义的动机说（用今天的话来说，就是主题先行）是坚决反对的。1921 年，他在《儿童文学之管见》一文中，曾明白的指出："文学自身本具有功利的性质，即彼非社会的 Antisocial 或厌人的 Misanthropic 作品，其于社会改革上，人性提高上有非常深宏的效果，就此效果而言，不能谓为不是'社会的艺术'。他方面，创作家于其创作时，苟兢兢焉为功利之见所拘，其所成之作品必浅薄肤陋而不能深刻动人，艺术且不成，不能更进论其为是否'社会的'与'非社会的'了。"当时，他曾以二元论的观点看待文艺的功利性和艺术性，认为"就创作方面主张时，当持唯美主义，就鉴赏方面言时，当持功利主义"；未能以对立统一的观点，来辩证地看待文艺的功利性与艺术性。

后来，郭沫若接受了马克思主义，文艺观发生了变化。但在文艺的功利性与艺术性的关系问题上，他的观点有时也受到"左"的思想的影响。例如在 30 年代某一时期，他过分地强调了文艺的功利性而忽视其艺术性，甚至提出"我高兴做个'标语人','口号人',而不必一定要做'诗人'。"① 在 1958 年编《沫若文集》第 10 卷时,把一些本来可以保留的话删去了,有的原来强调得对的地方,也不敢再强调了。如《论国内的评坛及我对于创作上的态度》中,原来有这样一段话:

> 至于艺术上的功利主义问题,我也曾经思索过。假使创作家纯以功利主义为前提以从事创作,上之想借文艺为宣传的利器,下之想借文艺为糊口的饭碗,这个我敢断定一句,都是文艺的堕落,隔离文艺的精神太远了。这种作家惯会迎合时势,他在社会上或许容易收获一时的成功,但他的艺术绝不会有永远的生命。

在文集本中,这段话被改作:

> 至于艺术上的功利主义问题,我也曾经思索过。艺术本身是具有功利性的,是真正的艺术必然发挥艺术的功能。但假使创作家纯全以功利主义为前提以从事创作,所发挥的功利性恐怕反而有限。作家惯会迎合时势,他在社会上或者容易收获一时的成功,但他的艺术的成就恐怕就很难保险。

显然地,在这里艺术性已不再被特意地强调了。我想,郭沫若如果能在坚持文艺的功利作用的大前提下,既注意反对功利主义的动机说,又注意强调文艺的艺术性的高标准,文章是否会更全面些呢?

类似的例子,在《文艺论集》一书中还可举出一些。但这里的关键问题不在于郭沫若对自己的文章有过这样那样的改动,而在于我们有些同志在从事郭沫若著作研究的时候,并未注意到郭沫若文章的这些改动,以至在他们的文章中,把郭沫若 50 年代改变过的观点和提法,当成 20 年代的思想材料来加以引用,并把自己的观点建立在这些改变了的说法的基础上,

---

① 《我的作诗的经过》,《沫若文集》第 11 卷,人民文学出版社,1959,第 148 页。

从而造成了文章立论上的失误。这类问题曾出现于 1978 年郭老逝世后的大量悼念文章中。甚至还出现在 1983 年、1984 年出版的有关论述郭沫若创作和前期思想的专著中。

造成这种情况的原因，可能是不了解郭沫若有的文章已经做了改动，或则找不到初版书来进行对照。不管哪一种原因，都在说明：研究我国的现代作家，和研究古代的作家一样，不能不注意掌握其著作的不同版本。

1984 年 10 月，巴金同志去香港访问时，曾与《文汇报》记者做过一次很风趣、很有意义的谈话。当记者请他在携去的《家》上签名时，巴金同志说：这书我先后改过八次，1980 年改了最后一次，序言、后记也写过好几次。有人认为作品出版后不应该多做修改，巴金同志不同意："作家写东西又不是学生的考试卷子，写出来后不能改。作家经过生活，有些事情过去不了解的，现在了解得比较充分了，就有责任说出来。为什么不能改？为什么不让我进步？"

既然作家改动自己出版后的著作是古往今来习见的事情，既然作家改动自己出版后的著作有其充分的理由在，那么我们就没有理由去责怪作家，而只应提醒和告诫自己，即使是研究现代作家，也同样需要注意其著作的不同版本，绝不要因为忽略了版本问题而使自己的立论有所失误。

谁最早在中国使用"物质文明"
和"精神文明"二词[*]

"物质文明"和"精神文明"二词，今天在我们中国，上自耄耋之年的老人，下至受蒙伊始的幼儿园小朋友，几乎都已是司空见惯的日常用语了。但这两个词，却是在西方评论家中最早流行开来的。

第一次世界大战期间，欧洲人民饱经了战争的痛苦。战乱之后，痛定思痛，许多人对亚洲的和平产生了莫大的憧憬，从而诱发出了对东方文化的浓厚兴趣。当时，在西方世界，尤其是在评论界，曾经展开过一场东西方文化的激烈争论，一种"西方的物质文明破产了，东方的精神文明是救世的福音"的说法，在当时颇为流行，很有影响力。也许，"物质文明"和"精神文明"这两个词，就是这样产生的。

现在，我们的问题在：到底是谁，是什么时候，最早把"物质文明"和"精神文明"这两个词输入中国来的？

据 8 月 5 日《北京日报·文摘卡》转载四川《文摘周报》3 月 18 日文章："我国在 1926 年即已出现了'精神文明'一词。这个词的使用者系我国著名学者赵元任。"

实际上，赵元任先生只是较早在我国使用这两个词的人之一，却不是最早使用的人。根据现在掌握的资料，在我们中国的现代文化史上，最早使用"物质文明"和"精神文明"二词的是郭沫若。

1924 年 6 月郭沫若坐在日本福冈博多湾的箱崎海岸上，为即将出版的

---

* 原载四川省郭沫若研究会《郭沫若学刊》1991 年第 3 期。

《阳明全书》（又名《王文成公全书》）写过一篇题为《伟大的精神生活者王阳明》的长序，长序正文之后，附有四篇小论文，其《附论一》，标题即《精神文明与物质文明》。

这篇长序，写讫于 1924 年 6 月 17 日。最初刊登在 1925 年上海泰东图书局出版的《阳明全书》卷首。1925 年 12 月又收入上海光华书局出版的郭沫若《文艺论集》初版本之中。以后《文艺论集》多次改版，这篇长序曾先后改题为《儒教精神之复活者王阳明》和《王阳明礼赞》。1959 年人民文学出版社出版的《沫若文集》第 10 卷，收入《文艺论集》时，用的是《王阳明礼赞》，且由于作者思想的变迁，文章中个别句子有所改动，但基本内容没有变。

由此可见，我国最早使用"物质文明"和"精神文明"二词的当是郭沫若，时间为 1924 年 6 月（写作时间）或 1925 年 1 月（发表时间）。不论哪个时间，都比赵元任先生的 1926 年 5 月早一年以上。

《伟大的精神生活者王阳明》，最初刊载于《阳明全书》和收入《文艺论集》初版本时，写作时间均误作为"十年六月十七日脱稿"，因此有的《郭沫若年谱》曾据此将这篇文章置于 1921 年 6 月 17 日。实际上，当时郭沫若还未系统研究过马克思主义，而只听到一些马克思主义的片言只语，不可能写作《精神文明与物质文明》这样的文章。1929 年出版的《文艺论集》订正本，曾对此做过校正，写作时间改为"十三年六月十七日脱稿"，即写于 1924 年 6 月 17 日。1959 年编《沫若文集》第 10 卷收入《文艺论集》时，所据底本不是 1929 年的订正本，且把这篇文章的写作时间误注为"1925 年 6 月 17 日脱稿"，实际上，1925 年 6 月，《阳明全书》都已经出版发行近半年了，怎么会是才脱稿呢?! 还是 1937 年郭沫若在《创造十年续篇》中回忆得比较真切可信："把《社会组织与社会革命》翻译了之后，在箱崎海岸上还替泰东书局尽过一次义务，是替《王阳明全集》做了一篇长序。"因此，这篇文章当写于 1924 年 6 月，而不是 1921 年或 1925 年 6 月。

众所周知，郭沫若翻译日本马克思主义经济学家河上肇的《社会组织与社会革命》，是 1924 年 4 月至 5 月的事情。因为当时，初期创造社这个崛起于五四新文化运动中的革命文学社团正遭遇困难，处于暂时离散之际。

正如郭沫若所说，郁达夫、成仿吾和他，在撑持初期创造社的时候，本像一尊圆鼎的三只脚。郁达夫中途离沪去北京大学任教，圆鼎子已经去了一只脚，结果是只好塌台。所以，四月初郭沫若留下成仿吾在上海短期处理善后，把《创造周报》出完，自己即离开上海，追随妻儿，返回日本福冈，准备回到母校九州帝国大学去研究生物学。不料兴趣转向社会科学，开始钻研马克思、列宁著作，而且翻译起河上肇的《社会组织与社会革命》来了。

既然是初学马克思主义，自然认识多有模糊之处。所以在写《伟大的精神生活者王阳明》时，尚把马克思主义与儒家思想混为一谈，弄不清它们的本质区别："我自己是信仰孔教，信仰王阳明，而同时也是信仰社会主义的。"

但这篇文章也有闪光的思想在。尤其是其《附论一》之《精神文明与物质文明》这篇长不足一千字的小文章，其耀眼的光芒更是显然的。

首先，是作者当时就大胆地宣称自己对马克思和列宁"人格之高洁"的敬仰和对"废去私有制度而一秉大公"的社会主义之向往。这在 1924 年是极其难能可贵的。何况当年 11 月郭沫若返回上海后还积极参加了社会上关于共产主义问题的论战，写了许多宣扬马克思主义，批驳国家主义者对共产主义进行诬蔑攻击的文章。正是以这些文章为契机，瞿秋白对郭沫若十分赏识，曾由蒋光慈陪同，专程去拜访郭沫若，并结为知心朋友。1926年，瞿秋白推荐郭沫若去广东大学任文科学长，继而参加北伐，引导郭沫若参加革命队伍。

其次，是驳斥了西方评论家关于"西方的物质文明破产了，东方的精神文明是救世的福音"的说法，阐明了自己的不同意见。

他认为这个说法"是很盲目的，是很笼统的"。他说，西方的物质文明，如果指的是"资本主义的社会组织"，它当然是"定要破产的"，但假如指的是科学文明，则"利用厚生之道非仰之于科学不可，启发智能之途亦非仰之于科学不可"，"那岂会破产"。至于东方的精神文明，那"否定现实的印度思想"虽然"出于大慈大悲，但见效太迟"。中国的道家思想呢？虽然"肯定现实"，但其"实践伦理是自利自私"，假使实行于世，其极致又会与西方的资本主义制"达到同一的结果"，所以都不可取。在他当时看来，有可取之处的是儒家思想。因为"儒家的思想本是出入无碍，内外如一，对于精神方面力求全面发展，对于物质方面力求富庶"的。这固然暴露出其正处于转变期的思想尚不成熟，但也表明他初步学习了马克思主义之后，的确在认真地进行探索，想找出马克思主义与东方的传统文化可能结合之处。

最后，这篇文章还谈到在我们东方"物质的生产力尚未丰富"，"不得不仰救于西方的科学文明"的时代，"我们所应当提防的地方，是要善于利用科学文明而不受资本主义的毒害"。这话说在近七十年之前，它是多么深刻而富有远见啊！当时，我们的国家尚处在军阀混战，兵荒马乱的时代，建设什么的，根本说不上，更不用说建设社会主义了。只有在今天，当我们在中国共产党的领导下进行四个现代化建设，大力发展社会生产力，实行社会主义的改革开放，打开窗户，让一些有益有用的东西进来，而一些陈腐的于我无益无用甚至有害的东西也趁机混入的时候，我们党中央提出反对资产阶级腐朽思想的时候，想想郭沫若当时对我们提出的如上忠告，是多么的弥足珍贵啊！

这其中，尤其是那"善于"二字用得好。"善于"者，你就能巧妙地利用科学文明而不受资本主义的毒害；不"善于"者，说不定你就会中了资本主义的毒害而尚不自觉，"利用科学文明"则根本说不上。这是一门科学，也是一门艺术。总之，"善于"是十分必要的，因为只有如此，"西方文化与东方文化才可能握手"。否则，就什么都谈不上。

而要做到"善于"，思想上就"应当提防"。也就是说必须有所警惕。"提防"什么呢？就是要提防"资本主义的毒害"打着西方的物质文明或精神文明的幌子，乘虚而入；就是要提防地道的"近世欧西的社会主义"的真谛，受到西方和东方文化中那些有悖于社会主义的东西的侵蚀和污染。这就是说，当我们利用西方的物质文明和精神文明中有用的东西来建设自己的物质文明和精神文明时，一定要把握好方向。总之，西方的东西并不都坏，东方的东西也不都好，我们必须根据自己的社会主义需要，进行必要的过滤和筛选。

由上可见，郭沫若在近七十年前写下的《精神文明与物质文明》这篇小文章，确实是一篇具有重要历史意义和深刻现实意义的文章，因为它不仅率先在中国使用了"物质文明"和"精神文明"二词，而且提出了在我们建设自己的物质文明和精神文明时，应当提防和警惕"资本主义的毒害"这样一个重要问题。同时，这篇文章，对研究中国现代思想史和革命史，也是一篇不可多得的史料，具有明显的学术价值。

1990 年 8 月 27 日

郭沫若与左联[*]

在我国的现代文学史上，郭沫若不仅第一个提出无产阶级革命文学的口号，较早地论证了无产阶级革命文学建设中一系列重大问题；不仅躬亲实践，身体力行地创作了不少无产阶级革命文学的作品，而且还在我国最早倡导革命的文艺家要组成联合战线，关心无产阶级革命文艺队伍的成长，成了中国左翼作家联盟的精神支柱之一。正是因为这样，周扬同志在第二次郭沫若著作编辑出版委员会会议上曾称誉郭沫若是我国无产阶级革命文学的开山。因此，回顾一下郭沫若与左联有关的问题，将不是毫无意义的事情。

当左联1930年3月在上海成立的时候，郭沫若还受着国民党反动派的通缉，正流亡日本，蛰居东京千叶县市川町，在日本刑士和宪兵的双重监视下，行动不得自由。因此，他不仅未能回国参加左联的成立大会，甚至报端披露的参加左联的几十位盟员名单中，也找不到他的名字。但是，谈左联，却不能不提郭沫若。

在中国现代文学史上，郭沫若不仅第一个提出了无产阶级革命文学的口号，而且还是文艺家要组成联合战线的最早倡导者之一。在1928年1月19日写的《桌子的跳舞》这篇著名论文中，他曾明确地提出要建立类似左翼作家联盟性质的组织。这篇文章的第十六节，他在引证了列宁的《共产主义运动中的"左派"幼稚病》中关于为了战胜更强大的敌人，无产阶级要利用一切机会来获得大量的同盟者这样一段话之后，强调地指出：

---

* 原载1987年12月15日《齐鲁学刊》增刊，《郭沫若研究专号》。

这是伟大的战略，我觉得在文艺战线上也可以应用。我们应该组织一个反拜金主义的文艺家的大同盟。①

实际上，郭沫若要组织文艺家大同盟的这个打算是由来已久的。早在1927年春，上海工人第二次武装起义由于英帝国主义勾结军阀势力进行破坏而失败之后，由创造社的成仿吾发起，鲁迅、郭沫若、成仿吾等共同署名发表的《中国文学家对英国智识阶级及一般民众宣言》就是创造社与鲁迅等人最早采取的一次共同行动，就是他们最早的一次联合战斗的宣言。接着在1927年末，当郭沫若参加了北伐战争，又参加了八一南昌起义，和鲁迅相继从广东回到上海之后，郭沫若曾经"通过郑伯奇和蒋光慈的活动，请求过鲁迅来合作。……对于我的合作的邀请，他是慨然允诺了的。"② 于是，在1927年12月3日的上海《时事新报》上，以鲁迅、麦克昂（郭沫若的变名）、蒋光慈等为特约撰述员的《创造周报》"优待定户"的广告登载出来了。他们准备携手共同恢复《创造周报》。与此同时，《创造月刊》第一卷第八期的初版本上，也刊登了《创造周报》的"复活预告"，所列"编辑委员"仍为成仿吾、郑伯奇、段可情和王独清四人，特约撰述员则由原来具名的鲁迅等七人增列为鲁迅、蒋光慈等三十人，麦克昂的名字由第二位列到第八位。预告中还宣言："愿以我们身中新燃着的烈火，点起我们的生命于我们销沉到了极点的文艺界，完成我们当年未竟的志愿。我们的文学革命已经告了一个段落，我们今后要根据新的理论，发扬新的精神，努力新的创作，建设新的批评。"

关于这一史实，郭沫若的《"眼中钉"》《跨着东海》《一封信的问题》《鲁迅与王国维》等文均有记述。《鲁迅日记》也曾两次谈及。一次是1927年11月9日："午后……郑伯奇、蒋光慈、段可情来。"另一次是11月19日："下午郑、段二君来。"

当时，郭沫若曾不止一次对郑伯奇说："有机会时很想和鲁迅先生面

---

① 郭沫若：《沫若文集》第10卷，人民文学出版社，1959，第342页。
② 郭沫若：《跨着东海》，《沫若文集》第8卷，人民文学出版社，1958，第288页。

谈。"① 遗憾的是，正当此时，郭沫若受感染，患斑疹伤寒进了医院。九死一生地恢复过来以后，又因国民党反动派的通缉而不得不亡命日本。以后，主持创造社工作的，是一批刚从日本归国的青年革命者。他们创办的《文化批判》《创造月刊》《流沙》等刊物，大力宣传马克思列宁主义，为中国无产阶级登上政治、文化舞台大声呐喊，在思想文化界燃起了弥天烽火，受到广大革命青年的热烈欢迎，影响很大。但是，尽管他们热情很高，干劲很大，对当时国内文化界的情况却不甚了了，对于文学界和成名作家的认识也不全面，正如冯乃超说的那样："在文化领域内反对什么人，批判那些思想，我们的认识不是那么明确的"，"至于联合什么人，更是心中无数的"。② 其结果就是，错误地采取了"一种严烈的内部清算的态度"，郭沫若关于形成一种联合战线的打算，不仅完全被扬弃，反而把鲁迅作为批判的对象，让蒋光慈也被逼和另一批朋友组织起太阳社来了。于是语丝社、太阳社、创造社，三分鼎立，构成了个混战的局面。③

郭沫若这里讲的"一个混战的局面"，指的是 1928 年关于革命文学的论争。大革命失败后，文学青年云集上海。他们创办刊物，组织社团，举行演出，并参加关于革命文学的论争。这场论争，对革命文艺队伍的团结和协同进行对敌斗争是有影响的。不仅当时，即使五十多年以后的今天，这种影响也还隐约可见。但是这场论争，却逼得双方都到马克思列宁主义的思想宝库中去找武器，争相去研究和介绍马克思主义的文艺理论，去翻译苏联作家的作品，促使无产阶级的文学运动在理论上得到了武装，在思想、艺术上有了遵循的准绳，文艺家的队伍和阵地也因之得以扩大，这就推动了革命文艺运动的发展，并为左翼作家联盟的成立奠定了思想和组织的基础。鲁迅先生就说："我有一件事要感谢创造社的，是他们'挤'我看了几种科学底文艺论，明白了先前的文学史家们说了一大堆，还是纠缠不清的疑问。并且因此译了一本蒲力汗诺夫的《艺术论》，以救正我——还因

---

① 郭沫若：《"眼中钉"》，1930 年 5 月《拓荒者》第 4、5 期合刊。
② 冯乃起：《鲁迅与创造社》，《新文学史料》1978 年第 1 辑。
③ 郭沫若：《沫若文集》第 8 卷，人民文学出版社，1958，第 309 页。

我而及于别人——的只信进化论的偏颇。"① 郭沫若也说:"其实就是我,也是实实在在被'挤'的一个,我的向中国古代文献和历史方面的发展,一多半也就是被这几位朋友'挤'出来的。"②

在 1928 年的革命文学论争中,论战双方都感到矫枉有些过正,感到有联合起来共同对敌的必要,因此以我们社、引擎社、创造社、太阳社的作家为主,曾经在 1928 年底组织成立过一个"中国著作者协会",还发表了宣言,但因成员不够广泛,成立时间短,这个团体未能发挥应有的作用。为了集中革命的力量,把更多的作家、艺术家在革命文艺的旗帜下团结起来,组成浩浩荡荡的无产阶级文艺大军,进一步开展反对国民党反动派的斗争,1929 年秋,党派李富春同志找上海文艺界的党员谈话,给他们讲形势,说统战,要他们停止内部论争,团结鲁迅,筹备成立无产阶级文艺组织。于是,统一的中国左翼作家联盟于 1930 年 3 月 2 日在上海正式成立了。郭沫若虽然没能参加成立大会,但正如他所说"1929 年酝酿成立的时候,我是知道的。当时创造社的阳翰笙、李一氓跟我联系"。③ 郭沫若对左联的成立,不仅极端赞成,而且还在物质上给予过支持。他的《跨着东海》曾经记述过这样一件事:"我当时曾经把《少年维特之烦恼》一书捐献给联盟,把那书的版税作为联盟的基金。"④

中国左翼作家联盟,除上海总盟外,还有北方左联和东京左联两个分盟。他们在粉碎国民党反动派的反革命文化"围剿"上,都曾做出过自己的贡献。东京分盟的成员,有从上海总盟和北京分盟去的,也有就地发展的。在从左联成立到解散的六年时间里,郭沫若一直在东京乡下避难。尽管行动受着日本刑士和宪兵的严密监视,但他却从没有停止过革命活动。除了运用马克思主义的观点,大力从事中国古代历史和甲骨文的研究,揭开中国古代社会和古文字学的秘密,对祖国的革命文化事业做出了划时代的贡献外,他还继续从事翻译和文艺创作,积极参加东京左联分盟的活动,

---

① 鲁迅:《〈三闲集〉序言》(1932 年 4 月 23 日),《鲁迅全集》第 4 卷,人民文学出版社,1963,第 6 页。
② 郭沫若:《跨着东海》,《沫若文集》第 8 卷,人民文学出版社,1958,第 311 页。
③ 郭沫若:《郭沫若同志答青年问》,戎笙整理,1959 年 5 月号《文学知识》。
④ 郭沫若:《沫若文集》第 8 卷,人民文学出版社,1958,第 309 页。

指导文学青年开展革命文艺活动，促使东京分盟成为中国左翼文艺运动最活跃的基地之一。

为了广泛地开展革命文艺活动，在郭沫若的指导和支持下，东京分盟出版了《杂文》（后来改名《质文》）、《东流》、《诗歌》等文艺刊物，还出版了一套文艺理论丛书，专门翻译介绍马克思主义的文艺理论。在这些刊物上，经常登有郭沫若的文章，有时一期就载两三篇。如他的悼念高尔基和鲁迅逝世的重要文章《人文界的日蚀》和《民族的杰作》，聂耳在日本不幸遇难时写的悼诗，他的《我的作诗的经过》《关于诗的问题》的两封信，他的《给彭湃》的诗，他的《中日文化的交流》的讲演稿，他的《七请》、《东平的眉目》和《关于〈雷雨〉》的文章，他的小说《克拉凡夫的骑士》，历史小说《孔夫子吃饭》《孟夫子出妻》《秦始皇将死》《楚霸王自杀》等，都是在这些刊物上发表的。他所译的马克思的《艺术作品之真实性》，就收在分盟的文艺理论丛书之中。郭沫若不仅热情支持东京左联的工作，积极为他们写稿、改稿，甚至还曾忍着病痛的剧烈疼痛和危险，深夜为《东流》校阅《贾长沙痛哭》的清样，使送稿去的魏晋等深为不安。①

《杂文》杂志，因崇尚鲁迅的杂文而得名，在国内十分畅销。当第二期译载了鲁迅发表在日本《改造》杂志上的《孔夫子与现代中国》一文后，鲁迅看到非常高兴，并立即去信、寄稿，表示竭力支持。当鲁迅寄去的《什么是"讽刺"?》和《从帮忙到扯淡》两篇杂文，与郭沫若的历史小说《孟夫子出妻》和《关于诗的问题》的两封信，同时在《杂文》第三期发表后，更在国内外引起了强烈的反响。一个小小的刊物，得到了中国最大的两位文豪如此巨大的支持，不仅有力地显示了左翼文艺的强大力量，而且表示出左翼文艺的这两位旗手在团结战斗。因此，它既给予了广大革命文艺青年以极大的鼓舞，同时也吓坏了国内外反动派，马上勒令停刊，予以查封。为了让这一备受欢迎的革命刊物能够生存下去，郭沫若根据歌德《质与文》一书的书名，建议改名《质文》，并亲自题了字，使刊物

---

① 魏晋：《关于〈东流〉、〈诗歌〉的回忆》，载《左联回忆录》（下），中国社会科学出版社，1982，第 717 页。

得以继续出版。

鲁迅和郭沫若关心、支持东京左联，东京左联的革命文学青年对鲁迅、郭沫若也很尊敬和爱护。据臧云远悼念郭老逝世的文章回忆，他们出于对我国现代文学的两位大师的友谊的关心，曾由魏猛克给鲁迅先生去信，倡议鲁迅与郭沫若通信。结果，鲁迅给郭沫若来了封信，对郭沫若表示致意问候，并对郭沫若几年从事甲骨钟鼎和中国古代社会的研究工作倍加称赞。信由魏猛克送到千叶，郭沫若看后马上写了回信，也通过魏猛克转鲁迅。后来，鲁迅又给郭沫若来了封信。《质文》社的文艺青年看到中国革命文学的两位伟人互相通信致意，都很欣慰，并传为佳话。① 关于这一史实，魏猛克的回忆有所不同。他在《回忆左联》的文章中说："鲁迅又来信说，希望左翼文艺界大力加强团结，并表示要与郭先生团结对敌。他在信中说：'看见郭先生在《杂文》上发表文章，很高兴，因为在国内，由于国民党反动派的法西斯镇压，左翼作家的作品很难发表出去，郭先生能出来发表文章，很好，但要设法避开反动当局的注意。在这样的时候，郭先生如能较长时期地出来发表文章，进行各种活动是非常重要的。'他还说，他不是'文学研究会的'，意思是说他过去与郭先生有过'笔墨相讥'，但不是派与派之间的矛盾，并非他在搞宗派。这可说是鲁迅很恳切的一个声明。这封信我们拿给郭沫若看了，他也很受感动，对与鲁迅搞好团结一致对敌表示了很大的热情。从此，他俩的革命友情逐渐加深。"② 虽未说信是鲁迅直接写给郭沫若的，也未说郭沫若有回信，以及鲁迅后来又给郭沫若来了信，但鲁迅称赞了郭沫若，两人均表示要团结战斗等，却都是有的。此一史实，意义十分重大，尚希东京左联的同志进一步加以回忆，提出佐证。

当时，东京左联分盟常以"中华留日学生文艺聚餐会"的名义，借东京中国基督教青年会食堂组织文艺活动，宣传爱国思想。为了团结和培养文艺青年和留日学生，郭沫若常去参加他们的活动，与他们亲切进行交谈。1935

---

① 臧云远：《东京初访郭老——回忆郭沫若同志之一》，载《悼念郭老》，生活·读书·新知三联书店，1979，第 214~215 页。

② 魏猛克：《回忆左联》，载《左联回忆录》（上），中国社会科学出版社，1982，第 395~396 页。

年 10 月初，东京分盟邀请郭沫若去做公开讲演，讲的题目是《中日文化的交流》，这次听讲的很多，有一千多人。讲演中间，国民党特务跑去捣乱。坏家伙们向讲台上扔水果，妄图引起骚乱，使讲演进行不下去。但郭沫若镇定自若，直到讲演完毕，才在革命青年的保护下离去。郭沫若对特务的威胁和捣乱十分蔑视，在车上还做对联开玩笑："且把梨儿充炸弹，误将沫若当潘安。"

郭沫若是在参加八一南昌起义之后加入中国共产党的。1928 年 2 月，由于国民党反动派的通缉而被迫离开祖国，流亡日本。他无时无刻不在思念党，渴望得到党的消息，与党一起进行战斗。郭老逝世后，林林同志发表在《人民文学》1978 年第 4 期的悼念文章回忆，大约在 1936 年春，林林偶然在日本神保町青年会的书报里，看到了印在淡红纸张上的《八一宣言》。这就是 1935 年 8 月 1 日的中共《为抗日救国告全体同胞书》，党号召实行抗日救国团结，马上建立民族统一战线，成立统一的国防政府，组织统一的抗日联军。林林看后悄悄把宣言带给郭沫若过目。很久没有得到党的消息了，郭沫若非常激动、兴奋，很仔细地阅读了党的文件。当时，国内正进行关于"国防文学"与"民族革命战争的大众文学"两个口号的论争，东京分盟的同志请郭沫若写文章发表意见。开始，郭沫若对"国防文学"的"国"字有所犹豫，因为那时的国家是蒋介石在统治，而蒋的反革命面目又是他早在大革命时期就已认识清楚，并写过《请看今日之蒋介石》的著名檄文加以公开揭露的。但是，考虑到党的《八一宣言》的中心思想，考虑到在国家、民族遭受日本帝国主义侵略，民族矛盾超过了阶级矛盾的特殊情况下，"国防文学"的口号还是比较"适当"的。因此，他表示愿意"做党的喇叭"，接连写了《在国防的旗帜下》、《对于国防文学的意见》、《国防·污池·炼狱》、《我对于国防文学的意见》、《蒐苗的检阅》和《国防文学集谈·我的自述》等好几篇文章，对两个口号之争发表了意见。他特别强调地指出："在同一阵营内为着同一的目标，同一的意识，而提出了两个不同的口号；作为对垒的形势，这无论从对内的纪律，对外的影响上说来，都觉得是有点不大妥当。"① 他呼吁："凡是不甘心向帝国主义投降的

---

① 《蒐苗的检阅》，1936 年 9 月 12 日《文学界》第 1 卷第 4 号。

文艺家，都在这个标帜之下一致的团结起来，即使暂时不能团结，也不要为着一个小团体或一个小己的利害而作文艺家的'内战'。——自然，一定要'内战'的人在这儿也是无法强制的。最好请一边在这时挂出免战牌。"①

正是本着这样一种呼吁文艺家在抗日救国的大前提下应该团结的精神，郭沫若在 1936 年春左联解散以后发表的分别由部分文艺工作者签署的《中国文艺家协会宣言》和《中国文艺工作者宣言》这两个文件上都签署了自己的名字。同年 10 月 1 日，郭沫若更与鲁迅、茅盾等文艺界各方面代表人物 21 人共同发表了《文艺界同人为团结御侮与言论自由宣言》，主张全国文艺界同人应不分新旧派别，为抗日救国而联合，这就为文艺界抗日民族统一战线的形成和抗日战争爆发后中华全国文艺界抗敌协会的建立奠定了良好的基础。

上述史料证明，郭沫若的确不愧是继鲁迅之后，在中国共产党领导下，在毛泽东思想指引下，我国文化战线上又一面光辉的旗帜。他是那么的关心我国的无产阶级革命事业，关心革命文艺队伍的成长和团结，并为此进行了不屈不挠的努力，立下了不可磨灭的丰功伟绩。今天，当我们的国家已经建成了浩浩荡荡的革命文艺大军的时候，我们永远不能忘记那些曾经为建设这支团结战斗的队伍做过不朽贡献的奠基者和大师们。

1936 年 10 月，当伟大的革命家、思想家、文学家鲁迅逝世的时候，活跃在东京的中国文艺工作者们曾开会追悼。郭沫若从东京乡下赶去参加，并讲了话。他满怀激情地赞美鲁迅："从前有人歌颂孔子说：大哉孔子！孔子之前未有孔子，孔子之后亦无孔子。我们可以说：大哉鲁迅！鲁迅之前未有鲁迅，鲁迅之后有无数鲁迅！"几句话不仅把鲁迅先生的伟大形象刻画得活灵活现，而且把鲁迅毕生为之战斗的信念和意愿也活脱脱地描绘出来了。

现在，我们正在进行社会主义物质文明和精神文明的建设，我们正处在一个革命事业大发展的新的历史时期，我们一定要把我国无产阶级革命文艺事业的奠基者们开创的事业推向前进，把他们获取的战斗成果扩得更大，把他们辛勤浇灌培植起来的文艺队伍建设得更好，更团结，更能战斗！

---

① 《国防·污池·炼狱》，1936 年 7 月 10 日《文学界》第 1 卷第 2 号。

我们要使郭沫若预言的"鲁迅之后有无数鲁迅"的局面，在社会主义的条件下，迅速变为革命的现实！

而这，也许就是我们纪念我国无产阶级革命文学开山的郭沫若最好的行动！

《女神之再生》和《致李石岑信》
究竟写于何年*

　　《女神之再生》是我国新文学运动中开一代诗风新诗集《女神》中的第一首诗，也是郭沫若早期诗歌的代表作之一。《女神》之得名，首先自然是由于有它的存在。也就是在这首诗中，诗人强烈地表现了自己反抗黑暗，追求自由和建设一个光明、美好的新中国的理想和愿望，集中体现了"五四"的时代精神。《致李石岑信》则集中反映了郭沫若的早期诗歌理论和文艺思想，无论是郭沫若早期诗论和文艺思想的褒奖者或贬抑者，对这封信都是极为重视的。早期新文坛中文学研究会与创造社之间有的论争，也是由这封信中的某些提法诱发的。因此，这首诗和这封信，在"五四"以后的新文化运动之中，是具有极其重要的思想文化价值的。

　　但是，这首诗和这封信，其写作年月，却其说不一，至今没有一个准确的说法。这对研究郭沫若早期诗歌创作和文艺思想，无疑是有影响的。

　　诗剧《女神之再生》，1921年2月25日在上海《民铎》杂志第2卷第5号上最初发表时，未注写作时间。同年5月收入郭沫若的第一部诗集《女神》时，亦未注明写作时间。直至1928年6月编入《沫若诗集》时，诗人自己才在诗剧的末尾注明："一九二〇、十二、二〇初稿，一九二八、一、三〇改削。"1959年编《沫若文集》第1卷，收入《女神之再生》时，依据的是《女神》初版本，1982年编《郭沫若全集·文学编》第1卷，依据的又是《沫若文集》本，所以均未注写作时间。

---

　　* 原载四川省郭沫若研究会《郭沫若学刊》1991年第1期。

郭沫若逝世以后，所出最有影响的两部《郭沫若年谱》和资料书：中国当代文学资料《郭沫若专集》和中国现代作家作品研究资料丛书《郭沫若研究资料》，对这首诗的写作年月日则有不同的说法。龚济民、方仁念的《郭沫若年谱》和《郭沫若专集（2）》，一说 1921 年 1 月 30 日 "作诗剧《女神之再生》讫"，一说 "1921 年 1 月 30 日脱稿"。王继权、童炜钢的《郭沫若年谱》和《郭沫若研究资料》则均沿用 1928 年《沫若诗集》"一九二〇、十二、二〇初稿，一九二八、一、三〇改削"说法。

《致李石岑信》呢？1921 年 1 月 15 日最初在《时事新报·学灯》和 1921 年 2 月 25 日在《民铎》杂志第 2 卷第 5 号刊出时，均未注写作时间。1925 年 12 月收入《文艺论集·论诗三札》初版和后来的几次改版，文字做了删削，均仍未注写作时间。在前述两部《年谱》和资料书中，此信写作年月日无一例外均作 "1920 年 12 月 20 日"。

直到前些时候，笔者为编《郭沫若书信集》查找当年最初发表郭沫若书信的报刊，当查到同时刊登《致李石岑信》和《女神之再生》之《民铎》杂志第 2 卷第 5 号时，始发现《沫若诗集》《郭沫若年谱》和两部郭沫若资料书中所注《女神之再生》和《致李石岑信》的写作年月日有误。

首先，我在《民铎》刊登的《女神之再生》篇末，发现有一《书后》，其中有这样两段对确定《女神之再生》写作时间具有重要意义的文字：

> （一）去年双十节，在《时事新报·学灯》栏中曾发表拙作《棠棣之花》一幕后，李石岑君即来函教唆：劝我仿其体裁，再事创作，允在《民铎》上代为发表。尔来常存个 "若有事焉" 的心，终有此剧之成，实出于李君之赐。
>
> （二）此剧已成于正月初旬，初为散文，继蒙郑伯奇、成仿吾、郁达夫三君赐以种种助言，余竟大加改创，始成为诗剧之形……

这个《书后》，《女神》诸版本均未收，只登载于《民铎》第 2 卷第 5 号上。《书后》说明，《女神之再生》是郭沫若继诗剧《棠棣之花》之后写的又一个诗剧，而且是应李石岑之邀写的，约好发表在《民铎》上。诗剧《棠棣之花》发表于"去年双十节",即 1920 年 10 月 10 日的上海《时事新报·学灯》,《女神之再生》则"已成于正月初旬",当然指的是 1921 年的 1 月初旬了。

但"初为散文",后经郑、成、郁三人传阅提意见,才改为诗剧,并发表在 1921 年 2 月 25 日之《民铎》第 2 卷第 5 号的。

那么,1921 年的"正月初旬","已成"的是散文初稿还是诗剧《女神之再生》呢?

首先,《书后》明言李石岑要求的是仿《棠棣之花》的体裁,也就是诗剧再事创作,而不是要的散文。其次,《书后》明言"此剧已成",而且是蒙郑伯奇等"赐以种种助言"并大加"改创"之后,"始成为诗剧之形"的。这几句话,未经实践是写不出的,可见"正月初旬"当为诗剧的完成时间,而不是散文初稿之完成时间。散文初稿之完成时间,我认为应为作者 1928 年编《沫若诗集》时所注之"一九二〇、十二、二〇"。当时,郭沫若在福冈,郑伯奇在京都,郁达夫、成仿吾在东京,他们正紧锣密鼓筹组创造社,想出文艺刊物,常相互交换信函和各自的创作,以征询意见,还编过一个叫《格林》的小刊物,刊登习作和意见。散文《女神之再生》当即此时交相传阅以征求修改意见的稿件之一。

由此可见,诗剧《女神之再生》,散文初稿当写成于 1920 年 12 月 20日,定型为诗剧乃 1921 年 1 月初旬。龚济民、方仁念的《郭沫若年谱》和《郭沫若专集(2)》确认诗剧写成于 1921 年 1 月 20 日,不知所依何据。王继权、童炜钢的《郭沫若年谱》和《郭沫若研究资料》及其所据之《沫若诗集》之作者自注,则均把散文和诗剧《女神之再生》之写作时间混为一谈了。至于 1928 年 1 月 30 日,则是郭沫若经过几年的思想变迁之后,对原诗剧文字所作"改削"之时间,与我们所讨论的原剧写成时间是两码事。至于 1928 年"改削"之处,桑逢康《〈女神〉汇校本》和《郭沫若全集·文学编》第 1 卷,均曾加以对照移录,可参阅,此处不赘述。

至于《致李石岑信》,两部《年谱》和两本资料书一无例外地认为是作于"1920 年 12 月 20 日"。但笔者在查阅《民铎》杂志第 2 卷第 5 号时所发现的,该函在编入《文艺论集》时被作者删削了两段文字,却否定了上述说法之正确性。这两段文字，一段在开头：

> 石岑先生：年假中草了两篇戏曲：一名《湘累》，是把屈原姐弟事优孟化了的；一名《女神之再生》，今天才草就，大概有四五千字的光景。两篇都寄向朋友处领教去了。《女神之再生》一篇也是借过去的影子来暗示将来的，其中寓有创造冲动与占据冲动之葛藤，异教主义 Paganism 与希伯来主义 Hebrsism 之冲突；拟以应去年雅命，在《民铎》上发表；俟友人寄还时，当得即行奉上。

另一段在接近末尾处：

> 年末对于我国底文艺界还有些久未宣泄的话，在此一并也说出了罢。去年双十节读先生《吾人第一义之生活》一文，中有"真人生之建设，不能不有待于艺术"一语，最称卓识！"吾国营第一义之生活者甚稀"亦最表同感。

把信函中删去的这两段话与前引《书后》相对照，即可发现它们是两相吻合的。这两段话，不仅进一步印证了诗剧《女神之再生》写于 1921 年 1 月初旬之判断是正确的，而且有利于我们准确判断《致李石岑信》之写作时间。

因为在这两段删除之文字中，前面有"一名《女神之再生》，今天才草就"，"拟以应去年雅命，在《民铎》上发表"，后面又有"去年双十节"等几句话，它们说明，诗剧《女神之再生》是和《致李石岑信》在同一天完成的，因为"今天才草就"。而两个"去年"，则更证明《致李石岑信》绝不是写于 1920 年 12 月 20 日，而应是写于 1921 年。既然前面已经证明《女神之再生》诗剧写成于 1921 年 1 月初旬，《致李石岑信》当亦写于 1921 年 1 月初旬。如果不是写于 1921 年而是写于 1920 年的话，它的"去年"就是 1919 年了，而 1919 年的双十节，《时事新报·学灯》所发表的，却是郭沫若的《Faust 钞译》（歌德），而不是诗剧《棠棣之花》了。

由此可见，《致李石岑信》应判定写于 1921 年 1 月初旬，而不应是写于 1920 年 12 月 20 日。

1990 年 9 月 15 日

以平常心多元开放地研究郭沫若[*]

转瞬之间，我们已经由 20 世纪来到了 21 世纪。值此世纪转型的当口，我们来谈"新世纪郭沫若研究"的问题，是十分有意义的。

20 世纪是一个战事频仍、变革不断、风云突变的世纪。相比之下，21 世纪肯定将会倾向于走向联合、倾向于创造发展、倾向于多极共存。民族自决自立的浪潮将更加汹涌澎湃，一个国家说了算或几个强国主宰世界的历史将不复存在，信息时代、知识社会，人们的思想将会更加开放、更加自由、更加宽容、更加多样化。

生活在 20 世纪那样一个时代，郭沫若的头脑是纷繁复杂的，思想是激进开放的，生活是紧张急迫的，他的艺术和文化活动是全方位多方面的。

现在历史正处于新世纪开元之初的转捩点上。在 20 世纪，我们的郭沫若研究从无到有，从无组织到有组织，从零散到逐渐系统，可以说已经达到了相当的规模和相对的深度。站在 21 世纪的高度，郭沫若研究应该怎样展现自己的面容呢？我认为，我们必须在已有的基础上，向更深、更广的方向发展，向更开放、更现代的方向努力，不断增强郭沫若研究的现代性，以便创造和实现一种比 20 世纪更生动、更活跃的研究局面。

首先，我们的思维模式和思想方法必须有所改变。我们的思想必须更加开放，世界上的客观事物都是三维和多维的，从来没有那么简单过，似乎不是好就是坏，不是正就是反，不是革命就是反动。郭沫若的思想成长有个过程，确立了马克思主义的世界观以后，也不能说他对旧的事物、旧

* 原载四川省郭沫若研究会《郭沫若学刊》2001 年第 1 期。

的观念就已经荡涤得一干二净，不会再有丝毫的牵扯，何况除了思想观念之外，还有思维的方式方法等方面的问题。因此，对郭沫若的思想和生活，对郭沫若的学术观点，对郭沫若的文艺思想和创作，都必须历史地、辩证地去看，都必须多角度、全方位地去看。以郭沫若的文艺思想为例，那确实是异常的活跃和开放的，早在创造社时期，他就提出在艺术上"没有划一的主义"。事实上，中国传统的文艺观念也好，西方的文艺思想也好，他都进行了广泛的多方面的吸取，虽然受其性格等因素的影响，他对浪漫主义情有独钟，有所偏爱，但从其创作可以看出，他对现实主义、现代主义、弗洛伊德等，都曾进行了多方面的吸纳。因此，我们研究郭沫若思想必须放开一点，要从僵化的固定的思维模式和研究形态中走出来，从多元的角度来看待郭沫若，要看到郭沫若的复杂性和多样性，不要把他神化，要把他还原为人，还原为现实社会中鲜活的人。

其次，研究和评价郭沫若必须坚持采取科学的态度。科学的态度就是实事求是。要实事求是就要超脱，要不囿于党派、学派的成见和个人的意气。郭沫若是从现实社会复杂激烈的斗争中走过来的，难免与社会上不同党派或学派的人观点不一致，甚至结下过什么怨恨。但不管怎样，我们既然是搞学术研究，就必须坚持学术研究的准则，一切从客观事实出发，从真实材料出发，既不能像余英时那样，从党派的利益出发，带着政治的偏见，不惜编造材料，罗列罪名，别有用心地对郭沫若进行恶意攻击；也不能像有的人那样，从个人的好恶出发，意气用事，今天称郭沫若是人类的导师，明天又把他打为流氓恶汉，一好好到天上去了，一坏又坏成了不齿于人类的狗屎堆。搞学术研究要切忌感情用事，对郭沫若一生的功过是非，我们必须把它放到当时的社会环境、现实政治情况与文学学术的氛围中去进行考察，真正做到实事求是，公正公平。总之，我们必须坚持郭沫若研究的科学性和历史感。

最后，希望我们郭沫若研究界的朋友们，能以平常心、能以更沉潜平静的心态，扎扎实实地去搜集和研究已经出版的、已经拥有的那些郭沫若资料，去发现和挖掘更多的郭沫若研究资料，写出更多一些具有思想个性和活力的研究成果来。没有个性的东西是难有长久生命的，20世纪已经出版的研究郭沫若的著作可以说已经不算很少，但真正能够传世的，可能也就那么少数的几部。在去年的长春会议上，已经显露出研究郭沫若的某些新思考、新概念、新语汇，如果在新的世纪中，我们郭沫若研究的老中青学者们，个个都能这样独树一帜地加倍努力，我们的郭沫若研究一定会在新的世纪中获得突破，特别是在一些带有根本性和规律性的问题上，一定会有新的创获。

评价郭沫若必须采取科学的态度[*]

前一段时间，怀着极大的兴趣，围绕近年来对郭沫若评价中有争议的问题，看了一些材料，感触良多。现在结合文章，谈谈评价像郭沫若这样的历史人物时应该采取什么态度的问题。历史将要进入一个新的世纪，郭沫若研究也应该进入一个崭新的阶段，应该更成熟，更科学。

什么是科学的态度？就是要从实际出发，实事求是。过去，我们党依靠这一条，把马克思主义与中国革命实践相结合，结果领导革命战胜国内外敌人，建立了新中国。其间，在社会主义革命和建设中，有些年由于违背了这一条，结果使我们的人民遭了殃受了罪，党自身的形象也蒙上了灰尘。改革开放以来，由于党又坚持了这一条，于是我们国家很快走出困境，并赢得了今天越来越好的形势。

在研究工作中，我们也经常讲要实事求是、从实际出发。就是说，要尽一切可能大量地占有材料，然后对材料进行分析过滤，从真正的事实中而不是想当然地去引出结论，求得正确的认识。话是这么说，但我们在具体的研究工作中，或者因为懒，或者因为带着事先有的成见或偏见，结果就南辕北辙，走到了与事实完全相反的方面去了。在看评价郭沫若有关材料的过程中，发现这两方面的情况都很突出，做得好的相当好，做得不好的相当差，下面就结合相关文章来谈谈自己的看法。只是就文章说文章，就事论事，无意伤害任何学术中人。

---

[*] 原载中国郭沫若研究会编《郭沫若与二十世纪中国文化》，福建人民出版社，2002。笔名柯宇。

一

首先，要谈谈我所看到的几篇在实事求是方面做得较好的文章。

余英时是一个爱惹麻烦的人，他的那本《钱穆与中国文化》，前些年在一个书摊上就买到了，他那篇带着明显的政治目的诬称郭沫若抄袭钱穆的《〈十批判书〉与〈先秦诸子系年〉互校记》就收在该书中，买回来后也随便翻过一下，只觉得余为了讨好其师钱穆，故意夸大其词，耸人听闻。因为史料是人人都可引证的，不能说谁抄谁，抄袭只能指论说文章，而论说文章，英雄所见略同的，自古以来可以说多的是，而且学术的发展，离不开前人的研究成果，何况真理只有一个，学者之间有相同的看法，有何值得大惊小怪，怎能随便斥责人为抄袭呢？当时我就是懒，未去找有关的书和文章来进行查证。翟清福、耿清珩和方舟子先生他们就不同了。翟、耿二先生的一桩学术公案的真相——评余英时《〈十批判书〉与〈先秦诸子系年〉互校记》，在大量的材料面前，抓住了余英时的致命伤，所谓"绝不是政治宣传"，其实正是余英时带着严重的政治偏见，在"学术研究"的幌子下，恶意中伤与他"在政治上是处在绝对敌对的立场"的郭沫若。再有就是方舟子先生，他虽然身居海外，却密切关注着国内的学术动态，他的《郭沫若抄袭钱穆了吗？》一文，非常客观地，从大量史料出发，戳穿了余英时所谓的郭沫若"抄袭"说。文章末尾，方先生还语重心长地劝告国内某些学者，不要"步海外别有用心者的后尘，怀疑、抹杀"郭沫若的"一切学术成果"。"尤其是宣扬独立人格者，更应该注意不要意气用事，人云亦云，不加辨析地相信人言。""在反思批判郭之前，不妨扪心自问，自己是否已把郭的著作作了适量的体会，从全面了解郭沫若？还是只不过意气用事。"

陆键东先生的《陈寅恪的最后二十年》在书店发行之后，国内掀起了陈寅恪热，随之而来的所谓郭沫若与陈寅恪"龙虎斗"的谣传，在一些人的渲染下弄得沸沸扬扬的，使我们这些局外人感到莫名其妙，莫衷一是。

后来看到谢保成先生的《郭沫若与陈寅恪关系考》，该文从非常翔实的材料出发，实事求是地介绍了郭、陈来往的具体情况，权威地还原了郭与陈交往的历史真面目，在事实面前，所谓"龙虎斗"，真成了"风马牛"了，谣言遂不攻自破。

郭沫若在"文化大革命"中的表现，是人们诟病郭沫若的焦点之一。"文化大革命"十年中，郭沫若究竟写了些什么，做了些什么，生活发生了什么变故，思想有哪些变化，人们只是道听途说，人云亦云，似知实不知地听到一些说法，似是而非地产生一些这样那样的看法，真假难辨，是非难断，冯锡刚先生的《郭沫若在1966年》和《郭沫若在"文革"后期》两篇文章，给我们解了谜。他的前一篇文章按月把郭沫若在"文化大革命"发动初期的1966年的所作所为一一列出，后一篇则将1971年以后郭在"文化大革命"后期的表现详加记载，然后联系郭的一贯表现，当时的社会环境，郭沫若的心态，事件的来龙去脉，以事实为依据，夹叙夹议，哪件事情该褒，哪件事情该贬，是非分明，实事求是地阐明了自己的看法。比如谈到《李白与杜甫》时说，"作者似乎以反潮流的精神翻了历史上'千家注杜'和'一家注李'的案，但那种带有鲜明的'文革'印记的任意拔高和苛求历史人物的思维方式却在实际上迎合了一股与个人崇拜有着千丝万缕联系的时代潮流"，批评"郭沫若恰恰在个人崇拜这个时代的潮流面前缺乏抗衡"。又比如在谈及毛泽东批评"郭老从柳退，不及柳宗元，名曰共产党，崇拜孔二先"和江青1974年1月25日在"批林批孔"动员大会上对郭沫若进行点名批判之后，郭沫若尽管仍然颂扬毛的《读封建论》诗"肯定秦皇功百代，判宣孔二有余辜"，并承认"十批大错明如火，柳论高瞻灿若朱"。但当张春桥、江青先后到他家里来，要他承认骂秦始皇的错误，要他写文章批判"秦始皇的那个宰相"时，郭沫若面对江、张咄咄逼人的胁迫，却保持了庄严的沉默。写至此，作者由衷地赞赏说："在黄钟毁弃，瓦釜雷鸣的'批林批孔'中，与某些学者相比，郭沫若虽也有过误传春讯的一刻，但终究窥破了江青一伙的心机，为维护周恩来的英名而保持了庄严的沉默。漫漫10年长夜，这一刻是郭沫若最有光彩的一页。"

李辉的《太阳下的蜡烛》一文，采用象征的、高屋建瓴的写法，集中地就郭沫若与毛泽东的关系，一个诗人与政治领袖的关系，专门研究郭沫若、周扬那种类型的文化名人中间产生的"太阳下的蜡烛"那样一种历史文化现象，对我们怎样来看待这种现象，怎样对待这样的人，很有启发。他说，毛泽东作为一代伟人，"在他的光芒照射下，所有崇拜他的人，自觉或不自觉地把自我置放到微不足道的位置，随他思考而思考，随他呼吸而呼吸"。"许许多多著名的或者不著名的人物，不管它们过去在各自的领域里多么杰出，一时间他们都仰望着毛泽东。在他们的心目中，他的确是一颗光辉耀眼的太阳，而且情愿自己如蜡烛一般消融于他的阳光之中。"这种现象，最初他是在写关于周扬的一篇文章时想到的，然后他又在这样的一群人中看到了郭沫若闪动的身影。

作者以郭沫若为例，形象生动地刻画了这种"太阳下的蜡烛"的历史文化现象。他高度评价了郭沫若在文学和学术上的成功，说《女神》的新诗开创意义是不可磨灭的，《沫若自传》开创了中国传记文学的新领域，《屈原》是郭沫若创作的集大成者，他的诗人气质，他的浪漫决定了他的史学研究和考古学成就。他说"郭沫若曾经是他自己的太阳"。但是，以后"他的太阳落山了"。"郭沫若后来依然歌吟太阳，但他已不是太阳。他以崇敬的心情和目光，仰望着毛泽东，他在毛泽东对自己的赏识中，最终寻找到了他的生活位置。"作者正确地指出："他已经形成了一个巨大的惯性。不必思考，不必选择，就本能地任由惯性推着自己往前走去。""一个当年那么浪漫、拥有激情、拥抱太阳的天才诗人，竟然最终以这样一种情形呈现在人们面前，无论如何，都是个人的、文学的、历史的悲哀。"

在这篇文章中，作者还从冯友兰、郭沫若谈到一种"非己"的现象。他说："非己，意味着熄灭自己的光。""非己，并非单独的个别现象。岁月变幻中，几乎每一个文人，都在非己的选择上徘徊。"他说，"有人说过冯友兰先生善于'非己'。'文革'中，他为配合政治而改变自己学术思想"，"在非己方面，郭沫若显然比冯友兰走得更远"。"长达十年的'文革'，郭沫若始终把他与毛泽东视为一体。不管其间发生何种想不到的变故，他始终因为崇拜心中的太阳而去歌颂，而去非己。"直到1978年去世，"精神上他依然属于他所崇拜的那个伟人"。

作者遗憾郭沫若去世得过早，"许多仍在延续生命的文人，远比郭沫若幸运"。文章中，作者总结了这种现象，并提出了对待这种"非己"文人应取的正确态度："在无数人的大大小小的非己中，它们并不显得格外引人注目。特殊的历史环境中，对许多业已定型的人来说，非己只能是惟一的选择。但是，当风雨过去，当这个世纪愈来愈走近尾声时，人们更多地开始思考文人的生命价值和文人的人格，这样，对郭沫若以及相似遭际和表现形态的文人的审视，就不仅仅是作品研究和学术研究就能完全包容的。需要的是更冷静更客观也更严峻的目光，需要的是设身处地的宽容，但同样需要立足于 90 年代的高度和面对历史的无情。"

在这篇文章中，由于作者是把郭沫若等众多文人中间发生的这种情况当作一种较为普遍的历史文化现象来思考来研究的，心态平和，态度认真严肃，处处从实际出发，使人不由不顿生同感，说服力很强。这篇文章初稿写于 1994 年 1 月，修改于 1997 年 3 月，三年多时间才写成，所以我认为也是一篇实事求是的好文章。

除此之外，我觉得日本学者丸山升先生的《郭沫若与萧乾》一文，也称得上是实事求是的好文章。

谈萧乾与郭沫若的关系，当然离不开郭沫若 1948 年 3 月写的《斥反动文艺》一文，丸山升的文章，好就好在关于此事的来龙去脉讲得比较清楚，而且实事求是，客观公正，不带个人的偏见和成见。作者首先依据萧乾的回忆录介绍了萧乾 1947 年 5 月 5 日为《大公报》纪念"五四"写的社评《中国文艺往哪里走?》内里批评过去 30 年"中国文坛可说是一连串的论战"，"有些批评家对于与自己脾胃不合的作品，不是就文论文来指摘作品缺点，而动辄以'富有毒素'或'反动落伍'的罪名来抨击摧残"。然后又批评"近来文坛上彼此称公称老，已染上不少腐化风气，而人在中年，便大张寿筵，尤令人感到暮气"。"纪念五四，我们应革除文坛上的元首主义，减少文坛上的社交应酬。"文章的指向是十分明显的。

接着，作者介绍了 1948 年 3 月郭沫若在香港发表的《斥反动文艺》。郭文先说："今天是人民的革命势力与反人民的反革命势力作短兵相接的时候，衡定是非善恶的标准非常鲜明。凡是有利于人民解放的革命战争的，便是善，便是正动；反之，便是恶，便是非，便是对革命的反动。"然后便在"反动文艺这个大网篮里"挑出"粉红色的沈从文""蓝色的朱光潜""黑色的萧乾"来批评。谈及萧乾时，郭文是这样说的："什么是黑？人们在这一色下最好请想到鸦片，而我想举以为代表的，便是《大公报》的萧乾……从抢眼中发出各色各样的乌烟瘴气，一部分人是受他麻醉着了。"然后，丸山升介绍了 1948 年 4 月 16 日萧乾针对《斥反动文艺》写的《拟 J. 玛萨里克遗书》："现在整个民族是在拭目抉择中。对于左右我愿同时尽一句逆耳忠言。……今天在做'左翼人'或'右翼人'之外，有些'做人'的原则，从长远说，还值得保持。"

据丸山升介绍，新中国成立后对萧乾产生了影响的，还有一个 1948 年 1 月在北平参加中国社会经济学会及其机关刊物《新路》筹备工作的问题。据日本学者平野正《中国民主同盟的研究》，中国社会经济学会是民盟先进分子放弃了中间路线，确定了革命立场以后，原来民盟中的一些人着手组织起来的，其目的是"试图对抗中间层知识分子移向革命立场，发生变化，并把其他中间分子组织到国民党方面来"。

《沈从文传》记载："全面内战爆发后，萧乾参加了'第三条道路'的活动，并四处奔走，与钱昌照等人积极筹划办《新路》杂志。这天，萧乾来到沈从文住处，邀沈从文参加刊物的筹办，并在发起人名单上签名。"但沈从文一看名单心中就产生了疑虑，断然表示"我不参加"。萧对此不高兴，以后两人关系就淡化了。

丸山升讲，幸好萧乾也由于好友、地下共产党员杨刚从美国回来，才劝阻了萧，并拉他参加了《大公报》地下党的学习会和地下刊物《中国文摘》的工作，以后还参加了《大公报》的起义。因此，萧乾 1949 年得以参加第一次文代会。

关于《斥反动文艺》一文，丸山升说："我读过的几种现代文学史，大多阐述这样一种见解：当时知识分子之间残存着对'中间路线'的幻想，在那种状况下，这样的批判乃是必要的……"其中唯独唐弢、严家炎主编的文学史，一方面沿袭了上述基本观点，另一方面却指出："批判者未能很好划清思想问题和政治问题的界限，带有'左'的简单化。"文章最后，丸山升一方面表示："我也承认，在这种状况下，也难怪当时的左派会认为有必要对这些主张进行批判了。"同时也指出："以《斥反动文艺》为首的一系列批判所留给萧乾的创伤，不仅是对萧乾而已，而且对以后的中国也留下了创伤。"

应该承认，丸山升的文章和前面几篇文章一样，都是比较有说服力的，这种说服力，来源于他们坚持了实事求是的态度。从这些文章可以看出，论者对被论者有同样的同情和关爱，心态比较平和，而且是真正把这当成一种具有 20 世纪中国特色的历史文化现象来研究、来观察、来讨论，目的在于找出这些现象产生的根源，它是怎么发生的，它的发展变化情况怎样，结果影响如何等。因此，他们能平等地对待这些过往人物。在他们的笔下，这些被论者好像是自己身边的一个长者，情不自禁地在为他们的每一次出色的表现喝彩，同时也在为他们的失态，为他们的过失，为他们差劲的表现，感到遗憾。因此，文章中只有既严肃又严格甚至是苛刻的评论，但没有讽刺、讥诮和挖苦，文章中有的是相同的设身处地的宽容，而没有厚此薄彼，不能把一碗水端平。总之，这里没有偏见，不带成见，只有实事求是，就事论事。

二

但是，我也看到有相当一些文章却不是采取这种态度。在这些文章中，可以明显地感到论者的心态不太平和，他们不是把这些过往的事情当成一种历史文化现象，对这些过往的历史人物不能做到一碗水端平，更缺乏设身处地的宽容，实事求是当然也谈不上，而且文风不正，讽刺、挖苦、讥诮什么都有，当然，情况不一，程度也不一样，但共同的特点是不实事求是。

比如有这样一篇谈陈寅恪热在何处的文章，就甚多偏颇。它极力抬高陈寅恪《对科学院的答复》的"思想史意义"，说它"应该成为 20 世纪中叶中国最重要的思想文献之一"，因为它敢于"以生死力争"知识分子的

"独立精神和自由意志"，并称道陈"敢于向君临天下的君王争自由并要他作出书面保证"，说"这是读书人的一点傲气，或是一种牛气"。还十分肯定地说，今天"知识界热衷于谈论陈氏，实际上就是对他这种人格精神的认同和追慕"。

接着，文章拿陈寅恪与郭沫若进行对比，说"郭氏的才气与学术成就整体来看确实不比陈氏逊色，但在为人上实不可同日而语。郭氏的惯于迎合上意以邀宠，顺风行船而自以为得计恐怕才是陈氏最为反感和藐视的"。还说："郭氏最大的悲剧，最不可淡化的就是他对权力及其持有者无条件的顶礼膜拜。不要立场，不辨是非，捧红踏黑，落井下石，是我们民族文化传统精神最不齿的品行。"

十分明显，文章在这里进行的陈、郭对比是极不实事求是、很不科学的。因为知识分子是一个复杂的群体，由于世界观和人生态度的不同，他们的价值观念和人格取向也是极不相同的，拿个信仰马克思主义、奉行集体主义原则的知识分子和一个信仰自由主义、奉行个人主义的知识分子相比较，从而证明后者的为人是如何之高尚是极其可笑的。郭沫若早在1924年翻译《社会组织与社会革命》时比较系统地学习了马克思主义的理论以后就决心舍弃个人主义做一个马克思主义者，把自己的一生献给全人类的解放和共产主义事业。1924年8月9日，他在致成仿吾的信中就说："这书的译出在我一生中形成一个转换的时期"，"马克思主义在我们所处的这个时代是唯一的宝筏"。"我把我从前深带个人主义色彩的观念全盘改变了。"稍后在《革命势力之普及与集中》一文中，郭沫若更进一步阐明了个人与集体，与革命之关系："个人的自由，要全体的自由得到了之后方能得到。在力求全体的自由的时候，各个人乃至各团体应该本着牺牲的精神以求达到最后之目的。国民革命就是在求全体的自由的，从事于国民革命的人，所有自己的身家性命都在所不惜，难道是要顾惜区区的零碎的自由吗？"

至于整个知识分子队伍的思想状况，情形也并非文章中说的那样。新中国成立初期，众多的知识分子和广大的工人农民一样，对于新中国的热爱，对于毛泽东和共产党的拥护，绝大多数都是出之真心而非虚情假意。对于马克思主义，由不认识到认识，许多知识分子在政治学习中，在业务工作中，也都真心表示愿意接受马克思主义的立场、观点和方法，不少人还决心以共产主义为自己终生奋斗的目标，自觉地奉马列主义为行动的准则，他们并不认为这就是失掉了独立精神和自由意志。至少，在知识分子中，像陈寅恪先生那样，把马列主义当作"桎梏"者，毕竟是少数。所以，多数的知识分子，是不会去苟同陈寅恪先生之"不宗奉马列主义，并不学习政治"，更不会去欣赏他"请毛公或刘公给一允许证明书以作挡箭牌"的过分要求，至于把他的这种言行看成表现了知识分子的"傲骨"和"牛气"者，我相信并不会很多，相反，把这种"傲骨"和"牛气"当成资产阶级自由主义者的顽固和狂妄，恐怕还会更多一些。至于当局，当然也不会如陈寅恪那样看高自己，满足他"应从我说"的条件，"毛公""刘公"当然更不会给他开什么"证明书"，只不过尊重他的选择，并在生活上予以礼遇罢了。思想上虽不同意他、不迁就他，学术上还是会尊重他的自由的，因为到底他未曾跟国民党跑到台湾去，器重他是一个爱国者。

既然郭沫若和陈寅恪他们一个信奉马克思主义，一个信奉资产阶级自由主义，一个是集体主义者，一个是个人主义者，他们就不好"对比"。至于郭沫若是否真的如该文作者所说是"惯于迎合上意以邀宠，顺风行船而自以为得计"，是否真的"对权力及其持有者无条件的顶礼膜拜。不要立场，不辨是非，捧红踏黑，落井下石"，恐怕也不是仅凭"他对江青，邓小平反复无常的态度"就能得出"典型地体现了他的这一为人特征"的结论的。我不反对作者"不能因为郭老的学术成就而豁免对他的道德拷问"，只觉得应该实事求是，应该具体情况具体分析，不要因为礼遇陈就"苛刻"郭。同样是对待知识分子，对待大名人，既然作者能够体谅"中国知识分子生存的艰难"，并站出来为"钱锺书式的虚伪"进行辩解，为什么不能对郭沫若有一点设身处地的宽容呢？郭沫若真的是一个"越过了道德底线并伤害了别人的人"吗？这当然不是说郭沫若是一个道德的完人，不是说郭沫若就没有应该进行"道德拷问"的地方，郭沫若不是在自传中就自己对自己进行过道德拷问吗？而只是说作者没有一碗水端平，没有做到实事求是。

还有的文章，把郭沫若与毛泽东的关系说成是"奴隶"与"主人"的关系，说郭沫若"在文学领域里，他还可以凭借天才登高一呼、一举成名；

在政治领域，他却不由自主地成为台前木偶，演出一幕幕的笑剧"。说郭沫若由于"独立精神和文化人格的失落"，"五四的弄潮儿，退化到给毛和作旧诗的文学弄臣"，"虽为 1949 年以后的'第一文人'，实际上仍是'倡优畜之'"。并说"他把文学和学术当作换取显赫头衔和王府大宅的等价物"，他"吹捧江青和武则天"，"穷数年之精力作《武则天》以献内廷"。还说"他除了捍卫自己的利益以外，没有捍卫过别的什么"，"连自己的儿子都可以牺牲"，为此"他获得了政权所能给当代知识分子的最高礼遇"。

其实，把郭沫若说成是毛泽东的"文学弄臣"，把他们之间的关系丑化为"主人"与"奴隶"的"倡优畜之"，并不是什么新的东西，不过是鹦鹉学舌，拾台港政客之牙惠而已。

早在 20 多年前，香港亚洲出版社初版于 1954 年 5 月的史剑题为所谓《郭沫若批判》的书，就攻击郭沫若是所谓的"机会主义者"，攻击"他是毛泽东皇朝的司马相如，倡优畜之的弄臣"，"文学侍从"等。史剑原名马彬，新中国成立前是上海《和平日报》的总编辑，国民党逃到台湾去后，他躲在香港专门写文章与新中国为敌。

我们无须回避郭沫若与毛泽东关系中存在的问题，但郭沫若与毛泽东关系中下面一些情况还是必须注意的。

首先，郭沫若从幼年时期起就是一个激进的民主主义者和虔诚的爱国主义者，希望国富民强、国泰民安，而且从 1924 年开始就比较系统地接受了马克思主义，坚信共产主义是人类最美好的理想，而且一定能够在中国实现。因此，我们应该承认，他对于马克思主义、对于共产主义，是有着很深的体认和坚贞的信仰的。不然，他就不会那么热衷于人民大革命，1926 年就投笔从戎去参加了北伐战争那血与火的斗争；不然，他也就不会拒绝蒋介石的拉拢，没有去当蒋的行营政治部主任，而且在《请看今日之蒋介石》《脱离蒋介石以后》等文章中公开揭穿蒋介石的反革命真面目，之后又冒着生死危险赶去参加八一南昌起义，并在革命陷入低潮，党处于困难危机的时候加入中国共产党，请问天下哪有这样的机会主义者；不然，他就不会在日本刑士和宪兵的双重监视下，冒着生命危险，于 1937 年 7 月别妇抛雏，从日本东京潜回上海参加抗日斗争；不然，他也不会那么积极地为人民的解放和建立新中国而到处奔走，不会不顾反动派的威胁恐吓而坚持斗争；不然，他就不会在新中国成立之后有那么高的热忱，对国家的社会主义经济、文化建设有那么大的热情，即使在个人遭遇不幸的情况下，仍对前途充满信心。因为这一切，都是与他对马克思主义的忠贞和坚定的共产主义理想联系在一起的，而非一切都是为了毛泽东个人。

其次，自1926年认识毛泽东之后，在长期的、共同的革命斗争中，郭沫若深深地为毛泽东的学识、诗词修养、智慧、雄才大略和高瞻远瞩所倾倒，对毛泽东如何带领中国共产党在国内外那么复杂困难的情况下，经过艰苦卓绝的斗争，终于取得革命的胜利，以他所处的地位，当然有更深切的、刻骨铭心的了解，所以郭沫若对毛泽东的佩服、崇拜，是具有很强的理性色彩的，不完全是盲目的崇拜，更不能通通看成对毛泽东的迷信和无原则的迎合。当然，我们也看到郭沫若对毛泽东确有盲目崇拜的一面，特别是在新中国成立之后。

最后，郭沫若是我国新诗的奠基人，又是一个历史学家，他的历史剧创作，他的自传和他的史学研究，都曾受到毛泽东的称赞，从这一点上讲，毛对郭是赏识的，郭对毛是有知遇之恩的。而在长期的革命斗争中，两个革命浪漫主义诗人曾多次相互唱和，彼此当然不无欣赏，而毛泽东在他的诗词中所显示出来的革命气概和壮志豪情，尤其使革命浪漫主义诗人的郭沫若感到倾心。从他们几十年的相互关系来看，起初应该说是平等的，发生变化，产生敬畏，表现出不平等，是在新中国成立后。而这其中，又夹杂诸多的社会因素。所以，用"主人"与"奴隶"、君王与文化侍从来概括毛泽东与郭沫若之间的关系，是极不恰当的，不实事求是的。

总之，郭沫若与毛泽东之间的关系，情况比较复杂，不同时期有不同的情况，不同事情有不同的表现，必须具体问题具体分析，实事求是地区别不同情况。比如在政治上，通过几十年的观察，郭对毛确实是倾心承认其英明正确，比自己高明，所以有的事情，起初不一定都理解，甚至还有些想不通，但都从自身方面去找差距，从正确的方面去加以理解，久而之，不由产生一种惯性，难免遇事理解的想得通的执行，不理解想不通的也硬着头皮去执行，这就难免有说违心话的时候，难免有行动与内心背离的时候，并难免跟着犯错误了。比如全国解放后，文化界、学术界那么多的批判斗争，可以想见郭沫若并不是都心甘情愿去参加的，但身在其位，于是去参加了，表态了，有的也就犯了错误了。当然，有的发言，仔细推敲其内容，提法和结论与官方还是常常保持一定距离，有所不同的。

至于郭沫若1967年6月写的对江青的那首颂诗，只要稍微仔细一点，就会发现几句赞词主要是针对样板戏说的，而且当时江青登上政治舞台还不是很久，在群众心目中的印象还不像后来那般恶劣，她又惯会拉大旗作虎皮，到处装腔作势以毛主席的代表自居，所以当时郭对江的赞颂，不排除有把她当毛主席代表的成分，赞江乃颂毛也。所以，这时的情况是与70年代江青野心勃勃想篡党夺权，想借批林批孔把周总理整下去以实现其狼子野心当女皇之时是不一样的。

1974年批林批孔之时，郭不仅没有对江唱赞歌，而且还坚决顶住了江的压力，也未接受他们的拉拢，去当什么顾问，去攻击江青一伙想要打倒的那个"秦始皇的宰相"。至于说郭"穷数年之精力作《武则天》以献内廷"是为了歌颂江青，吹捧女皇，这太不实事求是了。郭创作《武则天》剧本是1960年1月至1962年6月的事，那时江青因约法三章之制约根本还没有活跃于政治舞台，狼子野心还没有暴露。

江青想当女皇是1971年林彪死了以后的事，江青为什么那么恨周恩来，也因为她认为林死后周成了她登上最高权位的最大威胁，所以借批林批孔以整周。江青不仅对武则天感兴趣，还对吕后和慈禧感兴趣，郭沫若为什么对吕后和慈禧没有写剧本进行吹捧呢？江青想当党的主席，继承毛的位子，她的狼子野心的集中暴露是在1972年跟研究中国历史学的美国女学者罗克姗·维特克的谈话。当时他们一起在北京和广州待了许多天，由江青向她谈自己。总理只让她接见一个小时，结果他们谈了几天。从1962年到1972年，其间有十年的时间间隔，怎么能说郭十年前创作的《武则天》就是歌颂江青，吹捧女皇呢？

至于郭沫若的两个儿子在"文化大革命"期间遭遇惨祸，那是"四人帮"利用红卫兵对郭沫若施压，账应该记在"四人帮"的头上，怎么能说是郭沫若拿自己的儿子去作祭品以换取个人的高官厚禄呢？记得其子被抓，于立群要郭沫若利用与周恩来一起接待外宾之机恳请周总理施加援手以帮他救出儿子，但郭沫若考虑到周恩来当时的处境已经很困难，而国家又不能没有总理，不应再给周恩来找事，所以话都到了嘴边，终于还是忍痛没有张口，结果儿子遇难。当于立群责难他没有寻求周恩来帮助时，他只是沉痛地说："我也是为了中国好啊！"短短的一句话，蕴含了多少对祖国、对人民的爱啊！人们怎么能责怪郭沫若，说他"除了捍卫自己的利益以外，没有捍卫过别的什么"，甚至说他是拿儿子的牺牲以换取自己的"最高礼遇"，这也未免太残忍，太不实事求是了吧！？

一个真正有良知的人，一个自以为懂得"西方现代文明"，懂得"确认自我的价值"，已经"建构起现代的政治理念"，并具有"独立精神和文化人格"的学术中人，怎么能这样地向一个在"文化大革命"中牺牲了两个儿子的父亲提出这样的质问呢？

在有的文章之中，还有这样两种情况，我觉得也不够实事求是，一是说郭《斥反动文艺》中批评过的几个人在新中国成立后的遭遇，都与郭文有关；二是拿鲁迅、巴金、冯友兰与郭沫若做不着边际的比较。

关于《斥反动文艺》，有文章说郭"凭空打倒一批国统区作家"，恐怕情况并非如此。首先，这"斥"不等于"打倒"，而且也不是凭空，应该说它的写作还是事出有因。这篇文章写于1948年2月，当时人民解放战争早已由战略防御转入进攻，中共中央已经发出号召，要将革命进行到底。1948年1月，先是国民党革命委员会在香港宣告成立，接着沈钧儒又在香港宣布重建民盟领导机关，均表示愿与中共合作。就在这时，政学系的《大公报》接连发表《自由主义者的信念》等社论，宣传"自由主义"的"中间路线"。就在这种情况下，郭在文章中宣布几种"不利于人民解放战争的""作品、倾向、提倡"为"反动文艺"，并把朱光潜、萧乾、沈从文列为"蓝色"、"黑色"和"桃红色"的"反动文艺"的代表。显然，这是混淆了思想问题和政治问题的界限，文章是有原则错误的。因为它不利于团结知识分子中的这样一些朋友，而且这种做法也不利于人民解放事业的发展。但有的人把新中国成立后这些人的遭遇，完全归结为是受郭沫若这篇文章的影响，这就不怎么公允了。因为每个人的历史是由自己的言行写成的。

更何况新中国成立后，朱光潜在北大，沈从文在文物系统，郭均管不着。只有萧乾在文艺队伍之中，但具体的人事，郭并不管。何况萧自己也说"足足30年（1949年至1979年），我一直背着《新路》的黑锅，也仅只在1956年才解下过几个月"。《新路》的问题，并不是郭提出来的。应该承认，郭的文章的影响是有的，但主要还是新中国成立后党的知识分子政策有失误。

很多学者在研究郭沫若的时候，爱拿郭的思想、人品、著作和学识与别的著名学者、作家相比较。这是很有意思的，很好的方法。比较文学在这些年之时兴，亦说明此种方法之有效。但有的文章，因为不同意别人说的"鲁迅比郭沫若深刻，却不如郭沫若多才多艺"，就来一个想当然，说，不错，鲁迅没有对甲骨文的研究，没有历史的专著，没有写过戏剧，但这不是鲁迅没有这样的才气，而是形势所迫，他只能采取投枪式的……倘使他也"去国十年余泪血"，或者有得渝州煮茶的衣食优惠，一句话：倘使环境逼得除了在故纸堆中去讨笔墨作稻粱谋就别无所倚仗，倘使可以有比较充裕的时间来写不是《故事新编》之类，而是写历史人物的批判文章以借古评今，"我敢断定，他的成果，百分之百比郭沫若丰，而且肯定是一个思想深刻的历史学家、考古学家"。这未免太不实事求是了，怎么能拿存在的实实在在的东西和不存在的想当然的说法去比较呢？能这样进行比较吗？！

在比较中，有的文章还拿郭沫若与巴金和冯友兰比，说他们在新中国成立后的命运有相似之处，都曾失落自我。不少文章正确地指出，非常遗憾的是，郭沫若去世得太早，是带着许多矛盾离开这个世界的，是在尚不能讲真话的时候离开的，到死也没有找到机会公开表达自己的心曲。而巴金和冯友兰却比较幸运，巴金有机会在自己的《随想录》中袒露自己的内心世界，冯友兰也有机会在自己的《三松堂全集》中找回自我，求得晚节善终。但有的文章却不是采取这种实事求是的态度，而说："从前我喜欢郭沫若青春灿烂，如今我敬仰巴金晚霞辉煌。""暮年的郭老有些可悲，他用违心的假话否定自己黄金时代说过的大量真话。晚年的巴老确实可贵，他用掏心的真话忏悔自己灰暗时期说过的少量假话。"这就未免太过苛求于已经去世的郭沫若了。有人说，"郭老的暮年不等于巴老的晚年"，这是最公允的回答。因为郭老暮年所处的那个时代，还不是巴老晚年所处的这个可以"非议"的时代啊！其实，郭沫若晚年对于许多问题还是有自己的独立思考的，郭沫若之子郭汉英在接受王朝柱采访时的谈话，就披露了不少这方面的情况。

有人常常爱借他人甚至已故的人之口来说自己想说的话，来评点郭沫若，弄得人们真假难辨，无以从之。如有人说，他与郭老青年时期的一个好友在北大未名湖畔散步时，曾如何如何谈起郭沫若，揭了不少郭沫若青少年时期的短，其实这些都是郭自己在自传中说过的东西。文章还谈到自己与郭沫若交往中观察到的郭沫若其人："按我多年的观察，郭沫若在心理学分类上属于一种矛盾、多元（多重性）的人格型。一方面，外向、情欲旺盛、豪放不羁；另一方面，内藏、阴郁烦闷、城府颇深。一方面热忱仗义，另一方面趋炎附势。""到了后期，居高位、享厚禄、荣华富贵，不可一世，但是，孤独、忧郁、心烦意乱。每逢政治运动的带头'表态'、'紧跟'、说违心话，废套谎盛行、假大空连篇。"看到作者这时笔下的郭沫若，使人不由得想起作者在郭沫若逝世不久写的"追念郭老师"的文章，谈的是作者如何自幼与郭沫若相交，郭沫若如何喜欢他，如何谆谆教导他写诗做人，如何关心培养青年一代。比较之下，两篇文章出现了两个截然不同的郭沫若，令人真不知哪一个是真实的郭沫若，不敢相信这两篇文章竟然是出自同一个人的手。既然郭是这样一个品行不端的流氓式的人物，难道还值得你写文章去追念吗？到底这两篇文章，哪一篇算得是实事求是的呢？！

三

1. 什么是评价历史人物的科学态度？

为什么讨论 20 世纪中国的思想文化要把郭沫若的名字与它联系在一起呢？这说明他与这个领域息息相关，曾经在这个领域留下过自己的足迹，做出过卓著的贡献，产生过深远的影响。在 20 世纪中国的文化人中，能够把自己的名字与 20 世纪中国的政治、思想、文化联系在一起的，还真为数不是很多。

在 20 世纪中国的思想文化方面，郭沫若确实算得上是一个风云人物。

从 20 世纪 20 年代到 70 年代，郭沫若在中国的政治、思想、文化领域，整整叱咤风云了 60 年，他不仅是一个政治活动家，而且是文学家、史学家、考古学家。在文学方面，他是中国新文学的奠基者之一，他以自己的诗歌、小说、戏剧和文艺思想为我们的新文学开创了一个浪漫主义的流派；在史学方面，他率先把马克思主义用于史学研究，为我们的新史学开创了一个新的史学流派；在古文字学方面，他为我们立了一个新的"堂"，成为甲骨文研究方面鼎鼎大名的四堂之一。不少文章说，是他把甲骨文字构筑成了一个整体，给了我们一把研究中国历史、通向中国古代社会的金钥匙。除此之外，他还是一个翻译家，在翻译方面他独创了风韵译；他还是一个书法家，把豪放和潇洒融合在一起，并自成一体。当然，他更是一个革命家，社会活动家，他的活动不止于中国范围，在世界和平运动方面，他的影响也是很大的。

总之，郭沫若在 20 世纪中国的政治思想文化史上是一个巨大的、了不起的存在，这是谁也否定不了的。

那么，对这样一个 20 世纪中国历史上的风云人物，我们应该怎样去评价像他那样的历史人物才算是实事求是的，采取了科学态度的呢？

不能用道德评价取代历史评价。

郭沫若的地位和作用，是历史决定的，时代决定的。但是有人却对郭沫若是中国新文化运动继鲁迅之后的又一面旗帜、又一个领袖提出怀疑，认为 50 年代以后，"文化界的领袖人物，在有良知的知识分子中，已经不是郭沫若了"。"在今天来凝眸审视：只有 60 年代末死的陈寅恪先生，和迄今尚健在的钱锺书老人庶几近之。"这是典型的以道德评价取代对历史人物的政治评价。其实，这位作者对陈寅恪先生和钱锺书先生的道德风尚到底有多少了解是值得怀疑的。这位作者肯定忘了我们中国的时代社会特点。个人主义的自由主义者能成为社会主义中国的知识分子的代表吗?! 我认为，当我们来评价 20 世纪中国的历史人物，评价谁能代表 20 世纪中国的知识分子的时候，我们不应忘了 20 世纪中国社会的主流政治是什么，各个阶段革命的中心主题是什么，谁是真正站在时代政治的前列，谁有资格充当广大知识分子革命方向的代表。我们知道，中国的现代文学有一个很重要的特点，那就是与几十年的政治革命斗争关系特别紧密，这不是谁能主观设定的，这是由中国的社会，中国的政治，中国的历史，中国的现实决定的。如果认为陈寅恪、钱锺书可以充当中国知识分子的代表，那么我们请问在过去的几十年中，他们与中国社会的主流政治的关系怎样？他们曾经率领过中国的知识分子在中国风云突变的政治风浪中去摸爬滚打吗？一说就是"独立精神"和"自由意志"，人们可以试想一下，如果郭沫若没有独立精神和自由意志，不是早就跟着蒋介石跑了吗？如果没有人格力量，几十年来，文艺界和学术界的精英们能跟着郭沫若走吗？能甘心服从他的领导吗？陈、钱两先生能起这样的作用吗？如果能起这样的作用，为什么我们没有看见哩！这些朋友忘了，对人的道德评价是一回事，历史评价又是一回事，我们不能以道德评价来代替历史评价。更何况，所谓的道德也不是抽象的，人格也不是抽象的，很难相信，一个个人主义者和自由主义者的道德和人格就一定会比奉行集体主义的马克思主义者高。其实许多人对陈、钱的了解也只是停留在书面上，某些传媒的宣传上，现实生活中的陈、钱，人们到底又了解多少呢？还是多一些实事求是，少一些人云亦云吧！

2. 不要把人当成神，看人要看大节

过去我们看人爱把一个人看死，特别是一个领袖人物，更爱把他神化，不得有一点毛病，其实人就是人，人都有他的喜怒哀乐，他的七情六欲，人都有他的两重性。正如恩格斯在评论歌德时说的："在他心中经常进行着天才诗人和法兰克福市议员的谨慎的儿子、可敬的魏玛的枢密顾问之间的斗争……歌德有时非常伟大，有时极为渺小；有时是叛逆的、爱嘲笑的、鄙视世界的天才，有时则是谨小慎微、事事知足、胸襟狭隘的庸人。连歌德也无力战胜德国的鄙俗气；相反，倒是鄙俗气战胜了他……我们并不象白尔尼和门采尔那样责备歌德不是自由主义者，我们是嫌他有时居然是个庸人……我们决不是从道德的、党派的观点来责备歌德，而只是从美学和历史的观点来责备他；我们并不是用道德的、政治的、或'人的'尺度来衡量他。"① 恩格斯真是说得太好了："我们是嫌他有时居然是个庸人"，那

---

① 《马克思恩格斯全集》第4卷，人民出版社，1958，第256~257页。

么，他的主流还是"非常伟大"的，只不过"有时极其渺小"，德国的歌德要如此看，对中国的歌德，中国的郭沫若，难道我们不也应该这样看吗？看人要看主流，看大节。生活于社会之中的郭沫若，当然不可能是完人，生活于社会之中，就难脱传统羁绊，所以郭沫若难以免俗，他也难免会犯这样那样的错误，但生活中哪里又有超人呢？

3. 不要一种倾向掩盖另一种倾向

有人在一篇文章中指出："近几年，在学术界有一种倾向，就是竭力标榜中国现代的一批所谓'自由主义知识分子'，鼓吹他们的思想，赞颂他们的人格。中国到底有没有真正的自由主义？有没有从知到行踏实贯彻的自由主义者？现代中国没有这层土壤。自由主义的思想萌芽更多地带有中国母体的成分，传统的成分，陈腐的成分。……对于胡适等人的言论和行动，迄今知识界的评价一直很高，以为是开了中国的'自由'和'人权'舆论的风气，他们也被当成了自由主义知识分子的楷模。当时，鲁迅便深刻地揭开了这个'自由主义'的面具……如胡适一流，果然施施然做起权门人物，帮忙或者帮闲去了。"

这篇文章所揭示的在当前思想文化界存在的自由主义倾向是值得注意的。人们不是爱说这"现象"那"现象"吗，那么这是一种什么"现象"呢？在郭沫若研究领域中，在我们前面介绍的不实事求是的文章中，在那些欣赏自由主义知识分子的"傲气"和"牛气"的文章中，这种现象就存在着。

多少年来，在郭沫若研究中，一直存在两种倾向在阻碍郭沫若研究的深入开展。一种是左的捍卫，在他们的心目中，郭是神圣不可侵犯，只能说好的，只能从正面加以百分之百的肯定，不能稍加微词；另一种则是右的否定，在他们的口头或笔下，郭沫若什么都不是，连两个儿子被"四人帮"迫害致死的账都要记在他的身上，他的所作所为也是这样，都有问题。干革命是投机，歌颂是阿谀。《女神》"宣泄了一个文化英雄的野心和欲望"，应对在五四时期把"新文化的开拓"变质为"新文化运动"负责。

这两种都是不实事求是的态度，都是不科学的态度。反思并不是一个坏词，但要正确地进行反思。反思不应脱离我们的历史，我们的社会和科学的尺度。总之，我们要注意警惕一种倾向掩盖另一种倾向。在当前，在文化界，似乎一种打着反"左"旗号的右的倾向比较惹眼，值得引起注意。但整个郭沫若研究领域，还是应该有"左"反"左"，有"右"反"右"。我们最好是实事求是，勿左勿右。

其他作家篇

郁达夫：一位独具风格的中国现代作家[*]

早在 20 世纪 20 年代，郁达夫就以其具有独特风格的作品出现于中国文坛。

郁达夫不仅以小说著称，也是第一流的散文家和诗人。他还写过许多文论、政论，翻译过不少外国作家的作品。在我国的现代文学史上，他是与鲁迅、郭沫若、茅盾并起，也是常常被评论家在文章中把他与这几位文学大师并称的作家之一。

郁达夫在中国新文坛的崛起，是从《沉沦》开始的。1921 年 10 月，当这篇小说与《南迁》《银灰色的死》以《沉沦》为书名出版时，它不仅是我国现代文学史上的第一部短篇小说集（作为短篇小说集，比鲁迅的《呐喊》早两年，比叶圣陶的《隔膜》早一年），而且一下子就如评论家成仿吾所说，以其"惊人的取材与大胆的描写"，震动了整个思想文化界。从此以后，郁达夫大写小说，在他 1921 年至 1935 年的小说家生涯中，一共写了四五十篇。绝大多数为短篇，长篇则有《春潮》（1922）和《蜃楼》（1926），但都未写完。中篇有《迷羊》（1927）、《她是一个弱女子》（1932）和《出奔》（1935）。

郁达夫的早期小说，多写一些病态青年和他们的精神创伤。《沉沦》可以说是这类小说的代表，写的是一个留学日本的学生，作为一个弱国子民在异国所受的凌辱和欺侮，他内心深处的郁闷和苦恼，他对于异性的爱的

---

* 原载黄淳浩编郁达夫作品选《迟桂花》（法文版），中译法书名为 *YuDafu*，《中国文学》杂志社《熊猫丛书》，1984。

追求，他的灵与肉的矛盾和冲突等。最后，他在"祖国呀祖国！你快富起来，强起来吧！"的惨痛呼声中跳海自杀死了！由于这篇小说大胆地暴露和反映了在帝国主义、封建主义桎梏下呻吟的五四时代的中国青年，特别是知识青年要求民主自由和追求个性解放的心声，敏感地抓住了当时革命反帝反封建这一历史主题，所以发表以后立即在社会上引起了强烈的反响。正如郭沫若所说："他的清新的笔调，在中国的枯槁的社会里面好像吹来了一股春风，立刻吹醒了当时的无数青年的心。他那大胆的自我暴露，对于深藏在千年万年的背甲里面的士大夫的虚伪，完全是一种暴风雨式的闪击，把一些假道学、假才子们震惊得至于狂怒了。为什么？就因为有这样露骨的真率，使他们感受着作假的困难。"

1922 年从日本毕业回国后，郁达夫积极从事创造社的活动，编刊物、写评论、搞创作，加强了与社会生活的接触。这时，中国工人阶级已经登上了政治舞台，广大工农群众和知识分子的觉悟有了提高，郁达夫的创作也进入了新的阶段，创作了一些思想性艺术性都比较高的小说。《采石矶》（1923）和《春风沉醉的晚上》（1923）、《薄奠》（1924），可以说是这类小说中的杰作。从表面看，《采石矶》以历史为题材，写的是清代诗人黄仲则（1749～1783），实际是作者自况。这篇小说，表达了知识分子在旧社会郁郁不得志的痛苦心情，对社会现实发出了强烈的愤懑和反抗的声音。《春风沉醉的晚上》和《薄奠》，是我国现代文学史上最早表现工人生活的名篇，用郁达夫自己的话讲，这是两篇"多少也带一点社会主义色彩"的作品，前者写一位烟厂女工，后者写一个拉黄包车的工人，小说通过主人公"我"与他们的交往，热情地歌颂了他们纯洁善良的高贵品质，愤怒地揭露了旧社会对劳动人民的残酷奴役和压迫，诚挚地表达了对劳动人民悲惨命运的深切同情，还坦率地进行了深刻的自我解剖。这三篇小说，在结构技法上与作者的早期小说相比，有了显著进步。早期小说，结构比较松散，技法不怎么成熟。而这三篇小说，不仅结构完整，文字优美，技法也显得圆熟了，通过细腻的心理描写来刻画人物性格的本领是大大增强了。

但是，一个人的思想和创作，在发展中也难免会发生一些曲折和反复。1923 年下半年以后，因为社会的压力，创造社的刊物相继停刊，成员被迫离散，他个人的家庭生活也出现一些纷扰，因而在此前后相当一段时间里，郁达夫在"精神物质，两无可观，萎靡颓废"的精神状态下，部分创作曾经走入歧途，写了些狭邪小说，如《秋河》（1923）、《秋柳》（1924）、《寒宵》、《街灯》（1925）等。这类小说，艺术上虽不无可取之处，思想上却相当消极，无甚可取。

1924 年至 1927 年，一场轰轰烈烈的大革命，一般叫作反对北方军阀的北伐战争，在我国南方如火如荼地开展起来，广州成了革命的策源地。在革命形势的推动下，郁达夫曾与郭沫若等一起，于 1926 年 3 月由上海去广州，本意是"想改变旧习，把满腔热忱，满怀悲愤，都投向革命中去"，但由于对革命斗争的复杂性认识不足，他的小资产阶级知识分子的革命幻想终于像他自己说的"如儿童吹玩的肥皂球儿"一样，"被现实的恶风吹破了"。他在广州只待了半年，就又回到上海。

以后相当一段时间，他的思想起伏不定，创作时好时坏。在这段时间内，他曾陷入与王映霞狂热的恋爱之中，曾由于认识的不一，和创造社的老友发生龃龉，并与创造社脱离了关系，甚至打算到外国去"作异国永住之人"。后来虽未成行，却又在杭州建起了"风雨茅庐"，过了一段隐逸生活。幸好此时他与鲁迅常相往还，得到了鲁迅的不少鼓励和教益。因此，大的斗争如中国民权保障同盟的活动，仍能积极参加。对于反动当局，他则始终是不合作、不妥协的，而和革命者，在大的方向上，尚能站在一起，保持一致。

在这样一种状态之下，他的创作必然表现出极其复杂的情况。当他思想苦闷、情绪消沉的时候，他写出了《过去》、《清冷的午后》（俱 1927 年 1 月）、《祈愿》（1927 年 8 月）、《迷羊》（1927 年 12 月）、《东梓关》（1932 年 9 月）、《迟桂花》、《碧浪湖的秋夜》、《瓢儿和尚》（俱 1932 年 10 月）等这样一些或感情不健康，或充满冷漠悲凉气氛，表现消极怅惘，甚至歌颂隐逸生活的小说。而当他情绪较好、思想积极上进的时候，又能写出《微雪的早晨》（1927 年 7 月）、《杨梅烧酒》（1930 年 8 月）、《她是一个弱女子》（1932 年 3 月）、《唯命论者》（1935 年 2 月）和《出奔》（1935 年 10 月）这样一些深刻反映现实生活和斗争的作品。

《过去》是郁达夫创作上划时期的作品。在此之前，多写自传体的浪漫主义抒情小说。而这篇小说，不仅主人公第一次让位给了一位女性，而且作品中过去那种主观抒情的格调有了减弱，写实的成分有了增加，创作风格有了明显变化，现实主义已经融入了他的浪漫主义之中。这主要是因为当时中国的政治动乱，迫使作家倾向严酷的现实。这篇小说，表面写情场失意，实际反映作者在大革命失败后的怅惘情怀，小说对人物形象的刻画是很下功夫的。

《迟桂花》比《过去》更臻成熟，无论在故事情节的开展，自然景物的描写，人物性格的刻画，个性语言的运用方面，可以说都达到了炉火纯青的地步。平平常常的故事，叙述得那么有声有色，不仅富有传奇色彩，而且饱含着诗情画意，使人读来韵味无穷。莲儿、则生、翁母和郁兄等四个人物形象，栩栩如生，呼之欲出。这篇富有生活哲理的小说，反映了作者人到中年感到迟暮的哀婉情怀，和在白色恐怖（当时敌人正在向革命人民进行军事和文化"围剿"）中他的消沉隐逸的心理状态在大自然的美景面前，郁翁兄妹的欲情固然得到了净化，人们对于社会、人生的责任感，似乎也被洗涤一空了。

《微雪的早晨》、《杨梅烧酒》和《唯命论者》，是三篇写知识分子的小说。《微雪的早晨》通过贫苦学生朱儒雅的爱情悲剧，透露出军阀恶势力对青年一代的迫害。《杨梅烧酒》写在帝国主义经济侵略下，民族经济得不到发展，一个留学归来的应用化学家不仅不能学以致用，人的神经都变得麻木痴呆了。《唯命论者》描述一个安分清贫的小学教师，幻想购买航空奖券中彩以摆脱困窘的生活，结果为盘剥人民的反动派所骗，自杀身亡。三篇都揭露知识分子在旧社会没有出路，人才受到摧残，是富有积极意义的作品。

《她是一个弱女子》和《出奔》，都以大革命为题材。《她是一个弱女子》塑造了三个意识志趣均不相同的女性形象，要人们从中受到启发，选择自己应该走的路。在小说中，作者对人民大革命进行了热情的歌颂，对借革命以营私的新军阀，则进行了无情的鞭挞。遗憾的是，某些肉欲描写，湮没了作品主题思想的积极意义，有损这部小说的思想光辉。《出奔》是郁达夫写的最后一篇小说，主题思想有了新的开拓。作品向人们揭示了这样一个道理，即革命者在斗争中要时刻警惕阶级敌人用糖衣裹着的炮弹的进攻。尽管主人公钱时英在觉悟后采取的革命行动有些幼稚，对出奔后打算干什么也渺茫不清，但作者在30年代就能抓住这样一个关系革命斗争成败的重大命题来进行描写，眼光是很敏锐的。作品中塑造的贪婪狡诈的地主董玉林和受拉拢腐蚀终于觉悟的革命干部钱时英的形象，具有重大的典型意义。

郁达夫的一生，以小说著称，但也写了不少散文和旧体诗词。他的散文，现在看到的有二百余篇。这些文章，到处流露出他对祖国人民的忠诚和热爱，流露出他对欺压百姓的新旧军阀和达官贵人的蔑视和痛恨，流露出他对广大人民所受苦难的哀婉和悲伤。它们或感怀时事，或悲叹个人的不遇时不得志，随处都可以使人感受到一个进步知识分子在国家内忧外患、民族危亡时期的责任感。比起他的小说、旧体诗词来，也许这是更能体现郁达夫的风格和作风的一部分作品。他的游记，其中虽也有表现乐天知命、闲适悠游的小品，但他常在动人的景物描写中融进人和事，并不忘对于祖国无限美好的山河风光进行热情的歌颂，基本上还是"寄沉痛于幽闲"的。这些散文，文辞风韵自然，笔调潇洒飘逸，既长于体物叙事，更善于抒情咏怀，情感既强烈感人，形象复生动具体，充满诗情画意。

郁达夫的旧体诗词，以"耐人寻味"著称。郭沫若说，"比他的新小说更好"。他"九岁题诗四座惊"，以后，当感情紧张而又不能持续的时候，或有所感触，而环境又不许可长篇巨论的时候，他就借诗词以发泄。平生写的诗词较多，现在搜集到的就有五百余首。他的诗受黄仲则的影响较深，且能博取我国古代诗人屈原、李白、李商隐、杜牧、龚自珍等人之长，从而形成自己的风格。他的诗，或慷慨激昂，或缠绵悱恻，或悲壮沉郁，或凄婉酸辛，或幽怨悲愤，或清新俊逸，写来都得心应手。

郁达夫的创作，无论小说散文，还是旧体诗词，都有一贯的风格。甚至他的文论和政论，也都能在一定程度上表现出这种风格。以至过去有人说，郁达夫的文章，即使掩了名字，也能从风格上辨出是他的作品。那么，到底郁达夫的创作风格具有什么样的特色呢？我认为主要有三点。

一是大胆的自我暴露。这是郁达夫一生创作最突出的特点。可以说从

《沉沦》时代开始直到他去新加坡一带以后，都一直这样坚持着。他曾这样说："我若要辞绝虚伪的罪恶，我只好赤裸裸地把我的心境写出来。"正是遵循这样一条原则，他先是在《沉沦》《茫茫夜》等小说中，以露骨的真率，把自己性的苦闷和变态心理，赤裸裸地表现了出来。1927 年，他的《日记九种》，又把他与王映霞的恋爱经过，他在家庭生活和社会生活中的甜酸苦辣，不加掩饰地公之于世。1939 年 3 月 5 日，他在香港《大风》旬刊周年纪念特大号上发表的《毁家诗纪》，更把他与王映霞反目的始末情景，和盘托出。俗话说，家丑不可外扬，但作为大文学家的郁达夫，偏偏要把它外扬出来，这到底是为什么？正如他自己所说，个人的"悲怀伤感，决不是一个人的固有私情"。郁达夫之所以这样大胆地暴露自己，把自己的私生活社会化，不仅是为了与过去那种专事瞒和骗的封建旧文学划清界限，更为了打破传统习见，为了对社会进行挑战，表示他的抗议。

二是主观的抒情色彩。郁达夫作品中的主观抒情色彩，主要是通过对自传体的人物形象的刻画和对自然景物的描写表现出来的。郁达夫的作品，不管是小说（主要是早期）或散文，差不多都是通过主观情感的线索去发展的。他的早期小说常常不讲究情节和结构，和散文差不多。郁达夫曾说，"'文学作品，都是作家的自叙传'，这一句话，是千真万真的"。在郁达夫的早期小说中，常常有一个共同的主人公。这个主人公，不管他的名字叫"我"，叫"他"，叫"于质夫"，或是叫"文朴"，差不多都有作者自己或作者的影子在里面。郁达夫常常用第一人称的写法把自己所经历、所见闻和所感受到的东西，用直接发自肺腑的声音（如长篇内心独白），细腻地加以抒发。他的作品，都饱含着他的生活，他的主观感受，他的痛苦和忧伤。他卑己自牧，常常在作品中戕害自己，作践自己，常常在精神上降低对自己的要求，把自己写成一个双重人格的人。这样写来，他的作品固然颇能抓住读者的心，使人感到亲切，但也因此常常造成误会，以至他在《〈茫茫夜〉发表以后》一文中，不得不郑重声明，他平常作小说，虽极不爱架空的做法，但他的事实之中，也有些虚构在内，"并不是主人公的一举一动，完完全全是我自己的过去生活"。他说，我的描写，"不过想说现代的青年'对某事有这一种倾向'"而已。实际上，郁达夫本人的生活，也真不像他在作品中写的人物那样颓唐浪漫，成天在醇酒美人中过日子。他的创造社同人、评论家李初梨就说，"达夫是摩拟的颓唐派，本质的清教徒"。

郁达夫还很善于写景，并善于通过对自然景物的描写来诱发人物的思想感情。当他写景的时候，也总是把自己的主观感受和热情渗入。所以在他的笔下，那山光湖水，天色溪流，简直是随主人公的心境情感俱来似的，人们常常可以在自然景色的变幻中探测到主人公情感的变化，有时几乎不能辨出这变幻莫测的大自然是不是多情善感的主人公身心的一部分。

三是勇敢的探索精神。郁达夫中外文学的根底很深，不论古今中外，各种流派的作品，他都广泛地去涉猎，而且颇能撷取众家之长，来丰富自己的创作，形成自己的风格。从郁达夫一生创作的基本倾向上讲，应该说他是一个以浪漫主义为主要倾向的作家。《过去》以后，风格开始发生变化，他的《她是一个弱女子》和《出奔》，已经俨然可以算是现实主义的作品了。他的《小春天气》《青烟》等，更有明显的象征主义倾向。他的有些小说，爱以主人公意识的流动来结构整个篇章，与意识流文学颇有相似之处。总之，从风格流派上讲，郁达夫是比较复杂多样，多姿多彩的，前后期有所不同，不同的作品又多有各自的特点。这说明，为了丰富新文学的表现能力，郁达夫曾勇敢地进行过探索。而且应该说，在我国的现代文学史上，对于世界文学的新潮流，他是感触最敏、探索最勤、学习最积极、尝试最大胆的一个。正是由于郁达夫能毕生勤奋地进行探索，所以他能够在我国的现代文学史上，成为一个独具特色、风格不断有所变化的作家。

1983 年 3 月

郁达夫的创作风格和成就[*]

创造社的作家众多，创作丰富多彩，多姿多样。除郭沫若外，成就最高、影响最大的，当数郁达夫。

郁达夫（1896～1945）是创造社成员中小说、散文方面创作数量最多、成就最大的作家，也是"五四"新文学运动中产生过重大影响的作家，不少评论家和文学史家均肯定，是郁达夫开创了我国现代小说中的浪漫抒情流派。他1896年出生于浙江富阳，从小受过中国古典诗文熏陶，也喜读小说戏曲作品。1913年他随长兄去日本，经过几年高等学校学习，1918年考入东京帝国大学经济学部攻读经济学，但他的兴趣却在文学方面。在日本留学期间，他广泛涉猎了西洋文学，特别是近代欧洲文学和日本文学，从中接受影响。将近十年的异国生活，郁达夫同那时许多留学或侨居国外的中国人一样，受过种种歧视、冷遇以至屈辱，从而激发了他的爱国热忱，增强了他的愤世嫉俗、忧郁感伤的思想性格。这些生活经历和思想状态，后来在他的作品中得到了鲜明的反映。1921年，他同留学日本的郭沫若、成仿吾、田汉、张资平等人共同筹组创造社，并写作小说。1922年，郁达夫回国后积极参与了创造社的文学活动，编辑创造社的刊物，后来又先后到安徽、北京、武昌、广州等地大学任教，但主要精力仍然用于文学创作。

郁达夫的第一部小说集《沉沦》，是作者留日时期生活和思想的写照。这部小说集同郭沫若的《女神》一起列入最早的《创造社丛书》，1921年

---

* 原载张炯、邓绍基、樊骏主编《中华文学通史》第6卷，华艺出版社，1997；继收张炯主编《中华文学发展史》，长江文艺出版社，2003；张炯、邓绍基、郎樱主编《中国文学通史》第8卷，江苏文艺出版社，2013。各版文字略有增减。

10 月出版，是新文化运动以来，我国新文坛的第一部短篇小说集。它包括《沉沦》《银灰色的死》《南迁》三个短篇，其中，《沉沦》是最有代表性的一篇。作者在这篇小说中描绘了一个有忧郁症的中国留日学生，渴望得到纯真的友谊和温柔的爱情，但在异国遇到的只是屈辱和冷遇，终于绝望而走向沉沦。作品中主人公的难以排除的忧郁苦闷，反映了五四时期那些在重重压迫下，有所觉醒而又不知如何变革现状的青年共同的心理状态，具有时代特征。小说的主人公沉痛地呼唤："中国呀中国，你怎么不强大起来！""我就爱我的祖国，我就把我的祖国当作了情人罢。""祖国呀祖国！我的死是你害我的！你快富起来！强起来罢！你还有许多儿女在那里受苦呢！"深刻地反映了五四时代在帝国主义、封建主义桎梏下呻吟着的中国青年，特别是一部分知识青年的精神面貌和时代病。小说发表后在当时青年中产生了很大的反响，也遭到封建守旧派人士的非难。正如郭沫若在谈到郁达夫早期创作时所说："他的清新的笔调，在中国的枯槁的社会里面好像吹来了一股春风，立刻吹醒了当时的无数青年的心。他那大胆的自我暴露，对于深藏在千年万年的背甲里面的士大夫的虚伪，完全是一种暴风雨的闪击，把一些假道学、假才子们震惊得至于狂怒了。为什么？就因为有这样露骨的真率，使他们感受着作假的困难。"①

郁达夫开始从事文学创作，就以鲜明的浪漫主义特色见之于文坛。他赞同法国作家法朗士关于"文学作品，都是作家的自叙传"的主张。② 但与鲁迅的小说以"我"为主人公深入其境描述人物和事件的现实主义手法不同，郁达夫在小说中往往以"我"为主人公，运用浓郁的抒情笔调，进行大胆的自我暴露和率直的自我表白，"在重压下的呻吟之中寄寓着反抗"。③

《沉沦》之后的小说《风铃》、《怀乡病者》、《茑萝行》以及《还乡记》、《还乡后记》、《离散之前》等篇，都带有"自叙传"性质。有些不以"我"为主人公而"我"在其中。写于 1923 年的《茑萝行》，塑造了

---

① 郭沫若：《论郁达夫》，《沫若文集》第 12 卷，人民文学出版社，1959，第 547 页。
② 郁达夫：《五六年来创作生活的回顾》，《过去集》，开明书店，1927。
③ 郑伯奇：《中国新文学大系·小说三集导言》，《中国新文学大系·小说三集》，上海良友图书公司，1935。

一个零余者的形象，是作者返国初期生活的记录。小说运用给妻子书信的形式，淋漓尽致地描绘了一个穷苦知识分子艰难的生活处境和痛苦迷惘的思想情绪，感情浓郁，文辞凄切，表达了喘息在重重经济压迫下人们的共同心声。为回答胡适等人的不公正对待而写的历史小说《采石矶》，一开始就把清代诗人黄仲则的孤傲多疑、愤世嫉俗的性格活画了出来，小说表面看是在写黄仲则，实际是作者自况。那位攻人家为"华而不实"，实则在排斥异己的伪儒戴东原，则隐指胡适。小说深刻地揭露了旧社会"黄钟废弃，瓦金争鸣"的丑恶现象，形象生动地表达了知识分子郁郁不得志的痛苦心情，对社会邪恶势力发出了强烈愤懑和反抗的声音。同郭沫若的诗歌中那种明朗、激昂、乐观的调子不同，郁达夫的小说往往谱出一曲曲灰暗、沉重、凄凉的哀歌。这种基调之所以形成，除了作者的生活境遇和思想性格外，也由于他接受了中外富有感伤色彩的文学的影响，特别是清朝诗人黄仲则和卢梭、陀思妥耶夫斯基的作品以及某些"世纪末"文学思潮的影响。

这些大胆暴露个人感情的作品，在青年读者中激起强烈的共鸣，当时与其后的一些作家还仿效这样的笔墨写作，形成中国现代文学史上抒情型小说的风格流派。尽管郁达夫作品的主要基调是感伤色彩浓重的浪漫主义，但随着作者对现实的观察体验日益深入，作品中现实主义因素不断增强。《寒灰集》中的一些短篇就是这样。《春风沉醉的晚上》通过穷愁潦倒，卖稿度日而灵魂空虚卑琐的"我"，同在苦难中顽强挣扎的心地纯洁，性格坚强的烟厂女工陈二妹的形象相对照，歌颂了女工美好的心灵，朴素的反抗精神，暴露了现实环境的丑恶，也嘲讽了"可怜的无名文士"的软弱无能。《薄奠》是一曲人力车夫的挽歌，这个善良本分的劳动者终日辛勤劳动，幻想能买上一部车，但买车的愿望终成泡影，人也在重压下死去。对车夫满怀同情而又无能为力的"我"，只能以纸糊的洋车表示"薄奠"。

五四新文学运动以来，写黄包车夫的小说已经不少，只有这篇是最早以平等的地位，以朋友的身份，而不是以居高临下的态度来写的，而且感情是那么的真挚，那么的深切。《微雪的早晨》（1927）写了一个来自农村的大学生的悲惨故事。这些小说描绘了被压迫被损害的人物形象，对罪恶的旧社会进行了控诉，作者自己认为"多少也带一点社会主义的色彩"。①
小说不仅表明作品现实主义因素的增长，而且标志着作者写作技巧的日益
成熟。

郁达夫1927年以前写的小说，不管名目是什么，主人公叫什么名字，
基本上都可以"自我小说"命之。这是因为他在日本留学的时候，日本文
坛正风行自我小说，即"私小说"，郁达夫不仅对私小说作家葛西善藏的
"心境小说""感佩得了不得"②，而且还"最崇拜"佐藤春夫，所以每每在
自己的小说中步他们的后尘，如暴露自己的性苦闷，表现性的变态心理和
行为等。

但是，郁达夫的自我小说，又与日本的"私小说"不同，日本"私小
说"作家笔下的感伤忧郁多是属于个人的，而郁达夫笔下的感伤忧郁则更多
属于时代和社会。郁达夫虽也爱写性的苦闷和变态性心理，但他是把这当作
一个社会问题来写的，反映的是该时代社会青年共同的苦闷，以及人的生之
意志与现实社会之冲突这样一个普遍而突出的问题。正是因为郁达夫也感
到日本"私小说""局面太小，模仿太过，不能独出新机杼，而为我们所取
法"，所以他又极力从欧洲文学中去取经，并常常"拜倒在他们的脚下"。③

1927年1月写成的小说《过去》，标志着他的创作风格已由主观抒情过
渡到客观写实。小说写报刊编辑李白时在M市与过去在上海时的邻女老三
相遇，从而勾起了往事，慨叹了青春和爱情的逝去。小说寄托了大革命濒
临失败时知识分子那种孤冷的情怀和怅惘的心情。与昔日小说不同，在这
里完全舍弃了那种只注重自我心理描写而不注重客观人物性格刻画的写法，
在小说中成功地塑造了四个鲜明的女性形象，特别是其中的老二和老三。

中篇小说《迷羊》，写青年画家王介成从北京到南方养病，在A城邂逅
女伶谢月英，双双堕入情网。一段放纵的生活之后，谢离王而去，不得已，
王出国留学，并成为一名画家。小说写情场失意，实际反映的是大革命失
败后青年的怅惘情怀。

---

① 《达夫自选集·自序》，《达夫自选集》，上海天马书店，1933。
② 郁达夫：《村居日记》，载《日记九种》，上海北新书局，1927。
③ 郁达夫：《林道的短篇小说》，1935年4月10日《新中华》月刊第3卷第7期。

这以后，由于郁达夫思想起伏不定，创作情况比较复杂。当思想苦闷、感到孤独寂寥的时候，曾写出《东梓关》（1932 年 9 月）、《碧浪湖的秋夜》（1932 年 10 月）、《瓢儿和尚》（1932 年 10 月）等这样一些或感情不够健康，或充满冷漠悲凉气氛，表现消极怅惘，甚至歌颂隐逸生活的小说。而当他情绪较好，思想积极进取的时候，又能写出像《在寒风里》（1929 年 1 月）、《纸币的跳跃》（1930 年 10 月）、《杨梅烧酒》（1930 年 8 月）、《她是一个弱女子》（1932 年 3 月）和《出奔》（1935 年 10 月）这样一些比较深刻反映社会现实生活和斗争的作品。

这些小说，自然主义的肉欲描写，较之早期小说更有所发展，有时不免损害了小说主题思想的积极意义。但这一时期的小说艺术则愈加臻于成熟，有的篇章更达到了炉火纯青的程度。写于 1932 年 10 月的《迟桂花》通过翁则生兄妹的坎坷经历，说明只要有生的意志，不怕磨难挫折，人们还是能争得幸福的——不必学早开早落的花朵，应该像迟桂花那样，虽然开得迟却可以经久。在淡淡的忧郁中透着坚韧乐观的信念，小说无论刻画人物，还是叙事写景，都从容舒展，意境悠远清新，散文化的文字包含着浓郁的诗意。在创作的当时，作者就自诩为"今年我的作品中的佳作"①，《迟桂花》的确是郁达夫这个时期里的一篇杰作。

综观郁达夫的小说，《过去》以前，可以主观抒情的自我小说来加以概括，以后则以客观描写的写实小说为主。在这些后期小说之中，作者的视野扩大了，反映的社会层面加宽了，所表现的思想内涵也深厚了，现实主义已成了他创作的主潮。当然，正如前期不是纯粹的浪漫主义而杂糅进了写实主义和现代主义的成分一样，后期也不是纯粹的写实主义，而是杂糅进了浪漫主义和现代主义。他是在一种"主义"的基础上，兼收并蓄了其他"主义"的某些东西，从而丰富了自己的表现技巧和手法，并锤炼出来了自己独树一帜的风格小说，还以此影响了相当一些作家。

小说之外，郁达夫还写了很多散文，也取得了较高的成就。他的不少小说，笔调俊逸，近似散文。他的散文，文笔优美，感情真挚，"充分的表

---

① 郁达夫：《沧州日记》，载《日记九种》，上海北新书局，1927。

现了一个富有才情的知识分子，在动乱的社会里的苦闷心怀"。① 《寒灰集》中的《给一个文学青年的公开状》，悲愤激越，呼唤青年对恶势力进行叛逆和反抗。《断残集》中"琐言猥说"编中二十多篇短文，议论时事，讽喻政治，条理清楚，别有情致。但他的游记散文却更有特色。《屐痕处处》中的文字，以清婉的笔墨，描绘平林沃野，山光水色，寄托作者情怀，间有弦外之音。偶尔插入旧诗，意境更见深远。例如《钓台的春昼》是一篇美丽的游记，夜探桐庐，朝发富春，沿途景色，写来十分动人。文中插入旧体诗，使感慨愈益深切：

> 不是尊前爱惜身，伴狂难免假成真，
> 曾因酒醉鞭名马，生怕情多累美人。
> 劫数东南天作孽，鸡鸣风雨海扬尘，
> 悲歌痛哭终何补，义士纷纷说帝秦。

把写景状物同寄托忧国忧民的情怀相结合，是郁达夫游记散文的一个重要特色，也给游记文学这一传之已久的文学形式添上了时代的色彩。

在创造社作家中，郁达夫经历的生活道路和文学道路最为曲折。他随着"五四"以来中国人民反帝反封建斗争的步伐，政治上思想上不断地前进，但时有曲折和反复。在激烈的斗争中有过回顾困惑，还过了几年隐逸生活。二三十年代，他不时遭到包括创造社成员在内的多方人士的误解非议。鲁迅介绍他参加"左联"，也为"左联"一些成员所不满，当时提出的"弃脱'五四'的衣衫"，首先就是指责他的"落伍"，但他始终不满新旧军阀的统治，还撰文痛斥过蒋介石的叛变（《日记九种》），先后参加中国自由运动大同盟、中国民权保障同盟。1935 年写作的最后一篇小说《出奔》（中篇），以当时的土地革命为背景，写一个青年革命者被地主腐蚀收买，到觉醒后焚烧地主全家而"出奔"的过程。作者努力揭示地主董玉林的丑恶灵魂与凶残本质，也写出革命的艰难曲折。这样的题材与题旨，都是他

---

① 阿英：《郁达夫小品序》，《现代十六家小品》初版，光明书局，1935。

所不熟悉的,更不是他所擅长的,作品存在明显的弱点,但重要的是,它清晰地表明他的确是在认真地超越自我,向新的境地突进。

不管生活道路和文学道路存在多少曲折和矛盾,"他永远忠实于'五四',没有背叛过'五四'"①,始终保持了爱国的进步知识分子高尚而忠贞的品德。1938年他应郭沫若邀请赴武汉参加抗日工作,随后辗转到新加坡、苏门答腊等地,积极投入当时华侨抗日进步活动,主编进步报刊。当地被日军占领后,因为他精通日语,被占领军招为翻译,曾暗中保护抗日力量。1945年9月,在苏门答腊的武吉丁宜被日本帝国主义分子秘密杀害。这样一位曾经被不少人视为感伤、脆弱,甚至有些颓唐的作家,结局竟然如此英勇壮烈好似难以理解。但从《沉沦》中发出"中国呀中国,你怎么不强大起来"的热烈呼喊到在南洋被害,前后又是完全一致的。郁达夫的一生谱写了一曲令人悲愤、促人奋起的爱国主义的诗篇。50年代初,中华人民共和国中央人民政府追认郁达夫为革命烈士。

---

① 胡愈之:《郁达夫的流亡和失踪》,《新文学史料》1978年第1辑。

"二十余年如一日"[*]

——郭沫若与郁达夫

> 我与沫若兄的交谊，本是二十余年如一日，始终是和学生时代同学时一样的。
>
> ——郁达夫

> 鲁迅的韧，闻一多的刚，郁达夫的卑己自牧，我认为是文坛的三绝。
>
> ——郭沫若

郭沫若与郁达夫，不仅是东京第一高等学校的同窗好友，而且都是我国五四时代的文坛巨匠；同为创造社的发起人和核心成员，又皆是我国新文学浪漫抒情流派的开拓者和奠基人。郭沫若曾用商末周初孤竹君之二子来比喻他们的关系，郭沫若年长一点是哥哥伯夷，郁达夫年轻一点是弟弟叔齐。但再好的兄弟也会有思想和认识的差异。他们之间也曾有过矛盾和龃龉，甚至于曾经一度绝交，但后来误会消除，终于又走到一起来了。所以，郁达夫说他们的友谊"二十余年如一日"①，确非夸饰不实之词。

---

* 原载四川省郭沫若研究会《郭沫若学刊》1998 年第 4 期；同载林甘泉主编《文坛史林风雨路——郭沫若交往的文化圈》，浙江人民出版社，1999；继收黄淳浩著《创造社通观》，崇文书局，2004；《郭沫若研究文献汇要》，上海书店出版社，2012。

① 郁达夫：《为郭沫若氏祝五十诞辰》，1941 年 10 月 24 日新加坡《星洲日报·晨星》。

孤竹君之二子

1922 年暑假期间的一日午后，两个青年相携从上海民厚南里走到四马路泰东图书局的门口，要去找泰东的老板赵南公先生，打听《创造》季刊创刊号发行的情况。走在前面的那位年约二十七八岁，身材瘦削，小眼睛，穿一件灰布长衫；后面的那位年纪稍长些，但也不过三十岁上下，戴一副圆形眼镜，额头宽宽的，着一套日本大学生制服，他们就是当时尚在日本留学的郁达夫和郭沫若。穿长衫的郁达夫在东京帝国大学文科学经济，着制服的郭沫若在九州帝国大学医科学医，他们都曾经想学一点实际的本领，以便归国之后能对国家社会做点切实的贡献。但在国内新文化运动的影响下，他们都被卷入新文学的建设中来了。

他俩一个熟谙传统的经史子集，一个精读历代的著名集部；一个常以屈原、李白自况，一个则以黄仲则自居。他们都精通日、英、德诸国文字，对美欧、俄罗斯和日本的文学广有涉猎。不仅抱负甚高，志在千里，而且恃才傲物，自命不凡，不太把国内文坛名人放在眼里。所以《创造》创刊号刚出不久，便已经得罪了好几位新文坛诸先进。这使他们不知不觉间有了些寂寞的感觉，认为国内的文坛就如同沙漠一样，当他们听说《创造》创刊号"初版两千部，还剩下有五百部的光景"时，一种悲凉的感觉油然而生。他们感到能理解和欣赏他们的人太少了，偌大一个上海似乎就只有他们两个人一样。

"沫若，我们喝酒去！""好，我们去喝酒。"两个人手挽着手，相互搀扶着，在四马路上从这家酒楼吃到那家饭馆，一连吃了三家，足足吃了三十几壶酒。"我们是孤竹君之二子呀！我们是孤竹君之二子呀！结果是只有在首阳山上饿死！"在走回民厚南里的路上，郭沫若一面这样说着，一面还得去拉常常从侧道跑上街心，把手举起来对着迎面开来的汽车狂喊"我要用手枪对待！我要用手枪对待！"以发泄对于坐汽车的洋人和官僚富商的义愤的郁达夫。

其实，《创造》发刊才三个来月，两千册就卖去了大半，在当时成绩已经相当可观。

自 1918 年夏季起，郭沫若、郁达夫、成仿吾、张资平、田汉等几个留日同学，就开始筹备，梦想为中华新文坛献出一个纯文艺的新刊物。他们费尽心机，多方设法，仍然束手无策。直到 1921 年春末，由于赵南公的慧眼，由于郭沫若等人的艰苦努力，《创造》才得以允准出版。算计起来，《创造》筹备花了三四年的工夫，而《创造》出版仅两三个月，就销售出去一千多部，读者肯定争取了不少，成绩已经相当可观了。不过，郭沫若、郁达夫对此也许有特殊的感受。因为《创造》曾经是他们朝思暮想，并为之辛勤操持，企望它一炮打响、一鸣惊人的宁馨儿。而且这宁馨儿，对于郭沫若、郁达夫还有特殊的意义，因为它最初是由郭沫若在 1921 年 9 月以前集稿，未待编就即由郁达夫回国接替，自己则回福冈继续学医，直至 1922 年 5 月才由郁达夫边教学边编辑而成的。它是郭沫若和郁达夫第一次携手合作的产物，也是他们友谊的最早结晶和见证，所以他们特别地珍视它。

其实，如果再联系这几年来他们其他的工作和成绩，郭沫若和郁达夫就更不应为此悲观伤感了。

首先，是在 1921 年的 6 月 8 日，他们已经继 1921 年 1 月成立的文学研究会之后，组织起了创造社这个在我国现代文学史上唯一能与文学研究会并驾齐驱的另一个成立早、规模大、影响深远的新文学社团。它的成员虽然不如文学研究会多，但前前后后团结在"创造"旗帜下的著名或比较著名的作家，也有三四十人之众。作为一个文学社团，它的组织远比文学研究会严密、集中，也更有活力，活动的时间也比较长。对于中国革命和革命的思想文化，它的影响是相当深刻和深远的。

在五四新文化运动中，创造社曾被视为"异军苍头突起"。因为他们既比新文化运动的发动者李大钊、胡适、陈独秀、鲁迅等晚出，又与差不多同时出现在新文坛的沈雁冰、郑振铎等异趣。他们轻置了对旧文学的批判，而把工作的重点放在了"新文学的建设"之上。实际上，文学研究会也是注意"新文学的建设"的，只不过他们比较注重客观的写实，而创造社则比较注重主观的表现。和文学研究会一样，他们都看到国内新文坛在"五四"热潮之后开始显出寂寞冷清、青黄不接的景象，所以才挺身而出，以拯救刚刚兴起即面临困难的新文化的庄严使命为己任，而在新文化运动中异军突起的。经过几十年的历史检验，应该承认，创造社异军突起之后，确实给整个思想文化界带来了巨大的震动。由于与其他新文学社团的共同努力，他们不仅稳定了新文化运动的军心，壮大了新文化运动的队伍，而且打退了复古顽固势力的猖狂反扑，使新文化运动从寂寥中走了出来。

其次，是创造社成立之后，在五四新文学运动中，高举革命浪漫主义的大旗，在我国掀起了轰轰烈烈的浪漫主义的文学运动。在这一运动之中，作为主帅的郭沫若一方面与成仿吾等共同在文艺思想领域提倡浪漫主义、现实主义、现代主义多元发展，在艺术上不搞划一的"主义"，虽以浪漫主义为旗帜，但主张兼收并蓄其他文艺思潮；另一方面则与郁达夫等通过自己的创作，创立了一个主观抒情的文学流派。

创造社的崛兴，给中国新文坛带来的震动，一在诗歌，二在小说。诗歌以郭沫若为代表，小说则以郁达夫为代表。郭沫若的《女神》（1921 年 8 月）不仅为我国的新诗开了一代新风，而且为我国新诗的发展奠定了基础。他的新诗，不仅完全摆脱了旧诗的羁绊，而且从西方浪漫诗歌中吸取了诗情，从十月社会主义革命的胜利中感受到"新生的太阳"和"新的光明和新的热力"[1]，它以完全顺乎自然的自由体，以火山爆发式的炽热感情，奏出了五四时代的最强音。它为我国的新诗输入了崭新的革命内容，为我国的新诗创造了多式多样的新形式，从而把我国的新诗推上了蓬勃发展的新台阶。郁达夫的《沉沦》（1921 年 10 月），是我国新文坛最早的一部短篇小说集，它的出版，不仅一下子就以其"惊人的取材与大胆的描写"[2] 震动了整个新文坛和思想文化界，"他那大胆的自我暴露，对于深藏在千年万年的背甲里面的士大夫的虚伪，完全是一种暴风雨式的闪击，把一些假道学、假才子们震惊得至于狂怒了"。[3] 而且在传统的浪漫主义的主观抒情和感伤反抗的基础之上，融进了现实主义和现代主义的特质，通过强烈的主观抒情和大胆的自我暴露，描写了一代病态青年和他们的精神生活：在帝国主

---

① 《女神之再生》，《女神》初版本，上海泰东图书局，1921。
② 成仿吾：《〈沉沦〉的评论》，1923 年 2 月 1 日《创造》季刊第 1 卷第 4 期。
③ 《论郁达夫》，《郭沫若全集·文学编》第 20 卷，人民文学出版社，1992。

义和封建主义的双重压迫下他们开始觉醒，但又找不到正确的出路，而且软弱消极，于是只有苦闷、失望和忧郁。

就是这样，他们一个以高昂的如同火山爆发的炽热感情，一个以低沉的卑己自牧的唏嘘吟叹，共同开创了一个大的浪漫抒情流派，在我国新文学发展的历史中，与现实主义流派争奇斗艳，并驾齐驱。虽然它和现实主义的流派一样，时而也遭受到一些贬斥和压抑，却始终挺拔着、发展着。许多后起的和比较著名的作家，常常自诩为郭沫若的诗歌和郁达夫的小说的第二代、第三代，即使在今天，在创造社成立七十多年之后，我们仍能在众多作家的创作中，看到郭沫若和郁达夫风格的影子。这当然是郭沫若、郁达夫当日所始料不及的。

郭沫若、郁达夫的友谊与创造社的历史有着密不可分的联系。他们虽然结识在 1915 年的东京一高时代，但友谊的真正建立则在创造社的成立和发展时期。在创造社的历史中，郁达夫是郭沫若最信得过、最强有力的支持者之一。1921 年 5 月底 6 月初，当郭沫若得到泰东图书局老板赵南公的允诺，专门从上海返回日本，到京都和东京会朋友，商讨办刊物、出丛书、组织新文学社团创造社的时候，虽然在京都见到了郑伯奇、张凤举、穆木天，在东京见到了田汉、徐祖正、张资平等好多人，但"未知数依然还是未知数，X 依然还是 X"①，事情进展不大。还是在医院见着了住院的郁达夫，他的热心，他的强有力的支持和许多具体的建议，才使郭沫若吃了定心丸，坚定了成功的信心。继而，他们又在郁达夫的寓所把大家召集在一起，成立了创造社，商讨了《创造》季刊和《创造社丛书》的稿约和出版等诸多事宜，从而使创造社的事业终于达到了可以具体实施、操作的阶段。无怪乎郭沫若要说，"觉得最可靠的还是只有他"，"在东京方面的事情我便要他做个中心"。② 足见郁达夫在郭沫若心目中的地位。

从日本回到上海，郭沫若发了几本丛书的稿子，凑齐了部分《创造》创刊号的稿件，因为要赶回福冈继续学业，就写信去东京请即将毕业的郁达夫回来接班。9 月初，郁达夫回到上海，9 月中旬郭沫若即离沪返福冈，

---

① 《创造十年》，《郭沫若全集·文学编》第 12 卷，人民文学出版社，1992，第 119、113 页。

② 《创造十年》，《郭沫若全集·文学编》第 12 卷，人民文学出版社，1992，第 119、113 页。

郁达夫回来后一方面经郭沫若推荐、赵南公介绍担任安庆法政专门学校英文科主任，另一方面在泰东担负《创造》季刊的编辑事务，中间仅 1922 年 3 月赶回东京去参加帝国大学的毕业考试耽误了月余。1922 年 5 月，《创造》创刊号出版，7 月，郭沫若利用学校放暑假的机会，又回到上海，与郁达夫共同编辑出版了《创造》第二期。这以后，因为他们一个要返回安庆去教书，一个要回福冈完成学业，遂双双邀请成仿吾放弃长沙兵工厂技正的工作，来上海主持创造社的社务，编《创造》、出"丛书"。

在此期间，发生了创造社与文学研究会和胡适等人的官司。事情是由郁达夫的《〈创造〉出版预告》、《艺文私见》、《夕阳楼日记》和郭沫若的《海外归鸿》、《批判〈意门湖〉译本及其他》等文得罪了文研会和胡适引起的。但情况也比较复杂，这其中，有创造社酝酿成立过程中与文研会产生的误会，也有自古以来文人相轻的旧意识之意气在里头，更主要的，还在彼此对待文艺创作和翻译的观点、态度有分歧。在这场论争之中，郭沫若、郁达夫和成仿吾都积极撰写文章阐发自己的观点，并相互声援，一则以应战，二则也增进了彼此的了解，从而更修筑和加固了他们之间友谊的长城。

今天看来，大家都是从事新文化运动的战友，本应同仇敌忾，一致去与旧文化、旧思想作战，并为新思想、新文化的建设共同努力，而不应去为着不同的文艺观点，不同的创作态度，以及翻译中存在的问题，相互争论不休，削弱了共同对敌的力量。总之，当时发生的论争是应该尽量避免的，虽然这一论争对新的文艺思想的弘扬、新文坛文艺创作和翻译事业的发展均有不少的好处，但对新文坛内部的团结却遗留下长久的不良影响。

不过，当时不同文学社团之间虽然彼此有些意见，但在对待封建的旧文化、旧思想的态度上还是比较一致的，而且私下的友谊也是彼此不断的。近 20 年之后，郁达夫在《敬悼许地山先生》一文中就说："我们和小说月报社在文学的主张上，虽则不合，有时也曾作过笔战，可是我们对他们的交谊，却仍旧是很好的。所以当工作的暇日，我们也时常往来，作些闲谈。"① 更明显的例证是 1922 年 8 月《女神》出版一周年的时候，郁达夫仿照日本文坛

---

① 郁达夫：《敬悼许地山先生》，1941 年 11 月 8 日香港《星岛日报·星座》。

的做法，发起过一次"女神会"，邀请文学研究会的朋友和留日同学参加，甚至想借此机会把作家协会组织起来。会前，郁达夫和郭沫若曾亲自去郑振铎等人家里登门邀请。郁达夫还在 8 月 2 日的《时事新报·学灯》上发表了《〈女神〉之生日》的文章，主要内容乃针对当时与文学研究会论争情况，号召双方改变"文人自古善相轻"的恶习，从大局着想，为了中国将来的文学，"把微细的感情问题，偏于一党一派的私见，融和融和，立个将来的百年大计"。关于《女神》，仅在文末客观地说了几句："《女神》的真价如何，因为郭沫若君是我的好友，我也不敢乱说，但是有一件事情，我想谁也应该承认的，就是'完全脱离旧诗的羁绊自《女神》始'的一段功绩。"显得极为克制，却非常的实事求是。8 月 5 日的那天晚上，在上海一品香的酒楼上，除日本帝国大学的同学外，文学研究会的郑振铎、沈雁冰、谢六逸、黄庐隐等人都赶来参加了，会后还一块照了相。郁达夫热望此举能造成一种文人相亲相爱、虚怀团结的空气，而不要彼此由相轻而至相斗。

　　1923 年春，郭沫若毕业归来，郁达夫辞去安庆的教席，双双回到上海，与成仿吾共同过起了"笼城生活"①，并继《创造》季刊之后，又创办了《创造周报》和《创造日》，一方面积极地参与了中国共产党发起和领导的反帝反封建的思想解放运动，另一方面在文学艺术领域提倡浪漫主义、现实主义、现代主义多元发展，并带头在中国掀起了轰轰烈烈的浪漫主义文学运动，共同迎来了创造社的第一个黄金期。此后，在 1923 年 10 月，郁达夫为生活所迫，先是离沪赴京，继而又由京赴汉，在北京大学、武昌师范大学任教，直至 1926 年 2 月才返回上海。但郁达夫仍积极地参与筹组创造社出版部，并参与了《洪水》半月刊和《创造月刊》的编辑工作，在 1926 年、1927 年与郭沫若、成仿吾和周全平等共同创建了创造社的第二次辉煌。1926 年 3 月，郭沫若因瞿秋白、林伯渠的推荐，受聘广东大学去当文科学长，郭邀请郁达夫、王独清同往。此时，成仿吾已先他们到达广州，在黄埔军校任教官，同时也在广东大学做着兼职教授。继他们之后，创造社的何畏、郑伯奇、穆木天等人也来到广东大学任教。在这里，他们很快就为

① 《创造十年》，《郭沫若全集·文学编》第 12 卷，人民文学出版社，1992，第 168 页。

广东的革命气氛所感染，于是一方面在广东大学当"红教授"，教书育人；一方面写文章，编杂志，提倡革命文学，积极参加社会斗争，为我国的第一次大革命呼吁呐喊。

他们和在上海坚守阵地的出版部诸"小伙计"一起，华东、华南两相呼应，彼此配合，与文艺界的进步文艺工作者共同在全国造成了一股相当巨大的革命文化势力，对全国的大革命形势，起了很好的推动作用。

其间，郁达夫曾因子龙儿在京患病并夭折而离穗北上料理丧事，在北京短暂停留。返回广东不久，就应创造社执委会的要求，去上海整顿创造社出版部。随后，发生了与创造社诸同人的分歧，并于1927年8月登报脱离创造社。此时，郭沫若早在1926年7月离开广东大学，携笔从戎，投身北伐国民革命军，正在参加血与火的斗争。在20年代，郭沫若与郁达夫的最后一次见面，当在1926年6月郭沫若参加北伐和郁达夫离穗北上料理儿子丧事之前。从此以后，两人天各一方，有十年的暌违，直至1936年11月两人在东京再次相见。

再逢在东瀛

十年阔别之后，郭沫若与郁达夫的再次相逢，是在1936年11月的日本千叶县市川乡下。

郭沫若1926年7月参加北伐战争。蒋介石叛变革命，他义愤填膺，草就了讨蒋檄文《请看今日之蒋介石》，随后又赶赴南昌参加南昌起义，并在起义的关键时刻加入了中国共产党。革命转入低潮后，郭沫若受到通缉，经党组织安排，于1928年2月携全家流亡日本，住在千叶县的市川。在刑士和宪兵的双重监视下，他一方面潜心研究甲骨文和中国古代社会，另一方面密切关注国内政治形势，积极支持东京左联和国内的革命文化运动，平时深居简出。

郁达夫是1936年11月13日从上海启程赴日本访问的。一到日本即去会郭沫若，11月中旬一次，29日一次，12月6日一次。此外，由于日本友人的招待，两人在东京共同赴宴相聚过三次。郭沫若于 1937 年初有《达夫的来访》详记其事，发表在《宇宙风》半月刊上。第一次见面是郁达夫由日本改造社的人带路，突然出现在郭沫若市川的寓所门前，给郭沫若带来了巨大的惊喜。因为改造社的社长山本实彦要为郁达夫接风，所以派人与郁达夫一起开车来请郭沫若去当陪客。这天改造社开会研究编译《鲁迅全集》，还请郭沫若和郁达夫提了意见。宴请时，侍女拿出斗方来要大家题字，郁达夫要郭沫若也写一张给他，郭沫若题的是一首七言绝句："十年前事今犹昨，携手相期赴首阳。此夕重逢如梦寐，那堪国破又家亡。""那堪国破又家亡"句，原拟写成"《广陵散》绝倍苍凉"，以嵇康喻成仿吾，因嵇康临刑时曾有"《广陵散》于今绝矣"之叹息。当时，报上风传成仿吾参加红军二万五千里长征时牺牲，但郭、郁二人对此消息颇怀疑，所以未用。写到"携手相期赴首阳"时，郭沫若回过头来问郁达夫："记得么，首阳山的故事？"郁达夫说："记得啦，孤竹君之二子啦。"

11 月 29 日是星期天，天将黄昏，郁达夫一个人来了。说孩子们住校伙食不好，要带他们去东京吃中国菜，因阿和这周未回来，便与郭沫若带了阿博和阿佛在神田的一家北京馆子吃晚饭。路上郁达夫看见郭沫若穿着和服有点寒意，就买了一条骆驼绒的围巾送他以御寒。12 月 6 日又是星期天。这天天气很好，郁达夫刚 10 点即到郭家，一见面就说："我昨天的讲演被警察禁止了，没开讲就禁止了。"原来是因为此前在文章和讲话中多次主张中日人民友好相处，并力陈日本当局侵华决策的错误，引起了警方的注意，所以 12 月 5 日原来拟定的《中国旧诗的变迁》这个题目也不让讲了。

这天郁达夫要求到外边去散步，于是两人一道走了出来。先朝西向东京附近唯一的一座不高的真间山走去，后又望了望江户川两岸的景色，中午时分折入市里，走到一家"蒲烧"店里去吃烤鳗鱼片，并喝了不少的酒。老朋友阔别十年，自然会谈到些"无足重轻的往事"，以及各自对未来的打算等。到底是亲如手足的同窗兄弟，尽管有过龃龉和误会，有过十年的隔绝，但由于彼此别后的作为表现，一切早已释然，所以见面时并无任何的尴尬，只觉更加亲近。正如郭沫若所说："我们几位老朋友，尽管闹翻过一次，结果还是言归于好了。我们是和弟兄一样，虽然十年反目，但把目再反过来，依然又是兄弟。"①

对于郁达夫的这次日本之行，当时的报刊曾有许多的报道，日本方面更有不少的猜测，有的更把它与郭沫若 1937 年 7 月的秘密归国联系起来，说他是带着当时中国最高当局的秘密使命去策动郭沫若归国的。日本作家佐藤春夫在其小说《亚细亚的儿子》之中，就把郁达夫写成一个间谍，说他受了中国最高领袖的密谕，去煽动郭沫若回国做抗日宣传，郭沫若回国后则被写成了依附日本的汉奸。不少人认为，佐藤春夫的如此写法，造成了日本当局对郁达夫身份的怀疑，以致 1945 年抗日战争胜利了，在印度尼西亚的郁达夫还是被日本宪兵残酷杀害。

其实，郁达夫自始至终都只是一个书生。他的这次日本之行，也纯然是作为一个作家和文人，应日本改造社和日本中国文学研究会的邀请，并以为福建省政府采购印刷机和讲学的名义去日本访问的，而且到达日本之后，一切主要的活动都听从邀请团体安排，只是插空子在星期天去市川乡下看望了郭沫若两次。即使 12 月 6 日郁、郭单独相处的那一天，他也还应日方的要求去霞山会馆做过《关于中国的现状》的讲演。在这次讲演中，郁达夫说明来意："我作为一介书生前来东京，是为了同诸位交谈，并研究一下日本的情况。""我至今没有参与实际的政治，政治这东西不甚了了。"然后指出，中国知识阶级中像他那样的"真正为国着想的人则依然认为，中日两国不可相斗，应一致合作下去"。从后面这一句话来看，郁达夫是过于书生气了一些。当时，日本军国主义政府早已磨刀霍霍、处心积虑地在策动着种种侵略中国的勾当。东北已落入敌手，华北也危在旦夕，他却还在劝说"不可相斗"，"应一致合作"。

应当承认，郁达夫这次去日本，是有动员郭沫若归国之意，但这仅出于郁达夫个人的意向，而非当局的指使。只不过由于当局对郭沫若的通缉令未撤销，怕贸然回国对郭沫若有危险，所以访日归来才设法通过关系去打通上层以取消通缉令。关于这一层意思，郁达夫 1941 年在《为郭沫若氏祝五十诞辰》一文中说得非常清楚："在抗战前一年，我到日本去劝他回

① 郭沫若：《再谈郁达夫》，1947 年 11 月 15 日《文讯》月刊第 7 卷第 5 期。

国，以及我回国后，替他在中央作解除通缉令之运动，更托人向委员长进言，密电去请他回国。"① 郭沫若也曾在文章中说到郁达夫的这次访日与他归国的关系："达夫那时是在福建省政府做事情，他的到东京纯粹是游历性质，但他遭到日本人的误解倒是实在。""其实关于我的回国，达夫虽然有着一些间接的关系，但对于直接的策动是毫不相干的。""直接帮助了我行动的是钱瘦铁和金祖同。瘦铁在王芃生的系统下做情报工作，他曾经把我的意思通知当时在国内的王芃生，得到了政府的同意，他便为我负责进行购买船票等事项。祖同便奔走于东京与市川之间传递消息。当然大使馆方面也是知道情形的。"郁达夫在"事实上他只做了一番间接又间接的传达消息的工作"。②

那么，郁达夫到底为什么要甘冒被敌国猜疑的危险去劝郭沫若归国呢？原因有二，一是担心老友陷于敌手，所以去面陈国内外形势，劝其及早准备；再则也是为了还郭沫若之情，因为造成十年暌违，他觉得有对不起郭沫若处。

其实，这种歉疚感早在创造社初期就有了。1924 年 7 月 29 日，郁达夫在给郭沫若的信中就说："我和你共事以后，无一刻不感到的，一种莫名其妙的，总觉得对你不起的深情。记得《两当轩集》里有几句诗说：强半书来有泪痕，不将一语到寒温，久迟作答非忘报，只恐开缄亦断魂。"③ 由于这一原因，郁达夫曾有半年多的时间怕给郭沫若写信。

在《再谈郁达夫》一文中，郭沫若曾谈到他和郁达夫"有过一些龃龉的地方"，说一共有四次。第一、二次是 1923 年《创造日》创刊前后，第三次是 1924 年郁达夫主张《创造周报》与《现代评论》出合刊的时候，以上三次都发生在郁达夫写《给沫若》这封旧信之前。

1922 年 5 月《创造》季刊发刊之后，由于内容切中时弊，既紧紧地扣住了历史的脉搏，又投合了广大青年追求进步、渴望个性解放的心理，文

---

① 郭沫若：《再谈郁达夫》，1947 年 11 月 15 日《文讯》月刊第 7 卷第 5 期。
② 郭沫若：《再谈郁达夫》，1947 年 11 月 15 日《文讯》月刊第 7 卷第 5 期。
③ 郁达夫：《给沫若的旧信》（1924 年 7 月 29 日），1926 年 3 月 16 日《创造月刊》第 1 卷第 1 期。

章水准又比当时一般杂志要高出一筹，所以杂志刊出之后，销路愈来愈好，于是泰东图书局的老板赵南公鼓动他们增编周期短一些的刊物。而郭沫若他们也深感二七大罢工以后，国内形势发展很快，季刊周期长，难以反映时局的重大变化，而且对季刊文章引起的一些论争，也常常不能及时进行答辩，所以也有意另办一个刊物，于是《创造周报》就应运而生了。《创造周报》以评论为主，创作次之，而且把战线由文学拓展到了整个思想文化领域，于是一下子就以内容丰富、尖锐泼辣在社会上引起了轰动，每一期周报印出，常常墨迹未干就被读者抢购殆尽。周报的风行，引起了社会各界的注意，争着想把它据为自己的力量。就在此时，政学会《中华新报》主笔张季鸾向郭沫若发出了由创造社代编文学副刊《创造日》的邀请。但郭沫若觉得政学会的政治倾向有问题，不赞成出，而郁达夫和成仿吾都赞成出，主要是考虑在经济上和生活上有所助益，因为他们在泰东无固定的工资收入，生活比较拮据。郭沫若虽然退让了，但大家在情趣上是有些别扭的。更主要的是《创造日》7月21日创刊刚两个月，10月初郁达夫又应聘北上，去接替陈豹隐就任北京大学统计学讲师职务。郭沫若不赞成郁达夫去，认为以郁达夫的资格和才气，不必去屈就此职。况且，《创造日》刚创刊，郁达夫一走，如何维持？但郁达夫坚持要走，而且走后一直不给创造社寄稿子来。"达夫、仿吾和我，在撑持初期创造社的时候，本如像一尊圆鼎的三只脚。达夫中途离沪……圆鼎子去了一只脚，结果是只好塌台。"①这是郭沫若在回忆创造社的历史时，就郁达夫的北上，去接替陈豹隐就任北京大学统计学讲师职务所说的几句十分沉重的话，足见当时郭沫若在感觉上是有些不愉快的。

靠三个人的合力，同时维持《创造》季刊、《创造周报》和《创造日》三个刊物还有可能，一员大将走了，再维持就困难了。正好这时政学社也感到创造社的倾向不适合自己，因而《中华新报》提出了结束《创造日》的建议，郭沫若、成仿吾乃顺水推舟，在11月2日的《创造日》第100期上，一个发出了《停刊布告》、一个写了《终刊感言》，向读者告了"再会"。

---

① 《创造十年续篇》，《郭沫若全集·文学编》第12卷，人民文学出版社，1992，第213页。

困于生活，1924 年 2 月，郭沫若送走了日本妻子和孩子们，让他们折回日本福冈"自己去寻生活"。他则留下来写了自传体小说漂流三部曲《歧路》、《炼狱》和《十字架》，"尽性地把以往披在身上的矜持的甲胄通统剥脱了"，把他们从事文学活动的艰辛，壮志难酬的心境，打算返回日本去别作安排的想法和盘托出，写得淋漓尽致，以致郁达夫在北京看到了都感动不已，从而恢复了与他们的联系。郭沫若就是这样，于 4 月 1 日，带着一腔凄凉情绪，追随妻儿返回到日本去的。上海，成仿吾只身坚守。直到《创造》和《创造周报》出完最后一期，他才于 5 月底离开上海到广州，去担任广东大学理学院教授，兼黄埔军校教官。

就在初期创造社即将结束之时，郁达夫带了一个方案，专程从北京返回上海，与成仿吾商量，打算由创造社与太平洋社合并，编《现代评论》，并在《创造周报》终刊的第 52 期上，刊登了《〈现代评论〉启事》，说《创造周报》停刊后，与太平洋社的《太平洋》杂志合并，名曰《现代评论》周刊。当在福冈的郭沫若看到这个启事的时候，虽然尚不知太平洋社后面有章士钊和研究系的政治大背景，但也感到很伤感。因为太平洋社的主要人物是王世杰、周鲠生、杨端六、皮宗石、陈源等一批大学教授，郭沫若觉得与他们合不拢，所以曾伤心地痛哭。他感到，这样的"合并"，于纯洁的创造社，就像"可怜的姑娘夭折了，还受了一次尸奸"。很快，此事受到语丝社的误解，认为创造社充当了"帮凶"。在现代评论社，郁达夫也感到自己的地位形同"小丑"，知道上了当，所以合作没有多久，事情也就告吹了。这就是郭沫若所说的与郁达夫的第三次龃龉。

以上三次龃龉，都发生在创造社成立初期，正是因为有了三次这样的经历，所以郁达夫感到十分的歉疚，觉得对不起郭沫若。不过，这三次虽然给他们的关系抹上了些阴影，但多由工作上的不同意见引起，是私下的事情，时过境迁，也就淡化了。当大家重新组合在一起筹组创造社出版部，出版《洪水》《创造月刊》的时候，这一切早就释然了。

而第四次龃龉则不同。它已经超越了一般工作的范围，显示出思想认识的分歧和政治上的不同态度，而且是通过公开发表的文章显示出来的，所以终于导致了他们之间关系的决裂和郁达夫公开登报宣布脱离创造社。

导火线是 1927 年 1 月 16 日郁达夫化名曰归在《洪水》半月刊上发表的《广州事情》这篇文章。郁达夫是 1926 年 3 月同郭沫若一起到广东大学执教的，1926 年 3 月至 12 月，郁达夫在广州待的时间，断断续续加起来有 4个月左右。应该承认，郁达夫是异常敏感，有着非凡洞察力的。尽管时间不长，他却看到了当时的革命策源地广州存在的不易为一般人所察觉的东西，看到了在表面上轰轰烈烈的革命背后潜伏着的危险，看到了革命队伍中种种不纯的现象。有些所谓的"革命者"，实际是揣着不可告人的目的混到革命队伍中来的野心家。这使他灰心极了，因为他这次到广州，是"本想改变旧习，把满腔热忱，满怀悲愤，都投向革命中去，谁知鬼蜮弄旌旗，在那里所见到的，又只是些阴谋诡计，卑鄙污浊"。① 所以一从广州回到上海，他就写了这篇文章。文章一开头，他首先还是肯定"人类社会，在无论如何的状态之下，总是有进步的"。"广州情形，从表面上看来，已经可以使我们喜欢了。"接着，他笔锋一转，说："然而我们再仔细一问，才知道这一条宽广的马路底下，曾经牺牲了多少民众的脂血……但是这些脂血，却被一个政府中的人吸收去了。"于是，他通过对广州的政治、教育和农工阶级现状的叙述，来揭露他所见、所闻的国民政府中的种种"黑暗的罪恶"、"暗中的敲刮"、"表面的粉饰"和"对于人民的剥削"。还说："广东是一个牛奶海，许多左派，到了广东，颜色都变了。""总之这一次的革命，仍复是去我们的理想很远。我们民众还应该要为争我们的利益而奋斗。"

这无疑是一篇颇有见地的文章，因为他不仅看到了国民政府正在右倾的事实，而且谴责了政府中种种罪恶现象。但它也显示出郁达夫政治上的不成熟和知识分子的脆弱性。革命的道路总是曲折的，当时的革命，也仅仅是实现我们的理想所走出的第一步。当时的国民政府虽然正在右倾，但国民党中的左派和共产党人正在努力，要把国民政府从广州迁到武汉去，其目的正是防止整个国民政府的右倾。何况当时郁达夫身处北洋军阀孙传芳统治下的上海，写的又是一篇专门揭露反对军阀统治的国民政府内部黑暗的文章，而且发表在支持国民革命、拥护国民政府的创造社在上海出版

---

① 郁达夫：《〈鸡肋集〉题辞》，1927 年 8 月 1 日《鸡肋集》，创造社出版部，1927。

发行的革命刊物《洪水》半月刊上。

无怪乎创造社的朋友在广州看见此文后曾数次跑去质问成仿吾："怎么的，你们竟登了一篇大骂广州政界的文章？"① 也无怪乎成仿吾要在《读了〈广州事情〉》一文中指责曰归（当时不知曰归就是郁达夫）文章为"责善未成，颠倒近于扬恶了"；而且正确地指出：既然"曰归君对于为人民谋利益的政府是抱着热烈的希望的"，那么"这种旁观的闲话式的说法"，我们就"应该禁绝"。② 更无怪乎郭沫若在北伐征途上看见此文要写信给郁达夫，指责此文"倾向太坏"③ 了。

此文暴露出郁达夫与郭沫若、成仿吾等老朋友对当时政局在认识和对待的态度上有了分歧，思想上有了隔阂。由此郁达夫也在以后的时间里一度对郭沫若产生了怀疑，他在当时的日记中多处有过这样的记载："沫若为地位关系，所以不得不附和蒋介石等，我很晓得他的苦处"；"我怕他要为右派所笼络"，"将来我们两人，或要分道而驰的"。④ 5 月 6 日他还在日记中隐指郭沫若为"机会主义者"，说他"只晓得利用机会去升官发财，同人的利益是不顾着的，哪里还谈得上牺牲？谈得上革命？"⑤

思想上这一隔阂和距离的产生，同郁达夫离沪北上，到北京大学任教，以及郁达夫原来的思想基础有关。虽然郁达夫是我国新文坛最早提出"文学上的阶级斗争"这一口号的人，而且 1927 年 5 月 6 日在日记中还在说"我所希望的，就是世界革命的成功"。但正如他的好朋友胡愈之在《郁达夫的流亡和失踪》一文中谈到他与郁达夫政治观点不相同时说的："一般的说，达夫不满意国内政治，但是他所不满意的是人，而我所不满意的是独裁贪污制度。"然后肯定地说："他的伟大就是因为他是一个天才的诗人，一个人文主义者，也是一个真正的爱国主义者。""他者，也是一个真正的爱国主义者。""他永远忠实于'五四'，没有背版过'五四'"。⑥ 这就是

① 成仿吾：《读了〈广州事情〉》，1927 年 3 月《洪水》半月刊第 3 卷第 28 期。
② 成仿吾：《读了〈广州事情〉》，1927 年 3 月《洪水》半月刊第 3 卷第 28 期。
③ 转见郁达夫《日记九种·穷冬日记》，1927 年 2 月 12 日。
④ 郁达夫：《新生日记》、《穷冬日记》，《五月日记》，上海北新书局，1927。
⑤ 郁达夫：《文学上的阶级斗争》，1923 年 5 月 27 日《创造周报》第 3 号。
⑥ 胡愈之：《郁达夫的流亡和失踪》，香港咫尺书屋，1946。

说，郁达夫的思想，是激进的，革命的，但他却停滞在民主主义阶段，所以，他终其一生都是一个民主主义者而且是一个名士风骨的民主主义者。而他的老友郭沫若、成仿吾等，在接触到马克思主义和参加大革命实践之后，思想由民主主义前进了，进步了，成为马克思主义者和共产主义者了。

正是因为郁达夫思想基础是这样一个情况，所以北上之后，很快就与胡适、周作人、陈西滢、徐志摩、沈从文等交厚。1924 年他提出要与太平洋社合出《现代评论》，1927 年新月社和现代评论社的朋友由京迁沪，他更频繁与他们交往，一块喝酒听歌，出入新月书店，甚至出席他们的会议。当然，后来他也感到了后悔。1927 年 7 月 30 日的日记就有这样的记载："又上通伯那里去旁听现代评论社的开会"，"他们都是新兴官吏阶级，我决定以后不再去出席了"。①

此前，几个创造社的元老在广州商讨创造社出版部的情况时，过分地估计了社内存在的问题，片面地认定周全平、叶灵凤、潘汉年他们几个小伙计成立的"幻洲社"出版的《幻洲》半月刊，是"社中社"，在搞小组织活动；又怀疑有人挪用了公款，中饱了私囊，于是他们提出整社，并决定让郁达夫以总务理事的身份去执行这一任务。郁达夫是一个诗人气质很重的人，回到上海，通过查账，找人谈话，发现了一些问题，气得很，难免感情用事，采取严厉措施，改组了出版部，一些最初参加出版部工作的骨干分子都被开除出社，留下来的小伙计也人人自危，结果出版社的工作难以维持下去。

怀疑和误会，导致郁达夫 1927 年 8 月 15 日在上海的《申报》和《民国日报》上刊登《启事》，宣布："今后达夫与创造社完全脱离关系。"当然，其中也有很大成分是担心自己在四·一二反革命政变前后写的反对蒋介石和国民党反动派的文章招祸，以致累及创造社同人和出版部的事业经营。

就这样，老朋友间由于思想上的隔阂终至于一时造成关系上的断绝，时而还在彼此的文章中隐含批评和讽刺。郁达夫的《日记九种》，郭沫若的文艺论文《英雄树》《桌子的跳舞》都相互有所涉及。但大家都是文化人，彼此的文章、行为都是开诚布公的，所以久而久之，他们自己的作为表现

---

① 郁达夫：《厌炎日记》，《日记九种》，上海北新书局，1927。

又自然而然地把他们之间的隔阂和误会消解了。

不仅在以后，即便是在 1927 年当时，郁达夫也对自己的"怀疑"产生过怀疑。这年的 5 月 10 日，亦即郁达夫在日记中骂郭沫若为"机会主义者"，说他"附和蒋介石"后没有几天，他的日记中又有这样一段记载挺值得寻味："午前起来，天气很寒冷，并且雾很大。走到霞飞路坐电车，商家店门都还没有开，买了一大张《大陆报》，今天的论文里却有非难蒋介石之处，真奇怪极了。"这里虽未明说是谁的论文，但显然只有至亲朋友不必点明即可知道是谁的人才如此写法。既然说论文是"非难蒋介石"的，这就十分明显是指郭沫若揭露蒋介石反革命真面目的文章了，只不知是《请看今日之蒋介石》，还是《脱离蒋介石以后》。前者写于 3 月底，曾由武汉《中央日报》附刊出版；后者写于 5 月初，当时正在《中央日报》副刊上陆续刊登。英文报纸《大陆报》大概转载了郭沫若的文章，被郁达夫无意中看见，感到十分的惊诧和奇怪。

至于后来郭沫若被蒋介石通缉，参加八一南昌起义后逃亡日本，由文学转而致力于学术，由甲骨文而研究中国古代社会，等等，诸多的表现，使郁达夫更加知道自己是把老朋友给误解了。更何况他们的分歧是因对政局的认识和态度不同引起，而非个人的原因，彼此的感情并未出现真正的危机，所以郁达夫一旦明白过来就愈发觉得对不住郭沫若，要想办法予以补救，挽回这原不应该中断的友情。正当此时，看见日本军国主义亡我之心不死，强占了东北，把魔爪伸向了华北不说，现在正觊觎华东，并处心积虑地想霸占全中国，值此民族危机之重大关头，老朋友还身处敌国，郁达夫当然更加放心不下。何况郭沫若这样的文才，回国参加抗战的宣传动员正可发挥其特长。于是，他决定寻找机会，跨海东渡去东京看望郭沫若。一为动员他回来为国效力，二为修补他们因误会而中断了的友情。这样，遂有了 1936 年 11 月郁达夫的东京之行。

海外一客孤

有人说："在达夫只有爱情和友情，是他生命的支持力。达夫有颗努力向善和上进的灵魂，但必须有爱情与友情统以抚煦和鼓励。"① 这话说得十分贴切，非常符合郁达夫的一生表现。

郁达夫一生，可谓孤独成性。"凄切的孤单"，可以说是郁达夫一生的写照。对于这凄切的孤单，他非但不觉其苦，反而常常爱去细细地玩味。他甚至认为，"这孤独之感"，"便是艺术的酵素，或者竟可以说是艺术的本身"。②

正因为如此，他重友谊和爱情。重友谊，这已为他跨海东渡去劝郭沫若之归国所印证。再如在白色恐怖笼罩全国的氛围中，多次涉险救助朋友：1927 年之救许幸之、1931 年之救李初梨等创造社老朋友之出狱；1933 年之捐款资助被日本军阀政府杀害的日本革命作家小林多喜二之遗族；抗议逮捕革命作家丁玲和潘梓年；抗议杀害中国民权保障同盟负责人杨杏佛；等等。

重爱情，则集中表现在他与王映霞的恋爱情事上。

1920 年 7 月，尚在日本留学的郁达夫，曾回国与母亲包办之富阳女子孙荃结婚。虽生有两女、二子（一子夭折），但有的多是对弱女子之同情而较少爱情。他虽然渴望爱情，而且也与不少的女子发生过亲密的关系，但真正的爱情却产生于 1927 年 1 月 14 日之与杭州女子王映霞邂逅，一下子他的心就被她"搅乱了"，"颠倒"了。在近半年的时间之内，他神魂颠倒、情思昏乱，虽然"一想起荃君的那种孤独怀远的悲哀，我就要流眼泪，但映霞的丰肥的体质和澄美的瞳神，又一步也不离的在追迫我"。虽然"我一边抱拥了映霞，在享很完美的恋爱的甜味，一边却在想北京的女人，呻吟于产褥上的光景"。③ 但他终于还是选定了王映霞，并于 6 月 5 日与她在杭州的聚丰园，当着 40 多人的面，宣布了他们两人的订婚，并与孙荃分居。半年后，他与王映霞结婚。这以后，正如郁达夫所自言："和映霞结缡了十余年，两人日日厮混在一道，三千六百日中，从没有两个月以上的离别。自己亦以为是可以终老的夫妇，在旁人眼里，觉得更是美满的良缘。生儿育女，除天殇者不算外，已经有三个结晶品了。"④ 不意 1936 年郁达夫在杭

---

① 王任叔：《记郁达夫》，1947 年 10 月 1 日、12 月 1 日《人世间》第 2 卷第 1 期和第 2、3 期合刊。

② 郁达夫：《北国的微音》，1924 年 3 月《创造周报》第 46 号。

③ 郁达夫：《新生日记》，载《日记九种》，上海北新书局，1927。

④ 郁达夫：《毁家诗纪》之一原注。1939 年 3 月 5 日香港《大风》旬刊第 30 期。

州筑成"风雨茅庐"之后,却祸起萧墙,反而成了毁家之始。

原来,当 1936 年春郁达夫应福建省主席陈公洽之邀,只身去福州任职之后,王映霞之心就已另有所属。1936 年郁达夫访日归来,绕道去台湾并于 1937 年 1 月返抵福州之后,王映霞还曾来闽同居。5 月返杭州以后,就有些传闻,这以后,矛盾渐趋尖锐。

1937 年 7 月下旬,郭沫若别妇抛雏,秘密归国。临行请中国驻日使馆电告郁达夫,郁达夫曾专程从福州赶往上海迎接。1938 年 2 月,郭沫若在武汉奉命就任国民政府军事委员会政治部第三厅厅长,负责全国的抗日宣传工作。筹组三厅时,郭沫若原拟聘请郁达夫担任对敌宣传处的处长,因郁达夫远在福州,工作亟待安排,待郁达夫于 3 月赶来武汉时,就请他担任了政治部设计委员会的设计委员。当时,在政治部工作的还有田汉、阳翰笙、李一氓、冯乃超,这样,创造社的几个老朋友就又得以在一起工作了。特别是郭沫若和郁达夫,在经历了十年的绝交之后,在东京共谋归期,今天终于如愿以偿,郭沫若回来了,而且又能并肩战斗在一起,心情当然比别人又不太一样。3 月 27 日,中华全国文艺界抗敌协会成立,郭沫若和郁达夫双双当选为该会理事。4 月至 5 月,郁达夫去台儿庄、徐州等地劳军,并到山东、江苏、河南一带视察战地防务,6 月下旬又去浙东、皖南视察。

就在 6 月初,正当武汉被日本飞机轰炸形势最危险的时候,郁达夫的家庭风波激化,几至陷入妻离子散的绝境。6 月 4 日,当他家打算遵从政府疏散人口命令,预备从武汉乘船西去的时候,夫妻俩一场口角,王映霞负气出走。郁达夫疑她跑回浙东去了,就在《大公报》上登了两天寻人广告,其实她仍在武昌,这当然更加大大地激怒了王映霞。好友的家庭出了危机,朋友们纷纷出面调停,特别是作为孤竹君二子长兄伯夷的郭沫若,当然更对弟弟叔齐的不幸表示关心,经他劝说,又经两人的忏悔与深谈,遂重立了"让过去埋入了墓坟,从今后,各自改过,各自奋发,再重来一次灵魂与灵魂的新婚"① 的誓约。郁达夫又在《大公报》上登了一个道歉的启事,郁、王两人遂破镜重圆,并一同迁往洞庭湖西边湖南汉寿居住。9 日,陈公

---

① 郁达夫:《国与家》,1938 年 8 月 22 日香港《星岛日报·星座》。

洽主席电召郁达夫回福州共商抗日对策。12 月 18 日，更应星洲日报社之邀请，偕王映霞并携子郁飞离开福州赴新加坡做抗日宣传。先主编《星洲日报》的早版副刊《晨星》和晚版副刊《繁星》，继又主编《星洲日报》的星期刊《文艺》周刊，一方面发动侨胞支援国内抗战，一方面培养新加坡文学青年。行前，郁达夫曾填写一阕《贺新郎》词："忧患余生矣！纵齐倾钱塘潮水，奇羞难洗。欲返江东无面目，曳尾涂中当死。耻说与，衡门墙茨。亲见桑中遗芍药，学青盲，假作痴聋耳。姑忍辱，毋多事。匈奴未灭家何恃？且由他，莺莺燕燕，私欢弥子。留取吴钩拼大敌，宝剑岂能轻试？歼小丑，自然容易。别有戴天仇恨在，国傥亡，妻妾宁非妓？先逐寇，再驱雉。"这说明，尽管他和王映霞的家庭风波表面上已经平息，但郁达夫内心却仍认为是奇羞难忍，觉得无面目见江东父老，只是因为国难当头，方决心把个人的小事搁起，到南洋去终老炎荒。

但到底受卢梭《忏悔录》和日本私小说影响太深，喜欢赤裸裸地将自己的隐私暴露在世人面前，一如此前他在浪漫时期所写的小说那样，所以没过多久，1939 年的 3 月 5 日，在香港《大风》旬刊创刊一周年的特大号上，就刊载出来了他所写的《毁家诗纪》，计 19 首诗和前引的《贺新郎》一词，诉说了他的毁家经过。于是引来了王映霞的《一封长信的开始——谨读〈大风〉卅期以后的呼声》和《请看事实——到星架坡的经过》两文，也登在 4 月、5 月的《大风》旬刊上。这样，家庭矛盾完全公开化了，朋友们虽再次做工作，事情终于无法换回。郁达夫和王映霞于 1940 年 3 月协议离婚，王映霞并于 5 月下旬离开新加坡回国。行前，郁达夫在两人初来新加坡之投宿处南天酒楼宴别王映霞，并赠诗一首："自剔银灯照酒卮，旗亭风月惹相思。忍抛白首名山约，来谱黄衫小玉词。南国固多红豆子，沈园差似习家池。山公大醉高阳夜，可是伤春为柳枝。"王映霞去后，6 月托友人回祖国接二幼子来新加坡时又题七律一首，内有"大堤杨柳记依依，此去离多会自稀。""愁听灯前谈笑语，阿娘真个几时归。"1941 年，复题七言绝句《自叹》"相看无复旧家庭，剩有残书拥画屏。异国飘零妻又去，十年恨事数番经"。看来仍然是剪不断理还乱，情未了，仍然难以忘怀王映霞。郁达夫在南洋之孤苦，由此可见。

老朋友们虽然不能再在一起了，但谁也没有忘记谁，特别是"孤竹君之二子"的伯夷和叔齐。就在郁达夫和王映霞协议离婚的 1940 年 3 月，在当时的陪都重庆举行的中苏友协的一次文艺界集会上，郭沫若、老舍等就以诗代书，联句题诗寄给远在南洋的郁达夫。诗是四句：

> 莫道流离苦，（老舍）
> 天涯一客孤。（郭沫若）
> 举杯祝远道，（王昆仑）
> 万里四行书。（孙师毅）

苏联作家费德林不会写中国诗，也用毛笔写了"都问你好"四个中国字。作为长兄"伯夷"的郭沫若，觉得以诗代书还意犹未尽，提笔在诗下又写了几行短信："达夫：诗上虽说你孤，其实你并不孤。今天在座的，都在思念你，全中国的青年朋友，都在思念你。你知道张资平的消息么？他竟糊涂到底了，可叹！"

张资平是郭沫若、郁达夫在东京第一高等学校的老同学，曾经因为爱好的一致，相约共同发起成立创造社，并且是初期创造社的主要成员，在创造社差不多一直待到了最后。就是这样一位资深的老作家，曾经为新文坛创作出第一部白话长篇小说《冲积期化石》的老作家，为了满足自己的物欲名欲，竟然在上海被敌人收买，充当了汪伪政府的下属官吏。这消息，郁达夫本来在报上已经看到了，但有些不相信。郭沫若的信，使他相信这确是事实。他非常感慨，马上撰写了《"文人"》一文，就五四时代的两个老文化人周作人和张资平的附逆，沉痛地道出了这样的话语："文化界而出这一种人，实在是中国人千古洗不掉的羞耻事，以春秋的笔法来下评语，他们该比被收买的土匪和政客，都应罪加一等。时穷节乃见，古人所说的非至岁寒，不能见松柏之坚贞，自是确语。"接着，他又联系自己的情况，说了下面发人深省的话："因听到了故人而竟做了奸逆的丑事，所以一肚皮牢骚，无从发泄，即以我个人的境遇来说，老母在故乡殉国，胞兄在孤岛殉职，他们虽都不是文人，他们也都未曾在副刊上做过慷慨激昂的文章，或任意攻击过什么人，但我却很想以真正的文人来看他们，称他们是我的表率，是我精神上的指导者。"想不到这"表率"和"精神上的指导者"的话，竟真的成了郁达夫一生终结的谶语。

1941 年 11 月，为了发动一切民主进步力量来冲破国民党在政治上和文化上的法西斯统治，中共中央发起在各地举行庆祝郭沫若从事创作二十五周年和五十寿辰的纪念活动，郁达夫听到这个消息，在新加坡也积极响应。10 月 24 日，他率先在《星洲日报·晨星》上发表了题为《为郭沫若氏祝五十诞辰》的文章，畅谈了他与郭沫若的交谊，说"我与沫若兄的交谊，本是二十余年如一日，始终是和学生时代同学时一样的"。并对旁人挑拨中伤郭沫若与他、郭沫若与鲁迅关系的种种说法，举事实予以驳斥，还指出郭沫若"在新诗上，小说上，戏剧上的伟大成就"，说在南洋的许多他的友人，如刘海粟大师、胡愈之先生、胡迈先生等，也想同样地举行一个纪念的仪式，"为我国文化界的这一位巨人吐一口气"。11 月 7 日，又在《晨星》上发表《为郭沫若氏五十诞辰事》的短文，在报告了庆祝的方法之后，号召大家借此活动来反对"文人相轻"的做法，在文化界"造成一种文人相亲相爱，大家能虚怀团结的空气"。11 月 15 日，在他的主持下举行了星华文化界庆祝郭沫若诞辰聚餐会，餐后还举行了游艺会。到会 200 余人，甚为热烈。在致辞时，郁达夫说："郭先生为我国当今最大文学家，亦为救国有功之一员"，"吾人庆祝郭先生，同时应努力抗建伟业"。郁达夫的这些文章、活动和讲话，充分地肯定了老友在我国现代文化史和抗战救国活动中的作用，大大地冲破了当时中国当局的文化封锁。

郁达夫是新加坡沦陷前最后离开的那批人中的一个，而且是在朋友的一再劝说中才离开的。本想从新加坡直接回国，因领事馆拒绝签发回国护照，被迫转移到印尼苏门答腊西部小镇巴爷公务。在此他化名赵廉，以商人身份开酒厂，任头家。一次在当地侨长处，被日本宪兵发现他精通日语，遂被强迫至武吉丁宜日本宪兵分队任翻译。他伪装不谙政治，巧妙保护和营救了不少抗日分子、印度尼西亚群众和当地华侨，也目睹了日本宪兵的种种罪恶行径。几个月后，遂称病辞掉通译职务，回巴爷公务主持酒厂。1943 年，为避免日军猜疑和便于掩护救亡活动，与只会说马来语的华侨何丽有结婚，曾有诗"赘秦原不为身谋，揽辔犹思定十州"，暗示其这次婚姻之动因，并抒发了他的一向抱负。1944年，因华侨中汉奸告密，郁达夫的真实身份暴露，从此活动受到监视。1945年8月日本无条件投降。9月17日，日本宪兵为掩盖罪行消灭证人，将郁达夫秘密杀害于武吉丁宜附近的丹戎革岱的荒野中。

在郁达夫牺牲后的头一两年里，人们一直在对他的失踪进行种种的猜测。准确的死因，是近些年来才逐渐透露出来，并调查清楚的。

郁达夫逝世以后，郭沫若先后于1946年3月、1947年10月和1959年10月，写过《论郁达夫》、《再谈郁达夫》和《望远镜中看故人》三篇文章，以悼念他的同窗好友和叔齐兄弟。对于郁达夫的生平事迹、创作成就、为人操守，写下许多广为人们引述和传诵的经典性的语句，如说"他的清新的笔调，在中国的枯槁的社会里面好像吹来了一股春风，立刻吹醒了当时的无数青年的心"。如说郁达夫"完成了一个有光辉的特异的人格"；"鲁迅的韧，闻一多的刚，郁达夫的卑己自牧，我认为是文坛的三绝"。而同时，他也看到了郁达夫是怎样一个真实的人，一个有缺点的人，提示人们，应该抱着望远镜去看，把他的优点引近到我们身边来，而不是抱着显微镜去看，专门挑剔他的弱点。

郭沫若和郁达夫，不愧是一对知己兄弟。

成仿吾在中国现代文学史上的
地位和作用*

成仿吾不仅是一个革命家、教育家，还是个文学家，而且首先是一个文学家。

成仿吾是 20 世纪 20 年代初在文坛崛起，并奠定他在中国现代文学史上的独特地位的。成仿吾对新文学建设的独特贡献，是由他那新颖的文学创作、犀利的文学批评和强调要写真实有特创的文艺理论，以及他在创造社这个革命文学社团中所表现出的非凡的组织才能和实干精神所决定的。

创造社的实际组织者和运筹人

五四新文化运动中，在文坛崛起最早和最大的两个新文学社团，一个是文学研究会，1921 年 1 月成立于北京；一个是创造社，同年 6 月成立于日本东京。但他们的主要活动，都在上海。

创造社自从在新文化运动中异军突起之后，它艰苦创业，标新立异，趋赶世界思想文化的新潮流。在 1921 年至 1929 年的将近 10 年间，它坚持在文学艺术和思想文化两条战线同时作战，在新文化运动中发挥了独特而巨大的作用，有着广泛而深远的影响。在文学艺术方面，它提倡浪漫主义、现实主义、现代主义多元发展，并带头在中国掀起了轰轰烈烈的浪漫主义

* 原载四川省郭沫若研究会《郭沫若学刊》2001 年第 2 期。

文学运动和无产阶级革命文学运动，不仅为方兴未艾的新文学开创了新生面，坚挺了新文学的地位，而且壮大了新文学运动的队伍，发展了新文学运动的成果。在思想理论方面，它积极地参加了中国共产党发起和领导的反帝反封建的思想解放运动和马克思主义的宣传教育运动，向中国革命和中国人民输送了精神食粮。

在创造社 10 年的历史中，大致可以分为初期、中期、后期三个阶段，或称三个时期。在这三个时期中间，成仿吾都发挥了不容忽视的举足轻重的作用。

如果说在创造社之中，郭沫若是领袖，郁达夫是旗帜，成仿吾则是台柱子。创造社元老之一的陶晶孙曾说他是"天生的书记长"[1]，是郭沫若的"绝好帮手"[2]，并从解剖学的角度，比喻过几个主要人物的作用，他说"沫若为创造社之骨，仿吾为韧带，资平为肉，达夫为皮"。[3] 而从创造社的历史来讲，如果没有他，也就没有创造社的初、中、后三个时期的划分和存在。在创造社，成仿吾是实实在在的顶梁柱。

首先，我们来看看他在创造社初期的作用。郭沫若曾说："达夫、仿吾和我，在撑持初期创造社的时候，本如象一尊圆鼎的三只脚。"[4] 这个比喻是恰切的，不仅从 1918 年他们开始酝酿出版一个文艺刊物，筹划组织一个文学社团的时候他就是一个主要的发起人，而且曾在 1920 年致郭沫若的信中就他们为什么要在新文化运动中异军突起说过几句掷地有声的足以流芳千古的话。他说"新文化运动已经闹了这么久，现在国内杂志界底文艺，几乎把鼓吹的力都消尽了。我们若不急挽狂澜，将不仅那些老成顽固和那些观望形势的人嚣张起来，就是一班新进亦将自己怀疑起来了"。[5] 在五四落潮期，郭沫若、成仿吾他们正是看到新文坛寂寞冷清、青黄不接，而决心挺身而出，急挽狂澜，以稳定新文化运动的军心。1920 年，成仿吾在东京帝国大学还常与郁达夫、张资平、田汉一起，为征集同人，寻找出版处

---

① 陶晶孙：《创造三年》，1944 年 1、2 月合刊，上海《风雨谈》月刊第 9 期。
② 陶晶孙：《记创造社》，载《牛骨集》，上海太平书局，1944。
③ 陶晶孙：《记创造社》，载《牛骨集》，上海太平书局，1944。
④ 郭沫若：《创造十年续篇》，人民文学出版社，1979。
⑤ 郭沫若：《致田汉》，1930 年 2 月（上海）《南国月刊》。

所而奔忙，并试办过一个名为 *Green*（《格林》）的小刊物，把朋友们的创作未定稿登在上面，以征询朋友们的意见，成仿吾的新诗《澎湃的黄海》、《海上吟》和小说《一个流浪人的新年》都曾受到朋友们的赞许。1921 年 3月底，当时正面临毕业的成仿吾还曾牺牲了即将进行的毕业实验，并辞谢了湖南老家长沙制造局的技正聘请与郭沫若同船回到上海，准备应聘担任泰东图书局的文学和科学编辑，共同筹划出版他们的同人刊物，后来看见泰东没有容纳两个人的职位，而书局对郭沫若的兴趣又比自己大，成仿吾就愉快地牺牲了本属自己的职位，回到长沙老家就任制造局的职务去了。但到了 1921 年的 10 月，当创造社已经成立，《创造社丛书》已经出版了《女神》《沉沦》等三集，《创造》季刊已经出版了两期，并在社会上引起强烈的震动之后，因为郭沫若要回日本去完成学业，郁达夫在安徽有教学任务，于是成仿吾又辞掉湖南的技正职务，回上海来主持创造社的社务，出丛书、办刊物等。直到 1923 年春，由于郭沫若和郁达夫均毕业或解职归来，人手多了，于是在《创造》季刊之外，创造社又增办了《创造周报》和《创造日》。这三个刊物，从齐稿编辑、校对出版到发行，实际操持其事的，主要都是成仿吾。此外，还有《创造社丛书》，如张资平的《冲积期化石》、郭沫若的翻译小说《茵梦湖》（与钱君胥合译）、《少年维特之烦恼》等的出版，成仿吾也做了不少工作。特别是《创造》季刊和《创造周报》，他们把工作由文学拓展到了整个思想文化领域，在当时的影响很大，这其中，成仿吾都发挥了主角的作用。

1924 年初，由于主客观方面的原因，初期创造社的活动开展不下去了。在郁达夫、郭沫若先后离去之后，《创造周报》还不能终刊，成仿吾是在1924 年 5 月 9 日出完最后一期《创造周报》，发表了《一年的回顾》之后才离开的。在《一年的回顾》之中，成仿吾曾骄傲地指出他们"数年来疯狂一般的把自己的爱情献给了文艺的女神"，但他们"不曾拜倒在资本家与权贵的门首，不曾妄用了诗神的灵香去敬那些财阀与豪贵的妖神"。并且庄严地宣布："我们的文学革命，和我们的政治革命一般，须重新再来一次。我们休息一时，当是一种准备的作用。不等到来年，秋风起时也许就是我们卷土重来的军歌高响的时候。"

这"秋风起时"就要"卷土重来"的预言，成仿吾不是随便说的。因为就在他离沪赴粤前夕，当几个《创造周报》时期涌现出来的文学新人周全平、倪贻德、敬隐渔、严良才他们到贝勒路成仿吾的临时寓所里来聚谈，与成仿吾惜别的时候，成仿吾就与他们一起共同讨论决定了要创办一个新刊物的大政方针。刊物定名《洪水》，也出周刊，格式与《创造周报》一样，内容也偏于批评。他们还将拟议中的意见函商于在日本福冈的郭沫若，作为创造社的首脑，郭沫若不仅对他们的努力表示支持，而且将自己意识转换以后写就的第一篇宣传共产主义的重要文章《盲肠炎与资本主义》寄给他们，让他们在《洪水》创刊号上发表，还用破笔蘸着蓝墨水，给他们写来了《洪水》的刊头字。就这样，《洪水》周刊就于1924年9月1日正式出版了。《洪水》周刊的出版，标志着中期创造社的开始。遗憾的是，第二期清样都看过了，书店老板突然以齐卢战争爆发，账收不进，书销不出为由，决定《洪水》第二期停印。周刊的命运虽然短促，但他们却从中得出教训，即作家不能依赖出版商，寄人篱下不是长策，要想创造社卷土重来必须自办出版。

1924年10月，成仿吾的大哥成劭吾不幸在广东殁于军次，成仿吾专程从广州扶灵回湖南新化老家安葬。途经上海，曾同刚回上海定居的郭沫若商谈创造社的社务。1925年4月，成仿吾又专程从长沙去武汉，与在武昌大学任教的郁达夫、张资平商谈创造社的社务，筹备发行股票，成立创造社出版部，自己办出版。1925年5月2日，郭沫若在致《晨报》副刊的LT先生的信中，曾谈到成仿吾当时所发挥的作用，他说："他不久才到过一次武昌，和达夫、资平，商量过些创造社的事情，我们都希望他再回上海来，顶着再把创造社的事情办下去，他也承应了，又回到他的故乡去收拾家务去了。我想再隔三两个礼拜他总可以再来上海罢。他是我们全社的心脏，只要他一出来，我们大家或许可以鼓舞得来，又起来痛痛快快地干一下。""全社的心脏"，这就是成仿吾在创造社的首脑、好友郭沫若心目中的地位。

在大伙的努力下，《洪水》杂志终于在1925年9月16日复刊，并由周刊改为了半月刊，先由上海光华书局出版发行。1926年3月16日，创造社出版部经过一年多的酝酿筹备，开始在上海宝山路山德里挂牌营业，除将

《洪水》半月刊收回自印外，并新创办《创造月刊》。成仿吾积极为《洪水》撰稿，并与郁达夫一起担当了《创造月刊》的责任编辑。

1926年春，创造社元老大批南下广州参加大革命。成仿吾打前站于3月初到达，郭沫若、郁达夫、王独清3月下旬到达，4月以后先后到达的还有穆木天、郑伯奇、何畏等人。4月1日，创造社出版部广州分部成立，成仿吾任分部主任。他们一方面在广东大学当"红教授"教书育人，另一方面写文章，编杂志，自办出版。他们和在上海坚守阵地的出版部诸小伙计一起，华东、华南两相呼应，彼此配合，对全国的大革命形势，起了很好的推动作用。

9月，创造社在广州召开了出版部第一次理事会，会议讨论通过了《创造社社章》，选举产生了创造社的第一届执行委员会。总社执委由6人组成，郭沫若为总务委员，成仿吾任编辑委员兼会计委员，执委会以总务委员为主席，郭沫若因携笔从戎，1926年7月，参加北伐去了，郁达夫因家事去了北京，所以创造社当时实际负总责的是成仿吾。中期创造社的作家，利用手中的《洪水》和《创造月刊》两个刊物，还有出版的《创造社丛书》，一方面宣传革命，一方面倡导革命文学。《洪水》半月刊先是周全平等小伙计在负编辑责任，后来周全平离开创造社，编辑责任也落到了郁达夫、成仿吾身上，1927年8月，郁达夫脱离创造社之后，责任更由成仿吾承担。成仿吾在《洪水》和《创造月刊》上，发表了《革命文学与它的永远性》《完成我们的文学革命》《文艺战的认识》《文学革命与趣味》等文章，批评文艺创作中的趣味主义，倡导革命文学。

1927年2月，他还为英法帝国主义勾结军阀屠杀上海罢工工人事件，代表创造社写信给鲁迅，倡议共同发表宣言，结果创造社同人与鲁迅等联名发表了《中国文学家对于英国知识阶级及一般民众宣言》，声讨英法帝国主义与军阀孙传芳相互勾结，屠杀罢工工人，镇压中国国民革命的罪行，呼吁英国无产民众和知识阶层与中国和全世界的无产民众合作，以打倒共同的敌人资本帝国主义。在我国的第一次人民大革命和继后革命党人为挽救大革命的失败而进行的斗争中，由于创造社广大同人的积极支持和响应，结果在1926年、1927年的两年时间里，创造社多次遭到新旧军阀的查禁和封杀，新旧军阀曾软硬兼施，欲使创造社就范。但无论环境多么险恶，创造社还是顶住压力，坚持下来了。

大革命失败以后，白色恐怖笼罩全国，特别是南方各地，新旧军阀联合起来肆意对革命群众进行屠杀，于是一批进步青年和文化人在中国共产党的领导之下，投入了艰苦的土地革命战争，而更多的作家和青年文艺工作者，则重新云集上海，从事文化艺术工作。创造社的成员郁达夫、郑伯奇、穆木天、王独清等人都先后回到上海。成仿吾是 7 月下旬回到上海的，郭沫若在参加了北伐战争和南昌起义之后，才在 10 月下旬经由潮汕、香港，秘密回到上海。

在郭沫若还未回到上海的 10 月上旬，成仿吾就离开上海到日本去了。

成仿吾去日本的目的有两个，一是受中央军事政治学校代校长方鼎英的派遣，到日本去采办军用化工器材，二是去动员冯乃超、李初梨等人，想请他们回国参加创造社工作，搞戏剧运动。因为当时创造社人手不够，郭沫若因写《请看今日之蒋介石》的战斗檄文揭露蒋介石反共反人民的反革命面目，而被国民党反动派通缉，国内待不住，正准备流亡国外。郁达夫因意见分歧已于 1927 年 8 月与创造社脱离。张资平因版税问题想自办乐群书店，心不在创造社。郑伯奇、王独清手中有别的事，心也不全在创造社。凡此种种，所以成仿吾想趁出差日本之机，与冯乃超他们商量，邀请他们回来以加强创造社的工作。

没想到他们的热情很高，不仅毅然答应中途退学回国参加创造社工作，而且与成仿吾一起共同拟订了一个宏伟的计划，决心一方面广泛地开展马克思列宁主义的启蒙教育运动，因为大革命的失败暴露出我国革命在理论上准备之不足；另一方面，则大力倡导无产阶级革命文学，决心要把五四以来的新文学从文学革命推向革命文学的新阶段。而且雷厉风行，说到做到，朱镜我、冯乃超、李初梨、彭康、李铁声等 5 位革命青年，未等成仿吾在日本办完事情，就先后分两批，于 1927 年 10 月和 11 月相继回到国内。回来后，他们马上着手筹办了一个名叫《文化批判》的综合性理论刊物，并于 1928 年 1 月 15 日正式创刊。这在实际上，标志着创造社由中期转向了后期发展。《洪水》半月刊是成仿吾 1927 年 12 月中旬从日本回来后把它结束了的。在《洪水》半月刊第 3 卷第 36 期发表的《终刊感言》中，他把《洪水》的全过程分为了三个时期，由意识不明确到意识稍见明了，到明确了时代的进展，认识了文艺的重要。他在文章中宣布，"我们的国民革命已经到了一个新的阶段"，《洪水》"已经完成了它的使命"，"新的使命从此开始"。实际上，他这是宣布了中期创造社的结束和后期创造社的开始。

在后期创造社初始阶段，总揽其责的，仍是成仿吾。这不仅因为《文化批判》的《祝词》是由他所写。《文化批判》的使命也是他在《祝词》中提出来的。这祝词和使命气势磅礴。他在未点明地引证了列宁的"没有革命的理论，没有革命的行动"这句名言之后，豪迈地指出："《文化批判》当在这一方面负起它的历史任务。它将从事资本主义社会的合理批判，它将描绘出近代帝国主义的行乐图，它将解答我们'干什么'的问题，指导我们从哪里干起。"还说："政治、经济、社会、哲学、科学、文艺及其余个个的分野皆将从《文化批判》明了自己的意义，获得自己的方略。《文化批判》将贡献全部的革命的理论，将给与革命的全战线以朗朗的光火。""这是一种伟大的启蒙。"而且《创造月刊》改变方针，宣布新文学要转换方向，要"从文学革命到革命文学"，使文艺由"文艺的武器成为武器的文艺"，也是率先由他提出来的。

不过，"方向转换"没有多久，他大概也感到自己武器之不足或不精，感到"左"的思潮在影响文艺界的团结，迫切地希望走出国门去学习和研究。所以，1928 年 5 月，他便自动地卸掉了创造社的责任，离开祖国，开始了他的赴欧考察之行。他先到日本东京乡下去看了看郭沫若，然后由敦贺经海参崴，到苏联。

在莫斯科，与张闻天会了面，并由张把他介绍到法国，以后又到了德国。在法国巴黎，他参加了中国共产党，并开始主持和编辑周恩来等在旅法期间创办的中国共产党旅欧支部的机关刊物《赤光》。从此，他与国内的新文艺运动，与创造社的同人，因为工作和斗争的转移，联系就慢慢地少了。

综上所述，可以看出，在我国新文坛最大的两个文学社团之一的创造社，在由初期而中期到后期的整个历史之中，成仿吾确实发挥了重要的作用，郭沫若说他是"全社的心脏"，这当不是无端取宠之词，而是真实地反映了他在创造社中的重要作用和实际地位。

我们完全可以这样说，如果没有成仿吾的努力，也就没有创造社的初期、中期和后期的存在。

创造社主要的文艺理论家和批评家，新文坛
文学批评的开拓者和奠基者之一

创造社的崛兴，首先给中国新文坛以震动的，一在诗歌，二在小说，三在评论。诗歌以郭沫若为代表，小说以郁达夫为代表，评论则以成仿吾为代表。

郭沫若不仅以他的新诗集《女神》（1921）为我国的新诗开了一代新风，而且是我国新诗的实际奠基人。在我国的新诗坛上，新诗中的革命浪漫主义的流派得以高水平的确立，自由体诗今天得以成为我国新诗的主要潮流，郭沫若都有不可磨灭的功劳。

郁达夫的《沉沦》（1921）是我国新文坛最早的一部短篇小说集，它在传统的浪漫主义的主观抒情和感伤反抗的基础之上，融进了现实主义和现代主义的特质。1927 年从《过去》开始，他在写实主义的基础之上，保留了浪漫主义的情调和现代主义的手法，他的这种风格及其转变，在创造社内外，均有很大的代表性和典型性，他为我国的现代小说开创了感伤抒情的流派。

而成仿吾，则不仅写了一系列犀利并独具风格特点的文艺批评文章，还就文艺理论和文学批评的若干重大问题，发表了系统深刻的意见，提出了"超越的而兼建设的"文艺批评论。他的这些评论和理论研究成果，不仅在当时发挥过战斗的作用，引起过巨大的反响，他所提出的有关理论问题，不少在今天仍具有参考价值，他不仅是新文坛最早自觉地、一门心思从事文艺理论和文艺批评的少数作家之一，而且是最有特色、最有成绩、最有影响的少数评论家之一。他不愧是创造社主要的文艺理论家和文艺批评家，不愧是新文坛文艺理论和文艺批评的开拓者和奠基人之一。下面略

述他在这方面的建树如下。

一、在文学艺术领域，成仿吾积极参与倡导一种相当开放、十分开明的鼓励多元发展的方针

在创造社初期，郭沫若曾以新罗曼主义为号召的旗帜，但他的这种新罗曼主义，不同于西方的新浪漫主义，而是在当时进步思潮的影响下，既继承了西方和我国古代浪漫主义的基本特征，又深深地打上了西方现实主义、现代主义（特别是当时刚刚在德国兴起的表现主义）和精神分析学的印记，并在一定程度上克服了西方文艺思潮中唯心主义和个人主义的思想影响，融进了某些唯物主义和集体主义的成分，充满着时代的革命精神。实际上，他的这种新罗曼主义就是革命的浪漫主义。在文艺方针上，他坚持文艺的社会作用，主张浪漫主义、现实主义、现代主义多元发展，反对为艺术而艺术，反对在艺术上以一种"主义"来绳人。在 1922 年 8 月 25 日《创造》季刊第 1 卷第 2 期的《编辑余谈》之中，郭沫若还曾公开地宣布，"我们这个小社，并没有固定的组织，我们没有章程，没有机关，也没有划一的主义，我们是由几个朋友随意合拢来的。我们的主义，我们的思想，并不相同，也并不必强求相同。我们所同的，只是本着我们内心的要求，从事于文艺的活动罢了"。

成仿吾全力支持郭沫若这种在艺术上没有"划一的主义"的鼓励多元发展的方针，在工作中默契配合，而且积极地加以贯彻和推广。刚接手编辑《创造》季刊，他就公开表示：

"关于我们这个小社，沫若在第二期中，已经说得很明显，我们是没有何等的限制的，我们的趣味是多方面的。"① 不久，在《创造社与文学研究会》一文中，他又表示："我们并不主张什么派什么主义，我们只须本着内心的要求，把我们微弱的努力，贡献于我们新文学的建设就是了。"②

就是在郭沫若、成仿吾等的共同倡导下，初期创造社和中期创造社都积极地贯彻了这种没有"划一的主义"的鼓励多元发展的方针。结果，带来了创造社作家文艺思想的活跃和创作上的多样化，大丰收。

---

① 《编辑余谈》，1922 年 8 月 25 日《创造》季刊第 1 卷第 2 期。
② 1923 年 2 月 1 日《创造》季刊第 1 卷第 4 期。

关于这一点，我们从初期创造社和中期创造社的刊物和《创造社丛书》以及创造社出版部出版的其他出版物中可以充分地看到。只是到了创造社后期，由于国际共产主义中"左"倾思潮的影响，由于良莠并存的"无产阶级文学"理论的输入，他们才开始在文艺上竭全力倡导无产阶级革命文学，力图以从属于政治斗争的文艺观取代艺术上的没有"划一的主义"。结果，文艺上的其他"主义"不再享有平等的地位，多元并存，主潮、支流相携发展的局面乃宣告结束。

从创造社的这一发展历史，我们可以看出，在初期创造社，他们是以革命的浪漫主义为主，兼收并蓄文艺上的其他"主义"，而中期创造社，则倡导现实主义和革命文学，开始贬抑浪漫主义，但仍然是现实主义和象征主义并举的，并没有独尊艺术上的某一种"主义"，所以带来了当时文艺思想的活跃和创作的繁荣。今天看来，出现这一盛况，郭沫若和成仿吾在艺术上对鼓励多元发展方针的提倡和奉行，是有其不可磨灭的功劳的。

二、在重视文艺的思想性和社会使命的同时，强调要建立一个"艺术的世界"

过去有同志曾批评成仿吾把守了"艺术之宫"，说他曾经鼓吹"为艺术而艺术"的艺术至上主义。其实，这是历史上的一大误会，是朋友之间在打笔墨官司时的一种耸人听闻之词。实际上，成仿吾是十分注重文学的思想性和作家的社会使命的。

1923年5月，成仿吾曾写过一篇题为《新文学之使命》的文章，就是其中的片言只语，如"艺术派的主张不必皆对，然而至少总有一部分的真理""至少我觉得除去一切功利的打算，专求文章的全与美有值得我们终身从事的价值之可能性"等，成了人们批评他宣扬艺术至上主义的具体指证。其实，这几句话并不是该文的中心主题，而是被断章取义加以引用的。文章虽然肯定"内心的要求是一切文学创造的原动力"，但马上就指出我们的内心的活动要"看出他应取的方向"。文章的中心思想是强调"文学是我们的精神生活的粮食"，并说"我们的新文学，至少应当有以下的三种使命：1. 对于时代的使命；2. 对于国语的使命；3. 文学本身的使命"。这其中，他着重强调的就是文学"对于时代负有一种重大的使命"。他说，"我们的时代，它的生活，它的思想，我们要用强有力的方法表现出来"，他还强调"文学决不是游戏，文学决不是容易的东西"。因此，"我们要做一个文学家，我们要先有十分的科学与哲学上的素养"。①

在 20 年代前期的其他文章中，成仿吾也多次强调"新文学的使命在给新醒的民族以精神粮食，使成为伟大"。②"文学家的天职""在批评与改造人类的生活"，"文学家的使命，是要从暗怛的死灰中把时代的良心吹醒"。③"我们是背负着时代的使命"，"为正义与真理而战"。④

但是，我觉得成仿吾的真正难能可贵之处，还在重视文艺的思想性和社会使命的同时，他对于文艺的艺术特征和文艺的艺术性之特殊关注。尤其是当新文坛"为人生"与"为艺术"之争甚嚣尘上，当人们正就他的只言片语抨击他把守"艺术之宫"的时候，为了新文学的建设，为了纠正当时新文坛即已存在的审美意识薄弱和创作粗制滥造的弊病，敢冒天下之大不韪，勇敢地提出和坚持文艺的特性和艺术性要求，强调要创造一个"艺术的世界"，十分难能可贵。

在《真的艺术家》一文中，成仿吾曾就什么是"艺术"，什么是真正的艺术家的问题，发表了自己的意见。他说，"艺术是手与头与心协作的事业"，是"以美的追求为生命的各种努力之统称"。而一个真正的艺术家，他"当是一种真的心情的伟力之所有者"，只有当他"有伟大的心情使他的生活伟大，才能有伟大的心情流贯他的作品"。只有当他在"是有伟大的心情而能以人生为艺术"，这样的"修养的要点"的基础之上，艺术家才能"低头于美"。

关于文艺的艺术性，他曾在不少文章中多次强调，"文艺贵有后效：一眼看穿，便无余味，只此便可以证明作品之庸俗"。⑤ 还说"文艺的作用总离不了是一种暗示，能以小的暗示大的，能以部分暗示全部，可谓发挥了

---

① 1923 年 5 月《创造周报》第 2 号。
② 《一年的回顾》，1924 年 5 月《创造周报》第 52 号。
③ 《文学界的现形》，1924 年 4 月《创造周报》第 50 号。
④ 《新的修养》，1923 年 6 月《创造周报》第 6 号。
⑤ 《写实主义与庸俗主义》，1923 年 6 月《创造周报》第 5 号。

文艺的效果"。① 为了文艺作品之免于庸俗，他提出要立一个"艺术的世界"②，他说："真的艺术品能使我们沉没在作品的世界之内，把作者与读者构成的世界完全忘了，把你我的界线也撤了，我们同时是这个，又同时是那个。""所以艺术家的技术的目的，虽是在表现自己，然而技术的要诀，却是在如何把读者引入作品的世界，使他把一切的差别相毁了。一个艺术家，至少要能使我们把我们的世界完全忘了，至少要能打破妨碍我们'没入'的一切。至于作者自己无端跑出来，妨碍我们的'没入'，那便更不对了。"③

他还强调文学要有特创，要表现作家的个性。在批评《礼拜六》《晶报》的文章时，他曾经正确地指出："文学的真价在有特创，象他们这等思想上手腕上都是千篇一律，没有特创的东西，当然是没有价值的。新的文学作品，纵令如何不好，作者的个性总会看得出来，只有这些先生们的东西，不论是谁作的，就好像一块印版印出来的，不差一点。"④

五四文学革命运动以来，文学艺术领域一个长期未能很好解决的问题就是政治与艺术的关系，曾经在不同的时期程度不等地影响了我国革命文艺的更加健康的成长和蓬勃发展。联系这样一个情况，重温一下成仿吾的如上论述，是十分有意义的。

三、超越的而兼建设的文艺批评论

成仿吾曾说"文艺批评是我喜欢思索的一门东西"。⑤ 在创造社期间，他曾经专门就文艺批评做过许多理论的思考，并提出了他的"超越的而兼建设的"文艺批评论。

有人说，文艺批评是"赏玩"，是"灵魂的冒险"，成仿吾坚决摒绝这样的提法。他认为一个文艺批评家在作文艺批评的时候，是用了他的"全部的生命"，用"一种批评的精神"，"在从事自己的文艺的活动"，因此，

---

① 《〈呐喊〉的评论》，1924 年《创造》季刊第 2 卷第 2 号。
② 《写实主义与庸俗主义》，1923 年 6 月《创造周报》第 5 号。
③ 《〈一叶〉的评论》，1923 年《创造》季刊第 2 卷第 1 期。
④ 《歧路》，1922 年《创造》季刊第 1 卷第 3 期。
⑤ 《〈使命〉序》，《使命》，创造社出版部，1927。

"文艺以外的问题，他决不会想起"。① 他说，"批评是创造的指南针，它是判别善与恶，美与丑和真与伪的努力"。批评的"意义是在阐明真理"。② 因此，批评家必须持"冷静"、"严肃"和"客观"的态度，"要维持批评的尊严"。还说"真的文艺批评也必有批评家的人格在背后""做后盾"，不能"单因是自己的朋友，便不惜颠倒是非，破坏批评的信实，自欺欺人，这是我们所决不能容许"。③ 他主张"据理批评"，说读批评的文章，"最担心的是怕评者不据理而谈，一味冷嘲热骂，或是不分好坏，一味倾倒称扬"。④ 还认为"理想的批评家"，"对于作品或作者非抱有热烈的同情不可"。⑤

成仿吾强调要"建设真确的批评"。至于批评的标准，他说绝对的客观的标准我们当然无从得到，所能求的只有相对的客观的标准，如独创，生命或宇宙的实感，活跃而丰富的表现等，而关键是这些标准所应具的性质。据此，他提出了他的"超越的而兼建设的"新的文艺批评论。他说，我们的批评的标准应有以下的两种性质：①超越的；②建设的。所谓超越的，就是当"我们为文艺批评的时候，对于一切既成的思想与见解要能超然脱出，至少我们当用批评的眼光在它们适用的范围内利用它们，而不为它们所迷惘"。⑥ 也就是说，要"承认作品的世界之独立性"，"决不把外界的事物去比拟作品"。⑦ 而所谓建设的，就是"对于我们所确定的标准要加意拥护"，这样，"我们的批评愈盛，我们的标准亦愈坚稳，我们的文艺乃有所归趣"。⑧ 在他看来，这种建设的批评的"第一义"的"努力"，就在"阐明真理"，"在求出判别善恶美丑和真伪的普遍的原理"。成仿吾认为，文艺批评家"要为建设的批评，至少要能满足下面的两个条件"，那就是"要常有建设的意识"和"要常为自我的批评"。⑨

---

① 《批评与批评家》，1924 年 5 月《创造周报》第 2 号。
② 《建设的批评论》，1924 年 3 月《创造周报》第 43 号。
③ 《批评与批评家》，1924 年 5 月《创造周报》第 2 号。
④ 《评〈创造〉二卷一号创作评》，1923 年 7 月《创造周报》第 9 号。
⑤ 《批评与同情》，1923 年 8 月《创造周报》第 13 号。
⑥ 《批评的建设》，1924 年《创造》季刊第 2 卷第 2 期。
⑦ 《批评与同情》，1923 年 8 月《创造周报》第 13 号。
⑧ 《批评的建设》，1924 年《创造》季刊第 2 卷第 2 期。
⑨ 《建设的批评论》，1924 年 3 月《创造周报》第 43 号。

新文坛建立初始，在 20 年代的前半期，学理工出身的成仿吾，能够就新的文艺批评的问题，发表这么一些相当系统的，颇有针对性的，深入深刻的意见，是相当不容易的。从中亦可见出他对新文学建设的关心，特别是对新的文艺批评建设的兴趣和贡献。

成仿吾不仅就新的文艺批评之性质、种类、作用、标准和文艺批评家的态度、修养，应该遵守的原则等发表了中肯的意见，而且还躬亲实践，就鲁迅、郭沫若、郁达夫、冰心、王统照、许地山等著名作家的著名创作篇章写了批评的文章，就他们的创作实践发表了鲜明而犀利的意见，有的是中肯的，有的也不乏偏颇之处。看来，要从事好的文艺批评确实不是一件容易的事情，但也不能因为从事好的文艺批评不容易，就不去从事建设批评的工作，成仿吾就是这样去做的。

综观成仿吾的几篇评论，我们可以看出，凡是对作者的生活和创作比较熟悉了解的，评论多比较中肯，其中不少名句成为经典性语言，至今常为史家和评论家所引用。但由于当时他的文艺观是重"主观"的"表现"，而轻"客观"的"描写"，所以凡浪漫主义、现代主义的东西，他比较欣赏，比较看重，评价比较高，反之，自然主义、写实主义的东西，他就比较不那么欣赏，不那么看重，评价就较低。

最典型的例子是对鲁迅的小说集《呐喊》的评价，他欣赏的只有《不周山》《风波》《故乡》《端午节》等几篇属于"表现的"作品，而《阿 Q 正传》《狂人日记》《孔乙己》《一件小事》等通常为其他评论家所高度称赞之作，因其属于"再现的记述"的范畴，他却大加贬抑，这当然是仁者见仁、智者见智了，成仿吾自己就说："批评家也难免没有偏见，作者自不能不求自申"。他是主张"作者反抗批评家"[1] 的。所以使然，完全是成仿吾的文艺观在起作用，他说"读《呐喊》的人都赞作者描写的手腕，我亦以为作者描写的手腕高妙，然而文艺的标语到底是'表现'而不是'描写'，描写终不过是文学家的末技。而且我以为作者只顾发挥描写的手腕，正是他失败的地方"。[2] 由此我们亦不好说什么了，这里并没有个人或团体

---

[1] 《作者与批评家》，1923 年 8 月《创造周报》第 12 号。
[2] 《〈呐喊〉的评论》，1924 年《创造》季刊第 2 卷第 2 期。

的嫌隙在作怪，也没有不严肃的成分在其中。

四、《从文学革命到革命文学》及其他

1927 年 11 月，当成仿吾到日本去请冯乃超他们回国参加创造社工作的时候，曾去访问了日本左翼文学运动的领导人，就日本的无产阶级革命文学运动做了考察，然后就在东京修善寺写了《从文学革命到革命文学》这篇早就答应要写而未写成的、文艺界褒贬不一的文章。褒者认为它吹响了国内开展无产阶级革命文学运动的号角，贬者则认为此文乃当时文坛"左"的思潮的代表。今天看来，此文是有严重缺点的，其最大的问题就在过分地否定了新文化运动的成绩，贬抑了五四时期除创造社以外的其他新文学社团的工作。譬如他说新文化运动在"旧思想的否定"和"新思想的介绍""这两方面都不曾收到应有的效果"。说当时那种有闲阶级的知识分子"他们的成绩只限于一种浅薄的启蒙"，"就可见的成绩说，也只有文学留有些微的隐约的光辉"。但我们也不能脱离当时的时代社会条件，必须历史地看到这篇文章在我们中国确实率先响亮地提出了"从文学革命到革命文学"这一战斗口号，正确地指出了"我们今后的文学运动应该为一步的前进，前进一步，从文学革命到革命文学"。并强调革命作家要"努力获得辩证法的唯物论，努力把握唯物的辩证法的方法"，"克服自己的小资产阶级的劣根性"，"努力获得"无产阶级的"阶级意识，我们要使我们的媒质接近农工大众的用语，我们要以农工大众为我们的对象"。在当时，这些观点还是相当前卫的。

继《从文学革命到革命文学》之后，到 1928 年 5 月出国之前，成仿吾还写有《全部的批判之必要》、《毕竟是"醉眼陶然"罢了》、《革命文学的展望》以及《文化批判》的创刊《祝词》、《创造月刊》第 1 卷第 11 期的《编辑后记》等几篇文章，它们虽然强调了革命的理论、马克思主义思想的伟大的启蒙工作的重要，强调了要批判旧的世界、旧的思想、旧的文化的必要，但由于国际共产主义运动中"左"的思潮的影响，这几篇文章中的"左"的意识也是十分明显的。①他之所谓"全部的批判"①，已经含有否

---

① 《全部的批判之必要》，1928 年 1 月《创造月刊》第 10 期。

定一切的成分在里面了；②在文艺思想方面，作为一个文学前辈和创造社的元老，他率先响应并肯定了冯乃超、李初梨他们从国际无产阶级文学运动中贩卖来的"左"的口号，也宣扬起了所谓"在文艺本身上，由自然生长的成为目的意识的，在社会变革的战术上由文艺的武器成为武器的文艺"。文艺"决不应止于是社会生活的反映，它应该积极地成为变革社会的手段"。①③对鲁迅的认识有误，在《毕竟是"醉眼陶然"罢了》一文中，攻击鲁迅为"中国的唐吉诃德"，"梦游的人道主义者"，说他"不仅是一位骑士，同时还是尊小菩萨"。②虽然这些问题，包括对文学的本质和鲁迅的认识，在1928年5月赴欧学习和回国参加实际斗争之后早已解决，但在当时确是这样存在过的。

少而精的、新颖的文学创作

成仿吾的早期文学创作活动是从1920年开始的，诗、小说、散文和戏剧都创作过一点，数量也不大。但却符合"少而精"的原则，且新颖独特，别具一种异样的韵味和风格。③

1927年，朋友们为了纪念他的30周岁生日，曾经辑集出版过一个他的创作集《流浪》，由创造社出版部出版发行，内收他的诗9篇、小说4篇、独幕剧1篇、杂记4篇，基本反映了他的早期文学创作情况。成仿吾曾为这个集子写过一篇《跋》和二首《序诗》，那《序诗》是一个在寻找革命道路的青年知识分子的流浪和寻觅的艰辛与寂寞的生活与心理的写照，那《跋》则反映了他早期文学创作的内容和特点："青春时代的欢乐与悲哀，一去已无踪迹；它们的残照与余音，通通收在这里。"

成仿吾生前没有出版过专门的诗集，现在看到的李逵六、成其谦编的《成仿吾诗选》，是1994年中共中央党校出版社出版的。成仿吾早期的诗，

---

① 《全部的批判之必要》，1928年1月《创造月刊》第10期。
② 1928年1月《创造月刊》第11期。
③ 成仿吾：《诗之防御战》，1923年5月13日《创造周报》第1号。

基本都是发表在《时事新报》的副刊《学灯》和《创造》季刊上，只有个别的篇章发表在《创造日》和《洪水》半月刊。还有一部分是当时未在报刊发表，而直接收入《流浪》的。成仿吾的诗和他这个人是两样的。为人，他永远是那么耿直、勇敢、一往无前，而他的诗，则是凄清哀婉，两者可谓大异其趣。郭沫若曾说："仿吾初期的诗和他的散文是形成着一个奇异的对照的。他的散文是劲峭，有时不免过于生硬。他的诗确是异常的幽婉，包含着一种不可捉摸的悲哀。"其实，这与他的诗歌主张是一致的。因为他认为，诗是"以情感为生命的"，其优劣决定于它"所传达的情绪之深浅"，"由鲜美的内容与纯洁的情绪调和了的诗歌，是我们所最期待的"。他还曾明确地表示："诗的职务只在使我们兴感而不在使我们理解。使我们理解，有更明了更自由的散文。诗的作用只在由不可捕捉的创出可捕捉的东西，于抽象的东西加以具体化。"

现在看到的成仿吾早期的诗近四十首。其中在日本留学时写的《诗十六首》，大多写的是他对人生的一些瞬间体验，诗中充满着深厚的不可捉摸的悲苦。他爱写梦，写白云，写残雪，写静夜，写"茫茫的行路"。这些诗，在浪漫的情趣中蕴含着象征的色彩，委婉而强烈地反映出一个弱国子民在异国他乡的悲切感受。回国以后，在《长沙寄沫若》的长诗中，记叙了他与郭沫若同舟归国，同游西湖和只身返回长沙老家的心境和感慨。《海上的悲歌》写被他拒绝了的婚姻，说"他尽力的反抗了，有如那不尽的海潮；想涌上岸来，终于是曳兵而逃"。《诗人的恋歌》写他希求着把自己的孤独和悲哀化作花儿、风儿、巾儿或歌儿，以便在"一个甜美的心琴上，招起同情的热烈交鸣"。《白云》抒发的是初期创造社面临困境，好友郁达夫为了生活不得不北上从教以后的惆怅心情和对朋友的希冀。《早春及其他九首》写尽管天气在转暖，"春天的景色"已经"是生气澎湃着在了"，但自己的心情仍只有"凄切"，"我无狂热为欢，也无热忱可以歌哭"。"我生如一个孤影，凄切地在荒原之上彷徨。"《雨》只有短短的6行，28个字，表现的手法极其"现代"，但诗绪依然。《二十八年前的今天》中"家国的愤火五内如焚，身世的烦忧不可终息"等诗句，说明了他为什么有这么多的不可捉摸的悲哀。写于大革命失败后的《清明时节》、《悔恨》、《当我忽

地从梦中醒来》和《〈流浪〉序诗》等，虽仍感叹个人的身世是那么的
"孤独而凄切"，"幻美的青春"转瞬之将逝，但亦隐露出大革命失败后一时
盲不知所以的焦虑心情："啊，我生如一颗流星，不知要流往何处；我止不
住地狂奔，曳着一时显现的微明，人纵不知我心中焦灼如许。"尽管如此，
但他并未消沉："我还要不住地奋进而遥往。"以上这些都表现了在他其他
文章中不得一见的心曲。他的诗中，只有《青年》、《狂飙突进》和《不朽
的人豪》例外，它们昂扬着一种其他诗中少有的热情。《青年》盛赞了青年
的活力："你们倔强。你们勇敢。你们美丽。你们诚实。""哦！全世界……
全是你们的！"《狂飙突进》歌颂数千年沉滞了的黄河"猛地里波涛澎湃！"
"向着那天空怒鸣！"那"血的潮流。血的诗歌！全血力的生命！全生命的
表现！努力，破坏，创造！感激，愉悦，灏灏！"这正是那五四时代"新青
年的元气"之流泻，正是祖国将要新生精神的表现。《不朽的人豪》则由衷
地表达了诗人对先行者孙中山的咏赞："四十年间为软弱的民族入死出生，
有如和风在残枝上吹起嫩芽摇摆，也曾遗下累万的文字指示迷津，然而他
的精神远在文字之外！"成仿吾清新的诗，除了极少数的诗句，诗味都很
浓，而且不显其雕琢，清新自然，气韵十足。读成仿吾早期的诗，的确能
感到一个"艺术的世界"的存在。

　　成仿吾的小说不多，他一生只在 20 年代初写过 4 篇小说，却都很有特
色。他写的第一篇小说原名《新年与流浪人》，最初刊载在创造社的试刊
《格林》上，曾经得到同人的一致好评。后经修改刊登在《创造》季刊的创
刊号上，并改名为《一个流浪人的新年》。同时刊登的，还有朋友们的读后
感和他的《自语》。这篇小说的好处，都在朋友们的读感里说到了。小说采
用抒情的手法，写的是一个在异邦生活多年的流浪人新年前后几天的生活
和心境，主要的还是心境。每天清晨坐电车到市内去，晚上又从电车的终
点坐回到他住的地方来。除夕的夜里，他和同住的几个朋友，预备了几瓶
酒，几碟菜，围着几个小火盆，共同沉醉在对"本国的追想"之中，止不
住的自然是那"悲哀的情调"和"寂寞的痛苦"。成仿吾在《自语》中说：
"我这短篇虽不能说达到了生命的河流，也表现出来了一个 Personality（个
性——引者注）和他的生活。我们由这个 Personality 可以发现人生的一个现

象。"郁达夫称这小说"其实是一篇散文诗，是一篇美丽的 Essay（小品、随笔——引者注）""他所想表现的，就是离人的孤冷的情怀"。并说中国的读书阶级，对这篇"不是原原本本的"那种小说的写法，"恐怕还不能够懂得"，但"要尝那神秘的美味，舍此就不能另得了"。郑伯奇则说，小说写的是一种人生态度，那种对"人生的怠倦"，"通篇全被一种灰色的气氛充满了"，那"象征的词句，色彩的字眼，音乐的文章，和所特具的那副 Melancholic（忧郁的——引者注）的情调，怎融和的那么妙，谁还能读了不动心？"小说在主观抒情的基础之上，成功地运用了现代手法，不仅显示了他对郭沫若新罗曼主义主张的支持，也体现出他对现代手法的深切体验和成功把握。我想，这篇小说发表时如果不是连同着朋友的评语，很多人将会看不懂，至少是看不出它的好处，说不定它也会遭遇与郭沫若的《残春》相同之命运。《深林的月夜》（1922 年 1 月），写的是中印度摩揭陀国王在欢庆战胜的宴饮席上，如何由狂喜转而感到悲哀，于是他由王宫来到森林，仍觉得好像有一个什么东西，隐在他身后，伸手要夺他新得的壮丽的珍宝，要夺他的生命，但看又看不见，他叫喊贤人利西来救他也救不了，最后竟被吓死在森林的月夜里了。小说采用象征的手法，所要表现的乃是一种"态度的对照"，欢乐与悲哀的对照，生与死的对照，王宫与森林的对照，国王的恐怖与利西的沉稳的对照。《灰色的鸟》（1922 年 10 月）谈的是人们的生活志趣，实际上是通过五个人，或者准确地说是两对半人，来客观地描述他们对待生活的不同态度。佩玮和碧湘是一对理想主义者，他们不求名，不求利，企望过的是一种安闲、平和的生活。丁伯兰是他们的好朋友，本来也是一个很快活的、热心公益的人，但旧式的家庭和现世功利的要求伤了他的理想，使他"被一种浓厚的沉哀围绕着"。为了帮助他脱离苦海，他们介绍密司刘与他相识。一段时间之内，他也居然有了一点笑容。但刘小姐是一个意志很坚强的现实主义者，她对生活取的是一种"现世的、唯物的、功利的、盲目的"态度，所以最后她终于还是选择了在财政厅工作的，虽然腐败不堪但却拥有财产和势力的小白脸胡惟白，于是伯兰"复往悲郁的深渊沉下去了"。后来他回到了故乡，虽然人们讥笑他在生活和情场都是一个战败者，但小朋友们却"高扬着手欢迎"他，他也感到他们

"仍是未来的光明"，且"祖国与全人类的真的光明，还是要我们牺牲一切去创造"，"灰色的鸟"选择了一条不灰色的道路。小说的象征色彩是很浓厚的，作者的意趣归趋也是十分明显的。《牧夫》（1923 年 8 月）有些成仿吾的影子在里头。作品写朱乐山留日归来，两年求不到职，零落不堪的他只好放弃自己的专业，仅靠着做些无聊的文字苟延残喘。但"无知的群小所盘踞的文学界，万恶的政界一般的文学界"？给予了他不少的"委屈"，使他不觉有"万千的愤慨"，于是他离开那"鸡鹜般的争逐与狐狸般的欺狡"的场所，来到了上海市外的乡村，依傍在老朋友刘志刚的家里，"每天自告奋勇为老人去放马牧牛，有时还办些家庭的琐事"。这天，他得到上海某私立大学教授的席位，但他到学校一看，却大失所望，真可谓教师不像教师，学生不像学生，所以"顿觉这朱楹白壁的华堂，犹如一座除了木人土偶、空无一物的禅院"，"我便是牧羊牧马，寄食人家，也犯不着来这禅院骗人骗鬼"。他的小说虽然不多，但却颇具实力。四篇都充满着象征的色彩，运用着现代的手法。前两篇多一些浪漫主义，后两篇多一些现实主义，并成功地把浪漫主义和现实主义与现代主义糅合在一起。而且他的小说，虽然也谈苦闷，说寂寞，但情调灰而决不颓唐，不自暴自弃。谈情说爱，但绝不涉及性和欲。

　　成仿吾唯一的独幕话剧《欢迎会》发表在 1923 年 5 月的《创造》季刊第 2 卷第 1 期上。它通过官商刘敦廉的大儿子、大女儿和大女婿从欧美留学当了博士归来要开欢迎会大肆庆祝引起的家庭革命一事，来揭露当时的社会中，许多所谓博士、总长的头衔后面，是隐藏着极其肮脏的勾当的。只要有钱，什么爵位、名誉、爱情都能买得到。刘家儿女的几个"博士"头衔，就是用其强盗一样打劫来的民脂民膏买来的。成仿吾说："在这篇作品里面我所想表达出的是旧社会的虚拟和新青年的反抗精神。我对时常觉得我们的兄长（民国初年的人）已经甘心堕落，我们这些民国十年代的人，才有热烈的反抗的精神，而将来的青年将更为激烈的反抗。我在这篇作品里面，实使刘姊为民国初年代的代表。刘兄与刘为民国十年代的代表，而刘弟代表将来的一时代。"① 不过，全剧仅借剧中几个人物之口，说了些揭

---

① 《评〈创造〉二卷一号创作评》，1923 年 7 月《创造周报》第 9 号。

露金钱社会黑暗的话，谈不上人物形象的塑造，而是情节简单、较直白、艺术的氛围不浓，较之其诗歌、小说，要逊色不少。

成仿吾的散文也有一些，著名篇章如《江南的春汛》《太湖纪游》《春游》等，有的看似写景纪游，抒情的成分也十分浓烈，但却与郁达夫的游记散文、郭沫若的抒情散文不一样，到底是评论家的散文，所以在纪游，在触景生情中常常脱不开论战的氛围，它没有那么些感伤，却多了许多愤激，作家的个性十分鲜明。像《江南的春汛》中流露出来的，简直就是他对社会的"倾陷"的反抗的心声：骂我都"不过是跑来在我的反抗的炉火上加一些煤炭与木材，使火势不至于消灭。当然我的反抗决不是对向他们……我的反抗是对向酿成这种现象的社会全体"。①

1997 年 8 月 4 日

---

① 《江南的春汛》，1924 年 4 月 13 日《创造周报》第 48 号。

对远方"蚂蚁"的思念[*]

——郭沫若与成仿吾

我虽然和你隔离，我虽然受着重重的束缚、累赘，让我这菲薄的蚁翅一时总飞升不起，但我的思念不曾一刻离开过你……只愿你生是作为一匹蚂蚁而生，你死也是作为一匹蚂蚁而死，理想的蚁塔总有一天要在沙漠中建起！

——郭沫若

在郭沫若的朋友中，成仿吾是他学生时代交往最深、创造社活动中配合最为默契、分别以后最相系念的朋友之一。郭沫若逝世五年之后，成仿吾在 1983 年 12 月曾借用古人的语句题词："死别已吞声，生者长恻恻。"足见成仿吾对老友相思之深、之苦、之切。

同窗冈山

郭沫若与成仿吾之相识，是在日本冈山。当时他们都在日本留学，成仿吾是 1914 年入冈山第六高等学校二部工科学习的，郭沫若翌年夏天才入

---

[*] 原载四川省郭沫若研究会《郭沫若学刊》1998 年第 4 期；同载林甘泉主编《文坛史林风雨路——郭沫若交往的文化圈》，浙江人民出版社，1999；继收黄淳浩著《创造社通观》，崇文书局，2004；《郭沫若研究文献汇要》，上海书店出版社，2012。

六高三部医科。郭沫若的年纪比成仿吾长五岁，却比成仿吾低一年级。成仿吾13岁随兄成劭吾到日本留学。先入名古屋第五中学一年级，继入东京高等学校预科，1914年夏升冈山第六高等学校工科，立志走实业救国的道路。他聪颖过人，思路敏捷清晰，特别是在语学上，常能过目成诵，所以到日本仅一年就掌握了日语，以后又替劭吾他们翻译的英文字典做誊写和校对工作，很快就打下坚实的英文基础。所以当别人还在艰苦学习英语的时候，他已经开始学习德语和法语了。

1915年夏，在成仿吾和两个中国留学生所住的六高宿舍那套房间里，又住进了一个中国同学，中等个子，清癯白皙，但头却大大的，他就是刚从东京一高预科升入冈山六高的郭沫若。他们四人常在一起论诗作词，讨论问题。一次，四人约定作七言绝句，成仿吾文思敏捷，一开始就以饭后散步的距离成句："两千米达三千步"，郭沫若也不甘落后，马上就指着大家说："一套房间四个人"，对得既快又工，还有点俏皮。

郭沫若与成仿吾，尽管学科不同，年级不同，年龄有大小之别，性格一个潇洒倜傥，一个木讷憨直，但他们报效祖国的志向相同，对文学艺术的爱好相同，彼此又为对方的才气所倾倒，所以两人一见如故，相处十分融洽，很快结为莫逆之交。校内中国同学时相聚谈，"时多乐举，天高日暖，时登操山而啸风焉"。① 由于对文学的爱好相同，郭沫若与成仿吾的接触更多。因为都喜欢席勒，他们"每每拿着席勒的著作"，"一同登高临水去吟咏"②，在双方心中都留下了隽永的记忆。1916年春假，他们更相约同游四国的栗林园和濑户内海。郭沫若当时曾有诗记其事："清晨入栗林，紫云插晴昊。攀援及其腰，松风清我脑。放观天地间，旭日方杲杲。海光荡东南，遍野生春草。不登泰山高，不知天下小。梯米太仓中，蛮触争未了。长啸一声遥，狂歌入云杪。"③ 颇能见当时他们意气风发、春风荡漾的豪情。成仿吾几年之后，还在其散文中津津有味地回顾这一段生活："我少年时代

---

① 《致父母亲》（1916年12月27日），《郭沫若书信集》上册，中国社会科学出版社，1992，第33页。

② 郭沫若：《译完了〈华伦斯太〉之后》，《华伦斯太》，上海生活书店，1936。

③ 《离沪之前·二月十八日日记》，《郭沫若全集·文学编》第13卷，人民文学出版社，1992，第301页。

最快活的时期是在高等学校时代过的,那时候我还只十八九岁,那南方的小都市的气候既好,大学又如在我们的目前,不断地在激发我们的知识欲,而一种少年时代所特有的自负与骄矜又无时不在使我们自满,那时候我的心目中真只有春朝的宴欢与生之陶醉了。"[①] "我环顾湖山,日本濑户内海的风景无端又显出在我的前面。那是七八年前的事。在一个春假中我与爱牟曾在这明湖一般的内海畅游过一次。那明媚的风光,至今还不时来入我的清梦,只是鲜明的程度一年不如一年了。"[②]

不过,再好的宴会也有席散的一天。1917 年的暑假,成仿吾从六高毕业,考入东京帝国大学造兵科,为实现他的"富国强兵"的爱国志愿和理想,不得不与郭沫若告别北上了。1918 年夏,郭沫若也从六高毕业,考入九州帝国大学医科,离开冈山到福冈就读。从地图上看,他们相隔的距离是愈来愈远了,但五四爱国运动,却把他们拉得更近了。

1917 年俄国十月社会主义革命成功。1918 年 3 月,日本政府为了反对新生的苏维埃政权,和段祺瑞政府签署《中日共同防敌军事协定》。5 月,中国留日学生罢学回国,组织留日学生救国团,与国内学生运动配合,共同反对中日"共同防敌"军事协定。在这一学潮中,成仿吾、张资平等均怀着极大的爱国热情,参加反日宣传团回到上海。郭沫若因为妻子是日本人的关系,被排除在回国的队伍之外,但他在日本后来也与同学组织了"夏社",进行抗日宣传。

由于那次回国请愿并没有取得积极的结果,成仿吾"深深感到了幻影消灭的悲哀",曾说"我去国时年小,不曾知道中国的事情,自那年回来,我才猛然觉得自己是怎样的国家的国民了"。[③] 在怨愤交集之中,成仿吾一度打算不回日本留学了。后来是因为在上海滞留期间,遇着了一个双目失明的同乡陈老先生,想要去日本福冈治眼疾,才被拉着同去。这时,郭沫若已升入福冈九州帝国大学,成仿吾就带着陈老先生住在郭沫若家。在这里,相别一年的亲密朋友不仅得以相聚,成仿吾想放弃学业的打算,也因

---

① 成仿吾:《东京》,1923 年 10 月 14 日《创造周报》第 23 号。
② 成仿吾:《太湖纪游》,1924 年 3 月 24 日《创造周报》第 45 号。
③ 成仿吾:《东京》,1923 年 10 月 14 日《创造周报》第 23 号。

为郭沫若等人的劝阻而打消，终于在福冈相聚两个星期之后，重新返回东京继续学业去了。

相同的事情在郭沫若身上也有过一次。大致是在 1921 年 1、2 月间，郭沫若由于感到学医只能治疗患者的疾病而不能治疗国民的心灵，同时旺盛的创作欲也使他对于繁重的医学课程感到痛苦，曾托郑伯奇代为打听，可否由福冈九州帝国大学医科转往京都大学文科继续学习，此事由于成仿吾的坚决反对而作罢。因为成仿吾认为"研究文学没有进文科的必要，我们也在谈文学，但我们和别人不同的地方是有科学上的基础知识"。① 由此即可知他俩的友谊之深，即使这类关系一生事业成就的大事，也可因对方的不同意见而改变。

郭沫若由于感到国内的杂志贫乏单调，难以尽如人意，所以早就想"找几个人来出一种纯粹的文学杂志，采取同人杂志的形式，专门收集文学上的作品。不用文言，用白话"。② 1918 年 8 月，东京第一高等学校时的同学张资平来福冈，与郭沫若在博多湾海滨邂逅，谈到国内的杂志界，都感到不屑于看。张资平很赞同郭沫若的主张，并一块想了想哪些人可以作为文学上的同人，考虑来考虑去，除他们两人而外，只有一高的另一同学郁达夫和六高毕业的成仿吾。"我想就只有四个人，同人杂志也是可以出的，我们每个人从每月的官费里面抽出四五块钱来，不是便可以做印费吗？"③ 按郭沫若的意思，马上就要行动起来，但同年 9 月成仿吾陪陈老先生来福冈治眼疾时，虽很赞成自办文学杂志，但觉得四个人人手太不够，"主张慢慢地征集同志，不要着急"。④ 这样，办杂志的事，节奏就放慢了下来。当时，如果不是按照成仿吾的意见"慢慢地"来，而是按照郭沫若的意见，立马操持起来的话，说不定创造社将成为我国新文坛第一个大文学社团而存在了。

不过，成仿吾也只是主张稳健一点，节奏稍微放慢一点，并不是从根本上反对这件事。要不然，就不会有 1920 年成仿吾在致郭沫若信中那种掷

---

① 郭沫若：《创造十年》，《郭沫若全集·文学编》第 12 卷，人民文学出版社，1992。
② 郭沫若：《创造十年》，《郭沫若全集·文学编》第 12 卷，人民文学出版社，1992。
③ 郭沫若：《创造十年》，《郭沫若全集·文学编》第 12 卷，人民文学出版社，1992。
④ 郭沫若：《创造十年》，《郭沫若全集·文学编》第 12 卷，人民文学出版社，1992。

地有声的呼吁了：

> 新文化运动已经闹了这么久，现在国内杂志界底文艺，几乎把鼓吹的力都消尽了。我们若不急挽狂澜，将不仅那些老成顽固和那些观望形势的人嚣张起来，就是一班新进亦将自己怀疑起来了。

不然，也就不会有 1921 年 4 月，郭沫若与成仿吾同船归国，共同筹组创造社成立的事情了。

笼城生活

1921 年 2 月，成仿吾的同乡好友李凤亭大学毕业应聘回上海当泰东图书局编辑所法学科主任，他推荐成仿吾去就任文学科主任。当时，成仿吾他们正为筹办新文艺杂志找不到出版单位犯难，所以他毅然决定放弃临头的毕业考试去上海就职，行前还把这好消息通知了郭沫若。而这时的郭沫若，早已经厌弃医学，想改弦就文，整天心烦意乱，只是在楼上读一些文学和哲学的书籍，课已经好几个月不上了。得知这一消息后，决定与成仿吾同行，一起回沪寻找机会，筹出文艺杂志。

4 月 1 日，两个年轻人在船上相会，这天天气晴好，加上对前途充满希望，他们顿觉"眼前的一切物象都好像在演奏着生命的颂歌"。于是，郭沫若马上咏诗一首，题《归国吟》，后改题为《新生》，准确地表达了当时的心境：

> 紫罗兰的，圆锥。乳白色的，雾帷。黄黄地，青青地，地球大大地呼吸着朝气。火车 高笑 向……向……向……向……向着黄……向着黄……向着黄金的太阳 飞……飞……飞……飞跑，飞跑，飞跑。好！好！好！……

人坐在海轮之上，观想的却是火车在地上飞跑的瞬间印象，这是一首极具现代色彩的立体诗，表现了生的力度，富于动的韵律。

许多事情都是这样，期望值愈高，带来的失望往往也愈大。按照郭沫若和成仿吾的主观愿望，是泰东图书局能在改组编辑所时把他们两个人都留下来。可是到泰东一看，才知已经有编辑班子，对他们虽还算热情，但也表示只能留一人。由于 1919 年以来郭沫若的新诗和其他文章即在《时事新报·学灯》《少年中国》《民铎》等报刊发表，1920 年与田寿昌、宗白华的通信《三叶集》又曾在国内思想文化界引起轰动，在新文坛已有了相当高的知名度。相比之下，成仿吾虽也在《时事新报·学灯》上发表过新诗，但名声到底不如郭沫若大。所以，泰东老板赵南公的意向就有了转变，并以"经济艰窘，不好强留"为名，支持成仿吾回湖南长沙就任技正职。成仿吾看到书局没有容下两人的位置，也就愉快地对郭沫若表示：你有家眷，就留在这里，我回湖南。其实，成仿吾回湖南也遇到了很多困难，但他颇能顾全大局，很有牺牲精神，只要郭沫若留下能把他们筹措已久的文艺杂志办起来，在新文坛占领一席之地，他就满足了。

留下来的郭沫若也的确未辜负朋友的牺牲，他日夜忙碌，很快就编出了几本书，作为献给泰东图书局的见面礼。首先，是把近年来自己的新诗辑录在一起，编就了自己的第一部新诗集《女神》，实际上，这也是新文化运动以来真正能够开一代诗风的新诗集。其次，是把九州帝大同学钱君胥用旧平话小说体笔调初译的德国作家施笃谟的小说《茵梦湖》，根据自己与成仿吾游览西湖所感受到的情趣，用直译体全部改译了一遍，使译文忠实于原著。再次，照着西洋歌剧的形式，把元代剧作家王实甫的代表作《西厢记》改编了，还根据弗洛伊德的精神分析学，写了一篇很长的论文《〈西厢〉艺术上之批判与其作者之性格》附于书前。最后，接受并编辑了朱谦之的《革命哲学》。

赵南公一则出于对新文化事业的支持，一则也看到郭沫若在不到两月的时间里竟有了如此可观的成绩，所以马上就接纳了郭沫若他们出版《创造》季刊的建议，并拿出钱来给郭沫若购买船票，让他返回日本去找朋友商量，赶快把事情办起来。这样，就有了 1921 年 6 月 8 日创造社在东京郁

达夫寓所的成立；有了《创造》季刊头几期的征稿计划和出版发行；有了
郭沫若的新诗集《女神》、郁达夫的中国现代文坛第一部新短篇小说集《沉
沦》、朱谦之的《革命哲学》、张资平的中国新文坛第一部白话长篇小说
《冲积期化石》等的出版。他们一炮打响，给整个文坛带来了很大的震动，
人们都惊叹创造社这异军的狂飙突起。

创造社的旗鼓既张，当然就离不了负责的人在那里坚守，而在完成了
《创造》季刊第 1 卷第 1、2 两期的编辑工作之后，郭沫若要返回日本完成
学业，郁达夫要去安徽教书，所以他们商定把成仿吾从湖南请出来，要他
负责主持《创造》季刊的编辑工作和创造社的社务。

1922 年 10 月，成仿吾辞去了在长沙的一切职务，孑然一身来到上海，
住在民厚南里，开始编辑第 1 卷第 3 期以后的《创造》季刊和主持创造社
的日常工作。11 月 25 日，由成仿吾编辑的《创造》季刊第 3 期问世了。他
出马以后的季刊，除仍保持以创作为主的特色外，新变化是评论和论战文
章的加强。

1923 年春夏之交，郭沫若、郁达夫双双回到上海之后，他们更创办了
以评论为主的《创造周报》和《创造日》，把视线从文艺拓展到了整个思想
文化领域，初期创造社进入了它的全盛期。

打从筹备时期开始，郭沫若就提出创造社要以新罗曼主义为号召的旗
帜。但他们的这种新罗曼主义，不同于西方的新浪漫主义，而是在当代进
步思潮的影响下，既继承了西方和我国古代浪漫主义的基本特征，又深深
地打上了西方现实主义、现代主义（特别是当时刚刚在德国兴起的表现主
义）和弗洛伊德精神分析学的印记，并在一定程度上克服了西方文艺思潮
中的唯心主义和个人主义的思想影响，融进了某些唯物主义和集体主义的
思想成分，充满着时代的革命精神。实际上，他们的这种新罗曼主义也可
以说是一种革命的浪漫主义。在文艺方针上，他们坚持文艺的社会作用，
反对为艺术而艺术，鼓励浪漫主义、现实主义、现代主义多元发展，不赞
成在艺术上以一种"主义"来绳人。郭沫若曾在《创造》季刊第 1 卷第 2
期的《编辑余谈》中公开宣布："我们这个小社，并没有固定的组织，我们
没有章程，没有机关，也没有划一的主义……我们所同的，只是本着我们

内心的要求，从事于文艺的活动罢了。"

成仿吾全力支持郭沫若这种在艺术上没有"划一的主义"、鼓励多元发展的方针，而且在工作中默契配合，积极地加以贯彻和推广。刚接受编辑《创造》季刊，他就在第 3 期《编辑余谈》中公开表示："关于我们这个小社，沫若在第二期中，已经说得很明显，我们是没有何等的限制的，我们的趣味是多方面的。"不久，又在《创造社与文学研究会》一文中，进一步阐明这一主张："我们并不主张什么派什么主义，我们只须本着内心的要求，把我们微弱的努力，贡献于我们新文学的建设就是了。"

在他们的共同倡导下，初、中期创造社都积极地贯彻了这种没有"划一的主义"的、在艺术上鼓励多元发展的方针，带来了创造社作家文艺思想的活跃和创作的多样化、大丰收。

只要稍微翻一下当时创造社的刊物和丛书，我们就会发现，在那里：鼓吹革命浪漫主义和写作革命浪漫主义的作家、作品有之，如郭沫若本人；鼓吹感伤的浪漫主义和写作感伤的浪漫主义的作家、作品亦有之，如郁达夫；鼓吹写实主义和写作写实主义的作家、作品也有之，如张资平；鼓吹现代主义和写作现代主义的作家、作品亦有之，如陶晶孙、成仿吾。

到了中期创造社，他们则有的倡导革命文学和写作革命文学的作品，如郭沫若；有的倡导象征主义和写作象征主义的作品，如穆木天、冯乃超、王独清。后来，也有的又倡导新现实主义和写作新现实主义的作品，如郁达夫、穆木天。只是到了后期，由于国际共产主义运动中"左"倾思潮的影响，由于良莠并存的"无产阶级文学"理论的输入，创造社开始在文艺上竭全力倡导无产阶级革命文学，力图以从属于政治的文艺观，取代艺术上没有"划一的主义"，于是文艺上的其他"主义"不再享有平等的地位，主潮支流共同发展的境况乃告终结。

从创造社的这一发展历史可以看出，在初期创造社，郭沫若、成仿吾他们倡导的是以革命的浪漫主义为主，兼收并蓄文艺上的其他"主义"；到了中期创造社，他们开始双双倡导现实主义和革命文学，并共同支持穆木天、冯乃超、王独清他们对象征主义的倡导和实践。所不同的是，郭沫若这时开始贬抑浪漫主义，成仿吾仍一如既往地对浪漫主义加以肯定，可以说当时仍然是现实主义、浪漫主义和象征主义并举，并没有独尊艺术上的某一种"主义"，所以才带来了初、中期创造社文艺思想的活跃和创作的繁荣。

今天看来，郭沫若和成仿吾共有的艺术民主思想，对他们当时在艺术上奉行没有"划一的主义"的文艺方针是起了很大作用的。在这以前，他们之间从未发生过分歧，出现过矛盾。当然，工作中的不同意见还是有过的，如是否创办《创造日》的问题，是否采纳郁达夫的意见与"太平洋社"共办《现代评论》的问题，等等。应该说这都属于正常范围，没有什么好奇怪的。

郭沫若和成仿吾之间出现比较大的分歧，是在中期创造社行将结束，后期创造社即将开始的1927年底和1928年初。

大革命失败以后，许多文化人都重新回到上海，回到了文化战线。郭沫若和成仿吾也不例外，成仿吾从未离开创造社的日常工作，他是元老中最后一个从广东撤离，于7月底回到上海的。在此之前，郁达夫、郑伯奇、王独清、张资平等早就返回上海创造社总部了。成仿吾返沪后处理的第一件事，就是郁达夫的退社和张资平之要版税和另办乐群书店。郭沫若则是从1926年7月即脱开创造社的日常事务，去参加北伐战争和八一南昌起义，于1927年10月下旬才经由香港秘密潜回上海的。当时他们都在为创造社的前途打算，但双方又未能碰上面事先一块商量，而等碰在一块时，各自的设想都已付诸实践，难以两全其美了。

当南昌起义失败，1927年10月初郭沫若撤退到香港时，曾从香港以R·L的署名（这两个字是革命、文学的英文缩写），在一张很简单的纸片上给成仿吾写过一封信，主张应从革命回到文学的时代。当时可能是因为刚经历了革命失败的痛苦的关系，情绪有些消极。成仿吾回信表示不同意他的看法，也不赞成他的主张，但因为郭沫若很快离开香港，这封信未能收到。而当郭沫若在十月下旬辗转回到上海的时候，成仿吾早已启程赴日本为中央军事政治学校采办军用化学器材，兼邀请冯乃超等回国参加创造社工作去了。

成仿吾早已有中国革命理论准备不足之考虑。到日本后，与李初梨、冯乃超交谈，他们建议在国内掀起轰轰烈烈的马克思主义的启蒙教育运动和无产阶级文学运动。成仿吾马上就放弃了单纯搞戏剧运动的设想，而采纳了冯乃超等人的意见，并请他们立即回国。

而郭沫若回到上海，为了加强创造社，一方面取得周恩来的同意，邀请李一氓和阳翰笙来参加创造社的工作，另一方面又采纳了郑伯奇等人的意见，继创造社与鲁迅在广州亲密合作的机缘，通过郑伯奇、蒋光慈和段可情与鲁迅协商，决定携手恢复《创造周报》，并于 12 月 3 日在上海《时事新报》上刊登了《创造周报》的复刊广告。当时，郭沫若处于被国民党通缉的状态，行动不自由，12 月初又患斑疹伤寒住进了日本医院，险些不能从死亡线上逃生。

就在这个时间差里，发生了郭沫若所谓"两个计划彼此不接头，日本的火碰到了上海的水，在短短的初期，呈出了一个相持的局面"。①

相持的局面如何解决？郭沫若主张等成仿吾回来做抉择。打电报把成仿吾催回来后，他表示《创造周报》使命已经胜利完成，要实现新的计划，必须创办新的战斗性刊物。对于与鲁迅合作的事，由于另有打算，也就不再提起。

郭沫若曾说，按当时的情况，如果自己坚持联合鲁迅共同作战的主张，创造社很可能分裂，而自己又不得已要出国避难，创造社的工作要成仿吾来负责，更何况成仿吾等人的计划确实也很好，切合中国的现实需要，比自己的计划方向更明确、更宏伟、更有吸引力，所以就没再坚持，而任凭成仿吾他们的计划去付诸实现了。从郭沫若方面来说，当时的失误是未派人去与鲁迅打招呼，甚至共同商量在新的计划中如何携手合作，而按鲁迅当时的思想发展，实现这种合作是完全可能的，同时，也应将原来打算与鲁迅携手合作的意向告诉冯乃超等新归国的同人。按当时新归国同人的思想，他们有可能听不进去或不接受，但那终究是他们的问题，可能是由于郭沫若突然生病的关系，这一切均未做安排，结果就造成了创造社与鲁迅之间误会的加深，并导致了双方在革命文学论争中彼此拔刀相向。

不过，这次由于彼此未接头而使两个计划碰头的事情，并未殃及郭沫

① 《革命春秋·跨着东海》，《郭沫若全集·文学编》第 13 卷，人民文学出版社，1992。

若与成仿吾之间的友谊。因为这不是他们感情上产生了什么隔阂，而且双方都是为了创造社好，而不是为了个人。郭沫若原拟流亡苏联，船期都定了，因轮船发生故障，行期改动，旋又突发斑疹伤寒，遂失去了去苏联的机会。病愈出院，在患病养病期间，成仿吾常去医院和家里探望，共商创造社社务。其间，郭沫若还向成仿吾、李初梨等介绍了八一南昌起义之经过。2月23日赴日头一天的傍晚，郭沫若突得口信，说国民党龙华卫戍司令部已探得寓所地址，明晨要来抓人，匆忙中得日本朋友内山完造帮助，由成仿吾陪同，住进了日本人开的八代旅馆。次日，郭沫若化名南昌大学教授吴诚，独乘日本邮轮"卢山丸"，家眷另乘"上海丸"，由汇山码头起锚赴日。为避免引人注意，成仿吾只能在暗中送行，从此结束了两人在上海创造社工作期间的亲密合作与配合。

作为创造社的首脑，郭沫若对成仿吾这位挚友在创造社中的作用和地位是有定评的。在1925年5月2日中期创造社的时候，他就在《致LT》一函中说："他不久才到过一次武昌，和达夫资平，商量过些创造社的事情，我们都希望他再出上海来，顶着再把创造的事情办下去……他是我们全社的心脏，只要他一出来，我们大家或许可以鼓舞得来，又起来痛痛快快干一下。"[①]

郭沫若离开祖国、避祸东京之后，成仿吾又顶着把后期创造社的事情办到了1928年的5月，在当时国内轰轰烈烈的马克思主义的宣传教育运动和无产阶级革命文学论争当中，一方面他感到热度过高，矫枉过正，另一方面也感到自己需要提高马克思主义理论的素养，因此他决定赴欧考察学习，亲历革命实践。

成仿吾在对后期创造社的工作做了周密的安排，譬如成立江南书店，以备创造社一旦被国民党封闭工作不致中断，以及在创造社出版部门市部的楼上开设一个上海咖啡座，以为出版部之掩护等之后，就去了日本，由日本敦贺到苏联海参崴，继经莫斯科赴法国巴黎，再到德国柏林。莫斯科是当时世界革命的中心，巴黎是巴黎公社的圣地，德国是马克思主义的故乡，这些地方他均向往已久，早就想去看一看，现在终于有机会付诸实现了。

---

① 《关于〈创造周报〉的消息》，1925年5月12日《晨报副刊》第105号。

赴欧途中路经日本时，成仿吾在东京停留月余，其间除了在中国驻日使馆用假名办理了经莫斯科去法国、德国的签证外，还到市川与郭沫若聚首畅谈，在郭沫若的寓所居留十数日。他曾想邀郭沫若一起赴欧，但后来知道郭沫若由于种种原因不能与之同行，而流亡生活又极其困苦，就留下一笔钱帮助郭沫若买下市川的居所，作为郭沫若在日本的羁留之地。在这里，他们一起讨论了创造社的近况，一起接受了日本左翼作家的采访，一起畅叙了青少年时代以来的友情，交换了对于未来的种种打算，然后才各告珍重，依依惜别。

别情长系

谁知 1928 年一别，两位挚友要到 21 年之后，新中国即将成立之时，才在北京相逢。在人生的旅途中，21 年不是一个短暂的时期，即以郭沫若和成仿吾这两位一个活了 86 岁，一个活了 87 岁的高寿者来说，21 年也几乎占去了他们生命的四分之一份额。

尽管时间是那么的长久，别离后他们都无时无刻不在深深地思念，在眷眷地系念。

在这别离之后的 21 年之中，成仿吾由一个彻底的民主主义者变成一个坚定的共产主义者。他在巴黎参加了中国共产党，在法国和德国参加了中共旅欧支部的秘密工作。回国后先是参加鄂豫皖和瑞金根据地苏维埃政权的建设，继而参加二万五千里长征。到达陕北后即从事中央党校、陕北公学的工作，以后又在晋察冀边区担任华北联大和边区参议会的领导工作，直到 1949 年 2 月 2 日在北平解放后的第三天，从河北正定乘吉普车进入北京，为华北大学寻找新址，并筹办中国人民大学。在这 21 年之中，成仿吾和郭沫若尽管天各一方，由于处境的艰难，彼此通信不易，但他们的心仍息息相通，精神上和物质上的往还并未被阻隔。

1928 年 7 月，成仿吾曾从德国把他离开郭沫若以后如何经莫斯科和柏林，准备去巴黎的沿途见闻和想法，写了一封长信报告郭沫若。这封信，在 8 月 1 日郭沫若遭东京警视厅拘捕抄家时被搜去,警局的所谓"支那通",在信上用红笔蓝笔勾涂满纸却依然没弄懂,还要郭沫若给他们讲解,并要郭把信送给他们,以便留下来作为参考。成仿吾由巴黎转到德国之后,看见 1929 年 7 月 5 日上海乐群书店出版的由郭沫若翻译的德国市堡大学教授亚多尔夫·米海里斯博士的《美术考古发现史》,他发觉郭沫若所据为日本滨田青陵的日译本,而没有德文原著,便从德国买了一本给郭沫若寄去,使郭沫若得以对照原著把全书校读了一次。1931 年上海湖风书局再版此书,将书名改作《美术考古学发现史》,用的就是这个校改本。郭沫若在再版本的《译者序》中郑重道及此事,并表示感谢:"在这一版上,我把所有的笔误和印误完全改正了。这事我是不能不感谢一位朋友,便是仿吾。仿吾在去年秋季从柏林替我把原书购寄了一部来。"

1936 年,进步文坛内部发生了关于"国防文学"和"民族革命战争的大众文学"两个口号之争。7 月 10 日郭沫若在上海《文学界》月刊第一卷第二期上发表了题为《国防·污池·炼狱》的文章,公开表示了对"国防文学"口号的赞同,主张把"'国防文学'不妨扩张为'国防文艺'",并进一步指出,"'国防文艺'应该是作家关系间的标帜,而不是作品原则上的标帜"。当时,成仿吾已改行从事教育工作,对文艺界的活动较少介入,但看见老朋友的文章之后,仍不免技痒,并命笔表示支持,说"这个名字是可以采用的",同时还就郭沫若说法的"不完全"做了习惯性的补充。他说:"'国防文学是作家关系的标帜,不是作品原则的标帜'。我想正确地说,应该是:'国防文学是作家关系的标帜,又是作品原则的标帜。'"[①] 一如创造社时期之相互协作配合一样。

1941 年 11 月 16 日是郭沫若五十岁诞辰,为了动员一切民主进步力量来冲破国民党在政治上和文化上的法西斯统治,中共中央倡议举行庆祝郭沫若创作二十五周年和五十寿辰的全国性纪念活动。当时,成仿吾刚率领华北联大师生,从十多万日寇和敌伪军对晋察冀边区的"扫荡"中,经过艰苦的浴血奋战突围出来,得知这一消息,也于滹沱河边写了《祝沫若五

---

① 《写什么》,1937 年 5 月《解放》第 1 卷第 3 期。

十寿辰》的文章，对老友表示祝贺。在文章中，他称赞"沫若是中国的进步的文化人中间的一个优秀的代表，他是一个勇敢民族的战士"，并"希望他今后对于我们中国的人民大众有更大与更多的贡献"。①

同样地，在这 21 年之中，郭沫若虽然经历了十年的流亡和艰苦的学者生涯，经历了八年全面抗战和在战火中颠沛流离，经历了几年为和平民主解放而奔突，但也时刻不忘自己的这位同窗好友，思念之切，令人感动。

30 年代中期，郭沫若虽然在日本的刑士和宪兵的双重监控下过着流亡的生活，但由于东京左联朋友们的帮助，他常常也能得到一些国内文坛和朋友们的消息。1935 年至 1936 年，郭沫若创作了《孔夫子吃饭》《孟夫子出妻》《秦始皇将死》《楚霸王自杀》《司马迁发愤》《贾长沙痛哭》等六篇历史小说，准备连同他的"初出夔门"阶段的自叙传一起，交由上海不二书店出版一本书名为《豕蹄》的小册子。所谓"豕蹄"，乃"史题"之谐音，即历史题材作品之意。就在这时，他听说创造社的老朋友成仿吾、潘汉年（中途奉命折返）、李一氓等都参加了红军二万五千里长征，其中特别是多年的老友成仿吾胜利到达陕北，更使他倍感激动，兴奋不已。于是，在 1936 年 5 月 23 日写了一首题诗《给 C. F. ——〈豕蹄〉献诗》，把它置于《豕蹄》之扉页。C. F. 乃成仿吾姓名英文书写的两个字头。他在诗中这样写道：

> 这半打豕蹄/献给一匹蚂蚁。/在好些勇士/正热心地/呐喊而又摇旗，/把他们自己/塑成为雪罗汉的/春季。/那匹蚂蚁，/和着一大群蚂蚁，/在绵邈的沙漠/无声无息/砌叠/Aipotu。

"Aipotu"是英文 Utopia（乌托邦）的倒写。6 月 10 日，郭沫若又为《豕蹄》写了一篇长序，《序》中说明"这儿所收的几篇谈不上典型的创作，只是被火迫出来的'速写'，目的的注重在史料的解释和对于现世的讽喻"。此外，又在篇末解释"本书命名的意义"时指出："因为想到要把这个集子献

---

① 成仿吾：《祝沫若五十寿辰》，1941 年 12 月 3 日《解放日报》。

给我的一位朋友，一匹可尊敬的蚂蚁，于是由这蚂蚁的联想，便决心采用了目前的这个名目——《豕蹄》。这个名目我觉得再合口胃也没有，而且是象征着这些作品的性质的。"该书当年10月10日在上海出版发行。

1936年11～12月，郁达夫在参加了鲁迅的葬礼之后，曾赴日访问。在探望郭沫若时，创造社老友特别是与他们感情至深的成仿吾的情况当然也是他们畅叙的内容。成仿吾的参加长征，使他们欣喜感佩不已。而传说仿吾已在长征途中牺牲，又使他们真假难辨，从而感伤慨叹不已。特别是诗人的郭沫若，更加按捺不住，他于12月8日，也就是郁达夫第三次来访后的第三天，竟把半年前的那首《给C.F.——〈豕蹄〉献诗》拿出来改写，原来的一首14行短诗，被他演绎成了一首具有三个大诗节、40多个诗行的长诗。诗中首先赞美了成仿吾参加二万五千里长征的壮举：

C.F./我们相别已经八年了/你是变成了一个蚂蚁/随着有纪律的军旗/无声，无臭，无息，无休/爬过了千里的平原，万重的高山，浩荡的大川/要在沙漠的边际，建立起理想的社团/我赞美着那有纪律的军旗/我赞美着成了蚂蚁的你。

接着又表达了对他的关注和欣羡：

C.F./八年以来我是一刻也不曾忘记过你/……不曾一刻离开过那千山万水地，千辛万苦地/为着理想的 aipotu 之建立/向沙漠中突进着的军旗/我自己未能成为蚁桥中的一片砖/我是怎样的焦愤，自惭/我相信你是能够同感。

C.F. 哟/我现在是在悬念，但我也在祈愿/我怕你在渡过 Xuan-XO 的时候/是已经成为了造桥的蚁砖一片/……现在天气已经渐渐生寒/我这儿已经有霜，你那儿怕已经是冰雪布满/你是尚在冰雪上坚持/还是已成了冰雪下的泥滓/我现在在电灯光下写着这首诗/生则作为我对于你的献辞/死则作为我对于你的哀祭/但只愿你生是作为一匹蚂蚁而生/你死也是作为一匹蚂蚁而死/理想的蚁塔总有一天要在沙漠中建起！

可以看得出来，在这里，诗的内容是大大地扩展了、丰富了，诗中流露出来的革命激情是更加澎湃了、洋溢了，诗的思想内涵和意境是大大地升华了、攀高了。诗中不仅表达了诗人对革命理想之必将实现的坚定信心，而且表达了诗人对那有纪律的、突进着的军旗，实际上也就是那如火如荼的革命战斗生活的向往；诗中不仅表达了诗人对虽然脚有鹤胫风，却坚定而勇敢地走在艰苦的长征路上的朋友的欣喜和羡慕，而且也表达了诗人对挚友的思念和担心：不知他现在是死是活，是已经变成了造桥的蚁砖一片，还是仍然在为建立理想的蚁塔而战。

1937年7月下旬，在朋友们的帮助下，郭沫若别妇抛雏，从日本秘密归国，回到阔别长达十年之久的上海，并见到和结识了许多新老朋友。在这里，他得到了成仿吾的确切消息，知道老友在长征中并未牺牲，而且在延安正负责着中央党校和陕北公学的工作，只是陕北条件艰苦、生活用品短缺，于是在这年的秋冬之际，托去北方战地采访的孙陵，替他购买了一床丝绵被、两套毛衣裤，外加一支派克钢笔，带去送给成仿吾。后来，成仿吾一直随身带着这支笔，在敌人后方辗转了多年。

聚首京城

既然都健康地走在革命的大道上，即使所从事的工作已经不同，相逢的机会总会到来的。

1948年11月23日晚，郭沫若在香港偕于立群往民盟中委、港九支部主任委员冯裕芳家赴宴，题《咏金鱼》："平生作金鱼，惯供人玩味，今夕变蛟龙，破空且飞去。"之后，驱车直往码头，告别于立群，乘华中轮秘密北上，从海路经东北解放区赴北平，参加新政治协商会议筹备工作和第一届全国文艺工作者代表大会。在由沈阳南下进北平的路上，回首中国革命的艰难历程，思绪万千，成五绝一首以抒怀："多少人民血，换来此矜荣。思之泪欲堕，欢笑不成声。"诗刚成，泪已涟涟下来了。

车抵北平。郭沫若见来迎接者除董必武、罗荣桓、聂荣臻、薄一波、叶剑英、彭真等领导外,人群中尚有他的创造社老友成仿吾。经过 20 年革命斗争艰苦岁月的锻炼和考验,他仍然是那么瘦小,脸仍然是那么黝黑,但人却磨炼得更加坚毅、更加成熟了。遗憾的是车站人多,别后 21 年相见,亦不得细加交谈,所以当晚成仿吾又偕夫人张琳到北京饭店郭沫若下榻处拜访。分别时,成仿吾尚孑然一身,今见老友偕夫人而来,郭沫若自然分外高兴。至亲的朋友经历了生死攸关的考验和磨炼,久别重聚,千言万语,两人竟都兴奋得一时不知从何说起。

开国初始,百废待兴,百业待举,他们都是头面人物,各自从事着自己的工作,各自站在不同的岗位。尽管工作纷繁,老友见面的机会仍然不少。即以 1949 年而论,7 月上中旬,中华全国文学艺术工作者代表大会在北平召开,郭沫若、成仿吾同为大会主席团成员。8 月,成仿吾主持工作的华北大学举行入北平后的第一批学员毕业典礼,郭沫若应成仿吾的邀请,参加了大会。9 月,中国人民政治协商会议开幕,郭沫若是主席团成员,成仿吾则作为教育工作者的首席代表在会上作了发言。10 月 1 日,他们还双双登上天安门城楼,参加了北京市庆祝中华人民共和国和中央人民政府的成立庆典和阅兵式。

但他们毕竟再不能像创造社时期那样自由自在地相聚交谈了,特别是成仿吾 1952 年调任东北师范大学校长兼党委书记、1958 年调任山东大学校长兼党委书记之后,相见的时间就更少了。因为经常思念着对方,一有相聚的机会就觉得更加珍贵。

1959 年 2 月中旬,郭沫若由上海到山东参观访问,18 日在曲阜游孔陵孔庙之后,19 日来到济南。成仿吾刚率山东大学师生从青岛迁校济南不久,老友相聚甚欢。在济南,郭沫若作诗六首:《参观山东博物馆》《趵突泉》《溪亭泉》《大明湖》《登历山》《看〈借亲〉赠吕剧团》,即以其中的《趵突泉》等诗题赠成仿吾。因成仿吾要赴京参加中央教育工作会议,遂同车返京。1961 年 7 月,成仿吾到北京参加教育部召开的高等学校调整工作会议,其间亦到郭沫若家探望。

1962 年 10 月,郭沫若为给其已经完成初稿的电影剧本《郑成功》增加一些感性材料,赴浙江舟山群岛和福建等地考察。20 日到杭州,浙江省军区领导人设便宴招待时，郭沫若特邀适在此治病的成仿吾和夫人张琳以及画家潘天寿夫妇、傅抱石夫妇一同入席。席间吟诗作画，并共游西湖，漫步三潭印月。在《怀念郭沫若》一文中，成仿吾记其事甚详，且极生动："一次，他同于立群同志到杭州，我同老伴儿张琳也在杭州，大家在这儿不期而遇，心里分外高兴。事情也巧，我同沫若第一次游西湖是在1921年4月，那时，我俩带着馒头和豆腐干，像刘姥姥进大观园，走了许多冤枉路。事隔四十年，想不到又是故人游故地。触景生情，我们自然无限感慨地回忆起了青年时代那次'壮游'。这次游西湖，是乘的汽船，同船的还有画家傅抱石夫妇、潘天寿夫妇。汽船后边带一只小小的拖船。有这么一种奇妙的现象很有趣：湖水被汽船激起了浪花，闪闪发光的银色鱼儿先是随浪高高地跳起，然后又一条条地落到小拖船里；到了船里，它们还不停地跳着、舞着，上下扑腾着。大家都看得笑了起来，午饭时，大家饱餐了西湖鲜美的活鱼。这些鱼，给我们的相聚更增添了欢乐的气氛，是我们畅游西湖的一个小插曲。"在这天的日记中，郭沫若记其事亦颇详，先是一条鱼跳上了他们的大船，于是他们干脆在大船后拖一支小船，让鱼往里跳，结果一共跳进了13条。郭沫若问鱼为什么往上跳？成仿吾解释说，是因为缺氧的缘故吧。这一天老友相聚，确实很开心，真是童心可掬。

1963年11月11日，郭沫若就国事之便访问了湖南韶山的毛主席故居，成《满江红·访韶山》一词，内云："久慕韶山，喜今日，能谐夙愿。"14日返抵北京，接待了日本冈山市和平友好代表团。一个湖南，一个冈山，都勾起了郭沫若对老友成仿吾的思念。恰好此时，成仿吾从山东来京出席第二届全国人大第四次会议，并在会上作了《关于目前普通教育的若干意见》的发言。郭沫若遂亲书《满江红·访韶山》条幅以赠，成仿吾把它悬挂在卧室中床的对面，从天棚一直垂到地面，朝夕相伴，犹如与老友仍然生活战斗在一起一样。

"文化大革命"中，他们一个在山东，一个在北京，受冲击，挨批判，彼此都很苦。1972年，中央落实"保护老干部"政策时，毛泽东批示要成仿吾"来北京"。等待分配工作期间，成仿吾去拜访郭沫若，谈到现状，谈到将来，两位老人百感交集，但同时又都充满信心，他们坚信从青年时代就为之献身的共产主义事业不会停顿。在此期间，中日复交。10月3日，住北京饭店的成仿吾接到了郭沫若书赠的《沁园春·祝中日复交》条幅，上面并书"成仿吾同志嘱书"。实际上，成仿吾并未嘱书，只不过郭沫若时刻在惦记着老战友罢了。这个条幅，成仿吾也分外珍视，把它挂在家里的小客厅里，常常对来客说起郭沫若对他的深情。

从70年代初起，成仿吾就酝酿并着手写一部关于红军长征的书。他说，写长征是为了让人们了解中国共产党的历史和革命者所进行的艰苦卓绝的斗争。他清楚地看到"文化大革命"中有些人在别有用心地篡改党的历史，因此有必要用事实予以回击。当时，资料书籍均已被抄走，连稿纸都没有，他在极其困难的环境下开始写作，写一页让夫人和孩子们抄一页，并赶紧把它藏起来。"四人帮"垮台以后，终于在1977年排出了清样，他一方面寄给一些老红军征求意见，另一方面在7月1日把书稿拿去给郭沫若看，请郭沫若给他题写书名。当时，郭沫若肠胃出血，正在住院检查，吃药观察，医生不让接待客人，但郭沫若却说他很想见见成仿吾。见了书稿，郭沫若喜出望外，说"仿吾，你什么时候不声不响写了这么本好书？"并立刻要执笔题写书名，还是成仿吾劝阻，说"今天太累了，明天再题吧！"就这样，7月2日，郭沫若在医院为《长征回忆录》题了书名。10月，《长征回忆录》由人民出版社正式出版，并被翻译成英、日等多种文字。1978年2月，郭沫若病重最后离家住进医院时，还嘱咐家人："带着仿吾那本书。"直到郭沫若逝世时，这本书一直摆放在他病房的小茶几上。每当谈起此事，成仿吾总是热泪盈眶。

郭沫若病危期间，成仿吾曾在夫人、儿子的陪同下去医院探视。6月12日郭沫若逝世后，成仿吾去医院向老友告了别，并参加了追悼会。10月27日，郭沫若著作编辑出版委员会在京成立，成仿吾被列名25人的编委之一，并出席了第一次、第二次编委会。1980年4月，他亲自为郭沫若的《英诗译稿》写序。在序中，他盛赞郭沫若译诗的高超手法，并回顾了郭沫若所走过的新诗创作的历程，希望人们能从中得到某些启示。1982年11月16日，郭沫若故居展览开幕。故居二门横额上的"郭沫若故居"五个大字，系出自成仿吾笔下。开幕式的当天上午，成仿吾挂着拐杖，慢慢地走在领导和郭沫若的亲朋好友中间，直到人们都散尽了，他还久久地不肯离去。他坐在客厅里，和郭沫若的子女照了许多相，才在深深的怀念中，乘车离开前海西街18号。当郭沫若的子女去征求他对《郭沫若全集》的出书计划时，他仍然是那么木讷，始终没有多少话，只说"要快出！要快出！"在他看来，"快出"乃是最最重要的了。大概他已预感到自己的时日不多，总希望能在自己的有生之年，看到《郭沫若全集》38卷的出齐。值得庆幸的是，当1984年5月17日成仿吾离开人世的时候，《郭沫若全集》的文学编和历史编已经快出齐，考古编也看到了相当一部分，在九泉之下，成仿吾终于可以向老友传递这个好消息了。

其他创造社作家创作略谈[*]

创造社作家的创作，这些年来谈论较多的，是郭沫若、郁达夫的作品，而创造社其他作家的作品，则谈得较少，有的甚至从来还没有人谈起过。为了打破研究工作中的这个不平衡，本文拟简略地综合地论述一下其他创造社作家的创作，作为引玉之砖，以促成郭沫若、郁达夫和其他创造社作家研究的全面、综合的进展。

创造社是一个群星灿烂、成果辉煌的社团。郭沫若、郁达夫之外，其他许多初、中、后期的创造社作家，都有一些有特色的作品问世。还有一些作家，虽不是创造社的正式成员，却是因在创造社的刊物上发表作品而成名的，如淦女士、滕固等。"五四"以来的新文坛，因他们的创作而为诗歌开了一代新风，为小说创了一大流派，把戏剧推向了群众。诗歌方面，自然是以郭沫若的革命浪漫主义为代表和旗帜的，除此而外，还有成仿吾、邓均吾清新幽雅的浪漫诗，穆木天、冯乃超的象征诗，王独清的感伤抒情诗，蒋光慈、柯仲平、黄药眠的革命诗。小说方面，则以郁达夫的感伤抒情小说为代表和旗帜，除他和郭沫若的小说之外，还有成仿吾的短小精悍的象征小说，张资平的写实小说和恋爱小说，陶晶孙的别具一格的新浪漫小说，周全平、倪贻德的写实抒情小说，淦女士的新女性小说，叶

---

* 原载四川省郭沫若研究会《郭沫若学刊》1997 年第 4 期；同载张炯、邓绍基、樊骏主编《中华文学通史》第 6 卷，华艺出版社，1997；继收张炯主编《中华文学发展史》，长江文艺出版社，2003；张炯、邓绍基、郎樱主编《中国文学通史》第 8 卷，江苏文艺出版社，2013。各版文字详略不同。

灵凤的心理描写小说，阳翰笙的革命浪漫小说，龚冰庐的矿工题材小说。戏剧方面，除郭沫若的历史话剧外，主要有田汉的现代话剧，郑伯奇的反帝剧作，王独清的历史悲剧，冯乃超的讽刺喜剧。尤其应该指出的是，由于他们的努力而使戏剧在文学和文艺舞台上奠定了自己的基础和地位。后期创造社时，除郑伯奇、冯乃超外，更由于沈一沉（沈西苓）、许幸之、沈起予等在日本东京筑地小剧场担任过导演和舞台美术工作的人士回来加盟，他们共同倡导开展的无产阶级戏剧运动，在上海艺术大学培养的戏剧运动的骨干，着手进行的剧场、演技、舞台装置等一系列的改革，有意识地把戏剧还给人民群众，为我国后来群众戏剧运动的开展奠定了基础。

创造社的其他作家，除有单篇论述者外，现综合叙述如下。

邓均吾（1898～1969）是与成仿吾诗风相近的一位诗人，有《心潮篇》《白鸥吟》等几十首诗作。他常用心灵的眼睛，透过大自然的景观，来凝视人的感情世界，探索人生的意义。他的诗，朴素自然，情感真挚，诗品清醇，幽婉旷远，是一个比较注意写实的浪漫主义抒情诗人。

张资平（1893～1959）是一位小说大家。从他1920年以处女作《约檀河之水》登上文坛，到40年代停止创作活动，共出有短篇小说集六七种，收短篇小说近50篇；长篇小说20余部，数量之多，在新文坛实属少见。但品位和质量，则每况愈下，前期的较好，后期的较差。在创造社时期，创作以短篇为主，但他1922年2月作为《创造社丛书》之4出版的《冲积期化石》，却是我国新文坛最早的长篇小说。小说原名《他的生涯》，有作者留学日本前后生活的影子在其中，内容比较芜杂，结构比较松散，且中间议论过多，算不得成功之作。但小说揭露教会的虚伪、教育界的弊端和民国初年改革之不彻底，具有相当的认识价值。早期的小说，从内容上大致可以分为三类：①反映留日学习时期生活的，如《她怅望着祖国的天野》《木马》等，表现了人道主义的倾向。②反映知识分子生活困苦和社会黑暗的，如《雪的除夕》《小兄妹》写知识分子的生活艰辛，《白滨的灯塔》《公债委员》暴露社会的黑暗，都是张资平回国初期的较好作品。③描写恋爱的，这类小说数量最多，分量最大。写得较好的如《爱之焦点》《梅岭之春》

等，都"是五四期间女子解放运动起后必然地产生出来的创作"①，也塑造了一些具有叛逆性格的女性形象，矛头指向封建旧礼教和旧道德。

谈创造社的创作，张资平之所以值得一提，一是因为他代表了与郭沫若、郁达夫等创造社多数同人那种主观抒情的浪漫主义不同的倾向，比较多地采用了写实的手法，注意客观描写人物和故事。二是因为他的小说虽然总体看来格调不高，有的甚至流于卑俗，但不少小说确实也反映了社会不同层面的某些情状，提出了一些社会问题。三是在技巧上，在新文坛初期，讲语言流畅，对话生动，描写细致，情节曲折，会编故事，张资平当是数得上的一个。不过，张资平写小说，随着时间的推移，越来越为两个因素所左右。一是他的拜金主义，为了攫取更多的金钱，他不惜粗制滥造，不惜降低文学的品位，所以千篇一律的题材，定型公式的方法，单调少变化的结构，就在所难免了。二是他对于色情和肉欲描写的热衷。正是从这两点开始，使他同创造社同人的战斗倾向，同"五四"新文学反帝反封建主流的距离越来越远。

田汉和郑伯奇都是《少年中国》时代就登上新文坛的老作家，后又参与筹组和成立创造社，是创造社的元老。

田汉（1898～1968）是我国革命戏剧运动的奠基者和领导人之一，他的诗人气质很浓，也写过很多很好的诗，但他首先是一位戏剧家。早在1920年2月29日致郭沫若的信中，他就曾说，我以后的生涯，或者属于多方面，但"第一热心做"的是戏剧家，"我曾自署为'一个中国易卜生的苗子'"。其实，终其一生，他在戏剧方面的成就，较之易卜生已无多让。有的方面，易卜生可能还有不到之处，如在音乐、电影方面。田汉一生的戏剧创作很多，这里仅论及他在创造社时期的早期创作，如《梵峨嶙与蔷薇》、《咖啡店之一夜》、《午饭之前》和《获虎之夜》几种。《咖啡店之一夜》和《获虎之夜》更堪称田汉早期戏剧之代表作品。《梵峨嶙与蔷薇》（1920年夏秋之际）写的是京韵大鼓歌女柳翠与其琴师秦信芳相恋的故事。在《三叶集》中，田汉就说此剧是一篇鼓吹民主艺术的通过了现实主义熔

---

① 钱杏邨：《张资平的恋爱小说》，载《张资平评传》，上海现代书局，1932。

炉的新浪漫主义的剧曲。该剧虽有某些唯美主义的影响，但在当时却曾引起强烈的反响。正是由于这反响的强烈，促使田汉对在封建的压迫和剥削下歌女生活有了新的接触，从而创作出同一题材的剧本《咖啡店之一夜》。《咖啡店之一夜》（1921年12月）写留日青年林泽奇是一个感伤主义者，他因打不破家庭和社会的束缚而承认了父母替他包办的婚姻，但又不愿勉强去爱自己所不爱的人，内心感到极大的矛盾和痛苦，不知道怎样选择自己要走的路。所以常到咖啡店里寻求麻醉，想不到在这里得到了咖啡店里正直善良的侍女白秋英的同情和抚慰，使他在绝望中感到了一线光明。白秋英是一个穷秀才的女儿，本是应青梅竹马的情人之约到这里来进高等学校的，结果情人李乾卿背叛了原来的婚约，与一有钱人家的女子订了婚，这天他们在咖啡店中不期而遇，李想用金钱来取消他与白的婚约，白讥讽李势利，重金钱轻爱情，当着白的面，把他的情书、照片和钱一起投入熊熊燃烧的炭盆之中，通通付之一炬，显示了她的凛然正气和无比果敢的反抗精神，从而也赢得了林泽奇的爱情。田汉认为此剧的写出，使他从此走上了戏剧创作的康庄大道。《午饭之前》（1922年6月）通过一个老妇和她的三个女儿的生与死，反映了纱厂的年关斗争和社会上的反宗教斗争，这是一出我国最早表现工人生活和斗争的现代话剧。据田汉讲，这出剧是根据幼年熟悉的长沙北门外张老太婆和她在火柴公司做工的三个女儿的故事，结合着当时湖南军阀赵恒惕镇压华实纱厂工人的年关斗争和国内的反宗教斗争来写的，革命的政治倾向很明确，遗憾的是田汉当时对工人斗争生活了解不够，难免有些简单化、概念化，但首创之功不可没。《获虎之夜》（1922年下半年）写富裕猎户魏福生的女儿莲姑与因家境贫穷、自幼寄食他家的表兄黄大傻相爱，但嫌贫爱富的魏福生却强逼莲姑去嫁陈家大户的儿子，从而酿出一场悲壮剧。莲姑和大傻争取婚姻自由的斗争虽然最后以失败告终，但却反映了青年一代的觉醒，他们对爱情、对未来的理想生活是那么的神往，那么的坚贞，宁死不屈。该剧写的是辛亥革命后某年冬天长沙东乡仙姑岭附近山村发生的事情，该剧不仅充满湖南山村的乡土风情，而且反映辛亥革命后民主自由之风已传到边远山村。莲姑和大傻的爱情故事洋溢着浓郁的浪漫主义的传奇色彩，但莲姑和她的父亲魏福生的斗争和矛盾冲突却深深地扎根在现实的土壤之上，证明作者的现实主义的创作因素已经大大地加强了。在《南国半月刊》的创刊号中，田汉曾宣称他们"欲在沉闷的中国新文坛鼓动一种清新芳烈的艺术空气"，在《我们的自我批判》中又曾说他的《获虎之夜》《咖啡店之一夜》《午饭之前》等"习作期底重要作品"，"它们同表示青春期的感伤，小资产阶级青年的彷徨与留恋，和这时代青年所共有的对于腐败现状底渐趋明确的反抗"。这些都很恰当地说明了这几出剧的思想、艺术之特色。

郑伯奇（1895～1979）的创作活动是从写诗开始的，以后又写过小说和戏剧。小说《最初之课》和《帝国的荣光》都是揭露日本帝国主义歧视中国人民和对中国的侵略野心的，特别是前者借一个留日学生在第一堂课的亲身经历和深切感受，揭露了日本军国主义教育的侵略本质，颇有教育意义。他所创作的剧本有《危机》《抗争》《合欢树下》《牺牲》《轨道》《佳期》等，都紧扣着反帝反封建的革命大主题，一般情节比较简单，没有太曲折生动的故事。写得较好的是《抗争》和《轨道》。《抗争》（1927）写知识青年带头与外国侵略军抗争，使咖啡店侍女免遭强暴，揭露了帝国主义军队在中国作威作福、到处骚扰民众的罪行以及民众中郁积日浓的愤懑情绪和反抗意识。《轨道》（1928）则歌颂了胶济铁路工人在中国共产党的领导下成功地铲锄内奸、炸毁日本军车，狠狠打击了日本侵略军嚣张气焰和英勇斗争，其中有面对面的敌我斗争，有气势宏伟的群众场面，有深度、有广度，是现代话剧中较早描写工人反帝革命斗争的成功作品。郑伯奇长期在日本留学，读西洋书，受东洋气，对日本军国主义的侵略野心早就刻骨铭心，有深切的感受，他之能在我国的现代文学史上较早地提出反帝主题，是很自然的事情。

初期创造社还有一个陶晶孙（1897～1952），他长期在日本生活和学习工作，日文修养比中文好。在创造社作家中，他是受唯美主义影响比较大的一个，而且曾公开标榜"一直到底写新罗曼主义作品者为晶孙"①，但1928年回国参加革命文艺活动后思想有很大转变。1929年曾协助鲁迅、郁

① 陶晶孙：《创造三年》，载《牛骨集》，上海太平书局，1944。

达夫编辑《大众文艺》，继而又积极参与左翼革命文艺运动。他写有 20 多篇小说、4 篇戏曲和一些散文、杂论，作品多收在 1928 年出版之小说戏曲集《音乐会小曲》之中。在创造社刊物上发表的作品有小说《木犀》《音乐会小曲》，独幕剧《黑衣人》《尼庵》，木人戏《勘太和熊治》。《木犀》（1921）写大学生素威在木犀的香潮中回忆少年时代与他的小学老师相爱的往事。《音乐会小曲》（1925）写钢琴伴奏家、华人留学生 H 在春、秋、冬三个不同季节的彼此似无多大联系却以音乐而得以连接的故事。两篇说的都是那种"架空的恋爱"①，抒发的都是那种失恋的苦闷情怀。《黑衣人》和《尼庵》均发表于 1922 年，前者写一个精神病患者的病态心理和失控行为，后者表现一个受了伤的灵魂的内心世界，两篇都宣扬了死的高贵和华美，充满颓丧情绪。他的小说和戏曲都采用的是现代的、象征的手法，扑朔迷离、朦胧恍惚，完全不同于中国传统文学的风格和情调，连结构和文句都是两样的。其早期创作多写自己，而不触及国家社会，艺术上执着追求的是那种"非古典的美"② 和所谓"灌流人性和人生的有风味的独创"③的东西。但他 1928 年创作的木人戏《勘太和熊治》与早期创作风格大异其趣，写的是两个日本侵华士兵的在华罪行及其觉醒，不仅充满反帝情绪，而且有鲜明的阶级意识，采用的也是极其写实的手法。

周全平、倪贻德、淦女士是《创造周报》时期涌现出来的三个"最杰出的新进作家"，成仿吾曾把他们称作"同心的朋友"④，说他们"是一个维系我们的希望的星斗"。⑤ 后来，周、倪成了创造社的正式成员。淦女士则参加了文学研究会。

周全平（1902～1983），江苏宜兴人。出过《烦恼的网》（1924）、《梦里的微笑》（1925）、《苦笑》（1927）和《楼头的烦恼》（1930）等集子，创作多反映农村和城市工薪阶层生活题材，有的则是自我小说。《故乡》（1923）以写实的手法，形象生动地反映了民国初年农村所谓"革新"的假

---

① 陶晶孙：《音乐会小曲》，创造社出版部，1927。
② 陶晶孙：《音乐会小曲》，创造社出版部，1927。
③ 陶晶孙：《记创造社》，载《牛骨集》，上海太平书局，1944。
④ 成仿吾：《终刊感言》，1923 年 11 月 2 日《中华新报·创造日》第 100 期。
⑤ 成仿吾：《一年的回顾》，1924 年 5 月 19 日《创造周报》第 52 号。

象。《注定的死》（1923）通过乡镇赵巷的叫化和赵三老爷家的三公子虽同年同月同日生，却有不同命运的对比，把农村那种贫富悬殊、阶级对立的情景鲜明地凸显了出来。《苦笑》写工薪阶层的生活困苦。《烦恼的网》和《呆子和俊杰》（1923）是两篇富有生活哲理的寓言故事，不仅寓意深刻，而且文字十分清新。除此之外，周全平还创作了具有强烈主观抒情色彩、哀婉幽雅的《梦里的微笑》。它由中篇《林中》、《旧梦》、《圣诞之夜》等几个短篇组成，全书笼罩着浓郁的伤感情绪，每篇都有一个涂满了辛酸和欢乐的泪痕的爱情故事，而且篇篇都以抒情味浓郁的散文手法写出，最后以悲剧告终。周全平笔力稳健，不管是抒情的还是写实的，都充满感情，与张资平的小说大不一样。过去，有的评论家在评周全平、倪贻德的小说时，曾说周的作品像张资平，倪的作品像郁达夫。实际上，此说对周全平并不准确，因周全平有写实也有抒情，而倪贻德的小说则真有些像郁达夫。这主要是指其小说中那感伤的情调和抒情的浓味而言。

倪贻德（1900～1972），浙江杭州人。有《玄武湖之秋》（1924）、《东海之滨》（1926）、《百合集》等几个短篇小说集。其中，多自叙传性质的小说，主人公都是一个穷困潦倒、多愁善感的青年画家，内容也差不多都是一些与美术家生涯有关的事情，不少单篇还相互衔接，它们或带着嘘唏叙述自己的身世，或怀着孤寂之感追忆逝去的爱情，以此寄托作者对世态习俗、旧式婚姻制度的不满和愤慨，不少作品确实渗透着郁达夫式的浓重感伤情调。但郁达夫的感伤是真情的流露，"是对国家，对社会的"。[①] 倪贻德的感伤则不少是在"故意寻求"[②]，而且主要是对个人，最多也只是家败人去，而较少国家和民族在其中。如《玄武湖之秋》（1923）写青年画家与三个美貌的女学生在玄武湖上如何相亲相爱，分别以后又如何思慕她们，是一篇哀婉清丽复多隐逸之情的小说。《零落》写一个中产阶级的书香世家的败落，小说中的逸卿夫人，就是以作者的母亲为模特儿，小说中那个败落的家庭，实际也就是作者自己的家庭。逸卿夫人写得十分幽婉动人，但作者对破落家庭的留恋之情在小说中亦宣泄无遗。他的小说情调，除《初

---

① 郁达夫：《北国的微音》，《达夫全集》第3卷，开明书店，1927。
② 倪贻德：《东海之滨·短序》，载《东海之滨》，上海光华书局，1932。

恋》比较欢快外，其余的主观抒情色彩都比较浓厚。倪贻德的小说，散文化的倾向较为突出，如《东海之滨》简直就是亦散文亦小说的篇章。小说表现"我"随好友 C 去黄浦江彼岸的东海之滨 C 的老家游览观光，写他见到了神秘莫测的大海，领略了大自然的赐予，忘却了现实的人生悲苦，飘飘然如神仙之凌虚御空。在这些方面，与郁达夫的小说，特别是后期小说极其相似。

淦女士（冯沅君，1900～1974）写的小说不多，主要就是创造社刊物上发表的《隔绝》《旅行》《隔绝之后》等几篇，均收在以《卷葹》为题的小说集中。这几篇略带连续性的小说，都以抒情独白的方式，大胆地袒露了一个青年女子的内心世界，表现了一对青年恋人对封建婚姻制度的勇敢反抗和对恋爱婚姻自由的热烈追求，"虽嫌过于说理，却还未伤其自然"。[①]稍后以书信体写作的小说《春痕》，只剩了散文的断片，后来作者就不再从事文学创作，而专心文学史的研究去了。淦女士的小说，展现了新女性文学的与冰心不同的风姿，在当时颇具特性，并产生着深刻的、细微的、长远的影响。

创造社到了中期和后期，又涌现了一批文学新人，他们是诗人穆木天、冯乃超、王独清、柯仲平、黄药眠，小说家叶灵凤、阳翰笙、龚冰庐等。

穆木天（1900～1971）是创造社早期成员，但他的成名和在中国新诗坛发挥影响，还是在创造社中期。他不是最早把象征派诗歌理论介绍到中国文坛，也不是在中国文坛开象征诗创作之先的第一人，却是中国文坛最早既有理论又有创作实践的象征派诗人。他的象征诗理论《谭诗》和象征诗创作，均发表于 1926 年。他的象征诗集《旅心》出版于 1927 年 4 月，内收诗 32 首，大部分作于 1925 年、1926 年。多数诗表现的是在日留学期间对祖国、对故乡的怀念和忧思，以及一个游子希望祖国尽快富强起来的强烈愿望，如《心响》。他的诗，不乏浪漫的欢愉和情调，如《雨后》，但更多的则是感伤，诗中常有一种莫名的忧伤，如《鸡鸣声》。其诗受法国象征诗人拉佛格的影响较大，喜欢在诗中用声、光、色彩来象征和暗示某种内

---

① 成仿吾：《创造日·终刊感言》，1923 年 11 月 2 日《中华新报·创造日》第 100 期。

生命的奥秘，尤其爱用大自然各种各样的声音来制造一种美的氛围，如《夜暮的乡村》。在表现技巧上，爱用叠字叠句，强调诗的形式要越复杂越好，样式越多越好，还主张把诗的句读废了。《旅心》中的诗，有些初发表时是有句读的，出版单行本时，诗人把它们都去掉了，想以此增加诗的朦胧性和暗示性。

冯乃超（1901～1983）是穆木天的同窗好友，又同好象征的诗，虽然他受日本象征诗人的影响要大一些。1926年，他与穆木天同时在创造社的刊物上发表诗作，《谭诗》中的一些意见也是他与穆木天共同交谈研讨的结果。他的著名象征诗集《红纱灯》出版于1928年，当时他的思想早已进步了，所以出版单行本时，他曾把这部诗集中搜集的1926年创作的43首诗称作他"过去的足迹，青春的古渡头"，并说已经从思想上把它当作被"树梢振落"的羽毛和蝉蜕出来的"旧壳"，准备把它扬弃了。

如果说穆木天的诗中还有某些浪漫主义的激情的话，冯乃超的诗中则更多的是悲伤和颓唐。他的诗，无论是写青春的爱情，寄游子的乡愁，或者是凭吊古物，几乎无例外地都笼罩着一种很深的神秘氛围和朦胧感，如《消沉的古伽蓝》。在艺术上，冯乃超的精益求精，有时更甚于穆木天。他的象征诗，不仅调集了诸多与整个诗的悲哀情调相一致的意象和鲜明斑斓的色彩，而且注重句式的整齐和声韵的谐调，不仅显示出与穆木天不同的特色，并为我国新诗从自由体向格律体发展和转化，进行了可贵的尝试，如《古瓶吟》《梦》《相约》等。朱自清曾对其诗的艺术特色做过肯定的评价："冯乃超氏利用铿锵的音节，得到催眠一般的力量，歌咏的是颓废，阴影，梦幻，仙乡。他诗中的色彩感是丰富的。"[①]

这以后，由于马克思主义的学习和革命活动的参加，冯乃超的文艺观随着世界观的转变而转变，诗风也发生了根本的变化。1926年象征主义的《红纱灯》中那"在森严的黑暗的殿堂的神龛"里"明灭地惝晃地"点着的"红纱的古灯"，1928年5月已经变成迥然两样的《红灯》，那"可以燎原"和"星星的火"，那可以指导"我们明白历史行程的路径"，并"创造

---

① 朱自清：《中国新文学大系·诗歌集·导言》，上海良友图书公司，1935。

人类真正的荣华"的"星星的火",将是我们"向导的红灯"。诗的革命性和战斗性增强了,艺术性却有所降低。此外,他还创作有《同在黑暗的路上走》、《支那人自杀了》、《县长》和《阿珍》等四出戏剧,内中讽刺喜剧《县长》有力地揭露了国民党新军阀和官僚地主阶级的贪赃枉法、横征暴敛和腐败无能,有意识地模仿果戈理的《巡按使》,在当时的水准上,不失为一出好的讽刺剧。

王独清(1898～1940)在诗的意趣上与穆木天、冯乃超很谈得来,但三人真正有共鸣的,还是在诗的表现手法上,是色彩与音韵,叠字叠句等。王独清给"理想中最完美的诗"所开列的公式是"(情＋力)＋(音＋色)＝诗",而在诗的情调和力的显示上,则与穆、冯不同。朱自清就说,王的诗"还是拜伦式的雨果式的为多,就是他自认为仿象征派的诗,也似乎豪胜于幽,显胜于晦"。他写诗和出版诗集的历史比穆、冯早,在诗坛的影响也比他们大。他出版有诗集《圣母像前》(1926)、《死前》(1927)、《威尼市》(1928)、《11DEC》(1928)、《锻炼》(1932)、《零乱章》(1933)等。王独清既接受过祖国古香古色的传统文化的影响,又喜欢欧洲的浪漫诗人缪塞、拜伦和 Lamartine、Rimband 等象征派诗人,所以他的诗受多方面的影响。他是一位爱情诗人,一位行吟诗人,但也是一个爱国主义者。他的诗,充满浪漫主义和感伤主义的情调,如《圣母像前》《动身归国的时候》。在形式上,除音韵声调外,也十分注意色彩,如《玫瑰花》。他不仅注意使诗向格律化方向发展,而且也在诗的散文化方面下功夫,如《最后的礼拜日》等。郑伯奇的《〈圣母像前〉之感想》在谈到王独清诗的做法时,曾说王的诗是"古典的字句,象征的技法,抒情派的情感",确为恰切批评。

诗歌之外,王独清还创作有历史剧《杨贵妃之死》(1927)和《貂蝉》(1929)。是他在大革命失败之后,经了蒋介石和国民党反动派清党事件的刺激,而借着杨贵妃和貂蝉两个历史上或传说中的女性形象,把她们一个塑造成甘为民众牺牲的女英雄,另一个塑造成为自由斗争的战士,而把杨国忠塑造成"一个倚仗君主底势力平日一意残害民众的小人",把董卓塑造成一个"专政弄权""滥杀无辜",把国家弄得四分五裂的"天下公敌",

并且呼出了"讨暴虐的民贼"的口号，矛头明显地指向了帝国主义和它们豢养的新旧军阀。而且那炽热的感情和诗化的语言也很感人，但由于剧作家是从希腊悲剧学习的戏剧，又长期在欧洲生活，所以欧式的句法、欧化的情趣太甚，又没有摆脱传统的英雄美人的羁绊，反而使戏剧在政治主题的严肃性上受到了影响。

柯仲平（1902～1964）1924年开始写抒情诗，1927年出版抒情长诗《海夜歌声》。他于1926年参加创造社，其诗多穷愁离恨，愤懑之情透于纸背，充满着对黑暗社会的反抗。在形式上，当时虽然有些欧化的倾向，但他希望"读者能反平素诵诗的调子一唱"，"跳出屋外"去"昂昂沉沉地唱"①，已经在中国新诗坛上率先进行大众化、民歌体的尝试了。

黄药眠（1903～1987）是大革命失败后，从广东到上海参加创造社工作的。他的文学活动，是从写诗开始的，并在创造社出版部出版有诗集《黄花岗上》（1928），他的诗多歌颂民主革命，从旧民主主义革命到新民主主义革命，如《黄花岗的秋风暮雨》《五月歌》等，都是思想性、艺术性俱佳的作品。浪漫主义是他的诗的主要倾向，但没有当时创造社其他诗人那么重的感伤情绪。

叶灵凤（1904～1975）是中期创造社时期参加创造社工作的。开始为创造社的刊物和丛书搞美工，后来又开始写散文和小说。他的文学活动主要在30年代以后，曾出版过不少小说、散文集。他在创造社时期发表过《姊嫁之夜》《昙花庵的春风》《女娲氏之遗孽》等几篇小说，都致力于人物的性意识、性心理和性道德的描写。不少评论家爱把叶灵凤的心理描写小说和张资平的恋爱小说相提并论，实际上，除了都以写性爱著称一点外，他们是并不很相同的。在多数情况下，叶灵凤的态度比较严肃，试图探讨一些人生的重大问题，张资平则常常故意在那里制造三角、四角甚至多角的恋爱故事，把艺术和人生视如游戏。再有，叶灵凤的心理描写中那种浓重的感伤情调和独特的韵味，是张资平小说中没有的。叶灵凤小说中那种对不同人物复杂的性爱心理的细微刻画，以及由这种刻画迫使人们去进行

---

① 柯仲平：《关于我就要出版的〈海夜歌声〉》，1926年9月1日《洪水》半月刊第2卷第23、24期。

的深层的理性思考，也是张资平小说中没有的。叶灵凤小说中对人物的个性化、结构的多样化和对艺术完美的孜孜追求，也是张资平小说所不具备的。总体来讲，叶灵凤的小说，品位要比张资平的小说高许多。

阳翰笙（1902~1993）是在参加了北伐战争和南昌起义之后，以革命者的身份于1927年底加入创造社，并开始以华汉的笔名在创造社的刊物上发表小说的，如《马林英》、《女囚》、《趸船上的一夜》和《暗夜》等。《马林英》（1928年1月）塑造了一个传奇式的女英雄形象，《女囚》（1928年2月）讲的是一个女革命者的恋爱故事，《趸船上的一夜》（1928年10月）讲述一个革命者在南昌起义失败后如何坚持革命的信念，中篇小说《暗夜》（1928年8月）则写农村的抗租夺权斗争。他的小说，都紧紧扣着革命斗争的主题，而且多写农村，还塑造了一批令人难以忘怀的革命者的艺术形象，真实地反映了当时革命斗争的现状和水平，反映了当年革命者的思想风貌和生活情趣，是十分难能可贵的。但有的创作，在描写现实革命斗争时，也有神秘化、简单化和把英雄人物理想化等革命浪漫蒂克的倾向。

龚冰庐（1908~1955）在我国的现代文学史上是一位被遗忘了的作家。他来自山东北方的矿区，在提倡普罗文学以后，曾创作了不少反映矿山工人生活和斗争的小说、散文、戏剧和诗歌。

在我国新文坛，20年代末就这样集中、这样大量地创作反映矿工题材的作品，他是第一人，而且生活的根底是那么深厚扎实，表现的是那么热切挚诚，笔力又是那么客观和稳健，是十分罕见的。

他的主要成就在小说，出版过的小说集有《炭矿夫》（1929）、《黎明之前》（1930）等。处女作《炭矿里的炸弹》（1927）通过对王福寿的家庭生活和矿坑底层艰苦工作场景的描写，真实地反映了煤矿工人在死亡线上挣扎和受外国资本家剥削压迫的情况，成千上万的矿工为开矿而牺牲，却得不到外国资本家的抚恤。1928年，小说改名《矿山祭》，主人公改名为阿茂，重新发表，补充了下矿前之所见和炸弹在井底爆炸以后的情节以及堆放着几千矿工白骨的"优养塔"等。中篇小说《黎明之前》（1928年3月）细致地刻画和历史地反映了青年工人倪洪德由盲目反抗到逐渐觉醒的思想成长过程，映衬着也反映了从山东北方的一个小山镇到一个中等城市（青岛）再到一个大城市（上海）的社会动荡、阶级关系的变化和革命势力增长的情况。遗憾的是，由于作者的思想局限，倪洪德的自发革命最终尚未完全纳入自觉革命的轨迹，思想发展亦未显示出更加清晰的层次来。中篇小说《炭矿夫》（1928 年 10 月）通过矿工阿根一家老少三代生与死的斗争，真实地反映了煤矿工人的自发革命。几篇小说，写的都是矿工的自发斗争，所为仅仅是生存和经济的利益，政治上缺乏明确的目标，也没有坚强的正确的领导。《炭矿夫》里最后那场报复性的惊心动魄的井下爆炸，竟把自己成千的阶级兄弟的生命葬送在井下，20 年代后期我国工人运动的斗争水平应该比这成熟，应该比这有力度。但在 20 年代，在我国新文坛能这样集中地产生这么些真实地历史地反映矿工生活和斗争的作品，实在难能可贵。在后期创造社的无产阶级文学运动中，能涌现出这样一位真正扎根基层、具有旺盛表现能力的作家，是值得大书特书的。

一封珍贵的早期书信*

——郭沫若致张资平

　　早就听说《学艺》杂志上刊有郭沫若 1921 年 1 月 24 日致张资平的一封重要书信，但 1921 年的《学艺》，许多图书馆都没有。我们中国社会科学院文学所图书馆的书刊虽然不少，《学艺》杂志也有，但查来查去，刊登这封书信的二卷一期却正好没有。以后，我又先后去本院历史所图书馆、近代史所图书馆、中国科学院图书馆、首都图书馆和北京图书馆等处查找，他们有的是根本就没有，有的是目录上有而实际找不到，最后抱着试一试的心情，终于在北京大学图书馆里找到了它。当时，那高兴的心情是可以想见的，但更大的兴奋还是阅读了这封得之不易的信函之后。因为我发现，这是一封极有史料价值的书信，无论对于研究郭沫若的思想、生活，还是其创作和著述，都是极为重要、极有意义的。

一

　　郭沫若是很重友情的，即以他与创造社几位元老的关系为例就可说明。

　　在创造社中，郭沫若与田汉认识最晚，但却最为亲密和友谊最为长久。他们在 1920 年相识，自此即以兄弟相称。后来，田汉与创造社的关系虽然

---

　　* 本篇未发表过，是从存稿中找到的。全文已写好，并用红笔修改过，记不清为什么未送去发表了，现照录付梓。

破裂了，但与郭沫若的关系却是继续着的。抗战时期一开始，郭沫若即把田汉召到自己任厅长的国民政府军事委员会政治部第三厅担任艺术处长。后受国民党打击排斥，第三厅撤销，许多文艺工作者生活遭遇困难，王冶秋曾发动冯玉祥等对文艺工作者进行资助。当时在桂林的田汉亦处在饥寒交迫的境况中，消息传到在重庆的郭沫若那里，当即将自己刚创作完成的历史剧《高渐离》一稿寄给田汉，让其在桂林的《戏剧春秋》杂志上发表，并于 1942 年 7 月 18 日致信田汉："《高渐离》一剧奉上，希弟指正，可将该剧分成几处发表……如有稿费可得，即请留弟处以为老伯母甘旨之费。"以后直到 60 年代，两人一直交往不断，时有书信来往。

郭沫若与郁达夫 1914 年在东京第一高等学校同学，但在校时却是相知而不相识，是共同的文学爱好使他们走到一起来的。在筹办创造社的过程中，郭沫若得到了郁达夫的最大支持和协助。后来，他们虽然为创造社的发展方向等问题发生龃龉，但相知却是很深的，友情最淳厚，也最真诚。

郭沫若与成仿吾认识于 1916 年在冈山上学的时候，两人住在一个房间里，很谈得来，观点最为一致，相交也最深，在整个创造社时期，两人合作最为默契。以后，生活不在一起，工作的性质也各不相同，交往少了，却时刻思念、相互呼应，友谊一直继续着。直至郭沫若逝世前夕，成仿吾还在夫人的陪同下，扶拐去病床前探望。

在创造社的元老中，郭沫若与张资平的关系是极为特殊的一个。虽然认识最早，相处却较一般，关系是不冷不热，不远不近，似乎第一次到家相聚就有了距离感、分寸感。但两人的关系也有一个发展过程。开始热烈、融洽一些，以后相当时期是不温不火，慢慢变淡变远，最后由于张资平走上了附逆道路，使众友不得不与之决裂、划清界限。

而目前我们发现的这封书信，则反映了较早时期的交往情况。从这封信的内容可以看出，当时他们的关系还是比较热情融洽的，但戒心已然可见。比如张要介绍郭参加丙辰学社，郭就一再婉拒。原因很简单，郭对此社有看法，对其政学系的政治背景有保留，有距离。后来虽然碍于情面，在一拖再拖之后同意列名其中，算是加入了，但也止于投稿而已。

但谈到文学，他们还是有共同语言的。虽然张资平主张自然主义和写实主义，而郭沫若提倡的是新罗曼主义或革命的浪漫主义，这从 1918 年他们在博多湾畔的那次邂逅交谈就可以看出。比如对国内文坛仍被旧文艺充斥的不满，和想创办一个新的纯文学杂志以占领新文化阵地的看法就是一致的。而且郭沫若对张资平写小说的才能也是颇为欣赏和肯定的，曾经对陶晶孙称张是一位"真正的小说家"。还说，"《创造》要能够编得成功，资平很须注意，因为文字不够时，非有他的文章不可"。足见郭对张早期那些颇能吸引青年读者的小说还是十分看重的。正因为如此，所以郭对张参加创造社一直是器重、热情表示欢迎的。他们时常相互通信和交换稿件，听取修改意见。张资平的早期佳作《她怅望着祖国的天野》，篇名就是郭沫若代拟的。张资平写的中国新文坛第一部长篇小说《冲积期化石》，原名《他的生涯》，也是因为郭沫若认为太俗才改现名的。

但张资平更多关心的还是他自己和他的家庭，对创造社的社务他是不关心、不愿意过问的。他自己也说，"自己实在凡庸""我最多只是一个创造社的准第一期"①。自打从日本留学归来，他一头就插回岭南老家开矿、教书去了。以后去武昌当教授，也只是路过上海时到创造社去看一看，坐一坐而已。1925 年创造社募股集资，张资平还是热心的。1926 年，创造社新老成员云集广州革命发源地，张资平仍独自留在武昌教书。直到 1928 年春 3 月，他才从武昌到上海，参加过一些创造社的活动，当过短时期的常务理事。在此之前，只不过应承撰稿，在创造社刊物、丛书发一些稿子而已。即是当了常务理事，张更多关心的还是他的稿酬和版税能支多少，以及和王独清闹矛盾等。不久，张资平即充当《新宇宙》的编辑，旋即自己办起了乐群书店。在创造社的刊物上，稿件也没有了，更加成了不"理事"的理事。最后，他终于在后期创造社一班新人面前，"觉得自己自惭老朽"②，退到创造社以外去了。

但张与创造社的关系并未完全闹僵，郭、张的联系也未中断，还是继续着的。张资平的《读〈创造社〉》中，就引过一封 1929 年春郭致他的信的片段："我可以说一句开诚布公的话：我们都是因为有了老婆和很多的孩

---

① 张资平：《读〈创造社〉》，1932 年 1 月 15 日《聚茜》月刊第 1 卷第 1 期。
② 张资平：《读〈创造社〉》，1932 年 1 月 15 日《聚茜》月刊第 1 卷第 1 期。

子。假如我们是单身，无论怎样冲，我们都冲得来的，而且不仅是在口头。不过我们尽管不能作怎样轰轰烈烈的活动，我们的志趣操守总是正确的。"30 年代，郭、张也还时有书信往还。30 年代末，郭沫若主持政治部三厅工作时，张没工作还去找过郭，让为他安排工作。直至 1940 年 3 月张资平附逆日汪伪政权，郭乃与张断然决裂，并写信通知在南洋的郁达夫："你知道张资平的消息么？他竟糊涂到底了，可叹！"郁也对张的表现极为失望，曾撰《文人》一文对其无操守大加斥责。

以上是郭对张的一方面。我们再来看看张对郭的态度又是如何呢？从张资平的《曙新期的创造社》《读〈创造社〉》等回忆文章可以看出，他对郭一直是佩服的，认为郭"有文学上的天才"。创造社成立时，张即表示自己"一切都信任达夫和沫若的"。并说创造社之得以成立和《创造》季刊、《创造社丛书》之得以出版，"都是由郭一人的决断才见成功的"。而且说"在文章方面，还是由郭撑大旗"的。当然，这指的是诗歌等方面，在小说创作上张认为郭是不行的。1918 年两人在博多湾畔见面时，就曾要求郭把与安娜的恋爱故事告诉他，以便写一部类似《留东外史》那样的东西，郭对此十分生气，认为这是张瞧不起他，好像他不能写小说，所以曾赌誓要写点小说给世人看看，以证明自己还是未被隔在小说之大门以外的。

由上可见，郭与张的关系是很微妙的。由热而冷，而长期处在不温不火、不深不浅、不远不近的状态。

二

郭沫若是一个真正的、地地道道的"古事迷"，从年青时代起就很注意对于我国传统思想文化的研究。他不仅对研究我国古代的人物和事件，对研究古代的传统文化，而且对研究中国古代的思想史和古代的社会发展，都早就有浓厚的兴趣了。1921 年郭沫若致张资平的这封信，就比较集中地反映了这一情况。

这封信函一开始，郭沫若就说，几年来丙辰学社的朋友曾多次邀请他入社，他都推却了，现决定把想做的一篇文章做成后再一齐加入："我想做的文章是《我国思想史上之澎湃城》，是我对于秦火以前我国传统思想之一种发生史的观察。我以为我国古代思想之运命与澎湃城的相同。"（澎湃城在欧洲南意大利的那不勒斯湾附近，古代很繁盛，后因地震受损坏）

还说："我在前五六年便设定了个发掘计划"，"内容底梗概"都有了，分上下两篇。上篇为"泛论之部"，分"滥觞时代之社会组织""哲学思想之宗教化""私产制度之诞生与第一次政教专制时代""神权思想之动摇与第一次平民革命之成功""我国之'文艺复兴'"等五节。看得出来，这完全是仿制欧洲社会思想史的写法。

但下篇则不同了，基本上是属于我们中国自己的东西了。下篇为"各论之部"，分"易之原理""洪范中之思想""文艺复兴之先觉者——老聃""孔子之晚年定论""墨子之宗教改革""唯物思想之勃兴"六节。信中还谈到他对中国社会历史分期和我国科学思想之萌芽和发展的看法。

郭沫若的这封信是1921年1月24日写的，发表在当年4月1日出版的丙辰学社的机关刊物《学艺》杂志第2卷第10期上。此后4个月不到，这篇"未完稿"就在5月20日的《学艺》月刊第3卷第1号上发表了。文章题目仍为《我国思想史上的澎湃城》，实际内容只是其计划中的泛神之部的第三节，小标题改为"滥觞时代政治之起源""玄学思想之宗教化""私产制度之诞生与第一次黑暗时代"。此后不久，丙辰学社欢迎郭沫若等新成员的会议消息也在《学艺》上登载出来。这以后，郭沫若参加他们的年会，在年会上做了关于文艺问题的演讲，以及后来担任过他们筹办的学艺大学的筹备委员和教授。

郭沫若说"前五六年"便设定了这一探讨计划。1921年的"前五六年"，便是1915年、1916年。我们知道，郭沫若是1914年的年初由北平经朝鲜到达日本的，拼命突击学习日语，半年后考上了东京第一高等学校，由此染上神经衰弱。1915年9月他从东京的旧书店购得一部《王文成公全集》，日夜研读，开始是学习王阳明如何打坐练气功，后来开始研究王阳明的思想，从而对素来爱读的《庄子》有所悟，继而又对老子、孔子和其他诸子百家进行研究，并进而与近代欧洲之哲学著作进行比较研究。

在 1925 年写的《伟大的精神生活者王阳明》一文中，郭沫若曾谈到他诵读王阳明全集后认识的这一升华过程："从前在我眼前的世界只是死的平面图，到这时候才活了起来，才成了立体，我能看得它如象水晶石一样彻底玲珑。我素来喜读庄子，但我只是玩赏他的文辞，我闲却了他的意义，我也不能了解他的意义，到这时候，我看透他了，我知道'道'是甚么，'化'是甚么了。我从此更被导引到老子，导引到孔门哲学，导引到印度哲学，导引到近世初期欧洲大陆唯心派诸哲学家。"直到 1924 年他在译读河上肇的《社会组织与社会革命》的过程中，系统地研读了马克思主义，又与之进行比较，并在 1925 年 1 月的这篇文章中感慨地说："我自己是信仰孔教，信仰王阳明，而同时也是信仰社会主义的。"看似矛盾荒谬的认识，但在初学马克思主义而未形成和确立正确的世界观前，这确是由衷的，真诚的，是真的这样感觉和认识的。

因为情况的变化，郭沫若研究我国古代思想史的总体规划在 20 年代未能继续完成，单篇的文字虽有，但未能系统化地进行。但从 20 年代末匿居日本东京乡下开始，《中国古代社会研究》（1930）、《先秦天道观之进展》（1936）、《周易的构成时代》（1940）、《孔墨底批判》（1945）、《青铜时代》（1945）、《先秦学说述林》（1945）、《十批判书》（1945）等等，可以说都是其古代思想史研究之继续和完成，但这些研究的契机和源头，却在 20 世纪前 20 年。这就是郭沫若这封早期书信首先告诉我们的。

三

郭沫若是学医的，但因耳失聪的关系，他生平却未曾行过医，所以其医术之高超与否，我们不得而知。不过，郭沫若对精神病理学、对弗洛伊德的精神分析学和厨川白村却是有浓厚的研究兴趣，而且由来已久。郭沫若致张资平的这封早期书信，就给我们透露出了这个信息。

信中提到他正在创作的诗剧《湘累》，说："我做的戏曲名叫《湘累》，是在去年年末费了两天功夫做成的，是我对于屈原的一种精神病理学的观察，可终不甚如意。"说全剧的胚胎是从屈原的《湘夫人》《湘君》两首歌发展来的。他认为屈原是被楚襄王放逐了的，因此他想象屈原的脑子一定会很抑郁，并发生一些病态的联想，于是再加上些公式化的狂热的语言，就逗成了这篇短短的戏曲。

当时，奥地利医生弗洛伊德的精神分析学在世界刚刚兴起，在日本和中国都是一门非常时髦的学问。郭沫若在当时不仅研究，还在创作和评论中加以应用，确实是十分超前的。如果说 1920 年创作的《湘累》还不甚如意的话，1921 年 5 月他在给泰东图书局标点改编王实甫的《西厢》时为该书所写的长序《〈西厢〉艺术上之批判与其作者之性格》一文，就开始把弗洛伊德的精神分析学运用于我国的古典文学研究了。

在这篇长序中，郭沫若不仅对弗洛伊德的精神分析说给予了肯定性的评价："精神派学者以性欲生活之缺陷为一切文艺之起源，或许有过当之处亦不可知。"而且认为"我国文学中的不可多得的作品如《楚辞》，如《胡笳十八拍》，如《织锦回文诗》，如王实甫底这部《西厢》，我想都可以用此说说明，都是绝好的可供研究的作品。"接着，他进行了具体的分析，说"屈原好像是个独身主义者，他的精神确是有些变态"，"蔡文姬和苏蕙是歇司迭里性的女人"，他们"唯其有些精神上的种种苦闷始生出向上的冲动，以此冲动以表现于文艺，而文艺之尊严性始确立，始能不为豪贵儿底一种游戏品"。也是由这一命题出发，在文章一开头，他就指出："文学是反抗精神底象征，是生命穷促时叫出来的一种革命。屈子的《离骚》是这么生出来的，蔡文姬底《胡笳十八拍》是这么生出来的，丹丁底《神曲》，弥尔敦底《失乐园》，都是这么生出来的。"继而，他还用弗洛伊德关于性的潜意识说来为王实甫的《西厢》正名。他力斥那些攻击《西厢》为诲淫书籍，将其视为禁书的人，说"西厢所描写的是人类正当的性的生活，所叙的是由爱情而生的结合，绝不能认为奸淫；亦绝不能认为滥淫泛卖者的代辩！"还说，郑德辉的《倩女离魂记》，"所描写的只是潜意识下第二重人格底活动，而《西厢》所描写的却是第一重人格底有意识的反抗，虽同属反抗旧礼教的作品，然而《西厢》底态度更胆大，更猛烈，更革命"。

还有一例足以证明郭沫若对研究精神病理学之兴趣。就在郭沫若完成

《西厢》之改编和文章后不久，也就是 1921 年 5 月底 6 月初，为筹备他们朝思暮想的文艺刊物和文学社团创造社，郭沫若专程从上海赶往日本的京都和东京，去与郁达夫、田汉、张资平、何畏、郑伯奇、穆木天等就上述事项进行交谈，向他们约稿。到东京不久，他曾与田汉专门去看了一场描写"狂人心理"的表现派电影《格里格里博士》，郭在回忆录《创造十年》中曾对此进行过详细的叙述，并在 6 月 8 日创造社的成立会上，作为花絮，对创造社成员大讲特讲，给张资平留下了深刻印象。若干年后，张资平在他的回忆录《曙新期的创造社》一文中这样记上了一笔，说："郭沫若研究神经病最得意的，把《喀利克利博士》的电影情节讲给我们听。"这都足以证明当时郭沫若对此确是很上心的。

郭沫若对弗洛伊德的精神分析学的着迷，曾大大地影响了他的文艺观，甚至社会观。这从他把日本的弗洛伊德主义者厨川白村的"文学是苦闷的象征"的观点奉为自己的信条即可证明。从他对为什么要革命，为什么会产生这样那样的社会问题的看法即可证明。

厨川白村是日本的文学理论家，他根据伯格森的哲学和弗洛伊德的精神分析学，提出了文学是苦闷的象征的命题。20 年代，他的这一学说在日本和中国都产生过极大的影响。鲁迅不仅翻译了他的《苦闷的象征》一书，而且还在 1924 年 11 月上海北新书局出版发行之《苦闷的象征》的《引言》中，盛赞厨川白村"很有独创力"，其书"对于文艺，即多有独到的见地和深切的会心"，只要反复地读它两三回，"当可以看见许多很有意义的处所"。

由此可见，当时很多的中国文学家，都把厨川白村的这一说法奉为圭臬，是不足为怪的。郭沫若就曾多次公开表露过。

第一次是 1922 年 8 月，在《论国内的评坛及我对于创作上的态度》中说："文学本是苦闷的象征，无论他是反射的或创造的，都是血与泪的文学。"

第二次是 1923 年 6 月在《暗无天日的世界……答复王从周》中说："我郭沫若所信奉的文学的定义是：'文学是苦闷的象征'。"

第三次是 1924 年 3 月在杭州举办的中华学艺社年会上。当时，初期创造社元老离散，郭沫若即将出发去日本福冈与妻儿团聚，行前在这个年会上做过一次关于新兴文学的理论的演讲，郭沫若自己后来在《创造十年续篇》中说，所讲其中就有"一些半生不熟的精神分析派的见解"。

弗洛伊德的精神分析学不仅影响了郭沫若对文艺的看法，即他的文艺观，郭沫若还把他研究的心得体会运用于自己的创作。继前面提到的诗剧《湘累》之后，他又把自己的探讨和摸索运用于小说创作。

1922 年 4 月，他创作的小说《残春》，就是突出的一例。这是一篇我国现代文学中最早的意识流小说，当时就以其内容之大胆和形式之新颖，在新文坛引起震动和争论。小说以三个留日学生之相互关心为线索，而着力描写的则是有妇之夫的爱牟对 S 姑娘隐隐地产生的爱情。而他是有妻子的人，当然只能把这种爱恋按在潜意识之下去，于是便产生了梦境，企图在梦境中去实现他那在现实中得不到满足的欲望。但梦境中也未能实现，因为当他正在与 S 姑娘亲热时，白羊君来告诉他，他的两个孩子被他的妻子所杀，梦境就此中断。

不料，这篇写婚外恋的小说在当年的《创造》季刊第 1 卷第 2 期发表以后，不仅在内容上而且在形式上都受到了外界的批评。摄生在 10 月的《时事新报·学灯》撰写的文章，就批评这篇小说"平淡无奇""没有 Glimex（高潮）""没有什么深意"。对于摄生的批评，首先起来为郭沫若辩解的是成仿吾。他在年末的《〈残春〉的批评》中指出，不应拿一种固定的形式或主义来批评文艺，《残春》不注意看时是很平淡的，不过细看起来，这却正是它的妙处。它是一篇"用超等的技术与优美的表情装饰好的""有特彩的"作品。然后逐点对摄生的批评进行了反批评。

1923 年 3 月，郭沫若在《批评与梦》一文中，也对摄生的批评进行了反驳。他说，这是摄生没有把他的小说看懂。因为"我那篇《残春》的力点并不是注重在事实的进行，我是注重在心理的描写，我描写的心理并且还在潜在意识的一种流动"，"若拿描写事实的尺度去测量它，那的确是全无 Glimex（高潮）的。但是若是对于精神分析学或者梦的心理稍有研究的人看来，他必定另外可以看出一种作意出来，另外可以说出一番意见"。

1924 年，郭沫若的小说《喀尔美罗姑娘》，不仅有对幻美的追求，而且依据弗洛伊德的学说大写特写了梦。写一个有妇之夫恋上了一个美丽的卖糖饼的姑娘，为了见到她，每天去买她的糖饼，有事无事在她窗下过几遍，相识一年却不道姓名，不通款曲，结果因苦闷而患上了神经病，后来虽在梦中得与卖糖饼的姑娘在公园幽会，抱着她却又感到对不起自己结发的妻子，结果自杀身亡。

1925 年，郭沫若的叙事长诗《瓶》，内中也写到了梦："意外的欢娱惊启了我的梦眼，/我醒来向我的四周看时，/一个破了的花瓶倒在墓前。" 1936 年，郭沫若曾对来采访他的诗人蒲风说过这样的话："《瓶》可以用'苦闷的象征'来解释。"

1924 年以后，郭沫若因为系统学习了马克思主义，兴趣转向社会问题的研究，对于弗洛伊德和精神分析学就未见进行深一步的探讨了。但这以后，对弗洛伊德的精神分析说，似乎也未持反对的态度。如 1936 年 1 月，郭沫若在《关于曹禺的〈雷雨〉》的评论中，还这样地说道："《雷雨》的确是一篇难得的优秀的力作。……作者于精神病理学、精神分析术等，似乎也有相当的造诣。以我们学过医学的人看来，就是用心地要去吹毛求疵，也找不出什么破绽。""在这些地方，作者在中国作家中应该是杰出的一个。他的这篇作品相当地受到同时代人的欢迎，是可以令人首肯的。"语气之间，不仅有对曹禺代表作《雷雨》的首肯，其中也充满对于精神分析学的首肯。

1937 年，在《创造十年续篇》的篇首，他甚至还把精神分析学家关于"歇斯迭里"的病症，从人引申到社会和民族，说此病不仅女子易得，一个民族或社会"似乎都可以得"。说不要让人们把种种的不愉快压到潜意识里面去，并说革命的爆发就是为了疗治社会的歇斯迭里病，开明的执政者对民意之因势利导很重要。联系到文学，他还进一步地指出："文人，在我看来，多少是有些'歇斯迭里'的患者。"说文人的神经是"较为锐敏的"，因此，对民族的痛苦就会"加倍的感觉着"，文人应把自己的不愉快的记忆，尽可能地吐泻出来。以便把自己弄健全了，好去完成文艺之社会的使命。

不过，郭沫若虽曾经对弗洛伊德的精神分析很感兴趣，很着迷，但也没有到盲从的地步。他说，我听见精神分析学家说过，精神分析的研究最好是从梦的分析着手，而精神分析学对于梦的说明也有种种的派别。"综合而言之，此派学者对于梦的解释是说'梦是昼间被抑制于潜在意识下的欲望或感情强烈的观念之复合体，现于睡眠时监视弛缓了的意识中的假装行列。'""但是梦的生成原因也不尽如精神分析学派所说。梦的生成照生理学上讲来是人体的末梢感官与脑神精中枢的连络的活动。" 所以作家写梦，评论者解梦，都不是一件容易的事情。

1990 年 10 ~ 12 月

相识相期却终至分道扬镳[*]

—— 郭沫若与张资平

创造社是"五四"以来最早的革命文学社团之一。如今几十年过去了，它的成员均已纷纷作古。回顾几十年的历史，人们可以看到，在创造社旗帜下的三四十个作家，绝大多数都先后走上了革命的道路，有的还成了坚定的马克思主义者，卓越的无产阶级革命家。只有很少数几人，后来离开了革命的队伍，而像张资平那样，附逆投敌者，则是极其个别的现象。因此，研究研究这个别的现象，将是一件不无意义的事。

从比较中说起

在创造社诸元老中，郭沫若与张资平可以说是相识最早、交往也最早的。1914 年初，郭沫若得长兄的资助赴日留学，因经济困难，不得不玩命攻读，所以仅经过半年的刻苦努力，就于当年 7 月考取官费进入东京第一高等学校预科学习。张资平是 1912 年 8 月在广州以取巧的方式经过考试获得官费，以公派留学生的资格赴日留学的，处境固然不一样，所以起初并不好好学习，只是后来担心官费被取消，才开始发愤，是一年半后才考上东京第一高等学校预科，得与郭沫若同学的。

---

* 原载四川省郭沫若研究会《郭沫若学刊》2003 年第 2 期；先收黄淳浩著《创造社通观》，崇文书局，2004；继收《郭沫若研究文献汇要》交往卷，上海书店出版社，2012。

　　郭沫若与田汉相识最晚，但关系却最为亲密和长久。他们之相识，是通过《时事新报·学灯》的编辑宗白华之介绍，在 1920 年先相互通信，然后才慕名见面的。当时，田汉乃东京高等师范的学生，是当年 3 月专程从东京长途旅行到福冈去与郭沫若见面的。但见面之后，返回东京的途中在京都见到郑伯奇时，曾说过"闻名深望见面，见面不如不见"的俏皮话，因为经宗白华的介绍，田汉是非常仰慕郭沫若这位"东方未来的诗人"的。但千里迢迢，从东京跑到福冈拜访郭沫若的时候，郭沫若却正在灶间烧火，名副其实地在当家庭妇男。因为安娜刚生第二个孩子郭博，穷学生雇不起保姆，诸事均靠郭沫若自己打理，所以留给田汉的初始印象并不太好。

　　但郭沫若是以极大的热情来欢迎田汉的。他陪着田汉在福冈畅游了三天，害得安娜在家无人照顾，患上月子病。当时，他们即以诗为同道，自比歌德和席勒，并从此以兄弟相称。就是在郭沫若家的阁楼上，田汉把他和郭沫若与宗白华之间的谈诗、谈爱情、谈人生哲学的信编辑成册，5 月由亚东图书馆出版，不几年就出版了好几版，这就是 1920 年曾经在中国文坛轰动一时，他们三人共同提倡新浪漫主义的《三叶集》。后来，他们又共同发起成立了创造社，虽然 1923 年田汉因成仿吾对其日记体散文《蔷薇之路》的直言批评引起误会而较早地退出了创造社，但与郭沫若等其他朋友的关系还是始终保持着的。抗战时期，他们又在国民政府军事委员会政治部第三厅相聚，郭沫若任厅长，田汉任三厅下属的艺术处处长。后来三厅撤销，许多文艺工作者面临生活困难，田汉的处境更加艰苦。郭沫若知道田汉至孝，有意帮助田汉解决一些困难，乃把自己创作的历史剧《高渐离》书稿寄给田汉，请他在桂林出版的《戏剧春秋》上发表，并致信田汉："如有稿费可得，即请留弟处以为老伯母甘旨之费。"中华人民共和国成立后，他们同在文艺战线工作，不仅时相以诗词唱和，郭沫若的历史剧《蔡文姬》《武则天》和田汉的历史剧《关汉卿》，他们都曾相互改稿、定稿，视如己出。

　　郭沫若与成仿吾相识也较张资平晚，是 1916 年在冈山第六高等学校同学时才认识的。成仿吾年龄虽然比郭沫若小，年级却比郭沫若高，但两人在一个宿舍里同住过两年，而且志向一致，所以最谈得来，观点也最为一致，相知也最深。在创造社的活动中，两人合作得十分得心应手，也最为默契。创造社卓越成就之获得，实有赖郭沫若与成仿吾之精诚合作。郭沫若精于操持全面，成仿吾善于组织配合，故能相辅相成、相得益彰。1931年从欧洲回来后，成仿吾调红区工作，以后即由于地域的隔绝和工作性质的不同而疏于联系，但他们的心却是相通的。中华人民共和国成立后，由于两人均住在北京，交往遂又得继续，并连绵于两个家庭之间。

郭沫若与郁达夫虽在东京第一高等学校同校时仅仅相互知道而未曾相互交往，但后来经张资平牵线而相互通信之后，却因共同的兴趣和爱好而情深意笃。在筹组创造社的过程中，1921年6月初郭沫若一到东京就跑到医院去看望正在住院的郁达夫，抵足而眠，彻夜商讨成立创造社事务。6月8日，郭沫若又在郁达夫的东京帝国大学改盛二馆宿舍，召开了创造社的成立会。在初期创造社时期，两人相互支持和协作，并曾以"孤竹君之二子"相期，发愤要与旧势力进行不屈不挠的斗争。后来，他们虽在创造社的发展问题上发生龃龉，但感情仍未破裂。所以，全面抗战开始前夕，郁达夫即想方设法，以争取国民党最高当局取消对郭沫若的通缉，接着又借出访日本的机会到东京乡下拜访和劝说郭沫若回国参加工作。当郭沫若别妇抛雏只身从日本秘密归国的时候，郁达夫又专程从福建赶到上海迎接，继而又在国民政府军事委员会政治部携手共事。后来，郁达夫为家事烦恼，郭沫若曾多方劝解，竭力使当时就濒临破裂的家庭又维持了好几年。

上述郭沫若与田汉、成仿吾、郁达夫相交之种种情景，在张资平与创造社诸友的交往中都是没有的。

在创造社诸友中，张资平与郁达夫认识最早。他们是1914年春夏之交，共同报考东京高等工业学校之时认识的，结果两人都落选了。郁达夫是1913年9月随同去日本考察的大哥郁曼陀到日本的。大哥考察结束回国去了，郁达夫一个人留下来补日语、考学校。以后，郁达夫又去千叶医科专门学校报考，也未录取。直到第二年7月报考东京第一高等学校的时候，两人又在校园里碰见了。当时因为都在紧张备考，所以也只是彼此点点头，相视一笑便各自跑开了。这次两人都入选了，虽然不同科，但在一起上大课，所以接触的机会常有。特别是1915年的暑假期间，他们两人都爱到神田中国共和党东京支部去看中国报纸，所以一起聊天的机会就更多一些，慢慢地当然就更加稔熟了起来。分别进入熊本五高和名古屋八高之后，曾通过信。

张资平与郭沫若是在东京第一高等学校上大课时认识的。在起初的印象中，张资平曾以为郭沫若是一个态度有几分高傲的人，接触之后，张感到郭并不是那样傲慢不通人情，因此，虽交往不深，但乐于接触，时不时一块说说话。

张资平与成仿吾相识是在 1915 年从一高结束一年的预科，转到熊本县的第五高等学校学习之后。1916 年暑假，张资平应同学之邀从熊本去房州洗海水澡，经同学介绍，与从冈山来房州洗海水澡的成仿吾相识了。从谈吐和态度上，张资平对成仿吾的最初印象是"自然而真挚"，觉得比郭沫若和郁达夫更好。他曾到成仿吾的寓所去，看见他假期里还在读英译化学书，很厚很厚的一大本，感到不理解。在这里，他还听见一个冈山的中国留学生夸成仿吾是语学天才，能过目成诵，数理化也非常好，十分了不起。1919年张资平进入东京帝国大学的时候，又与先他进入东大学习的成仿吾重会了，为了筹组创造社，他们常常聚会。

张资平与田汉的相识，则是 1920 年 3 月田汉去福冈会了郭沫若返回东京之后。由郭沫若的介绍，成仿吾和田汉首先认识了起来，然后又把田介绍给郁、张。成仿吾、郁达夫、张资平他们相聚时，成仿吾也常邀田汉来参加，但田汉来的时候并不多。以后，张和田也不在一起，所以交往极其一般，只是创造社成立时一起开过一次会。

张资平与郭沫若的关系，在认识初期也是比较一般的。但从筹组创造社开始，两人的关系，较之张资平与成仿吾、郁达夫、田汉等，却有其特殊之处。从张资平方面说，他与郭沫若的交往，较之与成仿吾、郁达夫和田汉，要紧密频繁一些。从郭沫若方面说，他对张资平始终是真诚相待，但相交程度始终是不冷不热、不远不近的样子，从来没有像对田、成、郁那样热烈过。

当然，张与创造诸友之间关系的发展演化，也有一个过程。开始热烈、融洽一些，以后关系淡漠下来，后来张资平走上附逆的道路，令老朋友们不能不与之划清界限，决裂分手，甚至拔刀相向，正所谓分道扬镳。简单用几个字来概括，可以分融洽期待期、冷静观察期、怒其不争期。

融洽期待期

张资平不像他的几位创造社老友，从小就受到爱国主义、民主主义思想的熏陶，也不像他们那样从小就抱有强烈的富国强兵的理想，思考着如何报效祖国。他从祖父和父亲那里遗传得来的除了懂得一点世俗的行善尽孝之类的观念之外，乃是"从小就喜欢涂涂写写""对于小说有兴趣"这一点。据他在《我的创作经过》中说，"到十岁那年，我会念传子（小说）的声名是洋溢全村了"。七八岁开始看《三国演义》，听《聊斋》故事，九岁读《封神》，十岁以后就开始读《红楼梦》、《再生缘弹词》、《今古奇观》乃至《花月痕》、《品花宝鉴》、《碎琴楼》等，十二三岁开始"模仿着写些'遗帕遗扇惹相思'一类的章回体小说"了。[①] 十七岁以后，读了《茶花女女士遗事》，开始对新小说"如痴如醉"，但也只是"言情小说"一类。出国留学之后，虽与旧小说绝了缘，但对于"真正的文学的认识还是在廿四五岁前后数年间的日本高等学校时代"建立起来的。他还坦言自己的文学创作只是"在青年期的声誉欲、智识欲和情欲的混合点上面的产物"。

相形之下，他的生活理念和创作动机，与其创造社老友郭沫若等"搞文学是想鼓动起热情来改革社会"[②] 不啻有天壤之别。

但毕竟他们是同学，而且对于文学有共同的爱好，他们的深入了解和深层次的相交也是从要共同创办一种"纯文学"的刊物开始的。

记得那还是 1918 年，当张资平随大流参加留日学生回国请愿返回日本之后。1915 年 5 月，当袁世凯政府承认日本帝国主义丧权辱国的"二十一条"卖国条约修正案之后，全国人民群情激愤，纷纷起来反对抗议。在全国人民反日热潮的鼓动下，留日学生也掀起了罢课运动。1918 年，日本内

---

① 《张资平自选集》，上海乐华图书公司，1933。
② 《〈郭沫若选集〉自序》，《郭沫若选集》，开明书店，1951。

阁与北洋军阀段祺瑞政府又签订了一系列经济、政治、军事协定，特别是3月互换的支持段祺瑞扩大内战的《中日共同防敌军事协议》，更遭到了国人，包括留日中国学生的反对。5月，他们组织留日学生救国团，罢课回国参加请愿运动。这时，张资平在熊本第五高等学校学习，曾随一批同学回国参加抗议集会，在上海住了两个星期。因为参加学运，耽误了考试，学校不准补考，只好推迟一年毕业。既然不能马上升入大学，张资平乃利用暑假机会从熊本乘车到福冈博多湾洗海水澡。郭沫若在1915年日本提出"21条"逼着中国承认的时候，曾于5月7日跟着几个同学回上海参加请愿活动，以后又和几个同学组织了"夏社"，从报刊上搜集资料，印成传单散发，积极从事抗日宣传，但终因1916年与日本护士佐藤富子同居而受到误解，未能再次回国参加罢课风潮。这时他正好从冈山第六高等学校毕业，考入福冈九州帝国大学医科，虽然学校尚未开课，但已偕妻携子（大儿子和生已经半岁）来到福冈，在学校后门外赁屋居住。

就在8月中旬的一天中午，分别两三年的两位一高同学，竟然在博多湾畔邂逅。郭沫若是饭后出外散步的。

"你怎的到这儿来了？"

"你怎的也到这里来了？"

郭沫若和张资平几乎是同时发出了这样惊异的问话。异乡遇同窗，两人谈得分外投机。郭沫若最为关心的当然是留东同学回国参加请愿的情况，因为自己不能参加，背地里已经流过不少眼泪了。张资平谈到了请愿失败的情况，说只做了一些感情文章，没有什么实际结果，"要救国怕还是要有点实际的学问才行罢"。

郭沫若因为喜好文艺的关系，对国内文化界的情况十分关注，认为像《东方杂志》《小说月报》这样有数的两大杂志，不是庸俗的政谈，便是连篇累牍的翻译，偶尔刊登点创作，也不外是旧式的所谓才子佳人派的章回体。所以他希望张资平能介绍一些回国看到的文化界情况。

关于国内文化界的情况，张资平和郭沫若一样，也是大大的不满："中国真没有一部可读的杂志。"《新青年》虽然"还差强人意，但都是一些启蒙的普通文章，一篇文字的密圈胖点和字数比较起来还要多"。《学艺》杂志"又太专门，太复杂了"。"我看中国现在所缺乏的是一种浅近的科学杂志和纯粹的文学杂志啦。"

郭沫若说："其实我早就在这样想，我们找几个人来出一种纯粹的文学杂志，采取同人杂志的形式，专门收集文学上的作品。不用文言，用白话。"

张资平从小就喜欢看小说、写小说，一听郭沫若这样说，当然十分来劲了："出文学杂志很好，但你哪里去找人？"

郭沫若马上给他点出了两个：一个是东京第一高等学校预科的同学郁达夫，他不仅会写诗，也会写小说。另一个则是郭沫若在冈山第六高等学校的同学成仿吾，他不仅对文学很有兴趣，而且英文很好。其实，这两个人，张资平都认识。除此之外，张资平不知道有更多的合适人选。但他们一致认为，就这样四个人，同人杂志也是可以出的。可以每人每月从官费里面抽出四五块钱来做印费。张资平还建议就以郭沫若这儿为中心，开学就征求郁达夫和成仿吾的意见，以策进行。

在《学生时代》一书之中，郭沫若对于他与张资平这次在福冈博多湾畔的邂逅是十分看重的。他说："这一段在箱崎海岸上的谈话，在我自己留下了很深刻的印痕。我和资平发生交谊实际上是从那时起头。我知道他有文学上的兴趣的也是从那时起头。所以我一想到创造社来，总觉得应该以这一番谈话作为它的受胎期。"

话谈得投机，时间过得也快，不觉日头已经偏西。郭沫若因为家离此不远，只需两分钟的路程，乃邀张资平去寓所吃晚饭，张资平欣然表示同意。到家不免首先要把佐藤富子向张资平作介绍，说她叫安娜。至此，张资平才知道郭沫若是有日本老婆的人，马上回头便用中国话对郭沫若说："你把材料提供给我罢，我好写一部《留东外史》的续篇。"

《留东外史》在当时是一部以淫书驰名的章回体小说，作者不肖生运用写实的手法反映的是民国初年一部分留日学生和二次革命失败后亡命日本的军政界人士在日本生活的某些侧面。在某种层面上，揭露和讽刺了那些在动荡的时局下，在异国他乡仍不思进取的、只知玩乐、沉迷于金钱和色欲的浪子阔少。这样的书在郭沫若看来是不足取的，属于下三流的东西，但张资平却很看重，"觉得那写实手腕很不坏"，所以还想将郭沫若与安娜的爱情故事来加以演绎，要做成它的"续篇"。在张资平也许并无恶意，但郭沫若则感到人格受到了侮辱。认为张把他当成了《留东外史》主人公那样的人物，对他太不了解了。更主要的是郭还认为张的话说得太不客气，似乎直觉郭是不会写小说的人，自己不能把与安娜的故事写入作品，而要郭把素材提供给他，由他来写。不过，郭沫若虽然心里感到不舒服，口里却并未说出来。

但通过这一次谈话，郭沫若已感到，在生活志向和艺术趣味上，他与张资平是有完全不同追求的。在生活志向上，郭沫若是抱着"富国强兵"的理想来日本学习的，学医也是为了"对于国家社会的切实贡献"。张资平则不然，似乎看不出他有什么伟大的理想的追求，出国留学不过是为个人取得谋生的本领，而且从他对《留东外史》之类的书这样感兴趣，竟那么潜心地去研究它，觉得"趣味真是下乘"。在艺术上，郭沫若认为，"我们在研究自然科学，只是在教我们观察外界的自然。我是想由我们的内部发生些什么出来，创作些什么出来"。张资平则反驳说："要创作，不也还是先要观察吗？"郭沫若终于明白，"资平是倾向于自然主义的，所以他说要创作先要观察。我是倾向于浪漫主义的，所以要全凭直觉来自觉创作"。不过，正如俗话所说，"人各有志"，所以郭沫若认为，张资平在生活上追求什么，大可不必去管他。至于艺术，他们在日本所处的20世纪前20年，正是世界各种文艺思潮像潮水一样涌入日本的年代，人们所处的环境不同，性格不同，兴趣不同，很自然地会在艺术上接受不同文艺思潮的影响，这是没有关系的。重要的是，他们对于文艺有共同的爱好。不就是要共同创办一个"纯文艺"的杂志吗，只要在这一点上大家目标一致就行了，就可以做共事的朋友。

后来的事实证明，张资平在搞创作、办刊物上，还是十分努力的。1919年张资平从熊本五高毕业进入东京帝国大学地质科学习以后，他与先他在东大入学的成仿吾和郁达夫一起，为了筹备他们的同人杂志，曾经多次聚在一起，共同商量，如何征集更多的志同道合者，如何筹集更多的稿件，他们还把各自的创作，刻印在一本取名《格林》的油印刊物上，相互传阅，彼此批评。

正是在此期间，他们又新征集到田汉、郑伯奇、穆木天、陶晶孙、何畏、徐祖正和张凤举等几位朋友来加盟。正是在此期间，他们彼此增进了了解，加强了友谊。他们知道，郭沫若擅写诗，他的《女神》中的许多诗，都是在这时写出，并陆续在《时事新报·学灯》上发表的。他们知道，郁达夫擅写短篇小说，他的《沉沦》中的三个短篇，都是在此时陆续创作出来，1921年辑集出版的。他们知道，张资平擅写小说，他的短篇《约檀河之水》在《学艺》杂志发表后，曾受到郁达夫的赞赏，承认他有的描写"写得很好"。郭沫若也认为"不要最后一段还好些"。他的长篇小说最初起名《他的生涯》，是以他的父亲为模特儿，从五高时期就开始写，前数节写出来后，曾寄给郭沫若看，郭认为书名太俗，提了意见，回信要他修改。以后也是由于郭沫若的一再催促，经过两三年的努力才完成交卷，并把书名改作《冲积期化石》出版发行的，结果竟成为我国"五四"以后新文坛的第一部长篇小说。关于张资平的这一部长篇，成仿吾1922年6月5日在《给沫若的信》中，曾中肯地加以评论："资平的《冲积期化石》朋友拿去了，我现在不好如何说。不过这篇小说，Composition上有大毛病，首尾的顾应，因为中间的补叙太长，力量不足，并且尾部的悲惨情调，勉强得很，作者的议论也过多，内容也散漫得很，但是，前部差不多达到了完美的地步，我们的新小说中，这一小部分，要算是难得的杰作。"① 成仿吾虽然后来以文艺批评见长，但在筹组期间创作的短篇小说《一个流浪人的新年》，在朋友间的传阅中却得到了一致的好评，郁达夫甚至把其誉为一首散文诗，郑伯奇也盛赞它象征的色彩和氛围。

1921年6月，郭沫若在东京帝国大学改盛二馆郁达夫的宿舍，召集郁达夫、田汉、张资平、何畏、徐祖正等开会，商讨刊物的名字，第一、二期的内容，丛书的稿件等。会上，他们正式为刊物定名《创造》，他们的文学社亦由此得名为创造社，丛书称《创造社丛书》。张资平是在得到郭沫若的明信片的通知后，放弃了正在实验室做的实验赶来参加的，在会上积极参与意见，并答应写稿，态度是相当积极的。

---

① 成仿吾：《给沫若的信》，1922年11月25日《创造》季刊第1卷第3期。

1922 年 5 月末，张资平从东大毕业，离日归国。途中，船泊门司，他竟利用三十多个小时的旅程耽搁，专门搭车到福冈看望郭沫若。一踏进门，就看见郭沫若穿着大学的制服在灶间生火，与 1920 年田汉来时看见的情景如出一辙，也是安娜刚生了孩子。同人相见，自是异常高兴，郭沫若赶紧把与他同在九州帝大医科读书的陶晶孙找来向他做了介绍，张资平也把自己带来的新创作的小说《一般冗员的生活》和《木马》给他们两个看，郭要张把这两篇小说连同滕固的《壁画》和方光焘的描写小猫之死的短篇一并带回上海交给泰东图书局，以便编入《创造》季刊之中。当晚，他们抵足而眠，畅谈终宵。次晨一早，郭沫若、陶晶孙搭车双双把张资平送到门司上船。

经过几年的交往，郭沫若对张资平的创作能力已有相当的了解，曾不止一次地对陶晶孙说"资平是真正的小说家"，并说"《创造》要能够编得成功，资平很须注意，因为字数不够时，非有他的文章不可"。[1] 陶晶孙对张资平的小说本来是"看不起"的，"说太卑俗"。[2] 但他也同意郭的"真正小说家"之说法。因为：第一，小说家要观察社会，张资平对这一点是很注意的，不是光讲自己的话。第二，小说家要写万人易读的文字，张资平的小说非常通俗易懂。第三，小说家要耐心写作，不住生产，张资平不断有新作出世。其实，成仿吾对此也是有同感的。在他主编《创造》季刊，特别是又要新创《创造周报》的时候，就常写信催张多写文章寄来，甚至开玩笑说："假如没有文章，就你们矿山里的铅也可以搬些来。"[3] 总之，在创造社初期，同人们对张资平还是充分肯定，有所期许的。

其实，张资平不仅在小说创作方面为创造社诸友所看重，他的其他有些建议也为同人们所积极采纳，并为创造社增添了光彩。创造社虽以建设新文学为旗帜，但创造社的同人却差不多都不是科班出身搞文学的，所以在五四新文化运动中，他们除了宣传新文学之外，也宣传新思想、新科学。打从初期创造社开始，他们不仅根据成仿吾的建议在《创造社丛书》中开

---

① 陶晶孙：《记创造社》，载《牛骨集》，上海太平书局，1944。
② 陶晶孙：《创造三年》，1944 年上海《风雨谈》月刊第 9 期。
③ 张资平：《曙新期的创造社》，1933 年 6 月 1 日《现代》月刊第 3 卷第 2 期。

辟了科学丛书栏目，而且采纳了张资平的建议开辟了新智丛书栏目，专门编译介绍国外有关的学科知识。张资平曾为科学丛书提供了《海洋学》《地球史》，为新智丛书提供了《人类之起源》等书。它们与郁达夫的《社会学》，成仿吾的《工业数学》《漩转汽机》，费鸿年的《生物哲学》，汪厥明的《杂种及遗传》，张心沛的《近代物理学概论》等放在一起，是颇为壮观的。这不能不说是创造社对"五四"以来的新文化运动的又一重要贡献。

回国初期，张资平先在家乡梅县附近之焦岭矿山任职，因经营不善，张资平于1924年秋受聘赴武昌，担任武昌师范大学教授。教过理科，也在国文系兼过文学课。

1925年初，武昌师范大学更名为武昌大学，原北京大学石瑛受聘任校长，郁达夫因与石瑛关系不错，亦由北京大学随同石瑛来武昌大学任文科教授。张资平知老友要来，曾携孩子去车站迎接。在《创造社出版部的第一周年》一文中，郁达夫曾这样地描述过他与老友的这次相见，说在创造社初期，"这中间过得最安适的，是僻处在广东焦岭的矿山中的资平，他老先生在那里娶了老婆，生了儿子，受了一般人的尊敬，一面在矿山当技师，一面还在一个中学里教书。后来不知怎么的风色一转，他辞了矿山的技师，跑上武昌当时的师大去教书了"。"我于1924年的冬天，和一位北大的朋友去武昌的时候，第一个来接我的，是领着小孩的资平，三四年不见，他竟长得胖胖，像一个小资本家了，虽然他的衣服穿得很蹩脚。"[1]

此后不久，初期创造社离散之后去广东大学和黄埔军校任教的成仿吾，因长兄病逝，扶灵返长沙，并为了照顾子侄的生活而在长沙就职。在此期间，他曾为了创建创造社出版部而到武昌来与郁达夫、张资平共同商量，筹资集股，与老友欢聚。与此同时，在上海的郭沫若、周全平也在积极努力。经过他们的多方奔走，1926年3月，创造社自己的出版部终于在上海鸣锣开张，从此免除了书商对著作家的剥削。作家自己搞出版，创造社为中国的出版史写下了新的一页。开始，出版部因新书太少，营业状况不是很好。后来，郭沫若推出了他的自传体小说《落叶》，张资平推出了他的另

---

[1] 郁达夫：《创造社出版部的第一周年》，1927年3月19日《新消息》周刊创刊号。

一部长篇小说《飞絮》，这两本书，"因内容及装帧都较杰出的缘故，门市营业便日有起色"① 了。当然，也因为当时创造社出版部还同时发行创造社的两个热门刊物：《洪水》半月刊和《创造月刊》。

1926 年春，随着郭沫若任职广东大学文科学长，创造社的元老成仿吾、郁达夫、郑伯奇、何畏、王独清等先后云集到广州这个当时的革命发源地来了。只有张资平仍在武昌独守。但尽管如此，朋友们并没有忘记他。9月，创造社出版部第一次理事会在广州举行会议，通过了《创造社社章》和《创造社出版部章程》，选举了总社第一届执行委员会、出版部总部的第一届理事会和第一届监察委员，张资平不仅当选为创造社总社的五大执行委员之一，除了郭沫若、成仿吾、郁达夫、王独清就是他，而且还当选出版部总部的第一届理事和第一届监察委员，张资平在社中地位之显赫，是有目共睹的。

与此同时，随着大革命形势的发展，广东革命政府于 1926 年 7 月 1 日发表北伐宣言，9 日国民革命军誓师出伐，10 月 10 日攻克武昌，吴佩孚兵败。形势剧变，武昌大学停办，张资平失业。当此时刻，郭沫若携笔从戎，参加北伐，随军来到了武昌，在国民革命军政治部任职，而且已由宣传科长、秘书长升任总政治部的副主任。本来张资平是对革命抱有疑虑心理的，否则同人们都云集广州了，他为什么不去，何况广东还是他的老家。但此时北伐革命军占领武昌，而且他又失业，于是他去找郭沫若帮忙。郭沫若还是挺顾念老朋友的，先考虑安排他在总政治部任日文秘书，搞对外宣传，但张资平不屑接受，要郭介绍他到建设厅或教育厅去。于是，郭沫若把他向总政治部主任邓演达做了引荐，邓不仅亲自接见了他，并委任他担任总政治部国际编译局的少校编译。张在那里干了半年多，四·一二反革命政变发生，武汉陷入严峻的白色恐怖之中。老友郭沫若因为发表《请看今日之蒋介石》的反蒋檄文而遭通缉，张资平看见大批的共产党人和革命群众遭到国民党右派的杀害而吓得要死，生怕殃及自己。先是避祸于江西牯岭，继而潜居武汉租界，后来看见并未殃及他，乃于 1928 年 3 月携眷来到上海。

① 《创造社出版部第一次营业报告》，1926 年 12 月 1 日《洪水周年增刊》。

从与创造社的同人发生关系开始，张资平虽然积极地参加了创造社的筹备，而且出席了创造社的成立会，并经过了创造社由初期、中期到后期的转变，但他都只应承供稿，而不参与创造社刊物或丛书的编辑工作和其他社务，尽管他还是总社的执行委员。这次之所以到上海来投靠创造社，一则是因为在武汉失业已久，决定到上海来找点事情干，再则可能是应成仿吾的邀请。原来成仿吾对张资平期望甚大，想让他来上海承担创造社社务。因为此时创造社从日本请回来了一批新秀，他们积极宣传马克思主义，热心倡导无产阶级革命文学，但攻势太猛，矫枉过正，树"敌"太多，已有些难以驾驭，所以成仿吾安排张资平来，以便加强元老的作用。因为创造社的元老，原来参与成立创造社的人，田汉、徐祖正、张凤举早已退出，郁达夫因整顿出版部闹得不欢而散，也已于1927年8月公开发表声明退出创造社，而创造社的首脑郭沫若则因蒋介石的通缉而流亡日本，总社的执委只留下成仿吾自己和王独清、张资平三人，而他当时也正在考虑赴欧学习，所以很希望张资平能到上海来承担创造社的社务。当然，还有一个原因就是张资平在武昌四年时间，创作了一批反映青年追求恋爱自由、向往幸福生活和反映知识分子困苦生活的小说，在社会上引起了较大的反响。

但到上海之后，张资平却不愿意过问创造社的事务。一是借口自己的家庭负担太重，弄得自己精神很颓丧，能力也不够。二是责怪出版部管理紊乱，感到出版部"前途无望"。尤其不满出版部欠自己的稿费竟达3000多元，而别的社友生活却都比自己好。三是看见从日本归国的年青同人均比自己强，"与他们相形之下，我更觉得自惭老朽"。因此，尽管"仿吾每天到我家里来，要我振足起精神来干社的事务"。他都"力谢不敏"。后来看见实在推不掉，他又提出"从理事会举出三人为常务理事管出版部的办法"①，而由王独清负责编辑，郑伯奇负责庶务，张资平负责财务。1928年5月成仿吾离社赴欧之后，即采取这种三驾马车的管理方式。

不久，张资平更应一个广东同乡之约，出任《新宇宙》杂志编辑，还在几个学校兼职授课，主要精力已不在创造社。主管财务之后，他曾提出

---

① 张资平：《读〈创造社〉》，1932年1月15日《絜茜》月刊第1卷第1期。

出版一些投合世俗和市场需要的书籍以赚取钱财，当时创造社正倡导马克思主义和无产阶级革命文学，这样的主张理所当然地会遭到同人们一致反对。1928 年 9 月为收回出版部欠他的版税，他自己把创造社出版部出版的他的小说的底版取出来卖给了光华书局和现代书局，得了两三千元，自己开乐群书店去了。至 11 月，更出版《乐群》半月刊，与创造社同人进一步拉开了距离。不过，创造社也没有开除他。1929 年 1 月 29 日，还争取他与其他创造社成员一起，共同列名充当《中国著作者协会宣言》发起人。此后不久，大致不足十日，创造社及其出版部就被国民党反动派查封了。

冷静观察期

其实，张资平之落伍，是早就注定了的。他始终只是一个小说家，一个只顾自己写小说赚钱而不管别的同人是在进步、在革命，还是在干什么的自由主义者，是极端个人主义的人。

而且他的创作倾向从一开始就不正。早在创造社成立的时候，郭沫若看见他独对《留东外史》这样的书感兴趣就有所察觉。其实，这一兴趣早在他的少年时期就表现出来了。根据他在《我的创作经过》中的自述，十岁以后，他就在"耽读《花月痕》、《品花宝鉴》"这样的小说，十二三岁开始"模仿着写些'遗帕遗扇惹相思'一类的章回体小说"了。从很小很小的时候起，他的"文学的鉴赏"的"方向"，就在"言情小说"，并对描写变态性欲这类的东西尤其感兴趣。无怪乎从初期创造社时期起，陶晶孙就"看不起他的小说，说太卑俗"①，只是承认他会写小说，承认"资平的通俗小说最能入一般青年"之眼。后来，虽然也承认张资平一直在"用他的不很雅的中国文，默默写着小说"，但也看出众同人"大家并不说他好"，而且"谁都怪他的金钱主义"。② 陶晶孙说的也是一些感觉，但这些不太具体的感觉却都透露了张资平必然落伍的原因。

---

① 陶晶孙：《创造三年》，1944 年上海《风雨谈》月刊第 9 期。
② 陶晶孙：《创造社还有几个人》，载《牛骨集》，上海太平洋书局，1944。

在创造社的作家中，喜欢表现男女青年爱情生活的不止张资平一个。在创作中涉及性爱甚至色情描写的，也并非只有张资平一人。中后期创造社的作家不说，即便是同期的，比如郁达夫、郭沫若他们，也都曾在小说创作中有所表现。在某些地方，郁达夫甚至写得比张资平还露骨，但态度却与张资平完全不同。郁达夫、郭沫若他们的小说，是要写出知识者在那样的社会里，他们的理想和志向是如何的得不到实现，他们的思想是如何孤寂、苦闷，他们的生活是怎样的贫穷潦倒，以致他们借酒浇愁，甚而跑到魔窟里面去找刺激，想让自己的意志麻痹而不得。很明显，他们做这样的描写是为了表现社会对于人的生存权利的剥夺，对于人性的摧残，对于人的个性的压抑，他们做这样的描写是为了表现他们对这万恶的旧社会的不满和反抗。而张资平，如果说初期在部分作品中曾对这样的社会主题有过某些浮浅的触及的话，中期以后，就完全凭兴趣之所至，而大写特写甚至专门写作那些两性间的三角四角多角的性爱故事，乃至变态性欲的东西了。

郑伯奇是张资平的创造社老友，从筹组创造社时期就开始接触张资平的作品，对他曾有过冷静深入的观察。1935 年在《〈中国新文学大系〉小说三集导言》之中，对张资平的这一转变，曾有过一段中肯的分析，他说："描写两性间的纠葛是他最擅长的地方。在初期，他描写两性关系的小说，还提供一些社会问题。或者写义理和性爱的冲突，或者写因社会地位而引起的恋爱悲剧。《梅岭之春》是这种倾向中最好的作品。可是，性生活的观察渐渐引他入了歧路。他写了不少恋爱游戏的小说，他也发表了不少的变态性欲的作品。"

在《日记九种》中，郁达夫曾在 1927 年 6 月 14 日的日记里，坦诚地谈到自己对两性关系的描写与张资平的不同："午前在家不出，读 Bunin's mitja's Liebe 毕，书仅百页内外，系描写 M 之初恋的。初恋的心理状态总算描写得很周到，但终不是大作品，感人不深，不足以动人。""书中第二十八章，描写 M 与农妇 Aljonka 通奸处很细致，我竟被它挑动了。像这些地方，是张资平竭力模仿的地方，在我是不足取的。"

张资平创作倾向中的这些问题，创造社的同人是十分注意观察的。不仅观察了，而且经常在文章中加以点醒。据张资平自己在《读〈创造社〉》

一文的注 3 中说，早在 1926 年，成仿吾即"因为那篇半翻案的小说《飞絮》，他还来信责备了我许多"。特别是当创造社公开倡导革命文学，改造世界观，从事无产阶级革命文学的创作之后，同人们更曾点名、不点名地批评和警告过他。

首先，是郭沫若在《桌子的跳舞》一文之中，当他在谈到中国文坛大半是日本留学生建筑成的，"中国的新文艺是深受了日本的洗礼的。而日本文坛的害毒也就尽量的流到中国来了"。之后，马上就点到了"日本资产阶级文坛的病毒"的若干方面，如"极狭隘、极狭隘的个人生活的描写，极渺小、极渺小的抒情文字的游戏，甚至对于狭邪游的风流三昧"等，然后就不点名地提到了张资平的大量情节雷同和模式化的恋爱小说："文艺市场上也有几部长篇小说在流行，但是甚么三角恋爱啦，四角恋爱啦，闹得一塌糊涂，而且还脱不掉剽袭，脱不掉摹仿，我们真是应该惭愧了。"①

后期创造社的代表人物冯乃超，在其回国后写的第一篇文论《艺术与社会生活》中，更尖锐地预言张资平还会进一步地"没落"："通俗作家张资平，他自从写了一本暴露中国基督教信徒的内幕的小说《上帝的儿女们》以后，一向不见有会心的名作，只给一般人描写学生的平凡生活，小资产阶级的无聊的叹息和虚伪的两性生活。他的任务在革命期中的中国社会当然会没落到反动的阵营里去。"② 冯乃超真是不幸而言中了。

虽然 1928～1929 年张资平也曾在他的乐群书店为老友郭沫若出版过两本译著，一本是美国辛克莱的《石炭王》，另一本是德国米海里斯的《美术考古学发现史》，算是做了点好事，但自己终因在两性生活的描写歧路上愈走愈远，并终至于 1933 年 4 月 22 日在《申报·自由谈》上被"腰斩"了。

1932 年 11 月，《申报·自由谈》新从欧洲游历归来的年轻编辑黎烈文邀请张资平为《自由谈》撰稿，因为张的好几部长篇恋爱小说当时在社会上颇为走红，很有市场，如《柘榴花》《爱力圈外》《长途》《红雾》《无灵魂的人们》《黑恋》等。可是，从当年 12 月 1 日开始，张资平的长篇小说《时代与爱的歧路》开始在《自由谈》连载不久，即因小说又写老一套千篇

---

① 《郭沫若全集·文学编》第 16 卷，人民文学出版社，1989，第 54 页。
② 冯乃超：《艺术与社会生活》，1928 年 1 月 15 日《文化批判》月刊创刊号。

一律的多角恋爱故事和借书中人物之口发泄对于左翼文坛的不满而遭到读者反映，加之黎主编《自由谈》后受鲁迅先生影响而广登进步作家文章，张资平的小说就显得更加不合时宜。于是，黎烈文在 2 月短暂停刊其小说之后，终于在 4 月 22 日宣布：因"时接读者来信，表示倦意"，不得不停刊《时代与爱的歧路》。这就是有名的"腰斩张资平"。事情发生之后，虽然也有少数反动文人出来替张资平说话，并借此攻击鲁迅，张资平也发表了《启事》，极尽辩解与攻击之能事，但在舆论的一致压力下，张资平终于名誉扫地，灰溜溜地连创作也搞不出来了。一段时间，只能一边靠搞翻译和当编辑挣饭吃，一边去投靠臭名昭著的民族主义文学派，在错误的道路上愈走愈远。

怒其不争期

张资平虽然打从五四时期大量的新思潮拥入中国的时候开始，就幸运地结交了许多思想进步的朋友，但并未能好好地接受新思想的熏陶。根据他自己的坦诚交代，他是 1927 年才在大潮流的推动和好友们的帮助下开始接触一点进步的理论的："我原是习自然科学的人，中途出家改习文学已经十二分的吃力。对于革命理论及普罗列塔利亚文艺理论至 1927 年春才略略知道。这是我不伪的告白。但是住在风气闭塞的武昌，一本新书都买不到，所以失了研究的机会。到上海来后，接受好友们的忠告，开始购读新书。又因事务太忙，生活太苦，进步十分迟缓。"[1]

所谓"不伪的告白"，其实也是在说假话。大革命时期，武昌曾是革命政府的所在地，"一本新书都买不到"，有谁能相信。"失了研究的机会"当然是找借口，实际是不感兴趣，学不进去。还是他在 1928 年 10 月 9 日出版的小说《柘榴花》之《卷头臭诗》中说得比较真实："这篇顶臭的、顶无聊的《柘榴花》脱稿了，我就在篇首做首臭诗聊以自娱吧！""这篇稿子计划于

---

[1] 张资平：《编后并答辩》，1929 年 2 月《乐群》月刊第 1 卷第 2 期。

1927年春，因为那时一面在提倡普罗列塔利亚文艺，一面又想写这样无聊的小说，内心感着一种矛盾的惭愧。""我承认我的矛盾，矛盾，十二分的矛盾。""对于这篇无聊的作品，我不敢遽然地说是旧的我死前的作品，更不敢说，我籍此篇来敲我自己的丧钟。"

对张资平来讲，"提倡"普罗列塔利亚文艺是假，那只是在大潮流下做应景文章，"想写"无聊小说才是真。作为这样一个两面人，生活在一群真心提倡普罗列塔利亚文艺的创造社同人中间，他当然会感到矛盾，且是十二分的矛盾。虽然也表示要"在行动上""刻苦地""克服"他自己的"小资产阶级的劣根性"，但他对自己仍然没有把握，所以他既不敢像老友郭沫若那样，1925年就在出版的《文艺论集·序》中斩钉截铁地宣布："这部小小的论文集，严格地说时，可以说是我的坟墓罢。我的思想，我的生活，我的作风，在最近一两年之内可以说是完全变了。"① 也不敢像创造社新同人冯乃超那样，在1928年4月创造社出版部初版的诗集《红纱灯》的《序》中肯定地说："你们会看见小鸟停在树梢振落它的毛羽，你们也知道昆虫会脱掉它的旧壳；这是我的过去，我的诗集，也是一片羽毛，一个蝉蜕。"张资平自知旧习难改，根深蒂固，所以新的东西也并不好好学。创造社开会研讨新的理论，他常常借故不去，去了也早退。这样他当然只能离创造社的同人愈来愈远了。起初还在创作中喊几句进步的口号，贴几条"革命"的标签，用革命来点缀他的性爱故事，慢慢地真相毕露，甚至在小说中借人物之口攻击起左翼文艺、革命文学家来了。

这以后，他不仅于1933年6月与人发起"文艺座谈会"，出版《文艺座谈》杂志，公开与左翼文坛对抗，1934年10月更公开投入民族主义文学派怀抱，为其主编《国民月刊》，在反动的道路上愈走愈远。

1937年7月7日，抗日战争全面爆发。7月27日，郭沫若别妇抛雏，只身秘密从日本归国。1938年3月，郭沫若出任国民政府军事委员会政治部第三厅厅长。此时，创造社老友田汉、郁达夫、阳翰笙、冯乃超，稍后还有郑伯奇、穆木天等，纷纷来到郭沫若身边工作，而张资平则不见。虽

---

① 郭沫若：《文艺论集·序》，1925年12月16日《洪水》半月刊第1卷第7号；同载《文艺论集》，上海光华书局，1925。

然张资平也曾萌生过前往武汉谋职的想法，因为1938年3月曾任段祺瑞政府秘书长的梁鸿志在日本人的指使下成立维持政府，有意请张出任教育部长，张资平观察当时全国军民一心抗战形势，不敢贸然接受，乃离开他在上海郊区的望岁小农居，跑到香港暂避风头。就是这个时候，他完全有机会去武汉投靠老友郭沫若，参加抗日工作，但他先是应聘去了广西大学任教，继而在返回上海迎取家眷时投入了日本人的怀抱。

先是在1939年5月接受日本人的资助，创办了《新科学》月刊，接着于9月参加了由日本驻上海总领事馆副领事岩井英一扶植组织的"兴亚建国社"，并出任兴亚建国运动文化委员会的主席，虽然用的是化名张星海。

11月，包括张资平在内的骨干分子，在岩井英一的率领下，秘密访日，受到日本首相及大臣的接见。不久，"兴亚建国运动"与汪精卫的"和平反共救国运动"合流。

1940年2月，周佛海约见张资平，随即陈孚木、张资平、彭希民、严军光等"兴建"骨干即联名发表《兴建本部致汪精卫书》，表示拥护和平运动，支持成立新的中央政府。

3月，汪伪政府在南京粉墨登场，张资平被委任为农矿部简任技正。差不多与此同时，张资平还参加了汉奸褚民谊发起组织的"中日文化协会"，1941年起任该会出版组主任，主编会刊《中日文化》，大肆发表文章，鼓吹中日亲善，1943年4月被补选为该协会之候补理事。如果不是同年8月在南京《民国日报》连载的长篇小说《青燐屑》无意中触及汪精卫及其伪政权，被下令停止刊登，遭遇了所谓的第二次"腰斩"的话，张资平还会在汉奸生涯中走得更远。当然，两次"腰斩"具有不同的性质，第一次是受了左翼文坛，革命读者的腰斩，这一次则是大汉奸对小汉奸的"腰斩"。

对于昔日同人的这种堕落，对于张资平在反动道路上愈走愈远，创造社的同人当然是十分惋惜和痛心的。就是在张资平与汪伪政权紧密勾结的1940年3月，在20日重庆中苏友协举办的一次文艺界人士集会上，王昆仑提议联句题诗以赠当时远在新加坡参加抗日运动的郁达夫，得到了与会者的响应，当即成诗一首，并发表在当时的报纸上。其诗曰："莫道流离苦，（老舍）天涯一客孤。（郭沫若）举杯祝远道，（王昆仑）万里四行书。（孙师毅）"发表时，郭沫若在诗后给郁达夫附了一封短信："达夫：诗上虽说你孤，其实你并不孤。今天在座的，都在思念你，全中国的青年朋友，都在思念你。你知道张资平的消息么？他竟糊涂到底了，可叹！"

郁达夫是首先从香港的报纸上读到此信和诗的，接着又在新加坡的《星中报》见到了此消息的转载。感慨万千，随即就写了《"文人"》一文，登载在他主编的 4 月 19 日的《星洲日报·晨星》上。他说，从信中知道，张资平在上海被敌人收买的事情确是事实了。"本来，我们是最不愿意听到认识的旧日友人，有这一种丧尽天良的行为的；譬如周作人的附逆，我们在初期，也每以为是不确，是敌人故意放造的谣言；但日久见人心，终于到了现在，也被证实是事实了。文化界而出这一种人，实在是中国人千古洗不掉的羞耻事，以春秋的笔法来下评语，他们该比被收买的土匪和政客，都应罪加一等。"俗话说，"文人无行"，"但我们应当晓得，无行的就不是文人，能说'失节事大，饿死事小'这话而实际做到的人，才是真正的文人"。①

老朋友既然这样不争气，竟然做了奸逆的丑事，那当然没有办法，在大是大非的面前只好拔刀相向，彻底分道扬镳。郁达夫是如此，郭沫若也是这样。1942 年 5 月 27 日，郭沫若在重庆中美文化协会发表的题为《中国战时的文学与艺术》的演讲中，当他谈到抗战对于中国的文艺界所起的净化作用时，曾经这样说道："抗战以来文艺界中绝少汉奸出现"，"在文艺界的圈子里面，比较有名的作家，投降了敌人的，北有周作人，南有张资平，这些没有骨气的民族逆子，艺术反贼，他们的投降不仅葬送了他们自身，也葬送了他们的文艺。他们是永远也写不出人样的东西出来的了。'一薰一莸，十年尚犹有臭'，这是正义战争的无情的人为淘汰。""民族逆子，艺术反贼"就是张资平的创造社老同人郭沫若对他的附逆行径给予的严厉批判，也是历史对他在抗战期间的所作所为所下的结论。有趣的是，就在郭沫若把周作人、张资平放在一起批判的五天前，毛泽东在 1942 年 5 月 23 日的延安文艺座谈会的《结论》中，当谈到文艺是为什么人的时候，也提到了他们俩："文艺是为帝国主义者的，周作人、张资平这批人就是这样，这叫做

---

① 《郁达夫文集》第 8 卷，花城出版社，1983，第 440 页。

汉奸文艺。"① 可见真是臭名昭著了。

　　无论是谁，不管你是普通的老百姓还是著名的作家，只要你对国家、对民族、对人民犯了罪，你就必须接受历史的审判和惩罚。抗日战争结束后，张资平开始还逍遥了两三年，直到 1948 年，国民党上海市党部才注意到张资平所任伪职的问题，于是立案侦查，但当时追究的只是任伪职的事，所以仅判了有期徒刑一年零三个月，而参与"兴建"运动和"文化协会"的事则根本未予追究。就是这样，他还不服，又是上诉，又是给胡适写信求情，1949 年 1 月竟经国民党上海最高法院将判决撤销。中华人民共和国成立以后，经我司法机关长期的调查取证，终于弄清了张资平所犯种种汉奸罪行，并于 1955 年 6 月 8 日正式以反革命罪将其逮捕。1958 年 9 月 2 日，被判处有期徒刑 20 年，但第二年，1959 年 12 月即在安徽劳改农场病死。

　　张资平是个顶无自知之明的人，上海解放初期，看见创造社的老同人潘汉年当了上海市的副市长，他曾两次写信给潘汉年，想套近乎，让潘汉年给他安排工作。后来，人民政府安排他去上海振民补习学校教书，他不仅不思反省，反而嫌大材小用，还要求到大学里面去任教，结果理所当然地遭到了拒绝。传说他还曾给周恩来、刘少奇写过信，要求安排工作，都曾被有关工作部门按政策处理。只不知他是否还给老友郭沫若写过什么信，更不知道是否对自己的汉奸罪行有过什么忏悔辩解之词？按张资平的秉性，这样的事，他都是做得出来的。

---

① 《毛泽东选集》第 3 卷，人民出版社，1991，第 855 页。

《创造社：别求新声于异邦》
前言和后记[*]

前　言

　　长期以来，在所谓"中国文学史上只有现实主义与反现实主义斗争"的错误思潮影响下，对以浪漫主义为旗帜的创造社，人们不仅研究不够，而且还加诸了许多责难：斥之为表现自我，宣扬极端个人主义者有之；责之为"为艺术而艺术"的艺术派，宣扬艺术至上、感伤主义、世纪末颓废思想者更有之；而攻之为极"左"，对我国"左"倾思潮之流行负有责任者也不乏其人。以致它的主帅郭沫若多少年来不敢承认自己是个浪漫主义者，以致有的同人不愿承认自己曾经为创造社之成员，而且至今在不少中国现代文学史中翻不过身来。

　　实际上，创造社是五四新文化运动中在文坛崛起最早和最大的新文学社团之一。它异军突起，艰苦创业，标新立异，趋赶世界思想文化的新潮流。在 1921 年至 1929 年将近十年间，它坚持在文学艺术和思想文化两条战线同时作战，在新文化运动中所起的作用是独特的和巨大的，不仅为其他兄弟文学社团所不能比拟，影响也更广泛、更深远。在文学艺术方面，它提倡浪漫主义、现实主义、现代主义多元发展，并带头在中国掀起了轰轰烈烈的浪漫主义文学运动和无产阶级革命文学运动，不仅为方兴未艾的新

　　*　原载黄淳浩著《创造社：别求新声于异邦》，社会科学文献出版社，1995。

文学开创了新局面，坚挺了新文学的地位，而且壮大了新文学运动的队伍，发展了新文学运动的成果。在思想理论方面，它积极地参加了中国共产党发起和领导的反帝反封建的思想解放运动和马克思主义的宣传教育运动，向中国革命和中国人民输送了精神食粮。

创造社从初期、中期到后期，曾经有三四十个作家、艺术家在它的旗帜下创作和战斗过。其中，著名或比较著名的，初期有郭沫若、郁达夫、成仿吾、田汉、张资平、郑伯奇、陶晶孙、何畏、穆木天，中期有王独清、周全平、倪贻德、叶灵凤、潘汉年、蒋光慈、柯仲平、黄药眠，后期有李一氓、阳翰笙、朱镜我、冯乃超、李初梨、彭康、许幸之、王学文、沈西苓、龚冰庐。其中，郭沫若、郁达夫、田汉等更是大师级的作家。他们不仅活跃在 20 年代，而且驰骋于三四十年代和新中国成立以后的文学艺术和思想理论战线，不少人成了我国文学艺术、思想理论乃至政界的领袖人物。他们不仅当时对我国的革命文化事业做出过重大的贡献，其思想和创作还影响了一代乃至数代作家和革命者，为新中国的整个精神文明建设立过不可磨灭的历史功勋。

当然，在当时国际共产主义运动中"左"倾路线的影响下，创造社和它的部分成员，也曾为思想理论和文学艺术中的"左"的思潮推波助澜，留有遗患。

因此，不管是对创造社这个革命文化社团也好，对曾经在"创造"的旗帜下创作或战斗过的这批作家也好，研究研究他们的成功与失误，总结总结他们的经验和教训，都不仅是十分必要和重要的，而且具有显著的现实意义。

后　记

近些年来，随着人们对文艺思潮流派研究的兴起，文学社团之研究也逐渐引起了重视，这是十分可喜的事情。但迄今为止，多数文学社团之研究，仍停留于资料的汇集整理，真正系统进行研究之专著专论并不很多。

创造社研究，情况稍好于其他文学社团，但也只见有数的几部专著问世。他们有的对创造社的历史活动分阶段进行了综合的研究，多数皆从某一个独特的视角对创造社的创作进行了系统的研究，这些给我们带来的启迪和教益当然都是很多很大的。

1978年郭沫若逝世以后，中央成立郭沫若著作编辑出版委员会，我奉派参加郭沫若全集的编辑注释工作。通过对郭沫若著作的接触，逐渐对郭沫若和以他为首脑的创造社产生了兴趣，从而萌生了对整个创造社进行研究的想法，因而在编书的过程中开始注意搜集有关创造社的资料，研究它的历史、它的文艺思想和它的创作。至80年代末，编辑工作逐渐告一段落，乃开始执笔历史部分的写作，并将个别章节交由刊物发表。文艺思想部分刚刚着笔，即因应邀承担《郭沫若书信集》的搜集整理、编辑注释和帮忙协助完成一位逝世了的同志生前未来得及全部完成的集体项目而停顿了下来，直到把那两项工作结束了之后，才又把这一书稿进行下去。

在充分占有资料的基础之上，我力图运用马克思主义的立场、观点和方法，从宏观和微观的角度，对创造社从酝酿成立到被迫关闭的十年历史，对它的文艺思想和主张，对它的创作成就，进行科学的考察，以求全面、系统、准确地反映创造社的实际情况，实事求是地评估它的功过、是非、得失、经验与教训，恢复创造社的历史真面目，既不抹其功，亦不饰其过，并力争写出新意。

写法上，力求史论结合。前面部分，以史为主，史中有论。后面部分，以论为主，论中带史。前面部分，针对历来把创造社分为前期和后期的两分法，把创造社分为初、中、后三期，并重点说明中期为什么应该独立存在，及其在历史上所曾经发挥过的有异于初、后期的作用和特点。

再就是对后期创造社在马列主义的阐释和宣传方面的功过做些具体而微的分析和论证（过去的肯定和否定都较笼统，缺乏具体分析）；对历来批评后期创造社所犯错误是由于宗派主义和小集团主义的说法用事实做了辩证，说明他们之所以犯"左"的错误，主要是因为理论的误导。

后面部分，"从鼓励多元发展到独尊普罗文学"，主要针对创造社的文艺思想是所谓"为艺术而艺术"的说法，指出对创造社的文艺思想不能笼统概说，而应根据其在不同阶段的发展变化，用"从鼓励多元发展到独尊普罗文学"来进行新的概括，并分初、中、后三期对创造社的文艺思想进行了具体的论证，说明初期没有划一的"主义"，后期独尊普罗文学，中期写实与象征并举，呈过渡性质。"由新罗曼主义走向新写实主义"，则在既有研究成果的基础之上，从诗歌、小说、戏剧三个方面对创造社作家在不同阶段的创作进行品评，从中可以看出其创作初期繁荣，中期尚可，后期论质论量均较逊色，而总体呈下降趋势，着重探讨了他们对新文学建设的贡献，但也不讳言其失误。

现在出版难，学术著作出版更难。幸承我院社科著作出版基金资助，又蒙社会科学文献出版社慨然应允出版，在申请出版基金的过程中，更蒙卓如同志、吴子敏同志通读全稿，提出建议，蒙文学所学术委员会讨论、推荐，樊骏同志虽因政务缠身未能通读全稿，但也抽暇批阅了相当部分的书稿，并提出许多建设性意见，所有这些，都使我由衷地感激，在此特对他们的支持表示深深的谢忱。

本书虽已获准出版，但本人并未敢满意。这不仅因为本书还存在许许多多的不足和缺点，而且还因为不少问题尚待进一步探讨。学问是没有止境的，研究更没有终结。所以，未竟的事情尚多，有待进一步去努力进行。

1994 年 11 月

《创造社通观》后记[*]

　　1995 年出版《创造社：别求新声于异邦》之后，曾应邀为《中华文学通史》和《中国现代文学思潮史》写过两篇概括论述创造社的历史和文艺思想的文章，其中谈创造社历史的那一篇，原稿两万余字在《新文学史料》分上、下两次发表时，林林老看到了，很感兴趣，电话邀我去家里交谈，并鼓励我把创造社这个革命文化社团的研究继续搞下去。

　　其实，我也曾有过这样的打算，只不过退休后有点犯懒。因为真要再弄一本专著，也不是那么容易，要费不少的时间和精力。但是，在写《创造社：别求新声于异邦》时，原来搜集和积累起来的许多资料，尚未能都用上，弃之有点可惜；原来还有些想法，有些思路，当时尚未完全理清，也有待进一步搜寻材料予以证明，也有些割舍不下。正好，20 世纪末，中国社会科学院为了发挥离退休干部的余热，让他们继续从事些力所能及的科研工作，以使长期的知识积累不致于浪费，开始允准离退休干部申请科研课题。这样，我幸运地申请、得到并完成了《创造社通观》这一课题。

　　本来我想随便一点，所以取名《创造社漫论》，但有的同志说"漫论"像个论文集，你书的内容很全面完整，叫"漫论"不合适，杨义、陶文鹏同志更热心地代拟了好几个书名，现在的《创造社通观》就是杨义同志的拟名之一。

　　全书分五个部分，涉及创造社的历史，它的文艺思想，它的作家成员之间的关系，以及他们的创作成就，等等。创造社虽为五四新文化运动以

　　* 原载黄淳浩著《创造社通观》，崇文书局，2004。

来最大的两个文学社团之一，但在过去流行的"左"的文艺思潮的影响下，创造社也常常被误解，曾被多种不正确的说法所笼罩，以致它的首脑郭沫若在相当长一段时间里不敢承认自己是一个浪漫主义者。因此，在写作这部书时，便在大量、充分掌握材料的基础之上，力图跳出陈说之窠臼，还创造社一个公正。

创造社的历史，历来有前、后期的两分法和初、中、后期的三分法这样两种不同的分期法，而以两分法居多。本书在"历史风云卷"中，将创造社这个在新文化运动中异军苍头突起的文化社团从成立到被迫停止活动的十年历史，按其自身的活动情况和发展轨迹，分为三个阶段，以克服多数现代文学史中将创造社笼统地分为前期和后期的不科学性。

历来的文学史家，在谈到创造社的文艺思想时，差不多都将其与浪漫主义画等号，有的更直接指称其为"为艺术而艺术"。实际上，创造社的文艺思想，和它自身发展的历史一样，也是有一个发展变化的过程的，是不能够也不应该笼统地简单地进行概括的。本书在"文艺思想论"中，客观地论证了创造社的文艺思想具有初期鼓励多元发展、没有"划一的主义"，中期坚持写实与象征并举，后期独尊普罗文学这样一些不同阶段的不同特点，它不是一个简单的浪漫主义，更绝对不是什么"为艺术而艺术"所能概括的，必须要实事求是地具体情况具体分析。

创造社到底有哪些作家，他们的生平活动，他们的事业成就，他们彼此间相互的关系，等等，是创造社研究必不可少的内容。过去由于人们对这些情况并不是很清楚，所以常常把一些仅仅与创造社比较靠近，或仅仅在创造社的刊物上发表过文章的人，统统称之为创造社成员，这是不恰当的。长期以来，我一直在进行搜集整理和考证研究，但虽然早就有了一些素材，在出版《创造社：别求新声于异邦》时却来不及整理成文。这次我把材料集中起来，撰写成了"作家传记谱"和"人物关系图"中的几篇文章。过去有的人对创造社同人比较抱团有看法，说他们有"创造气"，是小集团主义，看看这两部分中的一些材料，特别是看看他们如何处理内部分歧和相互关系，人们的这些误解就会释然。

创造社作家的创作成就，在《创造社：别求新声于异邦》中已有所涉及，但只是简单地介绍了创造社时期的创作情况。创造社的作家大多是与时俱进的具有时代精神和创作个性的作家，这次我对他们，特别是郭沫若和郁达夫的一生创作及其创作个性的形成进行了综合探讨，限于篇幅，一般的作家只能指出其特点和不同一般之处，所以只能称之为"创作品评谈"。

研究是没有止境的，至今也不能够说关于创造社研究我想说的话都已经说完。众多材料有待深入挖掘，好些重大问题有待进一步探讨。实际上，创造社的任何一个作家，都可以写成一部甚至多部专著。本书中的一些中小题目，也都可以当作专门的课题来研究。我的这本小册子，权把它当作引玉之砖吧。

这本书在写作的过程中，常常得到桑逢康、张大明等同志的关心和鼓励，稿成之后，他们又拨冗通读全稿，写出意见，予以推荐。特别是我们社科院的科研局和老干部局，文学所的领导、学术委员会和科研处长严平、同事金宁芬同志，更在本课题的立项和出版上给予了大力的支持帮助。还有崇文书局的领导和编辑同志，在当前学术书不赚钱、出版仍难的情况下，慨然允诺把此书纳入了他们的出书计划。所有这些，如此等等，没有他们任何一方面的帮助，这本书都是出不来的。因此，谨向他们表示诚挚的、由衷的谢意。

2004 年 3 月 29 日

图书在版编目（CIP）数据

创造社漫论 / 黄淳浩著. -- 北京：社会科学文献
出版社，2020.4
（中国社会科学院老年学者文库）
ISBN 978 - 7 - 5201 - 6447 - 4

Ⅰ.①创… Ⅱ.①黄… Ⅲ.①创造社 - 研究 Ⅳ.
①I209.6

中国版本图书馆 CIP 数据核字（2020）第 051831 号

中国社会科学院老年学者文库

创造社漫论

著　　者 / 黄淳浩

出 版 人 / 谢寿光
责任编辑 / 姚冬梅　贾立平
文稿编辑 / 张金木

出　　版 / 社会科学文献出版社
　　　　　地址：北京市北三环中路甲 29 号院华龙大厦　邮编：100029
　　　　　网址：www. ssap. com. cn
发　　行 / 市场营销中心（010）59367081　59367083
印　　装 / 三河市尚艺印装有限公司

规　　格 / 开　本：787mm × 1092mm　1/16
　　　　　印　张：23.75　字　数：357 千字
版　　次 / 2020 年 4 月第 1 版　2020 年 4 月第 1 次印刷
书　　号 / ISBN 978 - 7 - 5201 - 6447 - 4
定　　价 / 128.00 元

本书如有印装质量问题，请与读者服务中心（010 - 59367028）联系